After the Wedding
by Courtney Milan

ひと目惚れで恋に落ちるには

コートニー・ミラン
倉松 奈央[訳]

ライムブックス

ひと目惚れで恋に落ちるには

主要登場人物

カミラ・ウィンターズ（ワース）……牧師館の召使い
エイドリアン・ハンター……陶磁器メーカー経営
グレイソン……エイドリアンの兄
デンモア……エイドリアンのおじ。主教
マイルズ……教区牧師
ラシター……主教
ミセス・ビーズリー……電報局の受付係
ミセス・マーティン……未亡人
ジュディス……カミラの姉
テレサ……カミラの妹
ベネディクト……カミラの弟

1

一八六七年　英国サリー州

レディ・カミラ・ワースは結婚を夢見てきた。一二歳の彼女をしぶしぶ引き取った最初の家から別の家へと次々にたらいまわしにされるあいだ、ずっと。

結婚？　彼女は早いうちに、夢想するには細かいことにこだわらなくてもいいということを学んでいた。結婚でなければならないわけではないのだ。

もっと若い頃はよく想像していた。たとえ短期間でも知りあった女の子と、一生の忠誠を誓いあう友だちになれるのではないかと。グロスターに住んでいた頃は、三軒先の家に住む老婦人の話し相手――というより孫娘も同然の存在になることを夢見ていた。

〝あなたがいなかったら、わたしはどうしたらいいの、カミラ?〟老ミセス・マーズデルはよくそう言ったものだ。カミラは老婦人にかぎ針編みを教わり、彼女の心の中までじわじわと忍びこむ努力を続けた。

しかし、どんなにかぎ針編みが上手になっても、老ミセス・マーズデルは眉をひそめて疑わしげにカミラを見るばかりだった。そしてカミラは誰かを魅了する間もなく荷物をまとめて、また別の家へと送られることになった。

たったひとりでいい。カミラの望みはそれだけだった。ただひとり、彼女を見捨てないと約束してくれればそれでよかった。愛などいらない。財産もいらない。九回も荷物をまとめて列車を乗り継ぎ、荷馬車に揺られ――くたびれたスーツケースを引っ張って一〇キロ以上の距離を歩いたこともあった――九軒の家を転々としたいまとなっては、ずっといられる場所が手に入るのなら、それ以外はどんなことでも我慢できた。

もちろん、結婚したいという望みもずっと抱き続けていた。希望はいつでも甘い言葉をカミラにささやいてくれたし、彼女はいつでもその言葉を信じた。

子どもたちが考えるような結婚像はもはや描いていない。白馬の騎士が現れて永遠の愛を誓ってくれるとか、好きなように手入れができる家があるとか、好きなだけ陶磁器やリネンを買えるとか、そんなことは願わなかった。望んでいるのは最も基本的な、実現可能な形での結婚だった。

誰かに自分を選んでほしかった。もうどこかに追いやられるのはいやだった。夫が愛してくれなくてもいい。ただこう言ってくれればいい。〝一生ずっと一緒にいよう〟と。

希望はいつでもカミラを手招きしていた。ほんの小さな希望でも、すがっていればきっと願いは叶《かな》うと彼女は信じていた。

そして、それが現実になった。運命は気まぐれで、ユーモアのセンスがあるらしい。

カミラは結婚の日を――正確には結婚の夜を――迎えて立っていた。身につけているのはビクトリア女王が着ていたような真っ白なウェディングドレスではなく、ドレスとも呼べないような代物で、布団を干したときについた小さな羽根がくっついたままだ。両手はエプロンの粗い布地に引っかかるほどかさかさに乾き、喉もからからだった。嫁入り道具の詰まったトランクなどあるわけもなく、どんな家が彼女を待っているのかもわからなかった。

カミラは結婚するところだった。だが、彼女の夢見たような結婚ではなかった。

花婿の顔は影に隠れてよく見えなかった。

遅い時間に執り行われた結婚式だったが、身廊を照らす数本の蠟燭《ろうそく》は明かりを灯《とも》すというより、影を投げているようにしか見えなかった。彼がカフスを直した。ブラウンの肌にリネンが白く輝き、彼が不満そうに腕組みをするとシャツはいっそう白く見えた。暗がりの中で表情をはっきりと見ることはできなかったが、その眉は諦念を示すようにいらだたしげにきつく寄せられていた。

ほんの三日前まで知りもしなかった男性と結婚するのは、ロマンティックなことだと言えなくもない――無謀さと楽しさをかけあわせた類のロマンティックさではあるが。

カミラが花婿について知っているのは、そんなに悪いことではなかった。彼は親切にしてくれた。彼女を笑わせてくれた。彼は彼女の腕に――たった一度だが――触れて、心を震わせてくれた。

あんなことさえなければ、本当にロマンティックだったかもしれない。

「エイドリアン・ハンター」ラシター主教が言った。「汝《なんじ》、カミラ・ウィンターズを妻とするか？　彼女を愛し、慰め、敬い、守り、ほかの誰でもなく彼女に生涯忠実でいることを誓うか？」

ウェディングドレスも嫁入り道具も、何もなくてもかまわなかった。そんな贅沢《ぜいたく》な望みはもう持っていない。この望みさえ叶えばなんだって……。

「誓いません」花婿が言った。

ただし、この言葉は聞きたくなかった。世界中の人たちと同じだ。彼女の婚約者もカミラを望んでいない。

その瞬間は、遠い夢のように思えた。それは誰かほかの人の身に起こったことのように。誰か、とても遠いところにいる人とか、カミラの体の中にいて、カミラの気持ちを感じている誰か別の人の身に起きたかのように。

ミスター・ハンターの後ろで、マイルズ教区牧師が拳銃を持ち上げた。結婚したがらない花婿に狙いを定めているわけではない。斜めに構え、脅しに見えなくもない曖昧な感じで銃を掲げていた。彼の両手は銃身に対して白く輝いて見え、ちらちらと揺れる蠟燭の光を受けて、その指は錆《さ》びた鉄の上でのたうつ蛆虫《うじむし》のようだった。

「そんなふうにこれを終わりにできると思っているのか」教区牧師が静かに言った。「きみは同意して、ここにサインするんだ。いいかげんにしろ」

「ぼくは脅されている」ミスター・ハンターはぶっきらぼうに言った。「同意などしない」

ていないのだ。

彼はカミラの婚約者とさえ呼べなかった。ふたりとも、相手と結婚したいとは少しも思っていないのだ。

「ごめんなさい」カミラは小声で言った。

ミスター・ハンターは聞いていなかった。あるいは、返事をしたくなかっただけかもしれない。

彼に愛されていなくてもかまわなかった。白いレースのドレスもケーキも望んではいなかった。だが、これは結婚ではない。カミラはおじの家からそのいとこの家へと移り、それから……。自分を望まなかった人たちの顔を次々に思い浮かべるうち、涙がこみ上げてきて、やがてその顔がぼやけてひとつになった。

カミラが長く一緒にいたのがマイルズ教区牧師だった。彼女はいままでいちばん必死にがんばった。今度こそ、と考えたのだ。今度こそ、ここにずっといられるようにしよう、と。ところが、またしても受け取りを拒否された小包のように、彼女は次の人のもとへ送られようとしている。

次の家へ、そのまた次の家へ。何年もたらいまわしにされてきて、今度こそはと思っていたカミラには、このような結末は受け止めきれなかった。

蠟燭の光を受けたミスター・ハンターの顔は、太陽の下で見るよりも凄《すご》みがあった。昼間は、彼女に微笑《ほほえ》みかけてくれていたのに。

いまの彼の顔に笑みはなかった。

カミラはとうとう結婚という夢を叶えようとしていた。夫は彼女を望んではいないけれど。なんだか肺が小さくなった気がして、両手が震えた。コルセットできつく締め上げられているわけでもないのに、彼女は息ができなかった。目の前に現れたいくつもの緑色の小さな点が飛び跳ね、ぐるぐる回っている。

気を失ってはだめよ、カミラ。彼女は自分に言い聞かせた。気絶しないで。ここで倒れたら、彼はあなたを置き去りにして消えるかもしれない。そうなったら、あなたには本当に行くところがなくなるのよ。

カミラは気絶することなく、なんとか息をし続けた――吸って吐いて、吐いて吸って。自分の番が来ると、彼女は〝誓います〟と答えた。銃口が彼女に向けられることはなかった。やがて、緑色の点々は消えた。彼女は卒倒しないように意識を保ち、結婚証明書にサインをしに向かった。自分の人生を無理やり彼女の人生と結びあわされ、不本意そうな花婿のほうは見ないようにした。とにもかくにも、ついにカミラは結婚した。

祝福の言葉はなかった。記念のディナーもなかった。マイルズ教区牧師の目には、いつものあの表情が――おまえにはせいぜいこの程度で充分だという表情が浮かんでいた。彼が実際にそう言うのをカミラは何度も聞いてきたが、自分でそう信じこむことは決してしなかった。大きく息を吸い、上を見る。これまでずっと自分の最悪な部分は考えないようにしてきた。いまさら考えたところで意味はない。

「カミラ」この家で働くもうひとりのメイドのキティが、ふたり目の証人として出席していた。前を通り過ぎようとしたカミラに、彼女が手を伸ばしてきた。「わたし、その――」

しかしマイルズ教区牧師が彼女をにらみつけた。「キティが言おうとしたのは、おまえのスーツケースは荷造りしてやったということだ。おまえの荷物は外に置いてある」

カミラはミスター・ハンターのあとについて外へ出た。晩夏にしては季節外れの寒さで、雨が降り、風が吹き荒れていた。牧師館はサリー南部の牧草地の中に立っていた。周辺を小さな家々が取り囲んでいるが、隣町と呼べるものはここから八キロ以上離れていた。首筋に冷たい風が吹きつけ、彼女は身震いした。

「五キロ先に宿屋がある」ラシター主教が言った。「そこならひと晩くらいは部屋を貸してくれるだろう」

ミスター・ハンターは返事をしなかった。

この一年半、カミラに家を与えてくれた牧師は彼女に目もくれなかった。すでに言われていたのだ、おまえの行いには失望した、と。それに、カミラには彼にいま何かを言うチャンスはなかった。新しい夫がひと言も口をきかないまま、自分のかばんを肩にかけ、彼女を置いて道を歩きだしていたからだ。

カミラはこうして一〇番目に自分を受け入れてくれた家を出ていった。夜の九時に、徒歩で、冷たい風に震え、頭上の月を見上げながら。彼女はスーツケースを持ち上げ、奥歯を嚙《か》みしめて、自分がいちばん上手にやれることをした。希望を抱いたのだ。さて。わたしには……夫ができた、と言っていいのだろうか？　夫と呼べるのだろうか？　でも、万事うまくいくかもしれない。これまで一度もうまくいかなかったからといって、今度もそうだとはかぎらない。
　カミラは頭を振り、正気に返った。こんなときに白昼夢？　ミスター・ハンターは彼女の
ほうをろくに見もしないまま歩いている。もう一〇メートルは先に行ってしまった。
　取り残されるのはいやだ。ふたりが将来どういう関係になろうがどうでもいい。今夜、彼
はわたしに話しかけてくれるだろうか？　こちらを見ることなく、結婚初夜を完了させるつ
もりだろうか？　そうなることを考えると、カミラの喉元に苦いものがこみ上げた。
　ミスター・ハンターは長い脚で地面を蹴ってどんどん進んでいた。彼女は追いつこうと急
いだ。スーツケースの持ち手が手のひらに食いこんで燃えるように痛かった。肩にかけ、さ
らにその重みを腰で支えようとしてみたが、たいして役には立たなかった。
　文句を言うつもりはない。ただ、こんなにすぐに置いていかれたくはなかった。一時間も
しないうちにまた捨てられるなんて、そんなの耐えられない。
　カミラはほとんど一文無しだった。
　これからどうすればいいのかもわからない。
　宿屋に向かう途中で、ミスター・ハンターが足を止めた。最初、彼女はやっと話しかけて
くれるのかと思った。しかし彼は自分のかばんを地面に放りだし、月を見上げた。
　そして体の脇でこぶしを握った。「くそっ」彼女には聞こえないほど小さな声だった。
「ミスター・ハンター？」

ついに彼がカミラのほうを見た。彼女にはミスター・ハンターの目に浮かぶ表情は読み取れなかったが、彼に見つめられているのは感じた。ほんの数時間のうちに、彼は職を失い、妻を得た。彼女の存在を喜んでいるようには思えなかったが、ここが出発点だということは認めているようだった。

ミスター・ハンターが息を吐いた。「これは……こういうものだと受け入れるしかないんだろうな。ぼくたちはこの窮地をなんとか切り抜けなければならない」

彼女のことを言っているのだ。妻でも、連れでもない。窮地だと。カミラはもう一度息を吸い、何年も自分を支えてきてくれたもの——希望に向かって手を伸ばした。彼女は決してあきらめなかった。希望にすがることをやめはしなかった。

カミラはスーツケースの持ち手を握りしめた。

今度こそうまくやってみせる。これまでだって万事うまくやってきたでしょう。がんばり続けてきたでしょう。今回はもっともっとがんばって——。

カミラは夜の冷気の中に息を吐いた。

希望は遠くに感じられた。わたしの人生はどうしてこんなことになってしまったの？

ああ、そうよ。事の発端は三日前にさかのぼる。ラシター主教がミスター・ハンターを連れてあの家にやってきたときに……。

2

それは七日前から始まっていた。エイドリアン・ハンターがおじから電報を受け取ったそのときから。

配達人が来たとき、エイドリアンは兄とともに朝食をとろうと座ったところだった。彼はコーヒーを飲みながらその電報を読んだ。彼にはもっと急を要する心配ごとがいくつもあった——正確には八件だ。彼は世界にその名を知られた〈ハービル・インダストリーズ〉社が、秋の展示会で陶磁器の最新シリーズを発表する旨を掲げた広告を承認したばかりだった。新しい花瓶、新しいボウル、ありとあらゆる新しいものがそろったシリーズになる。目玉は黄金色の葉の形をした皿の八枚セットだ。

これは心躍る商品になりそうだった。ただし、〈ハービル〉社はまだ八枚の皿のデザインを受け取っていなかった。ただの一枚も。エイドリアン率いる職人チームは、まだデザインの方向性を決められずにいた。実際のところ、〈ハービル〉社の職人たちが八枚セットの皿について合意したことはひとつしかなかった。それは、これから議論するということだ。

おじの問題につきあっている暇はない。だが、おじは家族だ。いまだに、おじが正式にエイドリアンの存在を認めてくれていないとしても。

エイドリアンは電報を皿の横に置いた。その皿は前シーズンの失敗作だった。少なすぎる睡眠時間と多すぎる製作条件のもとで生産された反省を促すための品だ。そこに描かれているのは、頭がふたつで尾のない孔雀《くじゃく》だった。

エイドリアンはトーストにバターを塗りながら考えた。ポーチドエッグを食べつつ、もう一度電報を読んだ。マホガニーのテーブルに日光が差しこんでいた。彼はほかの手紙をより分けながら、電報を三たび読んだ。

職人のミスター・アラビは、エイドリアンに〈ハービル〉社へ戻ってきてほしがっていた。ミスター・シンは屋根の修理を終えたらしい。エイドリアンは炭酸銅の入荷先に関する手紙を置き、目を上げた。

兄がいらだちを隠そうともせずに彼を見つめていた。

グレイソンはエイドリアンが四度目に電報を持ち上げるのを見て口を開いた。「頼むから教えてくれ。おじ上は今度はいったい何を望んでいるんだ？」

「ぼくに来てくれ、と。できるだけ早く来てほしいそうだ」

グレイソンは鼻にしわを寄せた。

エイドリアンは、大西洋の向こうまで行って虐殺に関わるようになる前のグレイソンがどんな感じだったかをいまでも覚えていた。グレイソンとは八歳離れていたが、ふたりはよく似ていると言われたものだった。幅の広い鼻、好奇心にきらめくブラウンの目、同じ形の唇、深いブラウンの肌。

やがて戦争が起こると、エイドリアンの兄たち――ヘンリー、ノア、グレイソン、ジョン――はみな、信じる大義のために戦うべく家を出ていった。

戻ってきたのはグレイソンひとりだった。彼の内面の変化はエイドリアンが容易に触れられるものではなかった。それでも、顔つきは変わっていなかった。何もかもが変わっても、顔は馴染《なじ》み深い顔のままだった。

いま、その顔がエイドリアンに向かってしかめられていた。「おじ上は〝頼む〟と言ってきたか？」

エイドリアンは電報を見直すまでもなかった。「これは電報だよ、グレイソン。一語ごとに金がかかる。倹約は美徳だ」

「おやおや。おじ上の身に恐ろしい運命の逆転が起きていたとは知らなかったな。彼がもはや半ペニーだって無駄にできない身分になっていたとは」

エイドリアンは答える代わりに卵にかぶりついた。

グレイソンがため息をつく。「それで、おまえは行くつもりなんだな？　デンモアが、おまえから何かを欲しがっているだけだというのはわかっているんだろう？」

兄は間違ってはいない。エイドリアンはばかではないし、グレイソンよりはおじのことをよく知っている。

彼らの母親の兄はゲインシャーの主教だった。度が過ぎるほどに忙しく、仕事に身を捧《ささ》げていた。もちろん、人を使ってもいたし、かつてはエイドリアンが手伝っていたこともあるが、おじ自身が誰よりも長時間働いていた。

エイドリアンはおじと最後に会ったときのことを思いだして少し胸が痛んだ。だが、そんなのは小さなことだし、デンモアは家族だ。

「ぼくは五年のあいだ、定期的におじ上のもとを訪れた」エイドリアンは穏やかに言った。「おじ上のことは兄さんよりもよく知っている」

グレイソンは鼻を鳴らした。「おまえの性根はやさしい芸術家だから、そんなことを言うんだ。おまえは人を信用しすぎる」

「兄さんは人を疑いすぎる」エイドリアンは微笑んだ。「それに、ぼくは芸術家じゃない。ぼくの試し描きのスケッチを見たことがあるかい？」

グレイソンは話題をそらされはしなかった。「おじ上は曖昧な約束でおまえを騙《だま》そうとするだろう。そしておまえは、彼の言いなりになる。なぜならおじ上は——」グレイソンは言葉を止めて目をそらし、片手をこぶしに握った。

グレイソンはアメリカの南北戦争で経験したことを詳しく話そうとはしなかった。エイドリアンは新聞を読み漁《あさ》り、ときおり届く手紙から情報を読み取ろうとしたが、彼が知ることができたのは戦争に行かなかった者が知ること——南部の州が分離し、兄弟同士が争い、血が流れ、死体の山ができたということだけだった。彼は兄たちが送ってくる手紙で、奴隷制度を容認していない北部でも黒人の兵士たちがひどい扱いを受けたのを知った。

三人の兄が死んだ。エイドリアンによく似た見た目のグレイソンは、戦争から戻ってきたときには人を信用せず、エイドリアンに見られていないと思っているときは目の中にうつろな表情を浮かべるようになっていた。

そのグレイソンが、テーブル越しに手を伸ばし、ものも言わずに電報をつかんだ。唇をゆがめて文面を読むなり、脇に放りだした。「デンモアは半ペニー払って〝頼む〟のひと言を添えることもせず、おまえの良心に訴えて頼みごとをする気だな。何を求められようと、おまえからそれを与えてやる必要はないぞ」

「ぼくは大人だよ、兄さん。何をする必要もない」

グレイソンはテーブルの向こうからエイドリアンの目をのぞきこんだ。そう、まさにこれだ――この目つき。エイドリアンが何年もぬぐいきれずにいる感覚。兄が自分自身を失ってしまい、いまもどこかをさまよっているのではないかというあの感覚だ。

一瞬ののち、兄がため息をついた。「いずれにしろ、おまえは行くんだろう。ぼくはおまえに傷ついてほしくない」そして目をそらす。「ぼくはただ……」

〝おまえを守りたい〟兄が口にしなかったその言葉がエイドリアンには聞こえた。グレイソンはいつでも弟のことを見守っているのだ。

家族が誰も残っていなかったら、エイドリアンは行かなかったかもしれない。結局のところ、おじがどういう人間かはよく知っている。エイドリアンは英国で人生の大半を過ごしてきた。グレイソンがどう思っていようと、彼の性根はやさしい芸術家などではない。世界は厳しくて醜い顔を見せることがある。特に黒人に対しては。

エイドリアンはこれまでその最悪な部分を味わわずにすんでいた。それがわかっているからこそ、余計に義務感を覚えていた。

「ぼくの心配はしなくていいよ」エイドリアンは穏やかに言った。

グレイソンが微笑んで頭を振る。「黙れ、若造。これがぼくの仕事だ。それはそうと、おまえには仕事がないのか？」

やるべきことはありすぎるほどあった。会社に戻るのを先延ばしにし続けているからだ。今度グレイソンが英国を離れたら、エイドリアンはもう何年も兄に会うことはないだろう。〈ハービル〉社の社員はこのところ続いている成功に甘えている。もしあとひと月のうちに皿の生産を始めなければ、あるいは……。

「断れよ」グレイソンは言った。「そんな暇はないだろう？　暇つぶしならもう充分やったはずだ。ケーブル敷設の契約をするあいだ、ぼくにつきあってくれたんだから。デンモアがどういうやつか、おまえはよく知っているだろう」

そう、よく知っている。

おじは欠陥人間で、ときおり自己中心的になることもあった。それでも、いい人だ。言い換えれば、とても人間的だった。

そして、グレイソンのこともエイドリアンはよく知っていた。兄が魂に傷を負ったこと、その傷については絶対に話そうとしないことを知っていた。

「心配ないよ」エイドリアンは言い、軽く笑みを浮かべた。

「自分の面倒は自分で見る」

兄を守ろうとするのは危険だ。グレイソンは決してそれを許さない。エイドリアンにそんな気があると知ったらどうなるか。それは、彼がますます細心の注意を払わなければならなくなるということを意味していた。

これまでは幸運だった——非常に幸運だった。エイドリアンは生き延びた。若すぎたおかげで戦争に行かずにすんだ。彼はあらゆる点で有利な立場にいた。こんなことはしていられないと思ったときはいつも、自分がどれほどの恩恵を受けてきたかを思いだし、自分自身に問いかけた。もしかしたら、もう少しくらいがんばれるんじゃないか？

そして彼はいつでも同じ結論にたどり着いた——ああ、もう少しがんばれる。

エイドリアンはどこかで信じていた。兄に、そんなに疑念でがんじがらめにならなくてもいいと示せるかもしれないと。彼らのおじは、心根は善良な人間だ。そしてもしかしたら、エイドリアンがそう信じ続けたら……いつの日か、かつてのように微笑むグレイソンを見ることができるかもしれない。

グレイソンはため息をついた。「まあ、いい。おじ上がまたおまえのことを知らないふりをしたら、さすがのおまえも動揺して、ぼくの非難に耳を傾けるどころではなくなるだろう。だから、いまのうちに言っておく。おじ上はすでに本性を現している。彼のしたことは許されないことだ。おまえがおじ上に——もう何度目だ？——四たびチャンスをやろうとしているのが、ぼくには信じられない。ぼくはおまえにそう言ったぞ。おまえは素直に耳を傾けるべきだった」

エイドリアンはうなずいた。「結論がわかっているなら、余計なことは言わないよ」

グレイソンはかぶりを振った。「気をつけろ、弟よ。おまえを愛している」

「ぼくも兄さんを愛しているよ」エイドリアンは立ち上がった。伸ばした手を兄の肩に置いた。もう少しだ、と彼は思った。グレイソンを直接的に守ることはできないが、兄が信じられない部分は彼が信じてきた。あともう少しだけ信じてみよう。そして、それがいい結果をもたらすことを願うしかない。

「ミスター・エイドリアン・ハンターがお会いしたいそうです、旦那様」

エイドリアンが先ほど兄を安心させるために言った言葉は、そのように紹介されて感じた胸騒ぎを抑えつけるには充分ではなかった。窓からおじの土地を見晴らすことができる三階の部屋へエイドリアンを案内した下男は、自分の言葉がおかしいとは思っていないだろう。結局のところ、それが真実なのだ。

ただ、真実のすべてではないというだけで。

エイドリアンは一五の頃から、一度おじを訪ねると数カ月は滞在していた。ただし、最初からそのつもりで訪れたわけではない。アメリカで戦争が起こり、彼の家族はみな、その手伝いをしようと心に決めた。しかしエイドリアンは若すぎて戦争に参加することができなかった。残された彼に父親はこう言った。〝おまえの役割は英国で家族が営んでいる事業の配当金がこれからも順調に入ってくるようにすることだ〟と。

母親からは別の任務を課せられた。〝あなたの責任も同じくらい大きいわ〟彼女は船に乗りこむ前に言った。〝あなたのおじは立派な人よ。あなたが彼の考えを変えられなかったとしても、それがなんだというの？〟

それはなんでもないことだ、とのちにエイドリアンは悟った。両親は、少なくとも息子のうちひとりが戦争を生き延びてくれることを願っていた。彼と同じ年頃の、あるいはもっと幼い少年たちも戦争に加わって戦っていたのに。すべては彼にばかなことをさせないための嘘だった。南部軍と戦う兄たちのもとに自分も加わろうなどと彼に思わせないための。

英国で暮らすあいだに、エイドリアンは何度もおじのもとを訪ねた。ゲインシャーの主教を務めるデンモアは、ふたりきりのときはとても親切だった。彼のお気に入りの妹であるエイドリアンの母親のことを愛情をこめて語り、彼女を失ったことを嘆いたものだった。ふたりきりのとき、エイドリアンはデンモアになぜ妹を失ったと考えているのか尋ねた。彼女はまだ生きていて、兄のデンモアと話したがっているというのに。そして、率直な彼の返答に耳を傾けた。

おじからは、英国の社会がどのように機能しているかということについて、信じられないほど貴重な教えをいくつか与えられていた。

そのうちのひとつが、間違った相手と結婚するのは死ぬよりも悪いということだった。エイドリアンはそんなことはしたくなかった。だが、社会はやさしくないし、おじはその厳しさをやわらげて伝えはしなかった。そしてエイドリアンに議論することを教えた。自分の頭で考えることを教え、それに対して英国人がどう考えるかを理解することを教えた。

エイドリアンがとうとうおじのもとを去り、父親の〈ハービル〉社でのとてつもない責任を引き継ぐことにしたとき、デンモアは泣いて彼を抱きしめた。おじはエイドリアンが戻ってくると、いつでも彼を抱きしめた。

ただ、そうやって愛情を示すのはいつも、ふたりきりでいるときにかぎられた。人目のあるところでは、エイドリアンは最初はおじに仕える小姓として、のちには非常勤の秘書として紹介された。

エイドリアンが最初におじを訪ねてから七年のあいだ、デンモアが人前で自分たちの家族関係に触れたことは一度もない。彼は自分の使用人たちにも真実を告げなかった――彼らの前でエイドリアンに微笑みを向けることすらしなかった。

おじと最後に会ってから一三カ月が経《た》っていた。それでも、おじは甥《おい》の姿を見て喜びに目をきらめかせることも、机の前から立ち上がることもなかった。そんなことをしたら、人前でつけている彼の仮面が壊れてしまうからだ。

デンモア主教は使用人にすぎない男に愛情を見せるようなことはしない。

その代わりにおじは頭を傾けた。「ミスター・ハンター」静かに言う。「入りたまえ。よく来てくれたな。すぐにそっちへ行くから、ちょっと待っていてくれ」

下男は居残っていた。エイドリアンはドアの近くに立っていた。頭の中で警告するグレイソンの声が聞こえた気がした。

〝彼はおまえを傷つけるぞ〟

もちろん、そうだ。会えばいつでも、デンモアはふたりがおじと甥の関係ではないふりをしてエイドリアンをいらつかせた。だが、多少傷つくことくらいは我慢できる。それがいずれ事態の進展につながるのなら。

いまは、頭を傾けて会釈するしかなかった。「主教」エイドリアンは言った。

「やめなさい、ミスター・ハンター」おじが片方の眉を吊《つ》り上げた。「知りあって長いのだから、われわれのあいだでそんな儀礼は必要ない。デンモアと呼んでくれればいい」

エイドリアンの傍らで、下男が居心地悪そうに体を動かしている。

それはやさしさのしるしだった。やさしさに見えるはずだ。これほど高貴な身分の人がただの使用人に並外れた謙遜を示しているのだから。下男は――名前はウォルター・エヴァンスだ――エイドリアンがこんな扱いを受けるには値しないと思っているのだろう。

エイドリアンにはそれがよくわかっていた。なぜなら、おじから何度も何度も言われてきたことだからだ。

〝自分の立場をわきまえろ〟若い頃からエイドリアンはそう警告されてきた。〝善良な人間の寛容さに甘えるな〟と。

「あなたがそうおっしゃるなら、主教」エイドリアンは言った。

デンモアはため息をついた。「まあ、いい。エヴァンス、出ていってドアを閉めてくれ。

われわれには話しあうべきことがある」

エイドリアンと主教は一〇メートルの距離を空けたまま、その場から動かなかった。ふたりはエヴァンスの後ろでドアが閉められ、足音が遠くに消えていくのを待った。

それからようやく主教が立ち上がった。部屋を横切ってエイドリアンを抱き寄せる。「エイドリアン」彼が言った。「ずいぶんと久しぶりだな」

一年以上は経っている。長い一年だった。

デンモア主教はエイドリアンより頭ひとつ分、背が低かった。薄い髪は白くてぱさぱさだし、肌は紙のように白く、年齢のせいでしわだらけだった。いつもそろそろと動いているのは、痛風持ちだからだ。

彼らが血縁関係にあるとは誰も信じないだろう。

主教は腕一本分の距離を空けてエイドリアンを見た。「元気そうだな、少年」

エイドリアンは口の端をゆがめた。「二二歳です。もう少年ではありません」

「ああ」デンモアは彼の肩を放し、称賛の目でまたエイドリアンを見た。「たしかに、もう少年ではないな。ずいぶんと大人になったものだ」

ふたりがおじと甥で、雇い主と雇用人の関係ではないと周囲に知らせる機会はいくらでもあった。少し前にとある展示会で偶然顔を合わせたときだって、デンモアはエイドリアンのことを知らないふりをした。実際、わざと彼にブリストルの近くで陶磁器の工場を経営するに至った経緯を尋ねて、一緒にいた友人にエイドリアンとの関係を悟られないようにしたのだ。

その次におじを訪ねたエイドリアンは、最後通牒《つうちょう》を突きつけた。

〝いつかはきっと〟おじは悲しげに言った。〝約束する〟

しかし、その〝いつか〟はまだ来ていなかった。

主教は背を向けて甥から離れた。「早すぎもしない、ちょうどいい時間に来たな。おまえはいつでも、わたしがおまえを必要としているそのときがわかっているようだ」

「あなたが来いと言ったから来たんですよ」

この一年以上、エイドリアンには人生について考える時間がたっぷりあった。自分がどれだけ幸運かはわかっている。彼の家族が営むさまざまな事業から生みだされる金もあるし、母親は領地を相続しており、大おじの土地も持っていた。

威圧的だが愛情あふれた兄がいて、親戚も多い。

デンモアなどいなくても、どうということもないだろう。

それでも、エイドリアンはひとつだけデンモアに頼んでいることがあった。それを何度も、繰り返し頼んでいた。一五歳のときにお願いして、一六歳のときにも、そのあと何年も何年も、何度も何度も尋ねてきたことだ。おじは決して〝ノー〟とは言わなかった。いつだって、〝いずれ〟と言うのだ。〝いまは無理だが、いずれは〟と。

いまは無理だ、アメリカでまだ戦争をやっているから。いまは無理だ、兄の公爵を味方につけるのに時間が必要だから。いまは無理だ、主教に昇格しようかというところで、それが実現すればもっといろいろなことができるようになるから。

いまは無理だ、まだこの地位に就いて日も浅いのだから、あえて波風を立てることはない。いまは無理だ、いまは。だが……いずれは。いつかきっと、とおじは約束した。もちろん、いつかはその時が来るだろう。

「それで」エイドリアンはおじを見ながら言った。「この前お話ししたとき、あなたにぼくの家族を認めてくれるようお願いしました。母、ぼく、兄のことを。いまもまだその時ではないとおっしゃるのですか？」

おじがゆっくりと微笑んだ。「時は来た」

おお。ついに来たか。エイドリアンは帰ってこのことを伝えたら兄がどんな顔をするか想像できた。だから微笑みを抑えられなかった。顔が喜びではじけてしまいそうだ。この一年、正確にはこの件についておじになんの連絡もしなかったわけではない。言葉は交わさなかった。訪ねていくこともしなかった。ただ、手紙を送った。しかし無視された。エイドリアンは無視されるのが嫌いだった。

「いつも言っていただろう、時はいつかきっと来ると」おじはそう言うとエイドリアンの手を軽く叩《たた》いた。「何度も言ったはずだ、いつかおまえを認知してやる、だから結果なんて気にするなと。わたしがおまえを愛していることはおまえもわかっているだろう？」

結果という言葉を聞いて、エイドリアンの鼻がぴくぴく動いた。この前は結果についてまともに議論しようともしてくれなかったくせに。

甥であることを隠して秘書をしていたとき、エイドリアンはおじの秘書として彼の代わりに数々の文書で議論を組み立てなければならなかった。デンモアから教えられたのは、情熱は理性的な議論の陰に隠すということだった。エイドリアンはいつも、相手の土俵の上で議論を戦わせるようにしていた。前回おじと会ったとき、ふたりはまるで例の件が国会で質問された問題であるかのように話し、無関係な第三者同士であるかのようにその利点と欠点を議論したものだ。

「それで」エイドリアンは腕を組んだ。おじの好む理性とやらがマントのように肩にかけられ、落ち着きをぶち壊そうとする猛烈な喜びを隠しているのを想像した。「どのように発表していただけるのでしょうか？　兄上である公爵様にはもう相談されたのですか？」

「それは……」デンモアは目をしばたたいた。

「あなたの妹はお父上がその昔主張されたように死んではいなかった、と発表してもらえるんですか？」エイドリアンはこの件をずっと考えていた。この話をどう進めるべきかについては山ほどのアイデアがあった。「それとも、ぼくの父と兄の紹介から始めますか？　取引のある人脈について心配なさっているのは知っていますが、うちの家族が関わっている取引はどこに出しても恥ずかしくないものです。ぼくの父は尊敬されるべき紳士で、正しい理由のために人生を捧げ――」

「エイドリアン」

しまった。情熱を隠しきれていなかったようだ。エイドリアンは興奮を抑えた。

「このことが世間に知れたら、わたしの家族の評判がどれだけ傷つくかは計り知れない」おじは言った。「三五年前、娘が黒人の奴隷制度廃止論者と駆け落ちしたとき、当時公爵だった父はみなに、娘は死んだと告げ、真実を隠した。どういうやり方にせよ、それが公表されたらスキャンダルになるだろう」

エイドリアンは大きく息を吸った。真実に腹を立ててもしかたがない。そんなふうに言っているのが自分のおじだとしてもだ。ただし、それが真実のすべてではない。

「母は駆け落ちしたのではありません」エイドリアンは穏やかに言った。「母は未亡人でした。ぼくの両親は結婚を決意する前に三年かけて奴隷廃止問題にともに取り組み、それから法に則《のっと》った結婚をしたんです」理性的に。それがおじを説得する正しいやり方だ。「あなたがいちばんよくご存じじゃないですか、どのように論点を提示するかが重要だと。ぼくの母はある主義を持った人と結婚した。それがどんな問題になるというんです？」

「彼らが結婚したこと自体は問題ではない」

「ぼくの父は――」

「いままでは、おまえの父親は資産家だ」

「そこは重要ではありません」問題はエイドリアンの肌の色だ、くそっ。英国社会が気にしようがしまいが、彼の父親は世界を股にかける最高位の皇帝にだってなれたかもしれなかった。彼の父親が黒人であるという事実は、どういう形で発表されようとスキャンダルになるだろう。彼もそんなことはわかっていた。それでも――。「肌の色など気にしないという人たちもいますが、問題だと思う人たちがいるのはたしかです。そして現状を変えるチャンスがあるとしたら、われわれはまずぼくの両親のことを話さなければなりません」

おじは彼を一瞥《いちべつ》し、それから顔をそむけた。

おじの観点からすれば、これは恐ろしい一歩に思えるだろう。ずっとやさしくしてくれた人が自分のことをただの甥ではなく、恐怖の対象として見ていると思うと、エイドリアンは少しだけ傷ついた。だが、それなりに幸運な人生を送ってきている。もう少しくらい個人的に傷ついても、それが正しい結果につながるのなら耐えられる。おじは彼を認知することに同意した。それは大きな前進だ。その喜びの前には、多少傷つくくらいはどうということもない。

「いいでしょう。あなたがそうすると決意したのですから、問題は当然起こる結果を受け入れられるかどうかということだけです。ラシターのことはもう大丈夫なのですね？」

ラシター主教は教会におけるおじのライバルだった。この二年間、デンモアの言い訳に使われていたのが彼の存在だった。地位も年齢もほぼ同じで、あらゆる主張において反目しあうふたりの関係ほど苦々しいものはない。

おじは顔を輝かせた。「おまえが彼の名前を出してくれてうれしいよ。話しあいたかったのはまさにそのことなんだ。彼のことは大丈夫になる……じきにな」

エイドリアンはおじを見た。その目がきらめいていた。

おじは興奮して身を乗りだした。「数年前に、おまえが偶然わたしにしてきた頼みごとを覚えているか？」

「いいえ」エイドリアンは即座に答えた。〝いいえ、そんなことはしていません〟と言いたかったのだが、おじはそれをたんなる否定と受け取った。

「連中がおまえを使用人として雇い、おまえを恥ずべき存在として笑いものにしたときのことだ。まあ、いい」おじは満足げな笑みを浮かべ、テーブルの上に一枚の紙を滑らせてよこした。「これを見ろ。ラシターが従者を募集する広告を出している」

エイドリアンがその言葉の意味を理解するのにしばらくかかった。おじが彼に何をさせようとしているのか、すぐにはわからなかった。

エイドリアンは頭を振った。「ありえない」

「おまえのために紹介状を手に入れておいた」おじは言った。スパイとしてライバルのところへ潜りこむということにエイドリアンが反抗したのではなく、物理的にそれが可能かどうかについて言っただけと受け取ったようだった。「わたし宛の手紙をラシターが目にすることは絶対にない。それにいま、ロンドンでは黒人の使用人を雇うのが流行している。ラシターは虚栄心が強いから、すぐ流行《はや》りに乗っかるんだ」

エイドリアンは無礼に思われない程度に顔をそむけた。「従者として仕えるなんて、ぼくにはできません」

「うちのヘンリーにこつを教わればいい」おじは言った。「おまえなら、そう長いあいだラシターを欺く必要はないだろう。おまえはとても頭がいい——すぐに必要な情報を手に入れられるはずだ」

「いいえ。絶対に無理です」

「自分の聡明《そうめい》さを信じていないのか？」

「そういうことではありません。まず第一に、ぼくは使用人ではありません。それに、嘘をつくのは本当にいやなんです」

「もちろん、おまえは使用人ではない。使用人になってくれと言っているわけじゃない。ただ、そのふりをしてくれと頼んでいるだけだ。理性的になれ、エイドリアン」

理性的に。デンモアとはいつでも理性的に相対してきた。その言葉はおじがエイドリアンの口の中に苦い味を残すようなことを頼みこむときにだけ使われるものだった。

「ぼくにはやらなければならない自分の仕事があります」エイドリアンは言った。それは嘘ではなかった。四週間後には生産を開始しなければならない皿のシリーズを抱えていて、そのデザインがまだ仕上がっていないのだ。

「グレイソンはいま近くにいないのか？　彼が代わりにやってくれるだろう」

「ええ、ですが――」グレイソンには芸術的なセンスがない、とは言わずにおいた。おじの前で兄を愚弄することになるし、それは家族に対してすべきことではないからだ。「でもグレイソンが英国にいるのは、ケーブル敷設のための造船の最終段階を監督して、ビジネスの契約を確認するあいだだけのことです。彼には〈ハービル〉社の仕事まで引き受ける時間はありません」

「英国の教会が善良なる者によって導かれているかどうかを確かめるよりも、おまえの事業のほうが価値があるというのか？　ラシターが何かを目論《もくろ》んでいることはわかっている。それがなんなのかについて、わたしには多少の考えもある。あいつは少しばかり金を持ちすぎているんだ。そしてそれを、長期にわたって非常に幸運な投資をしてきたからだと説明している」

エイドリアンはかぶりを振った。

デンモアはまるでエイドリアンが言ってもいないことを全部聞いたと言わんばかりにうなずいた。

「おまえに大変なことを頼んでいるのは重々承知だ。おまえが貶《おとし》められたと感じるであろうこともわかっている。だが、おまえがわたしに頼んでいることほど大変ではないのだぞ。ラシターの影響力を減じることができるなら、わたしも自分を貶めておまえを認知してもいいと思っている」

ぼくを認知することはおじにとって自分を貶めることなのか？　エイドリアンは大きく息を吸った。おじを愛している。それは本当だ。だが、ときおり大嫌いにもなった。感情が一瞬、喉元までこみ上げた。

何年も前に、エイドリアンの母親はおじの気持ちを変えさせるという任務を彼に負わせた。正当な理由をちらつかせながら。〝彼は教会で影響力を持っている、その影響力を正しく行使すればどういうことになるか、考えてごらんなさい〟と母は言ったのだ。

いつかきっと分家として彼らを認知してやるというおじの言い分を、グレイソンはあからさまに嘲笑した。兄はもういっさいおじを信じていなかった。

エイドリアンは信じたかった――ふたりきりのときはとてもやさしいおじが、きっと人前でも同じようにやさしい人になってくれることを。だから言っただろう、というグレイソンの声が聞こえるようだった。

「願わくば」おじが言った。「わたしがおまえを愛してきたのと同じくらい、おまえがわたしを愛してくれればいいんだが」

「もちろんです」エイドリアンはいらだちながら言った。「ですが――」

彼はデンモアが耳を傾けてくれるような話を思いつかなかった。おじの愛は首に巻きついた鎖のように彼を強く引っ張っていた。

「おまえがわたしを愛してくれているのなら」おじは甘ったるく言った。「わたしのために頼みを聞いてくれ。いや、わたしのためでさえない。おまえのためだ。頼みを聞いてくれれば、わたしはおまえを認知する。約束しよう」

「それは――もちろんそうですが……」しかしエイドリアンは、ここで反論しても意味がないのをわかっていた。反論して意味があったことなど一度もなかった。

〝これとそれを一緒にしないでくれ、吐き気がする〟とエイドリアンは言いたかった。だが、吐き気がするというのは感情であって、議論にはならない。おじはそんな言い分に耳を傾けてくれはしない。

〝こんなことをぼくに頼むなんて、どうかしている。あなたはもう充分ぼくを傷つけてきたじゃないか〟これも感情だ。議論にはならない。

〝ぼくをこんなふうに利用するな。ぼくをいっさい利用するな〟彼の中にあるのは感情のみで、議論できる言葉は何もなかった。

エイドリアンはおじのことをよく知っていた。いま、おじの頼みを断れば、彼はそれを認知など必要ないと言われたと受け止めるだろう。エイドリアンはベッドに横たわって夢見ていた一五歳の頃を思いだした。夢の中でおじはエヴァンスを呼びつけて言うのだ。〝彼をあんなふうに扱うな。彼はわたしの甥だ。施しを与えている相手ではない〟

そのおじからいま頼まれたことは、エイドリアンを傷つけた。だが彼の傷などほんの小さなもので、ほかの人たちはもっとずっと傷ついてきたのだ。もし自分がここで流れを変えられるのならば……。

エイドリアンはグレイソンに知ってほしかった。人は変われるのだと。ほんの少し信じたくらいで、不都合が生じることなどない。その機会がまさにここにあるのだ、と。

彼は兄のためならどんなことでもするつもりだった。おじのこんな頼みを聞き入れることさえも。

「ぼくがこれを引き受けるとしたら、あなたには決してひるまないと約束していただかなければなりません。今度こそは絶対に」

「もちろんだとも」主教は心外だと言わんばかりの顔をした。「決してひるむものか。今度のことは、おまえが気づいたときにはもう終わっているさ。そしてわれわれは、ともに幸せになるだろう」

「わかりました」その言葉はエイドリアンの舌には苦く感じられた。だが、これこそ彼が望んでいたことなのだ。認知。グレイソン。傷ついたことはじきに過去になる。そして過去になってしまえば、そのことをもう二度と考えずにすむ。

「ともに幸せになる」エイドリアンは用心深く言った。「それを楽しみにしていますよ」

エイドリアンはグレイソンにどう話そうかと考えた。手短にすませなければならない。

結局、一通の手紙を送ることにした。返信用の宛先は書かなかった。

〝しばらく留守にします。一週間か、もっとかかるかもしれません。そのあとデザインの仕上げのために〈ハービル〉社に戻ります。すべて終わったら、何もかも説明します〟

手紙をどう締めくくればいいかわからなかった。何をつけ加えても、ばかげたことに思われる気がした。

〝いまはまだ何も言わないでください〟最終的に、彼はそう書いた。〝すべてが終わるまでは。きっと、すばらしい結果が待っていると確信しています〟

その文面と同じくらい確信できればいいのにとエイドリアンは思った。返信先は書かなかった。自分が何をしようとしているのか、グレイソンには知られたくなかった。

彼はもう一通、〈ハービル〉社のミスター・アラビ宛の手紙を書いた。

〝別のビジネス上の問題が発生した。どのみち、ぼくがいなくてもきみたちでやれるはずだ。二週間後には戻るから、デザインを完成させよう。のんびりしていられなくなるぞ。きみの理解に感謝する〟

エイドリアンにとっては、それは結婚式の一週間前から始まっていたのだった――ひとつの過ちと、ひとつの約束から。

3

カミラにとっては、それが始まったのは結婚式の三日前だった——月曜日に、別の過ちとともに。

もう午後二時半を過ぎていた。その日に来客があると伝えられていれば何も問題はなかった。一週間前に知らされているのが望ましいが、せめて前日でもまだ受け入れることができただろう。その日の朝食時にほのめかしておいてくれるだけでも、実際に起こったことよりはまだましだったはずだ。家の外に馬車が停《と》まったのは、カミラが昼食のプディングを給仕しているときのことだった。

マイルズ教区牧師はテーブルから飛び上がった。「そうだ！」彼が笑みを浮かべる。「ラシター主教がおいでになった。準備は整っているか？」

準備など何ひとつできていなかった。

予備の部屋のシーツに空気を通してもいないし、ローストロールチキン以外に特別な夕食の献立は用意されていなかった。家じゅうが爆発したような混乱状態に陥り、カミラはまともにものを考える暇もなくなった。

「カミラ」重たいリネンの塊を抱えて階段を駆け上がるカミラに声をかけてきたのはキティだった。「なぜ主教のおつきの方たち用の予備のベッドがまだ整っていないの？　三時間前に頼んだはずよ」

キティは家政婦ではなく、カミラと同じく雑用全般をまかされているメイドにすぎない。だがカミラよりも長くこの家にいるため、ことあるごとに命令してくるのだ。

「まだやっていないからよ」カミラは短く答えた。「でも、ちゃんとやっておくわ」

「きちんとやってちょうだい。それから銀食器を磨くのを手伝って。今夜のために必要なのよ。フォークの一本にでもしみがあったら、わたしたちはどうなると思うの？」

「どうもならないわ」

「なんですって？」

「どうもならない」カミラは使用人たちの部屋へと続くドアをヒップで押し開けた。「しみがあったらどうだっていうの？　どうもなりはしないわ」

返事はなかった。キティはもう聞いていなかった。

カミラはシーツを一枚取りだし、慣れた手つきでベッドに広げた。もっと若かった頃、完全に環境が違っていた頃、彼女はここよりも広い家に住むことを夢見ていた。それは実現しなかったし、過去を振り返って嘆いても意味がない。いまの彼女はシーツをきっちり完璧に、たった四〇秒で敷くことができた。別に誇れるようなことでもないが、カミラは可能なかぎりどこにでも、誇れるものを見つけていた。何かに秀でているというのはいいことだ。

彼女は二枚目のシーツに手を伸ばした。

「カミラ！」料理人の声が使用人用の階段の下から聞こえてきた。「カミラ、すぐに手を貸してくれ。誰かが主教に紅茶を持っていかなきゃならない。それができるマナーを身につけているのはおまえだけだ」

「ちょっと待って！」彼女はシーツを振った。

「待てない！　いますぐだ！」

シーツ。銀食器。給仕。すべてをいますぐやらなければならない。それというのも、教区牧師に使用人たちに来客の予定を伝える寛大さがなかったせいだ。

カミラはシーツを打ちつけてうなった。「わたしにはこんなくそみたいなことをしている暇なんてないのよ」

「誰にはあるというんだい？」

背後から聞こえたのは面白がっているような、聞き覚えのない声だった。男性の声だ。ここは使用人用の部屋なのだから、そう驚くことではなかったかもしれない。だが、カミラはびっくりして飛び上がった。

ドアのところに立っている男性にカミラは目を奪われた。長身を包むダークブルーのスーツとは対照的にシャツは真っ白なリネンだ。アフリカ系の人――いいえ、そうではないかもしれない、とカミラは彼の声を思いだして心の中で訂正した。

彼の発音はとても英国人らしかった。短い言葉だったが、彼女は英国のウエスト・カントリーあたりの訛《なま》りを聞き取った。母音の発音には彼女がバースで過ごした一五歳の頃を思いださせるものがあった。当時、カミラはほかの女の子たちから訛っていると笑われたものだった。だからほかの子たちと同じ発音をするよう心がけた。のちに国の反対側へと送られたとき、新しい仲間からは田舎者みたいな発音をしていると笑われた。

この男性の言葉は友好的に聞こえた。彼は微笑みを浮かべて彼女を観察していた。

カミラの目を奪ったのは、真っ白なリネンのシャツと男性のブラウンの肌の対比だった。彼と比べれば、誰だって真っ白に見えるだろう。

彼女はこれまでにも黒人を見たことがあった。黒人の使用人や船乗り、兵士たちを。彼らの前でくそなどと下品な言葉を使ったことはいままで一度もない。カミラはいつもすぐに顔が赤くなってしまうのだが、いまも頬が熱くなるのを感じていた。男性は彼女のことをなんと野暮な女だと思ったに違いない。

「わたしは――」カミラは唾をのんだ。「あなたの耳には聞こえてしまったかもしれないけれど、その――」

男性は明らかに面白がっていた。「もちろん、ぼくには聞こえたよ。きみはこう言った。わたしには暇がない、こんな……」彼は最後までは言わなかった。

この人にもう少し親切心があれば、彼女の言葉など聞こえなかったふりをしてくれただろうに。だが、親切心がまるでないよりはましだ。カミラは思わず微笑んだ。「あら、そんなことを言ったかしら？　もちろん、わたしには暇などありません。ほら、いまはちょっと混乱していて。ところで、あなたが言ったとおりだと文章にならないわ。こんな、何をする暇がないってわたしは言いました？」

「きみは何も言わなかったよ」もしかしたらそれは、彼の目がきらめいたせいかもしれない。それとも、カミラがちょっと注目されると頬を赤らめるたちだったからか。あるいは、この一時間ほど、息をつく間もなく忙しく働いていたせいかもしれない。とにかく彼女は自分の頬が赤くなっているのを感じた。またしても。

「それはわたしらしくないわ」カミラは男性と目を合わせ、こんなことを言うのは少々厚かましすぎると気づいた。だが、疲労困憊《こんぱい》のあまり気にしていられなかった。「あなたにはお知らせしておきますけど、わたしはいつも文章をきちんと終わらせるの。文法もろくにできないと思っているんでしょうけど、そんなことはありませんから」

「ああ」彼が肩をすくめる。「ぼくが邪魔しなければ、きみは言いかけたことを最後まで言っていただろう。すべてぼくが悪いんだ」

「あなたが邪魔しなければ」カミラは続けた。「あなたはわたしがこう言うのを聞いたでしょう、わたしにはこんなくだらないくそみたいな仕事をやっている暇はない、と」

野暮で、図々《ずうずう》しくて、気が短い。誰もがカミラに本当の自分を隠すようにと忠告した。彼女はうまく本性を隠せたためしがなかった。この男性がいずれ彼女を嫌いになるのなら、早く嫌いだと気づいてもらったほうがいい。彼女の想像に火がついて、勝手に期待して傷つくようなことになる前に。

しかし男性は引きさがらず、カミラの言葉を聞いて笑った。目尻に寄ったしわを見て、彼女もつられて微笑んだ。

「料理人の怒鳴り声が聞こえていなかったかもしれないので」彼女は言った。「わたしはカミラといいます。ミス……」ワースとは言わなかった。最後に本名を名乗ったのはもう一年以上も前のことだ。彼女はもうカミラ・ワースではない。そう名乗れば家族に恥をかかせることになる。「……ウィンターズです」彼女は言った。「ミス・ウィンターズとお呼びください」

「ぼくはミスター……」彼はカミラが偽名を名乗るのに躊躇《ちゅうちょ》したのをまねて言葉を止めた。「ハンター。主教閣下の従者だ」

主教の従者。わたしのいまの地位よりもずっと上の人だ、ばかなことはしちゃだめよ、と彼女は自分に思いださせた。ミスター・ハンターがまた彼女を微笑ませる前に、ここから逃げださないと。

しかし、彼が言った。「きみとまた話すのを楽しみにしている」それは本気で言っているように聞こえた。

カミラはすぐにわれを忘れてしまう。それは彼女の修復不可能な欠点の中でも最悪の欠点だ。彼女は誰かに自分を求めてほしかった。やめろと何度言われても、礼節をわきまえろと何度諭されても、やめられたことはほとんどなかった。きっと今後もないだろう。

ミスター・ハンターが彼女を見る目には、特に称賛しているような様子はなかった。彼の視線が自分をなめまわしているなどと想像してはいけない。たんに、この部屋には彼女しかいないから、ほかに見るべきものがないだけでしょう？

それでも、彼が最後にもう一度微笑みかけてくると、カミラも微笑み返さずにはいられなかった。ミスター・ハンターは主教の従者だ。彼女よりずっと高い身分だし、彼女にはもったいないくらいハンサムだ。それに、彼がいつまでここにいるというのか？　せいぜい数日だろう。

ちょっとした会話を戯れの恋みたいに想像するのは愚かなことだ。だが、カミラは昔から愚かだった。

彼女の視線は、もしかしたらちょっと親密すぎたかもしれない。

「まさか。わたしたちがまた話すことはありませんわ。次に言葉を交わす機会が来る前に、わたしは過労死しているでしょうから」

ほら、まただ。こうして相手の気を引こうとしている。

「わたし、シーツをちゃんとしないと」彼女は言った。この状況においては、ベッドのことを話しているほうが安全だった。「わたしが死んだら、キティにわたしの針金のブローチを渡してくださいね。彼女はそれをとても褒めてくれたから」

「ベッドの用意は自分でするよ」

「ご親切に。でも、わたしが――」

「いいや」ミスター・ハンターは目をきらめかせて言った。「わかっていないな。きみが死んだら、ぼくは葬儀に備えて主教の黒衣を用意しなければならなくなる。シーツを広げるくらい自分でやったほうが、はるかに手間が少ない」

彼は戯れてなどいないわ、とカミラはきつく自分に言い聞かせた。あの目のきらめきは、何も意味していない。

「それなら」彼女は言った。「あなたにおまかせします。もしかしたら、あの言葉についてはまたあとでお話しできるかも」

ミスター・ハンターが微笑んだ。「ああ、もしかしたら」

神様、わたしはなんという愚か者なのでしょう。

カミラは一瞬目を上げ、くらくらしながら彼の目を見た。ブラウンの目にゴールドの斑点が散らばり、ミスター・ハンターが微笑むと、世界中が彼と一緒に微笑んでいるように思えた。やはりわたしは愚かだ。

ひと目惚《めぼ》れで恋に落ちるには、ある種の特殊な頑固さが必要だ。それを何度も繰り返すには、豚と同程度の頭がなければいけない。何もないところに愛があると想像し、それを手に入れられるよう願うことを繰り返すのは、よほどのばかだ。

要するに、それこそがカミラの反骨心だった。誰かが自分を好きになってくれると信じることを彼女はやめられなかった。親切でハンサムな見知らぬ人だからというだけで夢中になるのは、彼女にとってこれが初めてではなかった。

カミラをよく知る人は、誰も彼女を好きになってはくれなかった。もしありうるとしたら、見知らぬ人が彼女になんらかの価値があると思う場合くらいだ。彼女はそのチャンスが訪れるのをもう長いこと待っていて――。

「カミラ！　紅茶を運べ！　いますぐにだ！」

わめき声が階下から響いてきて、彼女ははっと白昼夢から目覚め、飛び上がって首をすくめた。「わたしは――つまり――」

「さようなら、ミス……ウィンターズ」彼が静かに言った。

だめ。そんなことをしてはだめよ。「ごきげんよう、ミスター……ハンター」カミラは希望に満ちた微笑みを浮かべずにはいられなかった。心が浮き立つのを感じずにはいられなかった。階段を駆けおりながら、にっこりせずにはいられなかった。

ミスター・ハンターはここにほんの短期間、滞在するだけ。そして、いずれ去っていく。それに主教に雇われているのだとしたら、彼は非の打ちどころのない人柄のはずよ。

彼女は軽はずみで、戯れの恋が好きで、自分を騙すのが恐ろしく上手だった。カミラはそんな自分のことをよくわかっていた。いやというほど知っていた。でも、ほんの数時間、いいえ、もしかしたらほんの数日間のことよ。

数日間だけ幸せでいたからって、どれほど傷つくっていうの？

五分後、カミラは教区牧師の執務室に身をかがめて入っていった。そこでは、ふたりの男が会話に夢中になっていた。

窓の外で輝く夏の太陽が牧師の机の表面に十字架の模様を描いていた。彼女は大きなトレーをそこに置き、それからティーポットを持ち上げた。

「慈善事業が教区のためになるというお話ですが」マイルズ牧師が語っていた。「正直なところ、現時点でやっていること以上に何かをするというのは想像できません」

カミラは牧師が手がけている慈善事業を何も思いつかなかった。これがわたしの四九番目の欠点よ、と彼女は思った。自分の欠点を棚に上げて、他人を評価したがるのは悪い癖だ。彼女は他人を評価しないように努力したが、少しぐらいの努力ではどうにもならなかった。そのことは間違いなく彼女の墓石に刻まれる羽目になるだろう。〈カミラは善人であろうとした。だが、その努力は長くは続かなかった〉

マイルズ牧師を慈善事業という点で評価しないようにするのは、とりわけ大変だった。カミラもキティも彼にとっては施しの対象であり、彼の行動にいくらかの善意が見えることはあるものの、彼女はずっとろくな報酬をもらっていなかった。彼に感謝すべきだとはわかっていたが、それでも……。

「ああ」主教が応じた。「きみの行いは見てきた。そこにこれ以上投資しても利はない」

カミラはマイルズ牧師に感謝していた。本当だ。牧師が救いだしてくれたとき、彼女は本当に困っていたのだ。彼女が自分の行為によってどんな結末を迎えることになるか、牧師はあらゆる可能性を教えてくれた。マイルズ牧師はカミラを引き取り、辛抱強く、彼女のために時間を費やしてくれたのだ。

元いたところに戻っては意味がない。カミラは何度も過ちを犯したが、もっと善良になろうと努力していた。そのことに集中していた。

「それでしたら、意見は一致しましたな」ふたりの男はうなずいた。

カミラはスプーンとソーサーをきちんとそろえて置いた。それから、そのあいだにミルクと砂糖をのせた小さな陶器の皿を配置した。

教区牧師が彼女を困難から救いだしたといっても、それはさほど重大な困難ではなかった。少なくとも身の危険が迫っていたわけではない。ただ、彼女の魂を危険にさらすような類のものだった。たとえ、それで彼女が一時的に幸せを感じていたとしても。

「この状況を切り抜ける最善の方法を、ずっと考えておりました」マイルズ牧師が言った。「ひょっとすると、もっと大きな問題になっていたかもしれませんから」

ミスター・ハンターは親切そうに見えた。あの人の肩のことを考えるだけなら、魂を危険にさらすことにはならないはずよ。ただの肩だもの。肩は腰よりずっと上にある。それくらいなら考えても罪にはならないわ。カミラはシュガービスケットをティーセットの向こう側に置いた。

「その問題はもう結論が出たと思っていたのだがね」主教は言った。

今日のトレーにはごちそうが並んでいたが、誰がこれを用意したのかカミラは知らなかった。主教に出す皿の上にこんなにめちゃくちゃにサンドイッチを放りだすなんて、ありえない。彼女は頭を振り、それをきれいな星形に並べ替えた。

主教の言うとおりだ。もっとも、彼はカミラに告げるためにそう言ったのではなかったが。彼女はもう結論を出した。自分は善人であろうとしていた。自分の過ちについて考えなくてすむようになりたかった。それはつまり、戯れの恋になど溺れないということだ。肩のことなんて考えない。何も考えない。

心のままに進んでしまえば、魂を脅かす危険が待っている。より善良な人間になってさえいれば、喜んであるべき自分の姿を受け入れられただろう。だが、永遠に変わらない自分の魂を恨むことが何度もあった。

マイルズ牧師はときおり、善と悪との戦いの話をした。天使と悪魔が左右の肩にひとりずつのって、甘い言葉をささやくのだという。理由はどうあれ、カミラには悪魔の大群が差し向けられ、天使は欠点だらけだった。それでも、天使はがんばってくれていた。

「教会に寄付をする人はいつの時代にもいるだろう」ラシター主教が言った。「彼らは声高に寄付をする。まわりの者たちにその美徳が伝わるように。ミセス・マーティンも例外ではない。困難はいつだって起こりうるものだが、彼女のこともなんとか片をつけなければならない。ほかのみなに対してそうしてきたのと同じようにな」

それを聞いて、カミラはふと正気に返ったような心持ちになった。自分の美徳をありとあらゆるところに見つけなければならないのだ。もしかしたら、頭上で交わされている会話の中にも。カミラはスコーンをまっすぐ一列に並べ、ジャムとクロテッド・クリームがこぼれていないかどうか確認した。

困難はいつだって起こりうる。だから彼女はここにいるのだ。自分の選択を今度もまた正当化しようとして。

「しかし」マイルズ牧師は言った。「彼女は要求がきつくて――」

「屈するな」

カミラは思いださなければならない。最初の衝動は不道徳なものだった。二番目の衝動はそれよりましとは言えなかった。彼女はたいてい、正しい道を歩いているのかどうかを自分自身に尋ねることから始めたりはしなかった。一〇分後、ばかなことをしでかしてからそれに気づくのだ。だが少なくともいまは、自分が何をしようとしているのか問いただしている。たとえそれが少々時間のかかる問いだとしても。それは彼女がより善良になっている証拠ではないか？　ミスター・ハンターとは出会ったばかりだ。彼に戯れの恋を仕掛けたりすべきではない。

最後に小さなケーキを確認して、彼女はうなずいた。

「こういう場合には特に、公式な方針を持ちだせばいいんだ」ラシター主教は言った。「彼女が要求している情報は開示できない。教区民のプライバシーに関わることだからな。それくらい単純なことだ」

カミラはサンドイッチをのせたトレーを男たちの前にうやうやしく置いた。

ラシター主教は銀のトレーを見て、美しく並べられたサンドイッチを眺め、それから頭を上げてしげしげと彼女を見た。主教はまるで彼女を初めて見たかのように目をしばたたき、眉をひそめた。「娘。ここで何をしている?」

「わたしですか?」カミラは説明をせずとも紅茶の用意をしていたことは伝わっているだろうとばかり思っていた。「サンドイッチのご用意をしておりました、閣下」

「紅茶を並べていただけですよ、ラシター」マイルズ牧師が言った。主教は彼女が恐ろしい間違いをしでかしたかのようににらみつけた。カミラの肩先にのった悪魔が彼女に罪を犯させようとそそのかしているのを直感で悟ったかのように。

おい、見てみろよ。悪魔のひとりがささやいた。この男にはさすがのおまえも戯れの恋を仕掛けたいとは思わないだろうな。おまえはどこまで悪い女になれる?

恐ろしい。われながら、本当に恐ろしい女だ。カミラは自分の邪悪な微笑みを隠そうと頭をかがめた。「申し訳ございません」

「カミラ」マイルズ牧師が少々厳しい声で言う。「おまえにはやることがたくさんあるのだから、いつまでもスコーンをいじっている場合ではないだろう。もう行きなさい」

「はい。もちろんです」彼女はまた会釈をして急いで立ち去った。愚かな悪魔たち。わたしは善人になろうとしているのよ。本当に善良な人間に。

これから数日は、絶対に浮ついた気持ちを抱いてはいけない。わかってはいても、そういう気持ちを抑えることはできそうにないけれど。

ディナーをとる使用人たちのテーブルは大騒ぎだった。玉ねぎとイースト菌の香りが充満する階下のベンチに、ほかの使用人たちと腿が触れあう距離で座っていると、エイドリアンは幸せな思い出をよみがえらせて微笑むなどということはとてもできなかった。

彼を見るほかの使用人たちの目つきはお馴染みのものだった。よく言っても不安そうな、悪く言えば疑いの目。無礼な質問も飛んできた。〝あんた、いったいどこから来たんだ?〟そう尋ねた下男は、ブリストルという答えがたとえ真実でもそれを受け入れようとしなかった。

エイドリアンがそもそも家族のことで嘘をついているという事実は、この任務をいっそう危険なものにしていた。彼は嘘をつくのが得意だったことは一度もなかった。ラシターの狙いがどこにあるのかをさっさと突き止めればそれだけ早く、このばかげた仮面を脱ぎ捨てて自分の人生に戻ることができる。

おじが言っていたように、金が絡んでいるのは間違いない。エイドリアンもいまではそう確信している。いつだって金が問題なのだ。金が人間を愚かにする。

マイルズ教区牧師の家の中でも、金は意味をなしていなかった。エイドリアンの頭の中で警報が作動した。メイドがふたり、家政婦がひとり、料理人がひとり、下男がふたり。男やもめの牧師がひとりで住む家にしては使用人が多すぎる。それに陶磁器も山のようにあり、まっさらなシーツは使用人用のものでさえ一度使えば交換される。それに食事も――。

「すまないな」料理人が言った。「ポテトとチーズしかなくて。来客があるなんて知らされていなかったから、これがなんとか用意できる限界だった」

ポテトとチーズで謝る理由がどこにあるというのか？

「もっと待遇の悪い家なんていくらでもあった」エイドリアンは言った。「もっと上流階級の家でもだ」それは本当だった。

「まあ、そうだろうな」教区牧師の使用人のひとりがつぶやいた。「そんなの、驚きでもなんでもないよ。だって――」

エイドリアンが先ほど会った女性――ミス・ウィンターズがその男の腕を金属のスプーンで叩いた。「あほなことを言わないでよ、サルトン」

料理人はミス・ウィンターズを彼女のスプーンでもう少しだけ軽く叩いた。「そんな言葉を使うんじゃない、カミラ。お客様の前だぞ。主教のおつきの方々におれたちのことをどう思われてもいいのか？」

エイドリアンはあえてミス・ウィンターズの真向かいの席に座っていた。彼女はかわいらしい。白いキャップを外せば黒髪は波打つように垂れるのだろう。目は上品ぶって見せようとしても、きらきら輝いている。太陽など恐れていないと言いたげに、肌の色はほかの人たちよりも少し濃かった。

秘密の情報を探していなかったとしても、エイドリアンは彼女の近くに座っただろうが、情報が欲しいいまは、そここそ最適な場所だった。先ほどの一件からして、彼女はおしゃべりだ。手始めにゴシップを探ってみよう。

「いや、本当だ」エイドリアンは体をもぞもぞ動かしながら言った。「首席司祭の家での食事はひどく粗末なものだったし、使用人もろくな連中ではなかった。きみたちはみな、自分たちを誇りに思っていい」

ゴシップは扱いに注意を要する。エイドリアンはゴシップ好きではなかった。それでも、最も忠実で口が堅いと思われる使用人でさえ、悪口は決して言わなくても、雇い主の自慢ならためらわずに口にするものだ。彼らもそういう話には乗ってくるのではないか？

「それはカミラの給料が半額ですむからよ」そう言ったのは、テーブルの反対側にいたメイドだ。「彼女の給料が安いのは――」

ミス・ウィンターズが顔を赤らめ、横の女を肘で突く。「キティ！」

「教区牧師は数年前に少しばかり金を手に入れたんだ」料理人が言った。「おばさんの遺産だかなんだか、詳しくは知らないが。おかげで彼は立派な家を構えることができたってわけさ。一介の教区牧師よりもずっといい家をね」

そんなありきたりな答えがあるだろうか？

エイドリアンはどうにも信じられなかった。

彼はさらに探りを入れることにした。「間違いなくこの食事を詫《わ》びる必要などないよ。主教は昨日、電報を受け取って、すぐにここへ駆けつけたんだ。きみたちはきっと何も知らされていなかったんだろう」

「ええ、何も」キティと呼ばれた女性がうめいた。やせっぽちで白いキャップをかぶった彼女は、ミス・ウィンターズの一・五倍ほどの歳《とし》に見える。「今日の午後にあなた方が現れるまで、人が来ることになっているなんて知らなかったわ」

「いったいなんの騒ぎかな」エイドリアンは好奇心をむきだしにしないように気をつけながら言った。「こんなにあわてて駆けつけるなんて、どんな理由なんだろう?」

「そうね、何か知っている人がいるとしたら、それはカミラよ」キティは言った。「牧師に紅茶を運ぶのは彼女の役目なの。なぜなら、彼の祈りを最も必要としているのはカミラの魂だから」

ミス・ウィンターズは目を細めた。唇を噛んでエイドリアンを見ると、頬を赤らめた。それから頭を振り、自分のポテトにかじりつく。「今回は何も知らないわ」

ミス・ウィンターズがどういう人なのか、エイドリアンにもだいぶわかってきた。彼女はまだ若い。彼女の魂のために祈ってくれる家族がいてもおかしくないのに、それをしているのは雇用主の教区牧師だという。半額の給料で雇われているらしい。おそらく彼女は孤児で、いわゆる下働きをすることを教えこまれ、なんであれ与えられたものに感謝するよう言われているのだ。両親に借金があったか何かしたせいで、彼女を雇うのは――給料が半額とはまったくとんでもないことだ――施しのようなものだと言われているに違いない。エイドリアンはそういうことを何度も見てきた。

こんな話はよくあることで、スキャンダルではない。それに、たとえスキャンダルだとしても教区牧師のであって、ラシターには関係がない。エイドリアンはメイドたちに給料を満額支払うよう説得するためにここへ来たわけではない。

「実際、きみは知らないのかもしれないが、ミス・ウィンターズ」彼は向かいに座る彼女に言った。に言った。「もしかしたら、推理していることくらいはあるんじゃないか？　ぼくが想像するに、きみはいろんな話の断片を集めてひとつの物語にするのが得意そうに思えるが」

テーブル越しにふたりの目が合い、ミス・ウィンターズはまた赤面した。

エイドリアンは出会って一分でカミラ・ウィンターズという人物を見定めていた。彼女はまだ若くて夢を持っている。そして、親切にしてくれれば誰のあとでもついていってしまうほど孤独だ。一度微笑みかけてかすかに好意を示すだけで、ミス・ウィンターズは彼の質問になんでも答えてくれるだろう。

彼女の目がこちらに向けられた。そこには絶望的な輝きがあった。彼女は不意に自分に口があることに気づいたかのように唇をなめた。

エイドリアンはつられて自分の唇をなめないようにした。ミス・ウィンターズは親切に敏感らしく、彼が複雑な手練手管を使うまでもなかった。彼は嘘をつくのがうまくない。彼女をかわいらしいと思いすぎると、好意が透けて見えてしまうだろう。彼女に居心地の悪い思いをさせる必要はない。

しかしミス・ウィンターズは顔を真っ赤にして、頭を振り、目をそらし、スカートを撫《な》でつけた。「いいえ」彼女が静かに言った。「推理はできますけど、そんなことをすべきじゃないわ。わたしはここでつけ足せる興味深い話なんて何も知りません」

「それはよかった」料理人が言った。「いつまでも半額のカミラでいたくないだろう？」

ミス・ウィンターズの目が光った。なんという呼び名だ。半額のカミラだって？　エイドリアンは使用人という人種がどこまで不親切になれるものか、知りすぎるほど知っていた。持たざる者はいつだって、自分以外の誰かのほうが持っているものが少ないことを世間に吹聴《ふいちょう》したがるものだ。

彼はそうされた者がどんな気持ちになるか充分わかる程度には、たびたび似たような立場に置かれてきた。

首筋に浮かび上がったピンク色の斑点、引き結ばれた唇、こわばった肩を見れば、彼女の反骨心は伝わってきた。

言い返そうとするのを必死に抑えるあまり、爆発しそうになっているのだろう。

しかし、ミス・ウィンターズは爆発しなかった。目の中の光が薄れ、彼女はうつむいてまたポテトにかじりついた。

ああ。くそっ。エイドリアンは希望をつぶされてしまった人——男でも女でも——を大勢見てきた。つぶされてもまだ空想に耽《ふけ》っている若者たちを知っていた。

だが、希望をつぶされる過程を見たのはこれが初めてだ。

だったら……と彼はぼんやり考えた。ぼくが彼女にひと声かけたところで、何も問題はないのではないか。だが、それはだめだ。自分にはやるべきことがありすぎる。一週間以内に〈ハービル〉社に戻らなければならないのだ。この仕事を片づけるのは、早ければ早いほどいい。

黙ったままでいるのはどうにも居心地が悪かった。だが、そもそもこの任務自体が居心地のいいものではないのだ。ミス・ウィンターズのことで悩んでいる場合ではない。彼女は役立つ情報を持っているか、持っていないか。それだけのことだ。

食事をしているあいだ、ミス・ウィンターズは二度とエイドリアンのほうを見なかった。必死に彼を見ないようにしていた。エイドリアンは彼女が二回、こちらを見そうになって顔を赤らめ、また目をそらすということをしているのを目撃した。

彼は気にしないようにした。

しかしポテトを食べ終える頃には、どれくらいの時間があればひとりの女性の精神を打ち砕けるのか、どうしたらそんなことができるのかと考えていた。

食事が終わって、立ち上がった彼女がテーブルを片づけ始めると、エイドリアンは皿を集めるのを手伝おうと申しでた。

ミス・ウィンターズは彼のほうを振り返ったが、すぐにうつむいた。両手はパンのバスケットでふさがっている。

「ご親切に」その言葉は彼女の口から出ると非難に聞こえた。彼女は夢を追い払うように頭を振った。「あなたはとても親切なのね。手伝いには及びません。でも、ありがとう」

その日は長い一日だった。カミラは善良であろうと必死に努力していた。

彼女は夕食のあいだ、浮ついた態度を見せないようにした。ミスター・ハンターが四度も彼女を笑わせそうになったときも、なんとか我慢した。

それなのに、皿を片づけて暖炉の炭火を灰に埋めたあと、階段の上で彼にばったり出会ってしまうなんて不公平だ。まったくもって不公平だ――だが、彼は明らかに主教の夜の身支度を手伝っていたわけで、それを考えれば至極納得できることではあった。

「ミス・ウィンターズ」ミスター・ハンターが彼女に向かってうなずいた。

その階段は誰もが通る場所だし、彼女はどんな雑用でもこなすメイドだ。彼におやすみなさいと挨拶して悪いことは何もない。ほかの使用人たちにもいつだってそう挨拶しているのだから。

悪いことは何もない。彼の目を見なければならないということ以外は。それに、彼女の肩にのったたったひとりの天使が何を言おうとも、カミラはやっぱりミスター・ハンターのことが好きだった。彼の近くに立っているというだけで、手首の脈が速まるのが感じられるほどだ。カミラはうつむいたまま彼のほうに会釈して、女の使用人同士で共有している部屋へ向かった。

「ああ、そんな」ミスター・ハンターが背後で静かに言った。「そうなってしまったか」

カミラは考えるよりも先に、彼に向き直っていた。

ああ。そんなことをするべきではなかったのに。彼はやはりハンサムな見知らぬ人だった。照らしているのはいまにも消えそうなオイルランプひとつという階段に立つ彼は、謎めいていて魅力的だった。黄金色の影が肌の上できらめいている。カミラは片手で腹部を押さえ、突然おなかの中で蝶《ちょう》がばたつき始めたような感覚を鎮めようとした。

「わたしが、どうなってしまったというんですか？」

ミスター・ハンターは彼女に微笑みかけた。「きみは死んでしまった」

カミラは一瞬考えて、昼間のふたりの会話を思いだした。彼女が死を口にして戯れの恋を楽しんだあの会話を。努力したなんて、よく言ったものだ。

いまよりも、さっきのほうが死んだように感じていた。ミスター・ハンターに観察されて、まるで干魃《かんばつ》のあとで最初に降る雨を飲み干す植物のように、彼女は生き返ったのだ。

「そうね」カミラはゆっくり言った。「わたしは歩く死体、田舎をうろうろ歩き回る」

ああ、もう、何をしているの。わたしはまた相手の気を引こうとしている。野暮ったくも、歩く死体なんて意味不明なことを言いながら。だけど、どんなにやり方が下手でも、わたしが男の人にちょっかいを出しているのは事実だ。

「キティはきみの針金のブローチを手に入れたのかい？」

ミスター・ハンターはふたりの会話を蒸し返した。彼はちゃんと聞いていたのだ。カミラは胸の中で温かいものが爆発するのを感じた。

いいえ。屈してはだめ。思い出は愛情とは違う。彼女は自分を叱りつけた。恋に落ちるわけにはいかない。もう二度と。わたしは善良な人間になるのだから。

しかし、ミスター・ハンターはちゃんと覚えてくれていた。カミラは息をつき、肩越しに一列に並んだ使用人用のベッドを見た。キティはもうベッドに潜りこんでいた。まもなく料理人も二階に上がってくるだろう。

「いいえ」カミラは首を振った。「わたしは嫉妬深い死体なの。キティにあれを取られたら、わたしはきっと墓地から出てきて彼女におぞましいことをしてしまうわ」

ミスター・ハンターは彼女が冗談でも言ったかのように微笑んだ。もしかしたら彼女が冗談を言ったからなのかもしれない。

「では」彼は自分の後ろの部屋のほうに頭を倒した。「安らかに眠りたまえ。きみがこの世を去る前にまた会えてうれしかったよ」カミラの腕をとんと叩いた。ごく軽く。

その仕草はただの友好のしるしだ。それでも彼女の心臓は飛び跳ねた。ああ、神様。彼女は指先で触れられることよりももっと多くを望んでいた。そういうことに飢えていた。

けれどカミラは知っていた。こういうちょっとした浮ついた気持ちがどういうことになるのかを。ウィットに富んだ言葉や微笑みを交わしていたのが、そのうち……もっと多くを求めるようになる。そのもっとのせいで、彼女は半額のカミラなのだ。

彼女は自分自身を騙すこともできない。

彼女は善良ではない。善良な人間になることは決してないだろう。だが、がんばっているふりをしていれば、そのうち周囲の人々を騙すことはできるかもしれない。

カミラは頬の内側を噛んで微笑みを隠した。

「おやすみ」ミスター・ハンターが言った。

善良ではないカミラは、それに応えて心臓がはずむのを感じた。「ぐっすり眠ってくださいね」彼女はためらいがちに言った。

最後にもう一度、彼と目を合わせ、ぐっすり眠るために必要なことすべてを考えた——ベッド、服を脱ぐ、無防備になる……。

冷たい布団がカミラを待っている。体内で孤独の糸が一本立ち上がり、心臓のまわりに冷たいつるのように巻きついた。「ぐっすり眠ってくださいね」もう一度言って、全力でその場から撤退した。

4

ありがたいことに、カミラは翌朝、ミスター・ハンターにばったり出くわさずにすんだ。彼女はいくつもの計画を用意していた。汗をかいたり、ちょっかいを出したり、うろつき回る死体の話をしたりせずに、まともな距離感を維持できるような計画を。

それでも、一日じゅうひりひりする感覚が消えなかった。昨晩からつきまとっている孤独感がまだ残っている。自分の心臓のうずきをかつてないほどに意識していた。

もしかしたらそれは、昨日はずっとシーツを抱えて階段をのぼりおりしたり、腕が痛くなるまで銀食器を磨いたりしていたせいかもしれない。昨晩ミスター・ハンターが彼女を見たあの目つきのせいかもしれない――憐《あわ》れみ深く、まるで善良であろうとするカミラの努力などお見通しで、それが成功する見込みの低さまで知っているかのように。

どんな理由にせよ、彼女はその日の午後、ティーセットを持って牧師の執務室に入っていったときは特に沈んだ気分になった。

「ショアハムが降格されるという噂《うわさ》だ」主教が言う。「きみの立場は完璧に……」

彼女が運んできたトレーの上の皿がかちゃりと音をたてた瞬間、会話が止まった。邪魔が入ったことにいらだった顔で、男たちは彼女を見た。

カミラは頭をかがめ、できるだけ急いで、できるだけ音をたてないようにすべてのものを然《しか》るべき場所に並べた。三角形にカットしたトースト、紅茶、ミルク、砂糖、レモンタルト。タルトの皿のところでふと手が止まった。かつて彼女はレモンタルトが大好きだった。しょっちゅうそれを食べられた頃を振り返ってもしかたない。この先、自力でレモンタルトを食べられるときが来るとは思えなかった。

「ミス・ウィンターズ」主教が言った。

カミラは飛び上がり、手を引っこめた。「申し訳ありません、心からお詫びします」

一瞬だ。ほんの一瞬、ちょっとだけ判断が遅れた。彼女は危険な領域にさまよいこむところだった。夢を見て。思い出に浸って。

主教はますます深く眉をひそめた。「何に対して謝っているのかね?」

「ええと――時間がかかってしまったことに」

彼が目をしばたたく。「なるほど。それなら、以後気をつけろ。ちょっと耳にしたんだが、おまえは実は、ミス・カミラ・ウィンターズではないそうだな」

カミラは息をのんだ。

「本当の名前はミス・カミラ・ワース」

より正確に言うとレディ・カミラ・ワースだが、自分の身に起こったことを考えれば、称号を名乗るのは具合が悪い。身の程を忘れるわけにはいかないのだ。あえて自分から真実を明かすような危険は冒せない。この質問にはただうなずいただけで、ほかには何も答えなかった。心臓は激しく打っていた。

「なかなか興味深い家名だな」

カミラはひと言も発しなかった。

「いまは亡きリニー伯爵の家名じゃないか」主教は言い、指の爪を調べた。「五年も前に反逆罪で処刑された男の」

正確には九年だ。カミラはその日付を考えないようにしたが、忘れるはずもなかった。あの日から、カミラの人生の約半分――ほとんど覚えていない過去が本当に彼女のものだと言えるのなら――の歳月が過ぎたのだ。彼女の父は死んだ。反逆者として。兄も死んだ。追放されて。彼らに比べれば、カミラの罪などないも同然だった。

カミラは父を憎むべきだとわかっていた。父が彼女に対して、家族に対して、国に対してやったことは憎むべきことだ。だが、父のことを――兄弟や姉妹のことを――考えると、心にぽっかりと孤独の穴が開いた。人を憎むのは得意ではなかった。

だめよ。過去を振り返らないで。

「そうなのですか？」カミラは彼女を観察している牧師をちらりと見た。「だとすれば、そんな人たちと同じ家名だなんて、不運としか言いようがありませんね」

「なんの関係もないというのか？」

「わたしの父が伯爵なら、わたしはここで紅茶の用意などしていないでしょう」カミラは頭をかがめた。「では、これで失礼を……」

「それなら、おまえはレディ・ジュディス・ワースのことも知らないのだな」

ジュディス。また別の寂しさの波がカミラを襲った。かつて、彼女がもっと若く、もっと大らかだったとき、おじが彼女を引き取ると言ってきた。カミラとジュディスとベネディクトは引き取るが、妹のテレサは断る、と。カミラはその理由をもうほとんど思いだせなかったが、テレサにはどこか難しいところがあったのだろう。

カミラはその申し出にイエスと答えた。おじは、自分のところに来ればドレスを着たりレモンタルトを食べたりできるし、いずれは社交界デビューだって叶うと言ったのだ。けれど、姉のジュディスは賛成しなかった。

おじはわたしたちのことなんか愛していない、と姉は言った。

でも、これで飢え死にせずにすむ、と一二歳の愚かなカミラは応じたのだった。

望みが何ひとつ叶わないというのはカミラにふさわしい罰に思えた。ドレスもデビューもレモンタルトもなし。彼女は年を追うごとに、手からこぼれ落ちてしまった愛をますます必死に追い求めるようになっていた。

カミラはもう、愛なしで生きていくことを選んだのだ。それでも、どういうわけか、肩先の悪魔はこうささやいた。まだ手に入れられるかもしれないぞ、いつかは。

「おや」主教は言った。「レディ・ジュディスを知っているようだな」

もう何年もジュディスには会っていなかった――ジュディスがカミラに会いたくないと思

っていることをはっきり示したからだ。

カミラはかぶりを振り、喉の奥の塊をのみこんで声を出した。「知りません。アシュフォード侯爵夫人のことなんか、わたしが知るはずもありません」

その場に一瞬、沈黙がおりた。彼女は恋しい気持ちを胸の中にありありと感じることができた。

マイルズ教区牧師に引き取られてじきに、カミラはジュディスが結婚したという噂を耳にした。カミラの不品行がいかに重大なことかを彼女の頭に植えつけたのはこの牧師だった。彼はカミラに、愛されることを望んではいけない、それは自分を破滅に追いやることだと言い聞かせた。彼女にはそんな感情を与えられる権利などない、と。カミラの心の中に湧き上がる衝動、いつか誰かのものになりたいという思いは、悪魔が彼女を誘惑してそう思わせているだけだと牧師は言った。

ジュディスは侯爵と結婚した。それは家族を捨てたときにカミラが夢見ていたことだった。マイルズ教区牧師の言ったとおりだ。もはやカミラはジュディスと同じものを手に入れることはできない。それでも、彼女は夢見ることをやめられなかった。

主教は困ったような顔でカミラを見ていた。「結婚相手まで知っているくらい、レディ・ジュディスのことに詳しいようだな。関係ないと言ったくせに。実に興味深い」

カミラは息を吐いた。「そんな。貴族のことですもの。誰だって噂で知っているでしょう？特に、同じ名前を――まったくの偶然ですけど、同じ家名を持った人なんですから」

「ふうむ」主教はカミラの言い分など信じていない口ぶりだった。捨てたはずの彼女のラストネームを主教が知っているとすれば、マイルズ教区牧師がカミラの過去について何かを暴露したに違いない。

彼女は真実を認めたくなかった。そのことを考えるのもいやだった。「わたしは何も関係なくてよかったですわ。そう思いません？」

「そうか？」

「だって――おっしゃったじゃないですか。父親は反逆者だと」カミラは息をのんだ。「ジュディス――いえ、レディ・ジュディスが結婚しても、社交界でのあの家族の立場は恐ろしく不安定なものなのでしょうね」自分の声が震えているのがわかり、両手をスカートの中に押しつけて震えを止めた。

「そうなのか？」

彼女は主教の目に射抜かれているように感じた。「あの家の父親と兄が問題を起こしたあと、噂が立ちました。あの家族は呪われていると、みんな言っていましたわ」

主教が爪をいじっている。「ずいぶんと彼らのことに詳しいんだな」

「詳しくもなりますわ。わたしみたいな人間でも、彼らのような人たちと関係があると思われたら迷惑ですもの」そのせいでどんな結果が待ち受けているかを考えただけでカミラの全身が痛んだ。「社交界でどんな高い地位にあろうと、あんな人たちと関係していたら何もかもおしまいです」

「おまえみたいな人間、か。それで、おまえはいったいなんなんだ？」

おまえはなんなのか。おまえは誰だ、ではない。主教はカミラを物のように見ている。彼の視線にさらされていると、彼女は自分が物のように感じられた。

カミラはここへ来たとき、教区牧師にそれを言わされたことがあった。心の奥まで傷つけられたように感じたものだ。それをまた言わなければならないのは拷問に等しかった。

「何物でもありません」彼女はささやいた。「わたしは何物でもありません」

教区牧師はラシター主教に真実を明かしたに違いない。この尋問の的にできるように、一八カ月前に自分がどういう状況でカミラを見つけたかも、主教に話したに違いない。

彼女が恋人でもない下男にキスしているところを見つけた、と。

マイルズは彼女に因果応報という言葉を印象づけた。噂によれば、おまえの弟はいま、イートン校に通っているらしい。もしかしたら、家名は以前のように権利を回復できるかもしれないぞ。もしかしたら……。

カミラのことが世間にばれれば、その〝もしかしたら〟は絶対に実現しない。

「では、おまえとは何も関係がないと言うのだな？」

「はい」彼女はかすれた声でささやいた。「何もありません」

「カミラ」教区牧師が言った。「わたしは昨日の日誌をつけているところなのだが、わたしが誰と話をしたか覚えているか？」

突然話題が変わって、彼女は心底ほっとした。肩の重荷がおりて力が抜けた。彼女は人の役に立つことが好きだった。自分にはすばらしい記憶力があり、しばしば名前を列挙して牧師の役に立ってきたのだ。「午前中、主教が到着される前ですね？　ワトソン夫妻。ミス・ジョーンズ。ミセス・ランドリー。主教がいらしてからは存じません」

「よろしい」

「あ」カミラは一瞬止まった。「お待ちを――もうひとり、名前を思いだしました。ミセス・マーティン――わたしが紅茶の用意をしているあいだに彼女のお話をされていました」

マイルズは微笑まなかった。「非常に役に立ったよ。おまえは人の役に立つよう努力すべきだ、カミラ。それが唯一、おまえを進歩させる方法なのだ」

そんなちょっとした、まわりくどい称賛にさえ、カミラは喜びで顔を輝かせた。姉と離れてから何年も、称賛されることはほとんどなかった。それが当然なのだ。カミラの肩先には例の悪魔の軍団がのっているし、教区牧師はカミラのどんな噂も彼女の家族に害を及ぼさないように気をつけていた。彼女はそれを忘れるわけにはいかなかった。

「もう行っていいぞ、カミラ」

彼女は引っかかれたような生々しい傷を抱えて逃げだした。

ユダは三〇枚の銀貨と引き換えにキリストを裏切ったと言われている。カミラはレモンタルトのために家族を捨てた。彼女が何も手に入れられなかったのは当然だ。

どこかの神話なら、カミラは永遠にむなしく愛を求めて死ぬ運命にあったと思うこともできただろう。だが、これは神話ではない。彼女に希望を与えているのはたったひとりの天使よりも、肩先にいる悪魔の軍団のほうだった。

これまではひどい人生だったかもしれない。彼らはささやいた。だが、とにかくしがみつけ。振り返るな。前を見ろ。そうすれば、いつかはきっとすべてがうまくいく。とにかく希望にしがみつくんだ。

教区牧師からは、そんな希望に耳を傾けてはならないと言われていた。うれしい言葉に思えるだろうが、それはきっとおまえを堕落の道に引きずりこむ、と。ばかげていると天使は言ったが、その声は小さくてよく聞こえなかった。

いつかはきっと。悪魔が言った。いつかはきっと、何もかもよくなる。

カミラは深呼吸をした。目を閉じて、悪魔を信じまいとした。いつものように、彼女は失敗した。

「カミラ!」階下から声がして、カミラは飛び上がった。「カミラ? どこにいる?」

彼女はわれに返り、苦い孤独を胸の奥にしまいこんだ。心の奥底でそれを希望に縛りつける。運がよければ、それが逃げだすことはないだろう。しばらくのあいだは。

5

マイルズ教区牧師の家に到着してから三日が経ってもなお、エイドリアンは必要なものを発見できずにいた。問題の本質にあるのは、従者という仕事の大変さだった。エイドリアンは従者がどうあるべきかを知らなかったのだ。いま、彼は赤ワインの緊急事態に対処するよう言われたところだった。

そんな緊急事態にかかずらっている暇はないのだが。彼は使用人用の階段を駆け上がりながらそう考えていた。

エイドリアンはおじに課せられた任務を一日も早く終わらせたかった。しかしここへ来て二日目の昨日は、ミス・ウィンターズに丸一日、避けられ続けた。目が合えば頬を赤らめ、まるで叱責でもされたかのように、考えこむような顔をした。料理人は何も知らなかった。もうひとりのメイドのミス・シャクルトンはかぶりを振り、ミス・ウィンターズと話してくれと言った。まったく、誰も彼も使えない。

証拠をつかむのが早ければ早いほど、エイドリアンがここを出ておじのもとへ戻り、自分の仕事にまた取り組めるようになるのも早くなるというのに。

もっとはっきりしているのは、急いで何かを発見しなければ、見つける前に従者をクビになってしまうだろうということだ。

ことによると、とエイドリアンはラシターが泊まっている部屋へ向かいながら考えた。今日にも解雇されるかもしれない。自分は従者に向いていないし、従者としての経験もないことがいつ露呈するかわからなかった。

この職に就くために面接を受けたとき、エイドリアンはしみの除去については天才的な腕前だと請けあっていた。真っ赤な嘘だ。しみの除去方法など何も知らない。熱で磁器の表面にしみを浮きださせ、あとでその皿をどう扱おうともしみがないようにする方法なら知っている。染色や金属の酸化や釉薬《ゆうやく》については豊富な専門知識があった。その過程を熟知していたおかげで、実際の作業とはまるで関係のない話をいかにもありそうなこととして話すことができたのだ。

幸運にも、しみの除去についてエイドリアンよりも知らない人がいた。それがラシター主教だ。主教はエイドリアンが酢と日光と……自分でも何を言ったか忘れてしまったが、適当なたわごとを並べるのを聞いていた。あんなはったりが成功するなんて、まさに奇跡だ。彼の嘘が見破られずにすむことはめったにないのだ。

だが、その幸運も長くは続かないだろう。主教が昼食の席で赤ワインをこぼして服を汚してしまい、部屋で従者を待っているらしい。

エイドリアンはドアを開けた。

室内をさっと見回した。椅子には誰も座っておらず、窓辺にも誰も立っていなかった。ベッドのシーツがはぎ取られ……。

なんだか妙だが、きっとラシターはまもなくここへ来るのだろう。

エイドリアンは衣装戸棚へと向かい、扉を開けて適当な着替えを探した。

二日前に主教が着ていたシャツにマスタードのしみがついていた。エイドリアンは洗い落とそうとしたが、マスタードがこんなにも落ちないものだとは知らなかった。この黄色いしみのせいで、いずれ嘘がばれるだろう。

くそっ。あのしみが——。

部屋の反対側から物音が聞こえ、彼の思考が止まった。振り返ると、ミス・ウィンターズが羽根箒《はねぼうき》を手に突っ立っていた。

当然だ。ほかに誰かがここにいるとわかっているべきだった。部屋の隅に白いリネンが山積みにされていたのだから。

ミス・ウィンターズは最初の晩以来、エイドリアンを避けていた。いまも一歩あとずさった。部屋の反対側に立っているというのに。この三六時間、彼らはひと言も言葉を交わしていなかった。この三六時間、彼女はこちらを見もしなかった。やっと目が合ったいま、彼女の顔は赤くなっていた。

「邪魔をしてすまない」エイドリアンは言った。「だが、主教がここにいると言われてね。昼食のときに何かをこぼしてしまったらしいんだ」

「いいえ」ミス・ウィンターズは眉をひそめた。「そんなはずありません」

「だが――」

「一時間前、主教様がいる前でわたしは皿を片づけました。彼は何もこぼしてなどいませんでしたよ」

エイドリアンは眉をひそめた。「だが――ぼくはたしかにそう言われて……」言葉尻が消えた。もしかしたら昼食時ではなかったとか？　しかし、昼食のときに赤ワインをこぼしたとはっきり言われた。そうではなかったのだとしたら、なぜあんな具体的な言葉が出てきたのだろう？

直感が頭の奥からある考えを前方へと押しだした。何かがおかしい。主教がすでに部屋で待っていると言われていたのに、来てみれば彼はここにいなかった。

ばかげている。ただの伝え間違いだ。

「そいつは妙だな」エイドリアンは踵《きびす》を返した。「では、どういうことなのか見てこよう。きみはここに残って――」

ドアの取っ手に手を伸ばし、それをおろそうとした。びくともしない。もう一度、もっと力をこめて試した。だが、やはりドアは開かなかった。

先ほどの考えがまた戻ってきた。何かがおかしい。

エイドリアンは眉をひそめた。まさか。ちゃんと説明がつくはずだ。ミス・ウィンターズのほうに向き直る。「ドアに鍵がかかっている」

ミス・ウィンターズは目を丸くして頭を振った。「どうして鍵をかけたりしたんです?」

「ぼくがかけたわけではない」

「そうですか」ミス・ウィンターズはもう一歩彼から遠ざかった。背中が壁に当たる。「開けてください。いますぐに。ふたり以上の使用人が部屋の中で話をするときはドアを開け放っておかなければなりません。わたしたちが寝室に一緒に閉じこめられているなんて、とんでもないことです。人に見られたらどう思われるか」頭を振る。「これはまずいです。何をぐずぐずしているんです? 早くドアを開けてください」

「無理だ」エイドリアンは言った。「鍵を持っていない」

ミス・ウィンターズはかぶりを振った。「開けて、早くドアを開けて」

彼はまた取っ手をひねった。「だめだ。こじ開ける方法を知らない。きみは?」

「まさか、そんなことを知っているわけがありません! 従者はあなたですよ!」

なんだって? 「それとこれと、どう関係しているというんだ?」

「従者っていうのは幅広い技術を持っているものなんでしょう?」

「そこまで幅広いわけがないだろう!」ドアはびくともしなかった。「そんな技術があるか!」

「じゃあ」ミス・ウィンターズは手ぶりで示した。「窓から出てください。この状況が人にどう見られるか、あなたにはわかっているんですか?」

エイドリアンは信じられないという目で彼女を見た。「ここは三階だぞ」

「わたしはすでに半額のカミラと呼ばれているんです」彼女は両手を揉みあわせた。息遣いがどんどん浅くなっている。「ハンサムな男性と寝室に閉じこもっているところを見つかったりしたら、今度はどう呼ばれることになるかわかりますか?」

「四半分のカミラ?」

エイドリアンは雰囲気を明るくしたかったのだが、明らかにやり方を間違えたらしい。ミス・ウィンターズの頬は真っ赤に染まった。

「いいえ!」彼女は泣きださんばかりだった。「なんとも呼ばれないわ。だって、わたしはクビにされるから。わたしには誰もいない。紹介状ももらえない。家族もお金もない」

何かがおかしい。エイドリアンの本能がまたささやいた。だが、自分にできることは何もない。ただ……。

「落ち着こう」彼は提案した。「まずはこの状況に対応しないと」

ミス・ウィンターズの鼻腔《びこう》がふくらんだ。「わたしはまさしくこの状況に対応して落ち着いています!」

「ちっとも落ち着いているようには見えないが」

「この状況が求めているのはそういうことなのよ!」彼女は背を向けた。「もう、いいです。あなたができないというのなら、わたしがやるわ。わたしが窓から出ます」

ミス・ウィンターズは窓の取っ手をひねった。それも動かなかった。

「固まってる」彼女はエイドリアンのほうを見た。「手伝って。わたしを助けて」

ミス・ウィンターズを窓から出すわけにはいかない。そもそもこんなに息が荒いし、スカートをはいている。さらに悪いことに、外壁には伝っておりられそうなつるも何もなく、使えそうな木々も近くにはなかった。

首の骨を折るのが落ちだ。

「わかった」エイドリアンは彼女を落ち着かせるべく言った。「手伝おう。だが、もっと現実的な戦略を話しあうべきだ、そうは思わないか？」話しながら、彼女の傍らに歩み寄る。ミス・ウィンターズはパニック寸前だ。その理由が彼には完全にのみこめていなかった。一緒にいるところを見つかったとしても、真実を話せばわかってもらえるのではないか？

「話なんてしている場合じゃないわ」彼女が言った。「早く手を貸して」

ミス・ウィンターズは窓を開ける小さな取っ手から手を離す気がないようだったので、エイドリアンは両手を彼女の手に重ねた。「息を吸って」彼は言った。「一、二の三でいくぞ。一、二の――」

あとひと息というところで、ドアが開いた。

もうひとりのメイド――エイドリアンの記憶がたしかなら、ミス・キティ・シャクルトン――が正面に立ち、手に鍵束を持っていた。その後ろには下男のアルバート、マイルズ教区牧師、ラシター主教がいた。

エイドリアンの背筋に冷たい震えが走った。何かがおかしい。直感がまたもや彼にそう告げた。今度は、その声に耳を傾けた。なぜみんなそろって立っている？　部屋の鍵を開けるだけのことに、どうしてそんなに大勢の人間がやってくる必要がある？

「ほら、いたわ」ミス・シャクルトンが言った。「手を握りあって」

ミス・ウィンターズは飛び上がってエイドリアンから離れた。「ドアに鍵がかかっていたのよ！　わたしたちは脱出するために、窓を開けようとしていたんです」

「本当に」主教が大股で部屋に入ってくる。「そうなのかね」それは質問ではなかった。

それでもミス・ウィンターズは答えた。「何も起きてなどいません。わたしたちがここにいたのはせいぜい五分です」

「昼食の片づけをしたあと、あなたはずっと上にいたじゃない」ミス・シャクルトンが腕組みをした。「一時間前から」

「ぼくがここに来たのは、ほんの五分前だ」エイドリアンは言った。

「だが、ハンター」口を開いたのはアルバートだった。まさに、一〇分前に赤ワインの緊急事態をエイドリアンに告げた男だ。「あんたはおれに、主教の衣装戸棚に風を通しに行ってくると言ったじゃないか……一時間前に」

エイドリアンは気分が悪くなった。間違っている。これは間違っている。とてつもなく間違っている。何かがおかしいと直感がささやいたその瞬間、その声に耳を傾けておくべきだった。

「それは真実じゃないわ」ミス・ウィンターズは小声で言った。「全然……違います」

ミス・シャクルトンは部屋の中へと進みでて、ずかずか歩いてくるとミス・ウィンターズの横に立った。

「醜態をさらしてしまったようだな、カミラ」教区牧師は低い声でなだめるように言った。「われわれはみな、おまえの過去を知っている。おまえに恐ろしい衝動があるのを知っている。そして、おまえがしばしばそれに屈することも」

ミス・ウィンターズはひどく真っ赤になった。

「鍵のかかったドアの奥に男と一時間もいたことについて、無実を証明できるか？」

「一時間ではありません。それに、わたしたちはふたりとも鍵を持っていません」ミス・ウィンターズは泣きだしそうな声で言った。「わたしたちがドアに鍵をかけることなどできませんでした」

「あなたは今朝、わたしにスペアキーを貸してくれと頼んだじゃない」ミス・シャクルトンが言った。

「そんなことしてないわ！」

ミス・シャクルトンはミス・ウィンターズのポケットに手を突っこみ、一本の鍵がぶら下がった輪っかを取りだした。「だったら、これは何？」

まるで茶番劇を観《み》ているようだった——しかもそれは笑えない芝居だ。エイドリアンはこのすべてが人の目にどう映るか想像できた。だが、それにしても……。

ドアに鍵をかけることなど、ミス・ウィンターズにできたはずがない。エイドリアンがここに来たとき、彼女はすでに中にいたのだ。入口とは反対側の部屋の奥で、手に羽根箒を持って。

最初に彼がドアを開けようとしたとき、ミス・ウィンターズは一メートル以上離れて立っていた。この部屋にいる誰が嘘をついているのか、どんな理由でそんなことをしているのか、エイドリアンにはわからなかったが、誰が嘘をついていないのかは知っていた。いったいここで何が起ころうとしているのか？

「カミラ」教区牧師が悲しげに言った。「もう不道徳なことはしませんと言われたとき、わたしはおまえを信用した。おまえには失望させられたぞ」

ミス・ウィンターズが泣きだした。エイドリアンは困惑するばかりだった。いったい何が起こっている？　なぜ？

「カミラはミスター・ハンターが到着したときからずっと色目を使っていました」ミス・シャクルトンが頭を振りながら言った。

「そんなことはしていません」ミス・ウィンターズはすすり泣いた。「わたしはずっと、善良であろうと必死にがんばっていました」

「真実を言え、カミラ」教区牧師の声は穏やかだった。

「少しだけ色目を使いました」彼女は認めた。「最初の日に。でも、わたしはあなたにいつも教えられているとおりにしました。自分の行いに気づいて、それを正したんです。本当です」

「本当のことを言うんだ、カミラ」

ミス・ウィンターズが唾をのんだ。目は涙で光り、まぶたが震えて閉じられた。「最初の日、わたしはたくさん色目を使いました」

なんということだろう。実際は、そうたくさんでもなかったのに。

しかし、教区牧師は頭を振った。「嘘をつく、人を騙す、みだらなことをする……」

彼女はまたすすり泣き、エイドリアンの胸の中で何かが音をたてて折れた。

エイドリアンは一歩前に出た。「もう充分です。ぼくもここにいました。起こったのは彼女が言ったとおりのことです。彼女は泣いている。少しくらい人間らしいやさしさを見せてあげるべきでしょう」

沈黙が部屋の中で渦巻いた。

「つまり——」教区牧師の声には意味深長な響きがあった。「きみは喜んで、この事態を正しく収拾したいと言うのかね？」

「なんですって？」エイドリアンはさらに混乱して言った。「何を正しくすると？」

「あとはわたしの執務室で話そう」教区牧師は言った。「キティ、カミラを連れていって、彼女の未来が決まるまで部屋に閉じこめておけ。きみは……」

教区牧師がエイドリアンを手招きした。何もかも、意味がわからない。すべてがおかしい。エイドリアンはミス・ウィンターズがドアに鍵をかけなかったことを知っている。みんなの言い分とは違って、彼がこの部屋に一時間もいなかったことも。

いったい何が起こっているんだ？

教区牧師の後ろに、ラシター主教がいた。エイドリアンがここに送られてきたのは、おじのためにこの男をスパイするのが目的だった。満足げな微笑みが主教の唇に浮かぶのを見て、エイドリアンは血が凍りついたように感じた。

考えられる説明はこれしかない。主教はエイドリアンの狙いを知っていたのだ。注意は払っていた。念のため、おじともまったく連絡を取っていなかった。だが、エイドリアンはひどく嘘が下手だ。ラシターはどうにかしてエイドリアンがおじのために働いていることを探りだしたに違いない。ふたりの主教は互いに憎みあっている。おじはラシターをスパイしようとした。ラシターが報復するであろうことにエイドリアンは気づくべきだったのだ。

そう考えると何もかもが腑《ふ》に落ちた。ラシターはエイドリアンの信用を傷つけて彼の証言を役に立たないようにするために、このいまいましい茶番を仕組んでいた。いまなら、ラシターにはエイドリアンが不道徳な男だということを示してくれる証人がいる。

ふたつ目の考えがエイドリアンの頭に浮かんだ。

彼はミス・ウィンターズの話に耳を傾けるべきだった。彼女はこの家で暮らしている。それがどういうことか、彼女にはよくわかっているのだ。ミス・ウィンターズは落ち着いている場合ではないと言った。その言葉は正しかった。

ただし……。

彼女も仲間だという可能性もある。違うかもしれないが、その可能性は捨てきれない。彼女がとても演技のうまい役者か、主教たちがただエイドリアンを傷つけるために彼女の人生までぶち壊そうとしているのを自分が見過ごしているかのどちらかだ。

「こっちだ」マイルズ教区牧師が言い、エイドリアンはあとについていった。ラシター主教はエイドリアンが通り過ぎるとき、にこりともしなかった。ただの想像かもしれないが、それでも彼には主教のまわりに漂う自己満足の気配が感じられた。

エイドリアンは、ラシターを引きずりおろそうとするおじの要望に従ってここへ来た。本当はそんなことをしたくなかった。従者として仕えるというのがいやだった。この企《たくら》みの陰険な感じがどうにも嫌いだった。控えめに言っても、しぶしぶやっていたのだ。

だが、いまは?

エイドリアンは自分が怒っていい立場にあることを知っていた。いろいろな事態をじっくり考えてみれば、ここは猛烈に腹を立てて然るべきだろう。

だが、ラシター主教を置いて立ち去りながらエイドリアンが感じていたのは、憐れみだった。なんであれラシターが隠したいものを隠し通すために、こんな壮大な茶番が必要だと考えているのだとしたら……。

ラシターは本当に何か悪いことをしているのだ。

この男はいずれ破滅する。エイドリアンは彼を憐れに思わずにはいられなかった。

6

そのあとに繰り広げられた会話はエイドリアンが予想したとおり——まるで茶番だった。彼は教区牧師の執務室で背もたれの高い木の椅子に座り、ラシター主教とマイルズ教区牧師にはさまれて、彼らに押しつけられた役を演じるのを拒否し続けていた。

エイドリアンはおじからこの手の連中の考え方を教えられていた。圧力をかければ委縮して彼が言うことを聞くと思っているのだ。

だから、エイドリアンが言うことを聞かないという事実に彼らは困惑し、怒ってもいた。もちろん彼はクビを言い渡されたが、ちっともかまわない。自分がいなくなっても、主教がシャツについたままのマスタードのしみを喜んでくれるといいのだが。

エイドリアンがそう思ったところで、主教と目が合った。「むしろ好都合です」彼は肩をすくめた。「あなたが何者か知ったいま、あなたのために働くことはできませんから」

相手は驚いた顔を見せた。「わたしが何者か、だと?」

情報には価値がある。話をすればそれだけ、エイドリアンにとって有利な点が失われる。ラシターは彼のことを雇われた駒にすぎないと思っているはずだ。エイドリアンが本当は何者で、何を求めているかなど彼らは知らない。そのままにしておくのが最善だ。

「あなたはぼくよりも下級な人種だ」エイドリアンは言った。「あなた方ふたりともです。嘘つきで、教会に仕える価値もない」

男たちが侮辱されて顔色を変えるのを観察した。

「おまえに推薦状など書いてやらんからな」主教が食いしばった歯のあいだから言った。

「結構です」エイドリアンは腕組みをした。「品性のない人間からの推薦状など、もらっても意味がありません」

彼らはエイドリアンを恥じ入らせようとするのをあきらめた。

「もちろんきみは、あの女と結婚するのだろうな」マイルズ教区牧師は言った。

「もちろんです、もしそうすることが栄誉だとぼくが思えば。しかし、そうすべきだと思うようなことを何もしていない以上、ぼくは結婚はしません」

「カミラの評判については考えないのか？」

この男たちは道理で攻めるのではなく、感情に訴えようとしている。エイドリアンはふたりに咎《とが》めるような目を向けただけだった。「あなたたちのどちらかひとりでも、そんなものを気にしているふりはしないでください。本当に気にしていたら、ミス・ウィンターズの話を信じたはずだ。いま頃は彼女に詫びていたはずだ。あなたたちが最初から何も問題はないと言ってくれていたら、彼女はこのあとどうなるかなんて考えなくてすんだんだ。ぼくは彼女を傷つけるようなことは何もしていない。彼女を傷つけたのはあなたたちだ」

二時間にわたって抵抗を続けたので、男たちは面食らっていた。彼らはエイドリアンが頭を下げて詫び、自分たちに屈するものと思っていたのだろう。ところが彼が慈悲を乞うどころか、謝罪を拒否しようとは、ふたりの想定を超えていた。

結局、彼らは部屋の隅に引きさがってひそひそと会議を始めた。

「自分の決断が招いた結果を思い知らせてやる」彼らはそう言ってエイドリアンを地下貯蔵室に閉じこめた。高い位置にある窓には格子がはめられ、脱出は不可能だった。

エイドリアンはミスター・アラビから送られてきたスケッチのことを考えて時間を過ごした。熊、飾りたてた建物、明るい色のデザイン。戻ると伝えた日まで、あと一週間もない。地下に閉じこめられている場合ではないのだ。彼はスケッチのことを思った。いまはありえないほど遠く離れてしまったように思える皿にどんな可能性があるかを考え、床に伸びる影が長くなるのを眺めた。部屋が真っ暗になった頃、彼らがやってきた。

「ついてこい」

「どこへ行くんだ?」

「これ以上、議論はしない」ラシターは言った。「おまえの結婚式を執り行う」

何もかもがしっくりこない。エイドリアンが近づきすぎたせいで解雇する口実を探していたのなら、マスタードの一件を利用すればすむことだ。

無理やり結婚させる目的がわからなかった。あるいは悪意……だろうか?

真の理由は、悪意だ。

あるいは、もしかしたら……。

「結婚式などやるものか」エイドリアンは言った。人間として、そう主張せずにはいられなかった。この男たちが彼のことを人間とみなしていなかったとしても。

「そうはいかない。これ以上はもう議論はなしだ」教区牧師が拳銃を持ち上げた。

エイドリアンの口の中が乾き、理性的な考えはどこかへ吹っ飛んだ。銃身を目にしたとたん、まともにものを考えられなくなり、月光を受けてぎらりと光る金属の黒々とした輝きに胸が苦しくなった。

一瞬、彼はあがいた。

「結婚なんてできないだろう」やっとのことで思いだした。「結婚予告も出されていない。特別許可証が必要なはずだ」

「すでに一通送ってもらってある」

意味がわからなかった。何もかも、意味が通らない。エイドリアンはこれまで銃を突きつけられたことなどなかったし、いざそうされると脳がどうにかなってしまったようだった。考えられるのは、銃で撃たれて死ぬわけにはいかないということだけだった。いまここで死ぬことはできない。母は戦争で三人も息子を失った。グレイソンは兄弟のひとりが自分の腕の中で死んでいくのを見守った。

家族のためにも、エイドリアンまでがこんなところで死ぬわけにはいかない。

教会へ向かう道すがら、考えをまとめようとした。彼らはエイドリアンの正体を知らない。

知っているはずがない。彼のおじがデンモア主教で、祖父が公爵だと知っていれば、こんな無礼は働けないはずだ。彼らはエイドリアンのことを教会のまともな手順など知らない従者だと思っている。間違いなく、金で雇われた傭兵《ようへい》だと思っているのだ。

だがエイドリアンは何年ものあいだ、陰に日向《ひなた》になりながら、おじの秘書として働いてきた。教会の重要文書にもたくさん目を通した。いくつかはまだ彼の書庫に保管してある。ラシターとマイルズは真実を知らない。しかし、エイドリアンは知っている。彼らは銃を彼の頭に突きつけて〝イエス〟と言わせることはできても、それは本心からの〝イエス〟ではない。銃の力で言わせたことに同意があったとはみなされないはずだ。

エイドリアンは教会の身廊へと連れていかれ、それから正面へと向かった。通路はちかちかと瞬く蠟燭の光に照らされているだけだった。

すぐにミス・ウィンターズがやってきた。呼吸が浅くて震えている。両手を広げては握り、広げては握りという動きを繰り返した。ドレスは午後に着ていたもののままで、顔はいっそう青白く見えた。

エイドリアンはふと、このことを知ったらグレイソンはなんて言うだろうと考えた。

〝ほらな？　だから言っただろう、おまえは人を信用しすぎるって〟

たしかに。拳銃を向けられたいまとなっては、兄の言うとおりだったと認めるべきかもしれない。

まさか、英国国教会の主教に銃口を突きつけられて無理やり結婚させられるなどということとが起こるはずもないとエイドリアンは信じていた。これまでにそんなことが起こったという話も聞いたことがない。もちろん、何事にも初めてはあるものだ。だが、何も自分がその格言を証明する最初の人間にならなくてもいいのではないか？

おじにまさかこんな状況に放りこまれることになるとは思ってもいなかった。こんな状況が待っているとは、おじも知らなかったのかもしれないが。

困惑させられる出来事が続いた一日の終わりに教会の中で立ち尽くしながら、それでもミス・ウィンターズが共謀者ではなかったことを信じようとしていた。

エイドリアンは彼女を見ながら、あらためてそのことを考えた。もしラシターとマイルズが、彼がデンモア主教に送りこまれたのではないかと疑念を抱いているなら、彼女と結婚させようと考えたかもしれない。エイドリアンが何を知っているのかを彼女に探らせて、彼らに報告させるために。

彼女に向かって銃が振られ、ミス・ウィンターズははっとあえいだ。

いや、その可能性はない。それはあまりに人を信用しなさすぎるというものだ。これは彼女の過ちではない。

「誓いません」結婚の誓いを立てる段になって、彼はそう答えた。自分自身の良心のために、未来のために、それを明確にしておかなければならなかった。

彼に向かって銃が振られた。

エイドリアンは結婚を誓うつもりはなかった。結婚などしない。彼は拒否した。それでも、そこに立って自分に誓っていた。

　自分は人が転落するのを見て喜ぶような人間ではない。だが、今回は別だ。この結婚の誓いを拘束力のあるものとして考えることを拒否したが、一方で、自分自身への誓いを立てていた。心配することなど何もないと兄に約束した。この醜い結婚からきっと脱出してやると自分に約束した。

　ミス・ウィンターズはというと……主教たちは彼女を使い捨てにできると判断して、たったひとつの小さな過ちを犯したために自分はなんの価値もない存在だと彼女に思いこませてきたのだ。

　エイドリアンは彼女の夫になるつもりはなかった。強いられた誓いなど何ひとつ守るつもりはなかった――病めるときも、健やかなるときも、よいときも、悪いときも。

　しかし、エイドリアンはミス・ウィンターズに彼なりの約束をした。

　ラシターとマイルズはぼくたちのことを使い捨てにできると思っている。それは間違いだ。いつかきっと、彼らにはそのことを思い知らせてやる。

「言うんだ」教区牧師が迫った。

　彼らはぼくの正体を知らない。だが、死ぬまでに必ず思い知らせてやる。

「言え」

「誓います」エイドリアンは言った。この誓いはきっと守るつもりだった。

7

結婚式を終えると、あとは出ていくしかなかった。エイドリアンと彼の花嫁とも呼べない花嫁にはひと晩を過ごす部屋すら与えられず――そう聞いてもエイドリアンは驚きもしなかったが――宿屋の場所を教えられた。彼らの荷物はすでに荷造りしてあった。

宿屋は何キロも離れていて、外はもう暗かった。

夜の冷たい空気の中、エイドリアンは一定のリズムで歩きながら考え、攻撃計画を練ろうとした。

もっと若かった頃、父の家族がいるメイン州を訪ねたことがあった。そこで曾祖父《そうそふ》の兄である大おじに会った。

大おじのジョンは奴隷制度のさなかに生まれ、その制度がなくなるのを見届けるために生きた。まだ生きている――少なくともエイドリアンが最後に聞いたかぎりでは。

ジョンは世界中を船で回ったと言っていた。近年は家に落ち着き、弟のヘンリーとともに庭の手入れをして過ごしている。

悪い手に腹を立てても意味はないと、ジョンはよく言ったものだった。特に、ディーラーがカードを配る際にずるをしているときには。怒りはミスを呼ぶだけだ。

怒るな。そうなったら相手の思うつぼだ。落ち着け。相手はおまえがそうするとは予想していない。

怒るな。工夫しろ。自分がいま持っている手の中に、敵が見過ごしているものがないかどうかを見極めるんだ。

カードに怒るんじゃない。ディーラーをゲームから追いだせ。

言うは易《やす》しだ。人生の残りすべてがかかっているというときに、そう簡単にはいかない。落ち着いて工夫するなどということは、ジョンやヘンリーとともにメイン州にいる彼の両親と同じくらい遠くに思えた。

エイドリアンはいつも、歩いていると気持ちが落ち着いたものだった。いま、一歩一歩に集中していた。道を進むごとに怒りが血管を流れ、決意に変わっていく。やがて心臓をつかんでいた怒りがゆっくりとほどけていって、うなじに当たる風の冷たさを感じられるようになった。

それから思いだした。あと五日で〈ハービル〉社に戻らなければならない。陶磁器の皿のデザインが仕上がっていないのだ。しかも自分はいまや結婚して、簡単には抜けだせない苦境の中にいる。

エイドリアンは歩みを止めた。「くそっ」後ろを歩く足音に気づいたのはそのときだった。すばやく足を引きずり、滑らせるような音をたてているのはミス・ウィンターズだ。いや、もはや彼女をそう呼ぶべきではないのかもしれないが。

エイドリアンはいつも歩くのが速かった。怒りがさらに足を速めていた。ミス・ウィンターズよりも優に二〇センチは背が高いし、小さなかばんをひとつ提げているだけなのもある。怒りのあまり、スーツケースを持って必死に追いかけてくる彼女のことを考えていなかった。彼に追いつこうと、彼女はほとんどジョギングをしているような感じだったに違いない。

エイドリアンは立ち止まり、聖なる婚姻の誓いのもとに彼と夫婦にさせられた女性のほうを振り向いた。怒りに駆られて、自分をこんな目に遭わせた張本人のようにミス・ウィンターズを見ていた。しかしいま、彼女は彼と目が合うとうつむいて道路を見た。相手は物ではない。人間だ。これだからエイドリアンは怒りに翻弄されるのが嫌いなのだ。

ミス・ウィンターズは苦しげに息をしていた。歩いてきたせいだけではないだろう。今回の件を彼よりも楽に受け入れられたなどということはありえない。いろいろな意味で、彼女のほうがつらかったのかもしれない。彼女が銃を向けられて強要される結婚を望んでいたとは、エイドリアンにはどうしても思えなかった。

カードに怒るんじゃない、と彼は自分に思いださせた。ミス・ウィンターズはもちろんカードではないし、そんな乱暴な調子で物扱いされるのもお断りだろうが。

「ミスター・ハンター?」彼女が言った。その声にこめられた問いを彼は聞き取った。

しかたない。エイドリアンは自分が喜んでいるふりをする気はなかった。「どうやら……こんなことになってしまったようだ。ぼくたちはこの混乱を乗りきる方法を見つけないとな」

ミス・ウィンターズはそれに対しては何も言わず、顎をこわばらせた。

「荷物を運ぶのを手伝おうか？」

彼女は両手でスーツケースの持ち手をきつく握りしめた。「いいえ、結構よ。自分で持てます」

肩が震えている。

「本当に？」エイドリアンは疑わしげに尋ねた。「だって――」

「大丈夫です」彼女は笑ったが、説得力はなかった。「本当に、わたしは力持ちなの。あなたの重荷にはなりません。これからもずっと。最初からそうでした。それは約束します」

「きみを否定したくはないが」エイドリアンはゆっくりと言った。「守れない約束はしないほうがいい。きみはすでに、ぼくにとって重荷になってしまっている」

ミス・ウィンターズがひるんだ。途切れ途切れの雲の合間から差す月のかすかな光が顔の上でちらちらと瞬く。彼女はうつむいた。「もちろん、おっしゃるとおりよ」声は肩と同じくらい震えていた。「ごめんなさい。わたし、考える前に言葉が口から出てしまうの。わたしはただ、これ以上あなたの重荷になりたくないと言いたかった。そのことをあなたは心配しているんだろうと思ったから」

エイドリアンは手を伸ばして彼女のスーツケースの持ち手をつかんだ。「そんなことを言いたかったわけじゃない。ぼくたちはお互い平等に重荷になっていると考えていたんだ」

ふたりの目が一瞬合った。ミス・ウィンターズは何を考えているのだろうか？　彼らは結婚したが——本当の意味での結婚ではないが、と今後はいちいち説明しなければならなくなるのだろう——エイドリアンには彼女が何を期待しているのかわからなかった。ふたりがたちまち夫と妻になれると思っているのだろうか？　ベッドにふたりで倒れこむことを期待しているのだろうか？　お互いのことをほとんど何も知らないのに、そんな状況で結婚初夜に歓喜にむせぶふりをしなければならないと考えているのだろうか？　意に反してこんなことになってしまったのは、彼女も同じなのに？

ミス・ウィンターズはかわいらしいし、エイドリアンは彼女と話をするのが好きだった。だが、もうそんなふうには考えられない。彼はふたりのためにあらためて怒りがこみ上げてくるのを感じた。

先に目をそらしたのはミス・ウィンターズのほうだった。「どうもご親切に。でも、平等なんてどこにもないってことはわたしもあなたも知っているわ。あなたには、大いに敬意を払われる社交界の一員の従者という名誉ある身分があった。わたしのせいでその仕事は奪われてしまったけれど」

彼女が嘘をついているとは思えなかった。彼に悪意を抱いているようにも思えなかった。グレイソンなら〝おまえはまた人を信用しすぎている〟と言うだろう。だが、信用すればそれだけの見返りがあるということを示すのがこの試練の重要な点だ。ここでエイドリアンが失敗するとしたら、それは充分に信用しなかったからだ。自分が考えたことを振り返ってみよう——メイドたちが満額の給料を受け取れるかどうかは自分の知ったことではない、自分の問題を片づけて先に進むだけだ、ミス・ウィンターズがどうなろうと気にしない。そう考えていたのではなかったか？

エイドリアンは良心の呵責《かしやく》を無視してきた。それがいま、どういう結果になったか——道路の上で、お互いに目も合わさず、ふたりとも何が起こっているのかわかってさえいない。

この混乱は勝手におさまるようなものではない。「何か食べたかい？」

「そんなこと、心配してくれなくていいわ。おなかはすいていないの」

「それでは答えになっていない。あの出来事のあと、ぼくは食べるものもなく地下に閉じこめられていた。完全に空腹だ。彼らはきみに何か食べ物をくれたか？」

長い沈黙があった。

「つまりノーということだな」エイドリアンは無理やり明るい声で話した。「まずは、今後一時間の目標ができた。腹が減っては戦はできぬ、だ。きみの攻撃目標がベーカリーだというのなら別だが」

ミス・ウィンターズの唇が一瞬、微笑みにゆがんだ。「戦？　じゃあ、わたしたちは戦争中なのね？」

信用しすぎだって？

いいや。グレイソンは間違っている。

エイドリアンは充分に信用するということをしてこなかったのだ。

「そうさ」彼女のスーツケースを自分のほうに引っ張った。「実はぼくは、しばらく前から戦っている。ラシター主教とマイルズ教区牧師がぼくたちの敵だ。夕食をとりながらすべて説明しよう。ここからそう遠くないところに宿屋がある」

ミス・ウィンターズはスーツケースの持ち手を放さなかった。「わたしには無理よ。手持ちのお金がほとんどないもの。無駄遣いはしないよう気をつけてはきたけれど、でも……」

「でも、マイルズ教区牧師はきみにちゃんと給料を払ってくれなかった」エイドリアンが彼女に代わって言葉を継いだ。「きみだって人間だ。靴も、ときおり食べるビスケットも、髪を結うリボンも買わなきゃならない」

ミス・ウィンターズが目をしばたたく。その瞬間、手の力がゆるんだ。

「言っただろう、マイルズは敵だって」エイドリアンは彼女の手からスーツケースをもぎ取った。「金は問題じゃない」スーツケースを一瞬だけおろすとベストのポケットに手を突っこんだ。「ほら」

差しだされた手から、彼女はろくに考えもせずにコインを受け取っていた。それから目を上げ、信じられないという顔で彼を見た。「でも――ミスター・ハンター、これを受け取るわけにはいかないわ」

「いや、いいんだ。実際……」頭の中ではすでに宿屋でどう立ち回るべきかを考え始めていた。今夜、そしてこれからすべてをどのように演じるべきか。「実際、きみは受け取る必要がある。ぼくたちに選択肢はないんだ。起きたことをなかったことにはできない。すべては夕食をとりながら説明するが、きみは自分の分の夕食と部屋の代金を払うことになる。ぼくが代わりにそれをすれば、人々に質問攻めにされるだろう」

「でも――」

「きみは何をしてもかまわない。ただし、ぼくたちが結婚していることは人に言ってはならない。ぼくたちは夫と妻ではない、わかったね？」

ミス・ウィンターズは目を丸くした。「わたし――あなたは――」面食らった様子で言う。「あなたは否定されるのが耐えられないたちなの？　起きたことを考えたくない気持ちはわかるわ。でも……わたしたちが結婚したことを、あなたは本当にわかっているの？」

「好きなようにぼくを否定してくれていい」エイドリアンは言った。「だが、あの結婚式が本当に有効だと思うのか？　彼らがなんと言おうと関係ない。ぼくたちは夫と妻ではない。ぼくたちがそうなりたいと思わないかぎりは」

彼女が唇をなめた。「現実がそううまくいくとは思えないわ。変えたいと思ったからってそのとおりに変わるものじゃない。わたしも、もういいかげんわかっているべきだったわ。ずっとがんばってきたんだから」

「彼らはぼくたちに銃を突きつけたんだぞ、ミス・ウィンターズ。彼らはぼくたちを結婚させたがったかもしれないが、ぼくたちまでそれに従う必要はない」

「わたしは……」彼女はうつむき、ため息をついた。「あなたの言うとおりね。もう遅いわ。わたしたちはろくに食事もしていない」

「結婚にはふたりの合意がなければならない」エイドリアンは言った。「ほかの誰も、ぼくたちの代わりに合意することはできない。ラシターとマイルズは銃を向けなくなってもぼくたちの合意は続くと思っているのだろうが、彼らの計画によってぼくたちはもう充分に被害を被った。これ以上続ける必要はない」

「どういう意味？」

「つまり」エイドリアンは言った。「ぼくたちがいよいよおしまいってときには、こんなことになるのを手助けした連中全員に思い知らせてやるってことだ」

それから四〇分後に、ふたりは宿屋に到着した。もうだいぶ遅かったが、どこもかしこも消灯されるほどではなかった。

エイドリアンは玄関のドアを開けて受付を見た。誰もいなかったが、小さなテーブルがひとつと、ベルと帳面が置いてあった。奥の部屋では暖炉の火が瞬いている。別の部屋から響いてくるざわめきは遠くて、会話の内容まではわからなかった。

彼はスーツケースをおろすと、仕草で合図してミス・ウィンターズを先に行かせた。彼はあとに続き、後ろでドアが閉まるにまかせた。

ベルを鳴らすまでもなく、宿屋の女主人が受付に駆け戻ってきた。

「いらっしゃい！」彼女は笑みを浮かべたが、エイドリアンを見るとその笑みは——ほんの少し——薄れた。女主人は彼を見、ミス・ウィンターズを見、それからまた彼を見た。

ここがアメリカなら、女主人はエイドリアンを見た瞬間に追いだしただろう。だが、ここは英国だ。ロンドンからも遠く離れている。彼女は黒人をほとんど見たこともなく、いざそういう人間が自分の宿屋にやってきたときにどう対応すればいいのか考えたこともなかったようだ。

エイドリアンはこのような窮地に慣れていた。そこで自分が代わりに決断することで女主人を楽にしてやることにした。

「これはどうも」母親の口調をまねるのは意識的な努力が必要だったが、つい最近まで使ってきた下流階級の話し方をすることほど大変ではなかった。

エイドリアンはわざと財布を見せびらかした。上等な革でできた財布だ。その品質が女主人にもわかるくらいの間を置いてゆっくりコインを一枚取りだし、そこにはもっとたっぷり金が入っていることをにおわせた。

彼はそのコインをはじいて女主人に投げた。「手間賃だ。遅い時間なのは承知している。あなたやあなたの従業員に迷惑をかけて申し訳ない」

「あら、あたしは――」

「今夜ひと晩休める部屋が必要でね」エイドリアンは言った。母親なら〝必要〟ではなく〝要求する〟と言っただろうが、お高くとまった感じの口調は裕福な白人女性にはふさわしくても、エイドリアンにはそぐわない。

女主人の視線が彼の後ろにいるミス・ウィンターズへと移った。「旦那。あの……こちらは……」顎がこわばる。

エイドリアンは女主人が身持ちがどうのこうのとしゃべり始める前にさえぎった。「ああ、ミス・ウィンターズのことを言っているのかな？　ぼくたちはたまたま路上で出会ったんだ。彼女はロウワー・マックフォードのスミス家の家庭教師として働きに行くところでね。間違った町で迷ったあげく、今夜泊まる予定だった宿まで間違った道順を教えられていたんだ。一緒にここに着いたのは、たまたまぼくが行くべき場所を知っていて、彼女は荷物を運ぶのにいくらか助けを必要としていたからだ。彼女は自分で部屋を取ると思うよ」

ミス・ウィンターズは目を丸くして聞いていたが、ここでぱっと前に飛びだした。「そうなの。お願いします、もしよろしければ。お手間を取らせてごめんなさい」

女主人はミス・ウィンターズをしげしげと見た――きらきらと輝く大きな目、古くてひび割れた革のスーツケース、安っぽいドレスと言葉遣いの丁寧さ。家庭教師というのはエイドリアンに思いつけた中でも最高の選択だった。その立場はさほど敬意を得られるものではないが、彼女がちゃんとした女性として扱われるには充分だろうと思われた。

「お願い」ミス・ウィンターズはそう言って、震えるまぶたを閉じた。「お願い、誰にも知られたくないの。その……スミス家にわたしが道に迷ったなんて知られたら、わざと迷ったんじゃないかと思われてしまうし、それに……」唾をのむ。「外を歩くにはもう遅いわ」

女主人はうなずいて決断した。「もちろんよ、かわいそうな子。どうぞ、中に入って温まっていって。でも人に知られたくないということは、食事は厨房でとってもらったほうがいいかしら？」彼女はちらりとエイドリアンを見た。「あなたも、ええと……」

「ミスター・ハンターだ」

女主人は唇を噛んだ。「人が集まる食堂であなたたちに食事をさせたら、ちょっとした騒ぎになるでしょうね」

「彼も厨房で一緒に食事をしていただいてかまいません」ミス・ウィンターズは下を向いた。「彼がいなければわたしは迷子のままだったんですもの。ほかの人は誰もわたしを助けてくれませんでした――女がひとりでいるのを見ても……」彼女は目を上げた。「そんなの公平じゃないわ、そうでしょう？　彼が食事ができないなんて」

女主人はため息をついた。「そのとおりよ。まあ、聖書もサマリア人や異国の民には親切にしろとかなんとか言っているしね」

エイドリアンは自分が英国で生まれたことも、聖書に書かれているのはサマリア人が親切だったことだというのも口にはしなかった。こんな状況では誰も事実を望まない。

「厨房でかまわなければ、食事を出すわよ。料理人はもう遅いから家に帰ってしまったけれど、スープと冷製チキンとパンなら彼女が残していったものがあるわ。開けっぴろげな場所だからあなたの評判が傷つく心配もないしね、ミス・ウィンターズ。まあ、こんな遅い時間に誰も邪魔しに来たりはしないわよ」

座って食事にありつけたのは三〇分後だった。カミラは女主人が用意してくれた部屋に自分の荷物を運んだ。そう広くはないが、この一八カ月間キティや料理人と共有していた空間に比べれば、どんな場所でも広かった。

端の欠けた黄色いピッチャーに入った水と、甘い香りのする石鹸《せっけん》のかけら、洗面器、そして小さなテーブルの上には清潔な布が置かれていた。カミラは何はさておき一日の汚れを肌から洗い流したかった。傷心と恐怖と憤りをこすり落としたかった。もしかすると、目覚めたら牧師館の奥のベッドに寝ていて、すべては悪夢だったとわかるかもしれない。

その代わりに、彼女は布を濡《ぬ》らして顔に当てた。冷たい水の衝撃が思いださせてくれた。自分はしっかり目覚めているということを。

カミラの人生はひっくり返った。違う。ひっくり返ったどころではない。肩はまだ震えていた。何時間もひたすら歩いた道中でずっとそうだったように。主教のシーツを取り替えてこいと上の階へ行かされたのが今日の午後のことだなんて、信じられなかった。何もかも意味が通らなかった。みんな、ずっと嘘をついていたのだ。

彼らはみな、カミラのほうが自分の正気を疑わざるを得なくなると確信していたようだった。もしかしたら彼らは正しいのかもしれない。彼女の肩にのった悪魔の一団がシーツやドアのことを全部でっち上げさせたのかもしれない。なぜなら、カミラは彼らが恐れている女だから。あまりにも厚かましい女だから……。

あまりにも厚かましい女だから、なんだというの？　わたしが部屋の奥からドアに鍵をかけて、自分のポケットの中に鍵があることも忘れていたと？

今日起きた出来事のすべてがあまりにもつらくて、いまはそのことを考えられなかった。頭を振り、考えるのをやめて顔を洗った。それから夕食をとりに階下へおりた。

ミスター・ハンターはもう厨房にいた。冷製チキンとポテト、それからまだ湯気の立つスープのボウルを前にしている。

カミラはスープとパンひと切れだけにしておいた。彼にお金を与えてもらってはいたが、それがいつまで続くかわからない。

最初のひと口は天国だった。なんの肉で作ったのかわからないスープに入っている人参《にんじん》とセロリがこんなにおいしいはずがないのに、温かくて、食べ物という感じがする。

「ああ」カミラは声がもれるのを止められなかった。

ミスター・ハンターは片方の眉を吊り上げた。

「このスープ」彼女は言った。「まさに舌の上で溶けるわ」

彼が目をしばたたく。「スープだぞ。溶けるわけがない。そもそも液体なんだから」

カミラは目をつぶった。目を開けたときには、世界が消えているかもしれない。もしかしたら、なんの咎めもなく、評判が損なわれることもなく、夫も消えているかもしれない。彼女が必死に願えば。

もしかしたら、ただスープがあるだけかもしれない。

目を開けると、まだミスター・ハンターが彼女を眺めていた。

「ごめんなさい」今日はあちこちに詫びっぱなしだ。カミラはどんなに謝っても謝り足りないような気がした。「でも、本当においしいスープだわ」

彼は冷めかけたスープの表面に張った膜をスプーンでつついた。「そうでもないぞ」

彼女は自分のスープをまたひと匙《さじ》すくった。客観的に見れば、ブイヨンは濃すぎるし、塩は足りないし、肉はほとんど入っていなかった。

「ふたりとも腹が減っているから食べられるというだけだ」彼は言った。「きみはスープよりももっと何か食べたほうがいい」

カミラは何も言わなかった。代わりにパンをひと口かじる。すばらしいパン、おいしいパンを……。

まあ、正確には、ぱさぱさで容易に嚙むことのできないパンだった。焼いてから一週間ほど貯蔵室に忘れられていたかのような。歯では嚙みちぎれず、板のように硬かった。

「おなかがぺこぺこでよかったわ」カミラは少しだけ頭を傾けて言った。「この料理をおいしくいただけるんですもの」

ミスター・ハンターは頭を振った。ふたりはそれから数分のあいだ、黙々と食べ続けた。ひと口食べるごとに、その食べ物はどんどんまずくなっていった。

カミラはスープをあきらめた時点でもまだおなかがすいていた。

彼がスプーンを置き、ポテトをフォークでつついている。それは茹《ゆ》でてつぶしてあったみたいに、すぐ粉々に砕けた。「兄はぼくが人を信用しすぎると言うんだ。でも……」肩をすくめる。「ぼくはこういう人間だから、それは変えられない。真実をきみに話すかどうかも考えた。肝心なことは黙っておくこともできる。きみはなぜぼくがこそこそと道理の通らない態度でふるまっているのか不思議に思うだろう。あるいは、いますぐきみにすべてを話して、最善の結果を願い、この状況から抜けだすためにふたりで取り組むこともできる」

カミラは唇に微笑みが浮かぶのに気づいた。「あなたったら、なんて難しい決断を迫られているの。自分で檻《おり》を作ってその中に閉じこもっていてもいいし、そうしないこともできる。すべてはあなた次第ということね」

ミスター・ハンターはしばらく彼女を見つめていたが、やがて顔をしわくちゃにして温かな笑みを浮かべた。「ぼくはきみが好きだよ」

それは、人間扱いしてくれたということだろうか。一時間前には自分は存在すらしていないかのように感じられたものだけれど、いまはようやくひとりの人間になれたらしい。彼女はまたスープをひと口すすった。「あなたの声、違う感じに聞こえるわ」カミラはいつ、どのようにそれが変わったのかわからなかった。それほど微妙な変化だった。

「それは、もう使用人らしくふるまう必要がなくなったからだ。ぼくは家族といるときはこういうしゃべり方をしている」

「話し方をよく変えるの？」

「しょっちゅうね。白人の英国人はたいてい、ぼくのそばにいると神経質になる。ぼくが彼らに馴染みのあるしゃべり方をすれば、彼らは安心し、適当な口実を見つけて警官にぼくのあとを追わせるようなことはしなくなる。多くの場合、わざとやっているという意識さえない。ぼくは自分にできるあらゆるやり方でその場に合わせるのが得意なんだ」

カミラは自分の話し方を考えた。それも変化していた。かつては彼女にも家庭教師がついていて、母音を練習させられた。おかしな話し方をすると——家庭教師はそれをなんと呼んでいたかしら？——定規で彼女の手のひらを叩いた。〝またそんな厩《うまや》の少年みたいな話し方をして〟と家庭教師は言ったものだった。〝話し方がレディを作るのです〟と。カミラはそれを鵜《う》呑《の》みにして、母音の発音さえ完璧になれば、自分の身に悪いことが降りかかることはなくなると信じていた。

だが、そんなことはなかった。彼女はあとに残してきた家族のことを考えなくなりつつあった。家族といたときのカミラは永遠に消えてしまったのだ。

「それは納得だわ」彼女はただそう言った。

「では、あらためて自己紹介をさせてくれ。ぼくの名前はエイドリアン・ハンター。母はエリザベス・ローレル・デンモア、キャッスルフォード公爵の娘だ」

カミラは目をぱちくりさせた。

「そういうわけで」ミスター・ハンターが椅子の上で背筋を伸ばして言った。表情が変化したものの、とても微妙で、それが何を意味しているのか彼女には判断がつかなかった。「ぼくはこんなふうに話すこともできる。ぼくの言いたいこと、わかるかな？」

彼女の家庭教師のように。いつかはそうなれると考えていたレディのように。カミラは唾をのみ、彼を見上げた。「それは……すばらしいわ。ブラボー！」

「ぼくの母は奴隷廃止論者の集会で父と出会ったとき、二五歳で未亡人だった」

カミラは彼を見た。「奴隷制度が大英帝国で廃止される前のこと？　ずいぶん昔ね」

「ぼくはいちばん下の……」微笑みが一瞬揺れ、彼は目をそらした。「ふたり兄弟の下のほうなんだ。父は奴隷廃止運動の弁士だった。父がどこで生まれたかわかるかい？」

カミラは唾をのんだ。推測するのは無礼にも思えるが、きいてきたのは向こうだ。「アフリカ？」

「近い。メイン州だ。アメリカ合衆国の」

「大英帝国の元植民地がアフリカに近いなんて思ってもみなかったわ！」

彼は微笑んだ。「そう近くもないよ。ぼくはただ、きみを気分よくさせたかったんだ」

いまのやりとりは、ふたりが会った初日に交わした会話と似ていた。あれから起こったさまざまなことはさておき、ミスター・ハンターはとても話しやすかった。カミラはつられて自分も微笑んでいるのに気づいた。

「長い話を短くすると、両親が結婚したとき、母は父親に勘当されたんだ。きみが信じるかどうかわからないが、祖父は母に、ぼくの父を愛人にするならいいが、結婚は許さないと言ったらしい」

カミラは、決まり悪さをかけらも見せずに彼女のことを親戚に押しつけたおじのことを考えた。「紳士階級のあいだでなら、どんなことが起きても信じるわ」

「今夜みたいなことが起きても？　そう言いたくなるね。それはさておき、母の兄、つまりぼくの母方のおじはゲインシャーで主教を務めているんだ。おじは母とずっと連絡を取りあっていた。おじはいつも……なんて言うべきかな……ぼくの家族が信じていた主張に完全に反対してはいなかったというか。ぼくたちはいつも、おじなら味方してくれるかもしれないという望みを抱いていた。そのおじがぼくに頼みごとをしてきて、ぼくは……」ミスター・ハンターは天井を仰いでため息をついた。「理由は気にしないでくれ。ぼくは自分が従者の役を演じることになった経緯を説明しようとしているんだ。おじは、ラシター主教が何か悪いことをしたと信じている。そしてぼくに、その悪事の証拠をつかむのを手伝ってくれと頼んだんだ」

カミラは話についていこうとしたが、頭が痛くなってきてしまった。「そ……そうなのね」しっかり眠ったあとなら、あるいは一日か二日後に聞いたなら、理解できたかもしれない。けれど、人生で最も長かった一日の終わりに、いますぐベッドに入って一週間でも眠りたいと思っているときには無理だった。容易に信じられる話ではなかった。

「それがぼくをきみと引きあわせた。どこから見てもすてきな女性に見えるけれど、きみと結婚したいとは思っていない」

その言葉にカミラの頭だけでなく、どこか胸の奥深くまでも痛くなった。彼女は唇を嚙んだ。ミスター・ハンターに永遠の愛を誓ってほしいわけではない。もし彼がそうしたところで、自分はそんなものは信じられなかっただろう。とはいえ、彼女をまったく望んでいないことをここまで無遠慮に言わなくてもいいのではないだろうか。さっき、ミスター・ハンターが彼女のことを好きだと言ってくれたときはすてきな気分だったのに。

「もちろん、そうでしょうとも」カミラは本心を隠して言った。

「きみだって、ぼくと結婚したいなんて思っていないはずだろう」

そう言われて、なんと答えればいいのだろう？　彼女は今日起きたすべてがなかったことになればいいのにと思っていた。自分が何者かは知っている――絶望しつつ、必死に、無謀な望みばかり抱いている。あまりに無謀すぎて、こんなまずいスープを飲みながらミスター・ハンターが告白してくれるのではないかとカミラは期待していた。彼女に対する好意を発展させ、ふたりで育てていけばもっと大きな花が咲くような何かに気づいてくれたのではないか、と。

銃を突きつけられながらでも、ぼくたちが結婚したのはなんたる幸運か。彼がそう言ってくれることをカミラは期待していたのかもしれない。

ああ、いま頭の中で言ってみただけでも、なんと愚かに聞こえることだろう。それにミスター・ハンターの物語を、いまだに彼女は理解できていなかった。もちろん、彼はカミラにひと目惚れしてくれたわけではない。そんなことは物語の中でしか起こらないし、自分がそういうヒロインではないことを知っている。虚勢というマントをはおり、誰にも傷を見せないようにするしかないのだ。

「知りあってせめて一週間は経っている人が夫になるほうがいいわ」

ミスター・ハンターは、それこそ自分の求めていた答えだというようにうなずいた。よかった。彼女は正しい選択をしたのだ。

「というわけで、ぼくたちは協定を結ぼうじゃないか。どうすれば結婚の無効宣告を出してもらえるかについては、少しばかり知識があるんだ」

「無効宣告?」

「そう、無効宣告だ」ミスター・ハンターはテーブル越しに身を乗りだして彼女を見た。「結婚するには両者の合意がなければならない。銃口を向けられて口にした誓いは合意ではない」

カミラは唾をのんだ。「でも――目撃者がいるわ。証人たちが。そのひとりはわたしのことをとてもよく知っている教区牧師で、もうひとりはわたしの親友だった」

キティが友人になってくれることをずっと願っていた。その彼女にあんなことを言われるとは。まるで魔法のようにカミラのポケットから鍵を出現させたのもキティだった。カミラはまたしても間違えたのだ。

「そして、わたしたちの結婚を主教が認めた。わたしたちがどう説明しようと、誰が信じてくれるというの?」

「ぼくのおじだ」ミスター・ハンターも確信はないような口調だった。しかしカミラが見守っていると、彼は顎をこわばらせた。「ぼくのおじだ」今度はもっと決然と繰り返した。「ぼくがおじであるデンモア主教のために働いていたというのは話したとおりだ。おじはぼくとぼくの家族のことを気にかけてくれている。ばかげた話に聞こえるのはわかっているよ。ぼくと主教がそんな親密な知りあいだなんて、きみが信じる理由はひとつもないのもわかっている。でも、本当なんだ。嘘をつくならもっとましな物語を考えただろう。ぼくたちの結婚は無効にするのが妥当だとおじにちゃんと説明できたら、きっと無効宣告を手に入れるのに力を貸してくれるはずだ」

カミラは唇を噛んだ。「じゃあ、それでおしまいなのね？　おじ様に頼めばいい、と？」結婚が無効になったら、そのあとわたしはどうなるの？　それを考えてパニックに陥らないように心を落ち着けた。

「それよりはもうちょっと複雑だ。事後承諾と呼ばれるものがある」

カミラは疲れていた。一日が果てしなく長かった。しかし、それはどう考えても意味が通らない。承諾するか、しないか、それだけではないの？　彼女は鼻にしわを寄せた。「そういうことってよくあるの？」

「そういう法律があるんだ」ミスター・ハンターは彼女と同じように顔をしかめ、憐れむような口調で言った。「教会に関する法律だ。だが、そう難しいことではない。ぼくたちは正式に無効になるまで、この結婚にはふたりとも合意などしていないことを示し続ければいいんだ。だから、ぼくたちが夫と妻だということは誰にも言ってはいけない」

それは彼の側ばかり都合がいい話に聞こえた。「なるほどね」カミラは疑わしげに言った。「そしてぼくたちは、その……」彼が目をそらす。

「わたしは子どもじゃないわ」カミラはあとを引き取った。「言っていいのよ。わたしたちは結婚初夜を完了させてはいけないということね」

ミスター・ハンターは自分で言わずにすんでほっとしたようだ。「結婚していないからね」

彼女はまた虚勢のマントをはおった。「わたしはそんなこと、望んでいないわ」

「それはよかった。どうやらぼくたちは合意に至ったようだな」

こんなときに彼が何か感謝の言葉でも述べてくれたらいいのにと願ってもしかたない。〝きみと結婚できる男は幸運だ〟とか、〝自分は結婚できなくて残念だ〟とか、ミスター・ハンターがまったく彼女のことを望んでいないという衝撃をやわらげるために、もうちょっと気遣いを見せてくれてもよかったのではないかと期待したところで意味はない。

カミラはばかげた望みを抱くのに慣れていた。だがいまは、特別な望みは遠くに追いやり、真実を見つめるしかない。ミスター・ハンターは彼女とはなんの関係も持ちたがっていないのだ。この惑星で生きているありとあらゆる人と同じように。

彼はポテトをひと口嚙んで、顔をしかめた。「うわあ」

カミラは勇気をかき集めて何も気にしていないという顔をするしかなかった。「あなたの化けの皮がはがれたわね。いま、よくわかった。あなたはただの気難しい人よ。ポテトを台無しにすることなんて、誰にもできないわ」

「そんなことはない。食べてごらん」

「それがポテトの強みよ。マッシュポテトにしてもよし、スープに入れてもよし、焼いてもよし。何に入れても、それ自体が完璧な食べ物なんだから」

彼はものも言わずにフォークで突き刺した青白い塊を差しだした。カミラはフォークを受け取り、ひと口嚙んだ……。うわあ。

「いったい何をしたらこうなるの？　酢で煮たとか？」

「ピクルスを作ろうとしたのかもな」

「ポテトのピクルス？」カミラはその食べ物を飲みこもうとした。「少なくとも頭韻は踏んでいるわね」彼女はポテトを見て眉をひそめた。「待って。それをこっちにちょうだい」

「お好きなように。それを腹におさめられるなら、どうぞそうしてくれ」

カミラは無作法にもポテトをスープの中に放りこんだ。

「何をしている？」

「ほら」彼女はポテト入りのスープを飲んだ。「悪くないわ。ポテトの酸味が味気ないスープと調和している」

ミスター・ハンターが片方の眉を上げたので、カミラはテーブル越しに手を伸ばして彼のスプーンをつかみ、スープをすくった。彼はそれを受け取ると、すすり、顔をしかめ、頭を振った。

「きみについて、ひとつわかったことがある。きみはどんなことにでもいい部分を見つけられる人なんだな」

カミラはずっと、ずっと、ずっと希望を胸に抱いてきたが、それが叶ったことは一度もなかった。それでも希望を抱き続けた。わけもなく恋に落ちたいと願った。

彼女の心はもうぼろぼろだった。もう何度も傷ついて、それでも願うことをやめられなかった。ミスター・ハンターともそれを繰り返すことになるだろう。彼女にはもうわかっていた。

彼はカミラと結婚したがっていない。ベッドをともにしたいとも思っていない。彼のおじがなんとかしてくれるなら、できるかぎり速やかに、本意ではない彼女との関係を断ち切りたいと思っている。

それでも、彼女は希望が燃え上がるのを感じていた。熱意のこもらない賛辞からでもつぼみは開くかもしれない。ミスター・ハンターは彼女を好きだと言ってくれた。それはすごいことだ。そこが出発点になる。

「ええ」カミラはうなずいた。「そうなの。わたしってそういう人間なのよ」

8

カミラの希望は、部屋に着いてくたびれたスーツケースを開けるまで燃えていた。荷造りをしたのは彼女ではない。きっとキティがやったのだろう。すり切れたドレスと穴の開いたストッキングの上に、カミラの唯一の趣味と呼べるものがのっていた。かぎ針編みの針と、半分編みかけのスカーフ。何年も前にかぎ針編みを習い、めずらしくくつろぐ時間ができた夜には両手を動かすのを楽しんだ。

しかし毛糸は高価で、カミラには余分な金がまったくなかった。半分はスカーフになっているこの毛糸の玉は、編んではほどき、編んではほどきを何度も繰り返して、糸が細くなってばらばらになるまで使ってきたものだった。

いまでもそれでかぎ針編みを続けている。薄いスカーフを作り、とても短いストッキングを作り、セーターか何かの一部を作った。毛糸ひと玉ではそれ以上作れなかった。かぎ針編みを習ったのは、それが暖炉のそばでおしゃべりをしたり刺繡《ししゅう》をしたりする老婦人に近づくきっかけになるのではないかと期待したからだ。だが、そうはならなかった。

カミラが努力してきたことは、何ひとつ成功しなかった。

過去を振り返ってもしかたがない。カミラは頭を振って布団に潜りこんだ。マットレスはでこぼこで、どんなに体を動かしても居心地のいい体勢は見つからなかった。

厨房の明かりの下でミスター・ハンターが目の前に座っていたときは、彼に同意するのが正しいように思えた。一緒に取り組もう。結婚の無効宣告を勝ち取ろう。それが終われば、ぼくたちはもう二度とお互いの顔を見なくてすむ。

たとえミスター・ハンターを信じたとしても――ずっと嘘をついてきた彼のことを信頼すべきだという――彼が語ったのは、カミラから解放されて自由になりたいということだけだった。

自由。目をつぶり、自分にとっての自由を想像してみようとした。

自由とは、わたしの目を見ながらやましさも何も感じずに自分の家族の絆《きずな》をとうとうと語れる人のためにあるものだ。それが彼にとっての自由。わたしにとっては?

自由になったら、わたしは……どこへ行くの? 誰のもとへ? 自分の名前にはなんの意味もなく、ぼろぼろのドレス二枚と、もはや修理しようのない靴しかないところから出発するという意味では、わたしは自由だ。

ミスター・ハンターのように、わたしが自分の家族の歴史を語ったらどうなるだろう? 過去を振り返っても決していいことはない。カミラはずっと昔に学んでいた。自分の過去を変えることは、現在の自分を傷つけることでしかないと。

それでも、パニック寸前の心はもうこれ以上傷つきようがないからかもしれないが、気づけばいつしか過去を振り返っていた。

「実は、わたしの父は伯爵だったの」そう言ったら、まったくばかげた話だとしか受け取られなかっただろう。ミスター・ハンターをまねて話を作っていると思われたに違いない。

どんなふうに言えばいいのだろうか。「実は、父は伯爵だったの。でも反逆罪で有罪を宣告されて、うちの家は没落してしまった。おじがわたしを引き取ろうと言ってくれて――あら、わたしたちふたりとも、有力者のおじがいるのね！　おじはわたしにきれいなドレスを約束してくれた。わたしには特に優れたところもないから、それで充分だったわ。姉からは、おじはわたしのことなど愛していないと警告されたけれど、わたしは気にしなかった。愛なんてきれいなドレスほど重要じゃないと、あの日に決めたの。わたしは愛を手に入れられない運命なんだわ。だから、そう――結婚なんて。はっ！　わたしのような人間は、間違いなくそんなものを期待してはいけなかったのよ」

ああ、憐れだ。心の中でひとり語りをしていても、いまなお愛に焦がれている。いつになったら学ぶのだろう？　耳にはいまでも姉の声が聞こえた。〝あなたのほうから愛を求めなければ、あなたのことを愛したいなんて思う人はいないわよ〟

すべてはあの瞬間から始まっていた。あのときから、愛のない歳月は何年も続いていた。

カミラはそれを別のものと交換して手放してしまった。もはや愛は自分に値しない。彼女が愛を手に入れることはない。それを知っているという事実が、心の奥底の希望をなおさら激しく燃え上がらせていた。ミスター・ハンターは彼女を欲しいと思ってくれるかもしれない。自分を愛してくれるように彼を説得するのだ。わたしを愛して。だって、わたしにはこんなにも……こんな……。

わたしには何がある？

夜の闇の中、歳月の重みを伴って、カミラは真実を悟った。

わたしが差しだせるものって何？　半額の給料で充分なわたしの能力とは？

カミラは息をつき、両手の甲を目に押し当てた。ここまでばかだったなんて。

こんなふうに感じるのは果てしなく愚かなことだ。マイルズ教区牧師はカミラの性格の最悪な部分を排除しようとした。肩の上の悪魔の軍団は最もばかげたことを彼女に信じさせせようとした。一〇年近く誰からも愛されない歳月を過ごしてきてもなお、誰かが突然愛してくれるかもしれないとカミラは信じていた。正しいことを言ってさえいれば、ずっとそばにいてほしいと彼女に望んでくれる誰かが現れるかもしれない。

ミスター・ハンターは自由について考えている。ああ、わたしもそんな抽象的なもののことで思い悩めたらよかったのに。わたしには何がある？　髪を結うためのリボン何本かと、彼が与えてくれたお金。心の中には巨大なからっぽの空間がある。みだらな目的であの部屋に入ったわけではないとしても、彼がひとりでそこにいるのを見たときに心臓が飛び跳ねたことを思うと恥ずかしかった。ミスター・ハンターを見て、彼女は微笑んだのだ。そして電気のような欲望の波が体を駆け抜けていった。

何が起こったのか、いまでも理解できなかった――ドアに鍵がかかっていて、その鍵が自分のポケットにあったなんて。もしかしたら教区牧師がいつも言っていたとおり、自分は心の中で罪を犯していて、だからこんなことが起きているのかもしれない。

だからカミラを望んでもいない相手と結婚することになったのだ。だから結婚初夜にもひとりきりで、ほんのつかの間でも愛を与えてくれる人が誰もいないのだ。

彼女はいつ泣き始めたのか、自分でもわからなかった——ただミスター・ハンターの前で涙をこらえようと苦労せずにすんだのはうれしかった。彼女は泣くのが嫌いだったし、こんなにも簡単に泣いてしまう自分がいやだった。

彼はとても強くて、とても落ち着いていて、とても理性的だ。一方、自分は何者でもない。ぼろでできた枕は硬くてでこぼこだらけだった。その枕に涙を吸わせながら、カミラは肩を震わせた。スーツケースの中からハンカチを探す余裕もなかったし、ベッドを出て探しに行こうと考えるのも億劫《おっくう》だった。

カミラは泣いた。月がカーテン越しに輝くくらい低く沈むまで、あんなばかげた理由で置いてきた家族を思って泣いた。悪い行いをしたからと彼女を追いだしたおじを思って泣いた。あちこちで知りあい、彼女が友だちだと思った人たちを思って泣いた。

カミラはずっと、ひたすら希望だけを胸に抱いて生きてきた。三年前はラリッサが生涯の友として献身を誓ってくれることを期待した。その代わりにカミラは悪影響を与えると言われて追いだされた。二年前、ジェイムズは彼女がかわいらしくてすてきだと言い、カミラは彼のためにできるだけかわいらしくてすてきでいられるようにがんばった。しかしジェイムズは彼女と一緒にいるところを人に見つかるとカミラを罵り、悪口を言った。

カミラはマイルズ教区牧師にさえ、自分が変わったと思ってもらえることを期待した。いいことなど、ひとつも起こらなかった。

老ミセス・マーシャルはよくシェイクスピアを引用した――汝自身に誠実であれ。そうやって『ハムレット』を引きあいに出すのは、たいていは彼女が鬼婆《おにばば》であることを正当化するためだったが。

カミラは自分以外のすべての人に対して誠実だった。

何度も何度も、誰かに求めてもらえそうな人間へと自分を変身させてきた。使い古しのシーツよろしく自分自身をひっくり返したあげく、もう穴だらけのように感じていた。

ほら、見て――また同じことを繰り返そうとしている。

ミスター・ハンターは自分がこの結婚から解放されたいがために、カミラを味方につけたがっている。

なぜ彼の望みをわたしが叶えてあげなければならないの？　ある考えがカミラの頭をよぎった。これなら抵抗できるかもしれない。ミスター・ハンターはどうすれば結婚を無効にできるかを自分から教えてくれた。それが不利になるように利用されることはないと信用して。

彼女がそれを試してはいけないという法はない。

ミスター・ハンターを無理やり自分のもとにとどめておけるかもしれない。愛などなくてもいい。カミラはただ、置き去りにされることにもう疲れてしまった。どうやって彼に結婚を認めさせようかと想像しながら眠りに落ちた。

目が覚めると、もう朝だった。

カーテンの隙間から太陽が差しこんでいた。外では鳥たちが歌っている。カミラはカーテンを引き開け、雲ひとつない空を見た。完璧な一日の始まりだ。空気はさわやかで甘く、刈られた草の香りがした。

荷物を運んできたせいで痛かった肩は、ずきずきと痛みが増していた。両腕を上に伸ばすと、筋肉が抵抗するのを感じた。顔は昨夜の涙のせいでひりひりと痛かった。

下へ行ってミスター・ハンターに会わなければ。

カミラは大きく息を吸った。

わたしには真夜中過ぎまでじっくり考えた戦略がある。待って。どんな戦略？ そう、彼を誘惑することを想像していた。彼にみだらなことをされたと言いふらすのもありかもしれない。昨晩は疲れと怒りのせいで、それが理に適《かな》っているように思えたのだ。

朝になると、そんな計画は奇妙で陰鬱な夢のようだった。ミスター・ハンターは彼女から離れようとするだろう。ほかの誰もがこれまでそうしてきたように。

本当は、自分こそ彼に対して怒るべきなのだ。

汝自身に誠実であれ。カミラはみじめな気分で考えた。

怒りを避ける理由はない。ただし、彼女はもともと怒るのが得意ではなかった。

カミラはあちこちをたらいまわしにされてきた。マイルズ教区牧師からは、彼女がしがみついている希望は肩先で悪魔の軍団がささやいているだけのものだと教えこまれてきた。それでもなお、彼女は希望を捨てられなかった。倒れても起き上がり、何度でも希望を抱いた。

そろそろ自分自身の真実に向きあわなければならない。希望がこんなにも長いあいだ粉々に打ち砕かれずに残っているのなら、これからも壊れることはないだろう。たとえ地獄に引きずりこまれても、炎と硫黄が充満する場所で悪魔を打ち負かす計画を練ろうとするのがカミラという人間なのだ。不可能でもかまわない。それでも挑戦する。ただひたすらに挑戦し続ける。

カミラは大きく息を吸って両腕を横に広げた。〝きみが好きだよ〟昨夜ミスター・ハンターはそう言った。〝きみはどんなことにでもいい部分を見つけられる人なんだな〟

彼女は草原に目をやった。初夏の作物は刈り取られ、残りの土地は耕されていた。いまは秋の収穫を目指して作物が植えられるのを待つ泥の畝が長く続いている。土だけを見ても、数週間のうちにその土の下からまばゆい緑の頭をもたげて生えてくる小さな苗を想像できるのがカミラという人間だった。

彼女が昨晩、自分について考えたことはどれも当たっていた。自分は世俗的で、理想主義で、好色で、軽はずみで、無鉄砲だ。それが人となりを作る土台になっていて、間違いなく破滅のもとだった。これまでずっと、そうだったように。

カミラはマイルズ教区牧師が望むとおりにしようとがんばってきた。彼女が抱いている希望は、悪魔の軍団が彼女を脇道にそらさせようとしたものだと自分自身に言い聞かせ、善良な人間になろうとした。

それはうまくいかなかった。だから、振り返らないようにしているのだ。彼女が何をしてもうまくいかなかった。起こってしまったことは忘れるにかぎる。

日光が顔にキスすると、絶望が薄れていくのが感じられた。

〝きみはどんなことにでもいい部分を見つけられる人なんだな〟

「そうよ」カミラはそう言って顎を上げた。「ええ、そういう人なの」

彼女を愛してくれる人は誰もいないかもしれない。それでも、彼女は理屈を超えて希望を抱いていた。もはや理由など必要ないと思えるくらいに長いあいだ、そうしてきたのだ。こんな状況では希望はなんの役にも立たないだろう。けれど、希望は彼女を見捨てなかった唯一のものだ。

カミラはそれを手放す気はなかった。


「あまりよく眠れなかったようだな」エイドリアンはテーブル越しにミス・ウィンターズを見て言った。

カミラの目は赤くて腫れ、肌は青ざめていた。ふたりの部屋は同じ階になく、彼女の部屋は彼の部屋の真下だった。

昨晩、エイドリアンはミス・ウィンターズのすすり泣きを聞いた気がした。だが、彼女を責める気にはなれなかった。

ミス・ウィンターズがまばゆい笑みを見せたので、彼は本当に泣き声を聞いたのかどうか確信が持てなくなった。「もちろん眠れなかったわ。考えごとをしていたの」

エイドリアンはコーヒーをごくりと飲んだ。「ぼくもだ。ぼくたちがまずすべき行動は、ぼくのおじに連絡を取ることだと思う」

彼女は目をしばたたいた。「実は、あなたの言ったことを考えていたの。あなたのおじ様はラシター主教が何か正しくないことをしていると考えておられるのよね？　わたし、記憶力はかなりいいのよ。それで、思いついたことがあるの」

「きっといい考えなんだろう」コーヒーは熱くて彼の喉をやけどさせた。「ぜひ聞かせてくれ。さっき確認したんだが、ここからラックウィッチまでは一時間かそこらかかるらしい。電報局のある町でいちばん近いのがそこなんだ。電報なら知りたい情報がすぐに手に入る」

彼女の唇が引き結ばれたが、それはほんの一瞬のことだった。「なるほど。そうね」

「きみには午後までここで待っていてもらってかまわないかな？」

ミス・ウィンターズは動きを止め、彼を見た。「戻ってくるのよね？」

一瞬、エイドリアンはいらだちを感じたが、すぐに思いだした。彼女はこちらのことをほとんど何も知らない。彼について知っていることといえば、ふたりが出会ったときにエイドリアンが従者のふりをしていたことだけだ。彼女が彼を信じなければならない理由はない。

「戻ってくる」エイドリアンは言った。「正午までに。願わくば、おじがぼくたちに夕方の列車でゲインシャーへ来いと言ってくれればいいんだが。そうすれば明日にはすべてが片づくだろう。きみは今後いっさいぼくと会う必要はなくなる」

ミス・ウィンターズの唇がまた引き結ばれた。「そうね。すてき」

エイドリアンは彼女がなぜ歯ぎしりしているのか、なぜ視線を合わせなくなったのかわからなかったが、長い目で見れば、そんなのはどうでもいいことだった。

「あなたはあなたのやり方でやるのがいちばんよ」ミス・ウィンターズが告げる。長い沈黙のあと、彼はそのとおりだと思った。


電報は現代社会の最も驚異的な発明のひとつだと、エイドリアンはラックウィッチの電報局の外で返信を待ちながら考えた。グレイソンは世界中でまだつながっていない地域に送電線を敷くことを計画している――太平洋を越えて、アフリカの海岸線に沿って、あらゆる場所に。これは国内ではすでに大いに役立つ文明の利器になっていた。

二〇年前なら、おじと話しあうためには自らゲインシャーまで行く以外に選択肢がなかった。偽りの妻を連れていって、答えたくない質問を浴びせられることになっていたかもしれない。主教と部屋にこもって、途方もない時間を過ごすことになっただろう。

それが、いまでは電報を一通送ればすむ。メッセージはほぼ一瞬で電線を駆けめぐり、通信士から通信士へと伝えられ、おじのいる町に送信からものの数分で到着する。おじの執務室は電報局から徒歩一五分の距離にあり、配達人が派遣されれば、一時間以内になんらかの返事が受け取れるだろう。

エイドリアンからのメッセージは午前九時、電報局が開いた瞬間に送られていた。

『妨害アリ
疑惑強マル
緊急ノ結婚無効ヲ求ム
助言乞ウ』

この簡潔な説明で、状況が劇的に変化し、最悪な事態になっていることをおじがわかってくれることをエイドリアンは願った。しかし返信はなかなか届かず、彼は電報局の前を行ったり来たりしながら待った。

〝戻ってこい〟とおじが言ってくれるのを想像した。あるいは〝あとは万事まかせろ〟とか、〝すべて順調か？　わたしにできることがあれば教えてくれ〟と言ってくれるかもしれない。

この一〇年、エイドリアンは家族の誰よりも長い時間をおじと過ごしていた。公に認知してくれてはいないものの、そこには本物の愛情があった。何十年経《たた》っても、おじはお気に入りの妹であるエイドリアンの母のことを、目に寂しげな表情を湛えて話したものだった。

グレイソンはデンモアの最悪な部分を考えがちだが、おじは特に感情を表に出すたちではないというだけだ。少なくともおじは、エイドリアンのほかの家族のようには抱擁や笑い声で感情を表すということがほとんどなかった。それでも、助けを必要としている何百人という人たちにおじが同情を寄せる姿をエイドリアンはずっと見てきたのだ。

信じることだ、と彼は考えた。長年のあいだに何度となく訪ねていった相手はきっと〝おまえを愛している〟と言ってくれる。おじのよく使う言葉に変換すれば、それはこうなるかもしれない。〝大変だったな。あとはわたしがなんとかしよう〟

電報局の女性が後ろから近づいてきて、エイドリアンははっと夢想から覚めた。

「失礼ですが」彼女が言った。「電報の返事をお待ちでしたよね。届きましたよ」

エイドリアンは封筒を受け取り、中の紙を引っ張りだした。心臓が激しく打つ中……返事を読んだ。

『妨害ニ対処スル暇ナシ
オマエノ約束ヲ守レ
大至急』

エイドリアンの心は沈んだ。またしても、ここには〝頼む〟のひと言もない。

彼は紙を見つめた。黒いインクの文字が別の文字に変わることを願った。しかし文字は、そこにしっかりと印刷されたままだった。

『オマエノ約束ヲ守レ
大至急』

文字が変わらないのなら、こちらが変わるしかない。エイドリアンは深呼吸をし、それからもう一度大きく息を吸った。考えて、想像して、思考をまとめた。

この簡潔さから何かを考えるべきではない。電報はユーモアを発揮する場ではないし、紅茶を飲みながら午後に交わす楽しい会話でもない。電報で〝愛している〟などと言う人はいない。

それに、この返事ではなんの役にも立たない。自分にどうしろというのか？

どうやらエイドリアンの伝え方がまずかったようだ。最初のメッセージが明確ではなかった。彼には〝緊急ノ結婚無効〟はかなり率直な表現に思えたが、状況を知らないおじにはなんのことだかわからないだろう。

文字を節約しようとしたのが失敗だった。もっと明確に伝えなければ。

「返事を送りたい」エイドリアンは言った。係の女性から渡された用紙に、一瞬考えてから文面を綴《つづ》った。

『電報デハ説明不能

任務ハ完全ニ遂行不可

緊急事態発生』

彼は受付係を見た。これを点と線に変換して送信する女性は、これよりももっと面白い物語をたくさん耳にしてきたはずだ。

それでも……。大いにためらったのち、エイドリアンは次の二行を書き加えた。

『銃口ヲ向ケラレ結婚サセラレタ

貴殿ノ協力ヲ切ニ乞ウ』

これだ。これ以上に明確な説明はできない。彼はそれを受付係に渡してコインを一枚滑らせた。女性はおつりを渡し、文面を読んだ。眉がひそめられる。

彼女は文面の半ばでまた眉根を寄せ、もう一度読んだ。「失礼ですが……これを正確に読めているのか、確認させてください。これは……〝銃口を向けられ結婚させられた〟と書いてあるのですね？」

「銃口を向けられ結婚させられた」エイドリアンは言った。「はい。そのとおりです」

女性はエイドリアンが鉛筆で書いた文字の上に黒いインクで書きこんだ。『銃口ヲ向ケラレ結婚サセラレタ』

「銃口、ですね？　あの銃口ですよね？」彼女の声は信じられないくらい大きくて、小さな部屋に響いた。「本当に銃口でいいのですか？」

「はい」エイドリアンは顔が熱くなるのを感じた。聞き耳を立てている人がいないように見えるのはありがたい。「銃口で間違いありません」

「銃口」受付係は眉をひそめて紙を見た。「わかりました。返事をお待ちになりますか？」

まったく。彼が否応《いやおう》なしに結婚させられたことはすぐに町の噂になるだろう。

「はい」彼は片手を顔の上にのせた。「絶対に返事が必要なんです」

彼女は顔をしかめたままエイドリアンから目をそらし、物憂げに機械に文面を打ちこんでいった。そして彼が文章を書きつけた紙を取ると、それをフォルダーの中にしまった。

エイドリアンは凍りついた。「それは保存しておかないといけないものなんですか？」

「いいえ」受付係は微笑んで言った。「でも万が一、送信の途中で手違いが起きたときにわたしが保存しておかなかったら大変なことになりますから。上には何度も言ったんですけどね。それに、ここにずっといるのはかなり退屈なんですよ」

なるほど。ぼくの人生のかけらが誰かに娯楽を提供していると知るのはいいことだ。

「首を突っこみたくはないんですけど、でも……」受付係は間を置いて、片方の眉を吊り上げた。エイドリアンは彼女と目を合わせつつ、なんの意図もうかがわせないようにした。首を突っこみたくはない、だって？　彼女はまさにそれが生きがいなんじゃないのか？

「あなたが銃口を向けられて結婚した女性というのは」受付係はエイドリアンがわざと関心のないふりをしたのも無視して続けた。「ミス・カミラ・ウィンターズじゃありませんか？」

彼は眉をひそめて彼女を見た。

「さっき、ラシター主教がいらしたんです」受付係は言った。「彼女のことで電報を送っていらしたわ。正直に言うと、わたし、ひどくがっかりしたんです。彼女が教区牧師と一緒にいるところを何度か見たことがあって。聖職者のことをこんなふうに言うのは正しくないってわかっているんですけど、彼女に対する教区牧師の態度ときたら……」

「ほう」エイドリアンは唇を噛んだ。

「それに、あの家のほかの人たちも。彼は使用人たちをこき使うんです。そして、わたしの目の前でこう言ったんです。カミラに払う給料は半分でいい、と」

「なるほど……」彼は何がなるほどなのかわからなかった。「たしかに、相手は彼女です」

「そうでしたか」受付係がうなずいた。「ミス・ウィンターズに伝えていただけます？　もし何か必要になったら、どんなことでもいいから、わたしを頼るようにと。わたしはビーズリーです。ミセス・スザンナ・ローズ・ビーズリー。いつでも彼女のお役に立ちますわ。もっと前に何か言ってあげられたらよかったのだけど」彼女はため息をついた。「いまとなっては遅すぎますわね。では、返事が届き次第、お声をおかけします」

次の返事が来るまでに二時間かかった。ミセス・ビーズリーは、近くの酒場で一パイントのエールを飲みながら待っているエイドリアンのところまで、わざわざそれを届けに来てくれた。

「どうぞ」彼女はいかめしい表情で封筒を差しだした。「返事を出す必要があれば言ってください」

『ドンナ状況デモ失敗ハ許サナイ
オマエヲ信ジテイル
オマエナラヤレル
不可能ナコトハ何モナイ
現在ノ問題ガ解決スルマデハ
結婚無効ヘノ協力ハ不可
教会ノ政治ノ問題ダ
オマエナラ理解デキルハズ』

「くそったれ主教め」エイドリアンは毒づいた。

「教会の政治の問題って、なんなんです?」

ミセス・ビーズリーがまだそこに立って肩越しにのぞきこんでいた。まったく。エイドリアンは目を上げて彼女を見て、エールを見て、あきらめた。

「政治的な話ですよ」彼は言った。「他言無用という類の」

ミセス・ビーズリーは両手を打ちあわせた。「まあ。わたしの大好物！　どんな類の秘密なの？　もしかしたら、わたしが力になれるかもしれないわ！」彼女はエイドリアンを見つめていたが、歓喜の色はゆっくりと消えていき、とうとう彼には何も説明する気がないことを悟った。

エイドリアンはどう返事しようかと必死で考えていた。もっと詳しく説明することもできるが、おじがこれは教会の政治の問題だと主張したからには、それ以上はてこでも動かないだろう。おじがそのつもりなら……。

どんな返信をしても意味はない。まったく意味がない。デンモアは秘密裡《ひみつり》に事を進めて、エイドリアンの人となりを保証しなければならないのだ。現時点でおじが自分とエイドリアンの関係にまつわる真実を公表するつもりがないのであれば、結婚の無効に関しても大っぴらに動けるわけはない。いまはまだ。

エイドリアンが悪事の証拠を見つけないかぎり、おじは何もしてくれないだろう。

しかし、エイドリアンが必死に結婚の無効宣告を求めているような状況では、その証拠を手に入れることができない。

くそっ、くそっ、くそっ。

おじの言うことには一理ある。エイドリアンはそれがいやだった。ありえない状況に自分がはまりこんでしまっているのもいやだった。

おじの〝おまえを信じている、おまえならやれる〟が、〝どんな状況だろうとおまえを助けになど行かないぞ〟を意味していることにも腹が立っていた。

グレイソンがこのやりとりを見ていたらあきれて笑っていただろうと、想像できるのもいやだった。エイドリアンには兄が〝ほら、だから言っただろう〟と言う声が聞こえた。

エイドリアンはため息をついた。

違う。そうじゃない。もうちょっとだけ信じていれば――ありえないことをやれていれば――すべてはうまくいったはずだ。

それでも、最後にもう一度だけ返事を送っていた。不毛だとはわかっていても、送らずにはいられなかった。

『アナタガ約束シタンダ』

エイドリアンはそう送った。

そしてビールを飲みながら最後の返事を待った――もちろん意識を失うほどには飲まないが、思考に霧がかかる寸前くらいには酔っておきたかった。帳面にはさんでおいたミスター・アラビのスケッチを見つめているうちに、鉛筆で手を入れ始めるくらいには酔っていた。彼はまったく絵が描けない。そこに作りだされたのは混乱でしかなかった。

返事が来たときにはもう午後になっていた。それだけの時間を費やして手元に残ったのは、いびつな熊のスケッチや、おじとの問題についてふと思いついて書きつけたいくつかのアイデアくらいだった。

『コチラノ約束ハ必ズ守ル』

おじは最後の電報でそう言っていた。

『オマエモ約束ヲ守レ

頼リニシテイル』

くそっ。どうにかして、悪事の証拠をつかまなければならない。きっと手に入れてやる。

ほかに方法はないのだ。だが、それまでは……。

エイドリアンは帳面に目を落とした。

〝偽装？〟彼はそう書いていた。その横に描かれた黒々として巨大な塊は、どうやら冬眠中の熊らしい。〝家の中の情報提供者を見つける？　不法侵入？〟

どれも正しい行動には思えない。計画を練りつつ、兄に嘘だらけの電報を送った。

『万事予定ドオリ

タダシ少シ長引ク

スグ会社ニ戻ッテ皿ヲ仕上ゲル

終ワッタラ全部話ス』

さあ、これでもう引くに引けないぞ。

このパズルを解き明かしてみせる。そうしなければならないのだ。

ただ、いまはもっと差し迫った問題に取り組まなければならない。宿屋に戻って、ミス・ウィンターズに〝明日はゲインシャーへ向けて出発だ〞と言えたらどんなに楽だっただろう。〝週末までには結婚無効宣告が手に入るはずだ〞と。

だが、いまは……。

エイドリアンは妻ではない女性に、この状況がもうしばらく続くことになったことをどう説明すればいいか、考えなくてはならない。

9

「ねえ、あんた。真実に向きあわないと。彼は出ていったの。もう戻ってこないわよ」

カミラは一夜を過ごした宿屋の厨房にいた。

その真実が明らかになるのに二時間かかった。最初の一時間は、宿屋の女主人のミセス・ローソンが彼女を家庭教師先の家があるロウワーどこやらへ行き着かせるにはどうしたらいいか、あれこれ役に立つ提案をしてくれた。ミスター・ハンターがなんという町の名前を言っていたかさえ、カミラは思いだせなかったが。

ミセス・ローソンは農夫たちが市場へ行くついでに馬車に乗せてもらえばいいと言い、徒歩で行く場合の道順まで教えてくれた。ただしそれは彼女が、カミラが道に迷った家庭教師だという作り話を信じていた頃の話だ。

そのあと、真実がゴシップという形で明らかになった。

カミラがミスター・ハンターの帰りを待ちながら道路を眺めていると、ミセス・ローソンがやってきた。

「ミス・ウィンターズ？」彼女は尋ねた。「マイルズ教区牧師の雇い人だったの？」

ついにばれた。カミラはため息をついた。

ミセス・ローソンが彼女の隣に座る。「あんたに何が起こったか、聞いたわ」

女主人が冷酷な人間だったら一巻の終わりだっただろう。逆に、望んでもいなかった親切のずっしりした重みと彼女が示した同情の深さに、カミラは押しつぶされそうになった。

「あたしもわかっていればよかったんだけど」ミセス・ローソンは言った。「ミスター・ハンターってちょっと、口がうますぎる感じだったもの。何を言うべきか、いつそれを言うべきか、完璧にわかってるみたいで。そうでしょ？」

「彼はまさにそういう人です」カミラは少し真剣すぎる口調で答えた。「でも、だからってミスター・ハンターが不正直な人ということにはなりません」

「それで、あんたは彼のことをいつから知ってるの？」

四日前、とは言わなかった。言う必要もなかった。この女性はゴシップを聞いて知っているはずだ。

「あたしたち、女同士じゃない」女主人はやさしく言った。「それに、あんたがまだほとんど子どもみたいな歳だってことも知って――」

「ちょうど二〇歳になりました。もう子どもじゃありません」

ミセス・ローソンは舌打ちをした。「あんたがそう言うなら、それでいいわ。女同士の話をしましょう。自分に嘘をついていたら、女が生きていくには楽な世界じゃないわよ。あんたのミスター・ハンターは、正午までに戻ると言って出ていった。でも、もう四時よ。彼は行ってしまった。もう戻ってこない。現実に向きあいなさい」

違う、とカミラは言いたかった。ミスター・ハンターは戻ってくる。彼がそう言ったのだから。

もうひとつの選択肢――ミスター・ハンターが嘘をついていて、これまで出会った人たちと同じように彼女を捨てた――を考えるのはあまりに残酷すぎた。

心の奥底では、ミセス・ローソンが正しいと確信していた。彼が昨晩語った物語は、とうてい信じられるものではなかった。

彼のおじが主教？　祖父は公爵？　彼は従者のふりをしていた？　カミラがミスター・ハンターを信じたのは、やさしい言葉をかけ、宿代を与えてくれたからだ。

冷静に考えれば、妻を追い払うのに半ポンドというのは安すぎる。

「あんたも、いつまでもここにいられるわけじゃないんだよ」ミセス・ローソンが言った。「もうひと晩ぐらいは善意で泊めてあげてもいい。でも、うちはちゃんとした経営をしていることで知られてるの。あんた、身を寄せられる家族はいないの？」

カミラを受け入れてくれる先はもうすべて回った。誰もが彼女を追いだしたがった。カミラはただ頭を振った。

「ほら、ほら」女主人がカミラの頭をぽんぽんと叩いた。「あんたは充分かわいらしいわ。ロンドンまで行けば、きっと誰かが生活の面倒を見たいと思ってくれるわよ。それに、あんたならそういう環境でも生き抜ける感じがする。一日休んでじっくり考えなさい。あたしの言うとおりだって、きっとわかるわ。あんたが想像してきた未来とは違っているだろうけど、もっと悪い人生を送る女も多いんだから。この状況を考えれば、それがあんたに選べる最善な人生だと思うわよ。いまのところは、厨房にいてもらってかまわないかしら？　みんなにあんたを見せないほうがいいと思うから」

身を持ち崩した彼女にとって売春が最善の選択肢だなんて、結婚式の翌日に聞きたい言葉ではなかった。

それでもカミラは厨房に残って、頼まれれば野菜を切り、料理人が見ていない隙にスープに塩を振った。

そうこうしながら夢を見た。

ミスター・ハンターは戻ってくる。遅れたのはただ……電報の不具合？　ああ、そうかもしれない。彼女はもっとくだらない理由であればいいと思った。

希望は肩にのった悪魔のささやきだと、ずっと言われてきた。天使が教えてくれるという疑惑の声に耳を傾けるとしたら……。自分は売春婦になるしかないだろう。そういうことに長《た》けているわけではないけれど、神学はあてにならないことは確信していた。マイルズも、悪魔の軍団ももうたくさんだ。いいものを求めることにやましさを感じるのはもううんざりだった。

ミスター・ハンターは戻ってくる。彼に言いたいことがある。それを想像するだけでカミラの気分は高揚した。

勇気を出して、わたしの気持ちも考えてほしいと言うのだ。夕闇が訪れる頃までに、彼に何を言うか、そして彼がどう反応するかを考えておかなければならない。

ミスター・ハンターは結婚無効という手段でカミラを排除しようと計画しているが——そう考えたとたん、彼女の白昼夢は破綻をきたし始めた——彼は親切だし、謝ってくれたし、それに——。

「ミス・ウィンターズ」ミセス・ローソンがドアのところに姿を現した。「誰が来たか、あんたには想像できないでしょうね」

カミラには想像する必要もなかった。ミセス・ローソンのすぐ後ろに立ったミスター・ハンターは彼女より頭ひとつ分背が高かった。彼は微笑んでいなかった——そこがカミラの白昼夢とは違っていた。服はしわだらけで、土埃《つちぼこり》にまみれていた。

なんてこと。彼が戻ってきた？　本当に戻ってきたの？

カミラは白昼夢には慣れていたが、白昼夢が現実になることには慣れていなかった。

「当ててみせましょうか」ゆっくり言った。「電報の不具合よね？」

ミスター・ハンターがため息をつく。「そうだったらどんなによかったか」

「わたしはここに一日じゅういたわ」カミラは白昼夢の中で完璧な演説を練っていたので、それを披露しないのはもったいないように思えた。「ゴシップがここまで届くのにそう長くはかからなかった。そのあとはずっと、売春婦として刺激的な新しい人生を始める最善の方法について、あれこれ忠告を聞かされていたのよ」

少なくとも彼はひるんだ。いい気味だ。

何時間もこの演説を反芻する時間があったのはいいことだった。練習もせずにこんな台詞《せりふ》を言うことはできなかっただろう。

「遅れるなら遅れると、伝言を送ってくれるべきだったわ」

「そうすべきだったと思う」

「わたしはたしかに、あなたの重荷になりたくないと言ったわ。でも、わたしたちが一緒にいるかぎり……どんな関係であれ、あなたには覚えておいてほしい。わたしも人間だってことを。わたしにも感情というものがあるの。そしてわたしは――」

見捨てられたと感じるのが好きじゃない。カミラはそう言いかけた。しかし、それはあまりに実際の気持ちに近すぎて、口にすれば一線を越えてしまいそうだった。慎重に作りあげた白昼夢から現実へと飛びこんでしまう。現実とは、この胸の痛み、この心のうずきだ。

彼女は声を落とした。「あなたにわかる？　みんな、あなたはわたしを捨てたんだと信じていたわ。永遠に戻ってこない。これっきりだと。わたしたちは正式に結婚していて、わたしは堕落させられたあげく捨てられた。みんな、そう信じていた。その信じる力の重みに窒息しそうになりながら、わたしはここであなたを待たなければならなかった。一日じゅう。気分はよくなかったわ」

ミスター・ハンターがため息をついた。「どんな状況だったかは想像できるよ。きみも、ぼくが永遠に去ってしまったと信じたんだろう」

「そうでもないわ」カミラは最善の結果を期待するのが得意なことはあまり説明したくなかった。「あなたは戻ってくると言ったもの」

彼はその言葉に困惑したように見えた。「ぼくは自分がここに戻るとわかっていた。だが、きみはぼくがどんな人間かも知らないだろう」

「さあ、それは真実とは言えないわ」カミラは自分がそう言うのを耳にした。「あなたについてすべて知っているわけではないけれど、知っていることはある。あなたが昨晩話したばかげた作り話を知っている」

彼が顔をしかめる。「ばかげた作り話に聞こえたのはわかっている。だが――」

「お願いだから、最後まで聞いて。あなたはおじが英国国教会の主教だと言った。祖父は公爵で、わたしたちの結婚は無効にできる、と」

「どれも真実だ。そして――」

カミラは片手を上げて制した。

「あなたは言った。ふたりで一緒に取り組もうと。でも今朝、あなたは状況をざっと説明したと思ったら、わたしの話も聞かずに姿を消してしまった。あなたの任務はラシター主教とマイルズ教区牧師が関わっている悪事について調べることなんでしょう？　だったら、あの家の内部事情を知る必要がある。わたしはそこで一八カ月も働いていたのよ」

「きみの話を聞かせてもらおう。実際、いまになって思えば、ぼくは――」

「最後まで聞いて」カミラは言った。「主教の寝室で何が起こったにせよ、わたしを守るために声をあげてくれたのはあなたひとりだったこともわたしは知っている。ほかのみんなが言っているからというだけで、あなたまでわたしの悪口を言ったりはしなかった。今日のあなたは、ちょっと考えなしに動いていたけれど」

「きみの話がどこに向かっているのか、よくわからないな」ミスター・ハンターは頭をかいた。

「わたしは一日じゅう、あなたのとんでもない話を信じるなんてばかだと言われて過ごしたわ」

ミスター・ハンターがゆっくりと息を吐く。「きみの言うとおりだ。きみからすれば、何もかも辻褄《つじつま》が合わないだろう。何を言えば、何をすれば、きみに納得してもらえる？」

カミラは頭を上げた。「何もする必要はないわ」彼の目を見つめる。「言ったでしょう、一日じゅうじっくり考える時間があったって。わたしは教区牧師に紹介状を書いてもらうことはできない。手に職もない。誰にも邪魔されない場所で誠実に働くなんて、わたしには望めそうもない。理性的に、賢く考えて達した結論は、わたしにとっていちばん希望が持てる成功への道は、売春婦になることだった」

ミスター・ハンターは目を丸くした。「それって——つまり——」

「それが道理というものよ」彼女は言った。「あなたが何をしていたにせよ、ここを留守にしているあいだ、わたしが向きあわなければならなかったのは、そういう冷たく厳しい現実だった。どうしたらちゃんとした売春婦になれるのかもさっぱりわからないけれど。寵愛《ちょうあい》されることによってお金を受け取る――ある意味単純なことよね――というのは理解できているのよ。でも、売春だってほかのあらゆる仕事と同じだということがわかるくらいには、人生経験を積んでいる。うまくやるにも失敗するにもいろいろな方法があるのよ。見習い奉公をするなんていう選択肢はないわ。でも、わたしはばかじゃない。最終的には、きっとなんとかすると思う」

ミスター・ハンターは驚きのあまり黙りこんでいた。

「ほらね」カミラは立ち上がり、彼に片手を差しだした。「あなたがわたしを納得させるために何か言う必要なんてないの。わたしはあなたを信じる。たとえそれが愚かなことだとしても。わたしはあなたを信じる。なぜならあなたは親切だったから。わたしはあなたを信じる。どんなに理屈に合わない希望でも、何もないよりはそれにしがみついたほうがましだから。わたしを納得させる必要なんてない。ただ――お願い。わたしを失望させないで」

ミスター・ハンターは彼女の目をのぞきこみ、ゆっくりと微笑んだ。「きみはなんだか虎みたいだな」

今度は、カミラのほうが混乱して目をぱちくりさせる番だった。「なんですって？」

「虎だ」彼は言った。

「大きい猫みたいな？　オレンジと黒の縞《しま》模様の？　ときどき人を食べる？」

これまでに虎と呼ばれたことはなかった。そんなことを考えた人もいなかった。カミラは彼を一瞬見つめてから頭を振った。

「どうかしら」ゆっくり言った。「わたしはいま、何を言うべきかがわかっていただけなの。だって、一日かけて練った計画があったから」

「ほら」ミスター・ハンターは両手をこすりあわせた。「まさにそれだよ。虎は計画を練るのが得意なんだ」

「あなたが虎の何を知っているというの？」

「いまはきみを知っている」彼はそれがなんの役にも立たないと知りながら言った。

なるほど。まあ、いいか。いまその点を深追いして頭を悩ませるつもりはなかった。「わたしのことはもういいわ。それより、おじ様のことを話して。あと……あなたの戻りがこんなに遅れた電報の不具合だかなんだかの話を」

ミスター・ハンターがくるりと目を回した。カミラはいまはそれが自分に向けられたものだとは思わなかった。

「おじ様が結婚を無効にするのに力を貸してくれるという話だったけれど、それはどうなったの？」

彼は唇をなめ、目をそらして遠くを見た。「ええと……どんなことにでもいい部分を見つけられるのはきみだけではないということがわかった」

「そう。つまり、おじ様はあなたを失望させたのね」

ミスター・ハンターが震えるまぶたを閉じた。「ああ、少し。だが……おじに失望するのはこれが初めてじゃない。驚くべきことではないんだ。グレイソンは――ぼくの兄だが――

いつも、ぼくが人を信用しすぎると言う。でも……」

「でも？」

「でも、おじにはぼくの助けが必要だ」ミスター・ハンターは言った。「それに――これは何度も考えたんだが――もし結婚を無効にするとなれば、ラシターとマイルズという教会に仕えるふたりの男がなぜあんな行動にまで出てぼくときみを結婚させたのか、ぼくたちはなんらかの理由を提示しなければならない。ぼくにまずラシターの悪事の証拠を見つけろというおじの言い分は間違いではないんだ。ただ、どうすればその証拠が見つけられるかが、ぼくにはわからない」

「まあ」カミラは思わず微笑んでいた。「悲しいこと。マイルズの家で一八カ月も過ごした誰かをあなたが知ってさえいればよかったのにねえ。その彼女に今朝、あなたが話してさえいればよかったのに」

ミスター・ハンターが彼女を見た。「きみは何か知っているのか？」

カミラは唇を嚙んだ。「何かを知っているかもしれない人なら知っているわ。ただ、そこにはちょっとした問題がある」

「それは？」

「その人に話を聞くなら、わたしたちは近くに宿を取って滞在しなければならない」カミラは言った。「ただ、いまからではもう遅いわ。だけど、わたしはすぐにでも売春婦になることを推奨されるような場所でもうひと晩過ごしたいとは思わない」

ミスター・ハンターは一瞬彼女を見つめてからうなずいた。「町に行けば、ぼくだけなら泊まるところを見つけることができる。部屋を貸してくれる人がいるんだ。奇妙に聞こえるかもしれないが……きみにぴったりな場所を知っている」

「ほら、どうぞ、座って」ミセス・ビーズリーがせわしなく歩き回って紅茶を用意しながら言った。カミラは町の電報局へ使いで行ったときに何度か彼女と会ったことはあったが、会話を交わしたことはなかった。「かわいそうな子。ずいぶんとつらい目に遭ってきたのね。奥まった部屋しか用意できなくて申し訳ないわ」

カミラたちは暖炉のそばのテーブルの前に案内されて腰かけていた。部屋じゅうがドイリー（レースなどで作られた装飾用の小さな敷物）だらけで、壁一面にも、皿の下にも、テーブルにもドイリーがかけられ、暖炉の脇に立てかけた火かき棒やシャベルやトングにまで、小さなドイリーを縫いあわせたピンク色の覆いがかけられているという具合で、まるでドイリー美術館だった。

カミラはドイリーを少し脇にずらしてスプーンを置いた。

頭がぐるぐる回っているように思えるのは、過剰なほどのドイリーのせいだけではなかった。かわいそうな子？　そう呼ばれたことに恥ずかしさを感じて、耳が熱くなった。この手の善意を受け入れなければならないだけでも情けないのに、さらに憐れみをかけられるとは。これほどの親切にどう報いればいいのかもわからなかった。

しかしカミラは空腹すぎて、出されたパンとシチューを断れなかった。特に、こんなにもおいしそうなにおいをかいでしまったらもう無理だ。このシチューは昨夜のスープと違い、本当においしかった。濃くて、温かくて、本物の牛肉の塊が入っていた。

「夫は酒場に出かけているの」ミセス・ビーズリーはカミラの近くの揺り椅子に座りながら言った。「それに子どもたちはもう大きくなったから、わたしは夜になると編み物をしたり、隣人たちの死の計画を練ったりしているのよ」

テーブルの向かい側に座っていたミスター・ハンターが驚いて顔を上げた。

「ほんの冗談よ！」彼女は笑った。「編み物はやらないわ！　わたしがやるのはかぎ針編み。隣人を全員滅ぼしたいとも思っていないし。ラフォード・シャムウェルと彼の耐えられないヤギたちだけよ」

「もちろん」ミスター・ハンターは言った。「そうでしょうとも」

ミセス・ビーズリーは椅子を揺らした。「最近はリストを作っていて、バートランド・ギャップウッドも加えたわ。彼はおまるの中身をいつも道路に捨てるの。何度もだめだと言ったのよ。そんなことをしてはいけない、新聞を読んだことがないのか、そうやってわたしたちはコレラに罹《かか》って死ぬんだって。でも彼は聞いてくれやしないのよ」

「リストに載せられるのも当然の方たちなんですね」カミラはスプーンいっぱいの牛肉を頬張りながら言った。

「まあね。それからスティーヴン・ウェイドがいるわ。彼は奥さんに怒鳴るのよ。彼に何度言ったことか。夫婦で仲良くやれないのなら、うちのボビーと酒場でも行ってらっしゃいって。でも、彼も聞いてくれやしない。それに彼が怒鳴るのはいつも同じ言葉なの。ゴシップをちょっぴり聞かされるのは楽しいけど、まったく、想像力を持ってほしいわよね。多様性は人生のスパイスよ」ミセス・ビーズリーは顔をしかめた。「以上、それがわたしの隣人のすべて。全員リストに載っているわ」

カミラはもうひと匙シチューを口に運んだ。

「そうよ」ミセス・ビーズリーはミスター・ハンターが眉を吊り上げたのを見て言った。「認めるわ、わたしはひどいおせっかい焼きだって。でも、ゴシップを広めたりはしないわよ。ゴシップを聞くことはあるけど。だから、わたしのことは気にしないで。あなたたちには話しあうことがいろいろとあるでしょうから、どうぞ話して。八時を過ぎたらミスター・ハンターはここにいていただくわけにはいきませんからね。時間を無駄にしないで。わたしのことはどうぞおかまいなく」

ミスター・ハンターは自分のシチューを口に入れ、ちらりとミセス・ビーズリーを見た。彼女は実際にかぎ針編みを始めた。作業に熱中して、ふたりのことなど気にしていないふりをしていた。

「何か必要なものはあるかい？」ミスター・ハンターは低い声でカミラに尋ねた。「ぼくはこれで二度、きみのスーツケースを運んだ。とても重いが、きみの持ちものすべてが詰めこまれているようには思えなかった」

カミラは肩をすくめた。「わたしはあちこち移動するのに慣れているの。何かを手に入れたいとも思わないわ。物が少ないほうが動かすにも便利だもの」小さく笑い声をあげた。こういうときには笑ったほうがいいように思えたからだ。

声をあげて笑えば、もしかしたらミスター・ハンターが彼女のことを不憫《ふびん》に感じる必要はないと思ってくれるかもしれない。

部屋の向こうにいるミセス・ビーズリーがかぎ針編みをしながら何やら音をたてた。

「さっき……わたしたちが話していたことについてだけど」カミラは声を落とした。「わたしはとても記憶力がいいの。おそらく、わたしたちが訪ねるべきなのはハイハムにいるミセス・マーティンだと思うわ。彼女は寄付金と慈善事業の目的に関して教区牧師に腹を立てているの。そこから始めるのがいいと思わない？」

「ぼくが思いつくどんなことよりもいい」ミスター・ハンターは彼女よりもさらに声を低めて話した。「それに行き帰りの道中で、ぼくたちはもっといろいろな話ができるだろう。そこなら詮索する人の目もないし」

「あなた方が心配すべきはわたしの耳よ」ミセス・ビーズリーは自分もずっと会話に参加していたかのように言った。「わたしの目ではなくて。でも気にしないで、わたしはここでかぎ針編みをしているだけだから。あなた方の言葉に注意を払ってなどいないわ」

「ハイハムは一八キロ先よ」カミラは自分の靴がもつだろうかと考えた。すでに革がひどく薄くなっているのだ。泥道だし、ストッキングには穴が開いている。しかし、そんなことで悩んでもしかたがないと考えるのをやめ、その代わりに微笑んだ。「すてきな散歩になりそうね。特に、スーツケースを持ち歩かずにすむのはうれしいわ」

彼がカミラを見た。「馬車を借りる費用くらい、ぼくが出す」

彼女はなんと答えたらいいかわからず、ただ唇をなめた。

「きみがぼくを信じてくれるのは、ただそうする必要があるからだということはわかっている」ミスター・ハンターは言った。「ぼくの話がばかげたものに聞こえることも。疑われてもしかたがない。だが、これは真実なんだ。馬車代にだって驚いて目を回したりしない」

カミラは紅茶をひと口飲んだ。「もちろん、あなたを信じます。あなたがそうだと言うのなら、それは真実に違いないわ」

彼はため息をついた。「じゃあ、また明日」

10

「ぼくの指示に従ってくれ」ミスター・ハンターが馬車に乗るなり言った。「ぼくの言うとおりにしてくれれば、すべてうまくいくはずだ」

カミラは何も言わずにおこうかと――ほんの一瞬だけ――考えた。しかし、これは彼女の人生でもあるのだと思い直した。ため息をつく。「ミスター・ハンター、わたしたちが宿屋に向かうときもあなたはそう言ったわ。あなたはみんなにわたしが道に迷った家庭教師だと言った。でも、すぐに嘘だとばれたとき、わたしがどんなに恥ずかしかったか」

ミスター・ハンターは握った手綱に目をやった。それから彼女のほうを見た。鼻腔がふくらんでいる。「あのときはあのときで」彼は弁明した。「いまはいまだ。前よりも設定を考える時間があった。今度のはもっといい」

「あら、そう」カミラは言った。「じゃあ……きっと……うまくいくのよね？」声に疑念を表さないように努力したが、明らかに失敗していた。彼の鼻がいらだたしげにひくひく動く。

「いいかい」ミスター・ハンターが言った。「ぼくは一週間ずっと従者のふりをしていたが、偽物だと疑う人はひとりもいなかった」

「本当に？」

「まあ、そんなには。ぼくは有能な従者のふりはしなかった。それがすごく役に立った」

「あの場合はそうかもね」カミラはあきらめた。結局のところ、結婚の無効宣告を手に入れるというのは彼の思いつきなのだ。「あなたと、役に立ったというその無能さにおまかせするわ」

三〇分後に目的地へ着いたときには、彼女はあきらめたことを後悔していた。

「だめよ」部屋に姿を現した年配の女性は、自己紹介も、彼らの目的を尋ねることもしなかった。ただ杖《つえ》をついて客間の入口に立ち、白いフリルつきのキャップの下から彼らをねめつけていた。「どんな状況下だろうとお断り。だめ。さようなら」

カミラが驚きから立ち直るのに一瞬かかった。ミセス・マーティンの使用人に客間へ案内され、座るように言われたとき、自分たちは歓迎されているのだろうと思っていた。明らかにそれは間違いだったようだった。

「断るとお決めになる前に、質問をさせていただけませんか？」ミスター・ハンターが尋ねた。

ミセス・マーティンは――少なくともそれが彼女だろうとカミラは思った――目をくるりと回した。肩がすくめられ、そうしなければ驚くほど長い首が短くなった。

沈黙はほんの一瞬だった。ミセス・マーティンは頭を傾けた。「必要ないわ。あなたたちの狙いはわかっているもの。不運な人たちのためとかなんとか言って、わたしにどこかの慈善団体に寄付させようっていうんでしょう。ありがたいことにいまは神に召されたわたしの夫は、自分がどれだけ財産を持っているか、あらゆる人に吹聴して回っていたわ。あなたたちももちろん聞いたのよね、一年前にわたしが出した、不届き者の甥には一ペニーだって渡さないという声明を。それであなたたちも、自分の運を試してみようと思ったんでしょう」彼女はふたりに背を向けた。「さっさと帰りなさい。すべてのゴシップ好きに教えてやるといいわ。もう手遅れだって。わたしは教訓を学んだのよ」

カミラは目をしばたたいた。「あの、だけど、わたしたちがここに来たのは——」

「誰の慈善事業だろうと、わたしはもう絶対に、一ポンドだって寄付なんかしませんからね。やってはみたけど無駄だったんだから。こうなったらこの世からおさらばする前に、最後の一ペニーまで自分のために使ってやるわ。まっすぐ地獄送りになったってかまわない。こんなわたしの話し相手になってくれるかわいらしい若い子に金を使わなきゃならないんだったら、それでもいい。そういうかわいらしい若い子たちを連れてきてちょうだい」

カミラは自分を抑えられなかった。思わず笑みがこぼれる。女性はふたりをちらりと見た——最初はしぶしぶだったが、やがて、困惑した様子で探るような視線を向けてくる。「あなたは充分かわいらしいわね。どうしてあなたがここへ来たのかわからないけれど」

ミスター・ハンターは手袋で口元を押さえて咳《せき》をした。「ミセス・マーティン、あなたは完全にわれわれの目的を誤解されています」彼の声はまた違う調子になっていた——母音が変化し、リズムが変わっている。カミラは驚きを表に出さないようにした。

「慈善事業への寄付やその他のご厚意をお願いしに来たわけではありません。自己紹介をさせてください。ぼくはかつてのヨルバ王国の裕福で著名な一族と知りあいなんです」そう話しながらさっと彼の視線がそれ、部屋の空いた一角を見つめた。

ミセス・マーティンはすばやく目をしばたたいた。カミラも同様だった。

「こちらのミス・ウィンターズは」ミスター・ハンターはカミラを手ぶりで示した。「英国で必要な社交上の礼儀について、ぼくに助言してくれた良家の女性です。それはそれは親切にレッスンをしてくれましてね。どうか、ぼくが至らないせいで彼女を低く評価するようなことはなさらないでください。もちろん、あなたのすべての努力が実を結ぶよう願っております。時間つぶしのご趣味も含めて」

「あら」ミセス・マーティンは頭を傾けて彼を見た。「あなたは嘘をついているようね。わたしは年寄りだから簡単には騙されないわよ。でも、すてきなお話だったわ」カミラをちらりと見たミセス・マーティンの目の表情がやわらいだ。「あなたはとってもかわいらしいのだから、こんな企みに加担してはだめ。あなたも知っておいたほうがいいわ――嘘をつく男は決して変わらないの。もしあなたがこの男に騙されて仕事を探さないといけなくなったら、わたしに相談しに来ることを考えてみて」

カミラは息を詰まらせた。

「でも、いいわ。話を続けて」ミセス・マーティンは言った。「少なくともそれは新しい嘘だもの。この歳になると、新しいものにはそうそう出会えないのよ」

ミスター・ハンターは呆気《あつけ》にとられた顔をしたが、とにかく話を続けた。「ぼくはこの四カ月、英国にいました。そして、あなたの国で目にした貧困の闇の深さに驚きました。ぼくはもともと、どこかへ寄付をしようと考えていました。不運な人々の状況を改善する手助けになればと。そこであなたが教区に寄付をしたと聞いて、それは協力を申しでるのと同じくらいいい方法ではないかと思ったんです」

ミセス・マーティンは両手を打った。「ああ、それはいい。それはいいわ！」

カミラは彼女を見つめた。「そう……ですか？」

「この話がどう進むかわかったわ！　あなたは王子の資金を自由にできる。でも自分の代わりに寄付を行ってくれる誰かが必要。わたしがその労を取れば、あなたがわたしに銀行の為替手形を振りだしてくれるという寸法ね？」

「いいえ！」ミスター・ハンターはかぶりを振った。「違います。ぼくたちはただ、お話をうかがいたかっただけです。マイルズ教区牧師があなたの名前で設立した慈善基金での寄付の経験について」

ミセス・マーティンが蜘蛛《くも》から逃れるようにあとずさった。違う、とカミラは悟った。そういうことじゃない。このシナリオでは、ミセス・マーティンが蜘蛛になってしまう。彼女は逃げてしまう。彼女の唇は究極の嫌悪を示すようにゆがんだ。

「あああ」ミセス・マーティンは言った。「これはひどい嘘だわ。あなたがそんなやり方でどうやって金を巻き上げるつもりか、わたしには全然わからないけれど」

「そんなつもりではありません！」ミスター・ハンターは憤慨して両手を投げ上げた。

「こんなひどいペテン師は初めて見たわ」ミセス・マーティンは言った。「詐欺の手口をもっと練習なさい――これは本当にひどい。聞いたこともない。詐欺師には大勢出会ってきたけれど、ああ神様、こんな素人の詐欺師たちの話は耳にしたことがないわ」

ミスター・ハンターはため息をついた。「もちろん、ぼくたちは無能な詐欺師に思えるでしょう。ですがそれは、ぼくたちが詐欺師ではないからです」

「でも、あなたは真実を語っていない」

「いいえ」彼は言った。「厳密に言えば、真実です――つまり、ぼくは本当にヨルバとつながりのある人物を知っているんです。広い意味で言えば。それに、ぼくは本当に慈善事業に寄付しています」

ミセス・マーティンは舌打ちしながらかぶりを振った。「あなたは本当に嘘が下手くそね。〝真実〟の前に〝厳密に言えば〟なんて言葉を入れなきゃならないとしたら、あなたは真実を語っていないということよ。あなたの狙いがなんなのかわからないけれど、わたしからそれを手に入れることはできないわよ」

カミラはため息をついた。たしかに、ミスター・ハンターに全部まかせてしまったのは自分だ。彼の作戦はうまくいかなかった。それなら、自分はどうすべきなのか……？

しかたない。彼女は決断した。そろそろ割って入る頃合いだ。

「ミセス・マーティン」カミラは言った。「あなたのおっしゃるとおりです。わたしたちはあなたに正直に話していませんでした」

「とてもショックだわ」ミセス・マーティンは驚いた様子も見せずにかぶりを振った。

「マイルズ教区牧師はわたしを一八カ月前に見つけたんです」カミラは言った。「当時、わたしは別の家にいました。そしてジェイムズという名の下男とキスするという悪癖を患っていたのです」

「キスね」ミセス・マーティンがあざ笑う。「この頃はそういう呼び方になったの？」

「わたしは、その――」

「そのまま呼べばいいじゃないの。セックスでしょう。セックスする、と言いなさいよ」

カミラは頬が真っ赤になるのを感じ、両手で顔を隠した。

「その言葉を聞いても興奮したりしないわよ」ミセス・マーティンは告げた。「わたしはもう年寄りなの。その言葉を聞いたからって耳が落ちるくらいなら、もう何年も前にそうなっていたでしょうよ」

「マイルズ教区牧師は心配していたんです……わたしがなんらかの罪を犯してしまうのではないかと」

「その罪って、セッ……」

「キスです」カミラは急いで言った。「その話についてはいまここで長々とご説明するようなことではありません」

「好きにして」ミセス・マーティンはため息をついた。「まったく、最近の子どもたちときたら。あらゆることに対して慎重すぎるわ」

「マイルズ教区牧師はわたしを引き取ることを申しでてくれました。わたしに精神的な教育を施すために。彼は親切にもわたしを半額の給料で雇ってくれたんです」

「ふうん。それで、精神的な教育も与えてくれたの？」

カミラは目を閉じた。「はい」声が震える。「マイルズ教区牧師は定期的に思いださせてくれました。罪を贖《あがな》うことに関して、わたしにはほとんど希望がないって。彼は言いました。わたしは不名誉の塊で恥だから、半分でも給料をもらえることを幸運に思えと」

「ふうん」ミセス・マーティンは言った。「彼らしい言いぐさね。続けて」

「わたしは努力しました」カミラはふたたび話しだした。「努力したんです、本当に。でも毎週のように間違いを犯してしまって。友好的すぎるとか、友好的じゃなさすぎるとか、視線が一箇所に長くとどまりすぎたとか、あまりに早く目をそらしすぎたとか――やることなすこと、うまくいかないんです。そこへミスター・ハンターが現れました。お客様の従者として。そしてわたしたちはひとつの部屋に閉じこめられて……教区牧師がみんなに言ったんです、わたしが――」彼女は言葉を切った。「キスをしていたと。よりにもよって」

「ふうん」ミセス・マーティンはまた言った。「で、あなたはそうしていなかったのね？」

「していません！」老婦人が目を細めてこちらを観察しているのに気づき、カミラは言葉を足した。「今回は違います。ミスター・ハンターとは何もしていません」

「だったら、話の続きを」

「それで、わたしはあなたのことを考えたんです。何カ月も前にあなたが教区牧師と寄付のことで話していたのを知っていました。そして、あなたが何かについて怒っていたことを彼が話題にしたとき、わたしもその場に居合わせたんです。彼はあなたが寄付したお金を不正に使用したのではありませんか？　わたしたちは知りたいんです。わたしたちは軽蔑すべき彼を、詐欺師として糾弾するつもりです」

「なるほどね」ミセス・マーティンは目を閉じた。「いまのはすばらしい話だったわ。それだけでもお金をあげたいくらいよ。本当に、いまのはとてもよかった。男性のあなた、ペテンを働くなら、この若いレディに全部まかせなさい。彼女のほうがずっと上手だわ」

「ぼくたちは金目当てでは――」ミスター・ハンターが心外だとばかりに口を開く。

「勝手に言ってて」カミラはぴしゃりとさえぎった。「わたしは一八カ月も半額の給料で働いてきたのよ。もらえるものはなんでももらうわ」

ミセス・マーティンはくっくっと笑った。

「でも厳密に言えば、わたしたちは本当にお金目当てじゃないんです。何が起きたのか知りたいだけ。あなたの経験を話していただけませんか？　マイルズ教区牧師はあなたを説き伏せてお金を寄付させたんですか？」

ミセス・マーティンはため息をついて目をつぶった。「まったく、がっかりよ。人生で最悪の経験だったわ――もちろん、結婚を除いてだけど」

カミラは前に身を乗りだした。「もっと聞かせてください」

「それでわたしはここにいるのよ、想像してみて」ミセス・マーティンは両腕を広げた。「身寄りはひとりだけ――甥がいるわ。同類の男たちと同じく――つまり、概して男というのはそういうものなんだけど――彼はおばのわたしから遺産を受け取ることを期待して生きてきたの。あの子を恨むことはできないわ、本当にそう思う」言葉とは裏腹に、自分の言葉に確信が持てないというか、まるで恨みを募らせているような様子だった。

「うーん」ミスター・ハンターがうなり、ミセス・マーティンはため息をついた。

「でも、あの子はわたしを訪ねてきた。いつもそうなのよ、お世辞を並べて、わたしがくたばる前にお金を分けてもらおうと説得しようとするの。そして彼が何をしたか、話を聞いても信じられるかしら？」

「ええと……」カミラは唾をのんだ。「その、あなたがさっき、男というのはそういうものとおっしゃったことから察すると、たぶん……」

「そのとおり。あの子はわたしのメイドにキスをしたの。本当の意味でのキスよ、それ以上のことは何もないわ。だって、わたしがたまたまそのときに見つけてしまったから。メイドはキスなんて望んでいなかったから、わたしに邪魔をされてありがたかったみたい。わたしは甥が何をしたか、みんなに言ったけれど、誰ひとりとして耳を傾けてはくれなかった。巡査も、誰ひとり。みんな、こう言ったわ。〝男はいつまで経っても男なんだから、しかたがない〟って。でもスーザンは――わたしのために働いてくれていた女の子のことだけど、彼女は病気になった母親の代わりに、ずっと仕えてくれていたの。わたしは彼女のことを自分の娘みたいに近しい存在だと考えていた」

ミセス・マーティンは部屋を見渡し、腰をおろすと、注意深く杖を椅子の脇に立てかけ、ハンカチを取りだした。目元をぬぐうためではない。彼女は怒ったようにそれを振り回した。まるで目に見えない牡牛《おうし》を煽《あお》っているかのように。

「ともかく、わたしがここにいるのはスーザンの話をするためではないわ。わたしは怒りにまかせて、彼女にできるかぎり多くのお金を与えようとした。でもスーザンは言った。自分が強欲だと誰にも思われたくない、と。甥にあんなことをされたというのに！」

「甥御さんはずいぶん卑劣漢のようですね」

「当然ながらそうよ」ミセス・マーティンは続けた。「だから、わたしは必要以上にお金を持っているわけにはいかなくなった。甥には半ペニーだって渡したくないもの。わたしは牧師館へ行き、スーザンみたいな特殊な事情で運に見放された女性たちを手助けするために寄付をさせてほしいと頼んだ。特殊な事情って、わかるでしょう？　お金を渡す前、彼らはきっぱりと請けあったわ、わたしの指示どおりにお金を使うと。ところが彼らに二〇〇〇ポンドを渡したとたん、言い訳が始まったのよ」

「言い訳？」

「弁明や、嘘よ。寄付したお金は特に仕分けされることもなく、教区の資金として消えていた。マイルズはそうしなければならなかったのよ。濡れ衣《ぎぬ》を着せられて助けを必要としていた。

る女性なんて、教区にはいないことになっていたんだから。そんなことが信じられるわけないのに！　この教区に男性はいる？　イエス？　だったら助けを必要としている女性もいるはずよ。それくらい単純なこと。結局、彼は教会の改築のために金を使ったとかなんとか言っていたけれど、どこも何も変わっていなかったわ。どこを改築したっていうのよ？」

「なんてひどい話だ。教会に頼ることもできないなんて」ミスター・ハンターは抑揚たっぷりに言った。

「自分はわかっている、みたいな調子のいいことを言うのはおやめなさい」ミセス・マーティンはぴしゃりと言った。「そういうのは大嫌いよ。とにかく、わたしは悟ったの、誰もわたしの望みになど耳を傾けてくれないって。わたしは年寄りだし、女だから。自分のお金を望みどおりに役立てられないのなら、自分で楽しんだほうがましだわ。かわいらしくて若い子をここによこしてちょうだい。それがわたしの言いたいことよ」

「わたし……」カミラは言葉に詰まった。「きっとそうします。わたしにそんなあてがあればですけど。ミスター・ハンターのほうがその件についてはお役に立てるかもしれません」

ミスター・ハンターはぎょっとした顔をした。「正直、そういうのは得意ではありません。嘘の話をうまくでっち上げたと思ったのに、それがどういう結果になったかはご存じのとおりです。どこから男たちを連れてくればいいかなんて、ぼくにわかるはずもない」

「男たち」ミセス・マーティンはくるりと目を回した。「わたしが男に対してどう思っているか、聞いていなかったの？　わたしは夫だった男を埋葬して彼のお金を手に入れた。言わせてもらえば、そのお金は彼からもらったものの中でも最高の贈り物だったわ。でも、わたしが我慢しなければならないことに見合うほどのものではなかった。こんなことを声高に言うものじゃないと思うけど、こんな年寄りの話をまじめに聞いてくれる男なんていやしないわ。わたしは断然、女のほうが好き。かわいらしい男なんて、そばにいたって苦痛でしかない」

「そう……ですか」ミスター・ハンターは言った。

「あなたのことを言っているんじゃないわよ！」ミセス・マーティンはカミラのほうに頭を傾けた。「あなたよ」彼女はそう言って指差した。「あなたはいいわ」

カミラは飛び上がった。「わたしですか？　わたし――わたしは――」

「いいえ、そういうことじゃないの。具体的にあなたがどうこうじゃなくて。わたしは若い子が好きなの。あなたは、そうね、一九歳？」

「二〇歳です」

「それくらいだと思ったわ。わたしからすると、若いレディといえば四〇かそこらだったわけ。本当に子どもみたいな年齢の子じゃなくてね。わたしは男じゃないから、あくまで個人的な基準よ。あなた、そんなに熱意があるのなら、裕福な女性を見つけるべきよ。こんなペテン師と田舎でくだらない詐欺をやるより、もっとましな仕事をなさい」

「わたしは……」カミラは唾をのんだ。顔がほてるのが感じられた。「そのことはじっくり考えてみます」

老婦人は賢人らしくカミラにうなずいた。「そうだと思ったわ。あなたにはそういう雰囲気があった。わたしたちはいつだってお互いを見つけられる。女として生きていくのは大変だけど、わたしには何年ものあいだに身につけたちょっとした知恵がある。どんなにひどい女でも、たいていの場合、男よりはましってことよ」

「そりゃどうも」ミスター・ハンターはいらだたしげに腕を組んだ。

「どういたしまして」ミセス・マーティンは美しい笑顔を見せた。「わたしにまたそう言ってもらいたくなったら、いつでも戻っていらっしゃい」

ミス・ウィンターズはラックウィッチへ戻るのに雇った馬車の中で居心地悪そうに体を動かした。長い旅が待っていた――いくつもの町を越えて、一八キロも走らなければならないのだ。しかし彼女は礼儀正しい会話を繰り広げようとはしなかった。

エイドリアンのほうを見もせず、両手の関節が白くなるほど座席を握っている。それは馬車のスピードのせいではない。エイドリアンはせいぜい速歩《はやあし》程度の速さでしか馬を走らせていなかった。

ミス・ウィンターズが緊張していることに気づくのに五分ほどかかった。その理由を推測するのにはもっとかかった。それについてどうするべきか見極めるのにさらに時間がかかった。

「自分の嘘の下手さには、いまさら驚きもしない」エイドリアンはとうとう言った。

ミス・ウィンターズが彼のほうに顔を向けた。励ますような表情で両眉が下がっている。エイドリアンはそれを励ましと受け取ることにした。

「ぼくはあまりに人を信頼しすぎる」彼は言った。「兄のグレイソンからはいつもそう言われている。そしてたぶん、兄は正しい。子どもの頃、グレイソンはぼくに、チョコレートは泥でできていると信じこませようとしたんだ」

ミス・ウィンターズはおずおずと微笑みを浮かべた。「まさか信じなかったでしょう?」

「そこまで騙されやすくはない」エイドリアンは道路を視界に入れたまま、できるかぎり彼女のほうに振り向いた。「まあ、少なくとも、いまはそれほどでもない。ぼくは教訓を得たからね。だが、人を信じすぎることの問題がここにある――ぼくは嘘をつかれているとき、相手のどこを見れば嘘が見抜けるのかわからないんだ。それはつまり、自分で嘘をつくときにもどうすればいいのかわからないということだ」

「あなたの目よ」彼女は言った。「目が全部ばらしてしまうの」

「ぼくの目?」

「ええ。あなたは嘘をつくときに上を見て、右を見る。嘘をついている自分に腹を立てて、自分の言葉に目を回さずにいられないというように」

彼は思わず笑いだした。「まさか!」

「本当よ。あなたは本当にそうしているの」

「ほらね?」エイドリアンは微笑みを押し殺した。「言っただろう、きみは虎だって」

「あら、そう？」

「虎は我慢強いんだ。捕食者というのは、獲物に自分の存在がばれるとあきらめて新しい獲物を探しに行く。虎はあきらめたふりでひと回りして戻ってくると、何度も何度も何度も挑みかかろうとするんだ。ぼくたちはミセス・マーティンに外に放りだされて終わりだったかもしれないのに、きみがすべてを救ってくれた」

ミス・ウィンターズが顔をしかめた。「その虎の話は本当なの？」

「ぼくの目が上から右に動くのを見たのかい？」エイドリアンは言い返した。

「それは、見ていないわ。でも――」

「だったら真実だ」

「そんなふうにうまくいくものかしら」しかし彼女は微笑みを押し殺していた。

ふたたび沈黙が戻ってきた。聞こえるのは馬車の車輪がでこぼこ道を走る音だけ。この静けさは先ほどよりもいくらか居心地よく感じられた。それでも、エイドリアンはもうしばらく馬車を走らせてからまた口を開いた。

「なあ、虎女さん。ぼくはいつきみに、〝あなたはそこまで人を信じていないわ〟と言われるんだろうと思っているんだが」

「なぜわたしがそんなことを言うの？」

「ぼくは二度もきみに、すべてぼくにまかせろと言った。そしてきみは二度とも、ぼくの嘘が作りだした混乱から自分を救いださなければならなかった」彼はそっけなく言った。「ぼくはもっときみを信頼すべきだった。今後はきっとそうする」

彼女がうつむいた。頬が赤く染まっている——完全に真っ赤だ。目もきつく閉じられた。

「ミスター・ハンター」つらそうに切りだした。「こんなことを自分から言いたくはないんだけど……あなたは間違っている。あなたはわたしを信頼すべきではないわ」

「なぜ?」

「あなたはずっと結婚無効のことを言い続けているでしょう」ミス・ウィンターズは両腕で体を抱いた。「よくは知らないけれど、その一環として、女性は物理的に検査されることになるのではないの? 女性の、その……」

きわどい言葉を必要な瞬間に言ってくれるミセス・マーティンはここにはいない。

「そうだな」エイドリアンは言った。「厳密に言えば、そうなる」

「真実の前に〝厳密に言えば〟なんて言葉を使わなければならないのなら……」ミス・ウィンターズは彼の言葉を引きあいに出して言った。「あなたはもっと腹を立てていいのよ。言ったでしょう、わたしはその検査に合格しないわ」

「そんなことが本当にわかるわけがない」

ミス・ウィンターズが彼のほうを見た。「でも——」

「処女を失うまで処女膜を持っている女性もいるし、そうでない女性もいる。性交によって処女膜が破れる人もいれば、そうでない人もいる。破れたのが勝手に治ることだってある。治らない人もいる」

彼女がこちらを凝視している。

「ぼくは真剣だ」エイドリアンは言った。「ぼくが嘘をついたらどうなるか、きみは知っているだろう。ぼくはいま嘘をついているように見えるか？　言っただろう、ぼくはしばらくおじの秘書として働いていた。彼がぼくのいる前でまさにこの話をある医者にしていたんだ。女性が処女かどうか、本当にはわからないって。彼らは推測するだけだ。そしてぼくたちがふたりとも、性交を一度もしていないと誓えば、ぼくたちの人となりを証言してくれる人たちがいれば――」

彼女がまたうつむいた。ああ。そういうことか。

「とにかく、それは問題じゃない。きみはそんなことを心配していたのか？」

「正直に言うと、何かを心配している暇もなかったわ。すべてがあっという間に起こったから」ミス・ウィンターズは唇を噛んで、過ぎ去っていく野原へ目を移した。「ミセス・マーティンにわたしの過去を話すのはつらかった。あの頃のことを考えるのはいやなの。いまは考えたくない。すべては終わったことよ。わたしたちは未来を考えることができるのかしら？」

「もちろんさ」

ミス・ウィンターズは呼吸が生命を維持する力を与えてくれるかのように息を吸った。そして微笑んで、彼のほうを向いた。

「じゃあ、これからの話をしましょう。わたしは記憶力が抜群なの――数少ない能力のひとつよ。わたしたちはいまや、ミセス・マーティンがある目的のために教区に多額の寄付をしたことを知っている。けれど、彼女はその目的が達成されたとは考えていない」

「それだけじゃ悪事とは言えない」

「ええ」彼女は手袋をはめた指で唇を叩きながら考えた。「でも、彼らがそのお金を盗んでいたら、悪事になるわよね？　もしかしたら……ミセス・マーティンの目的のために使われるべき資金がもうないことを証明できるかも」

〝どうやって？〟と尋ねようとして、エイドリアンは悟った。「もちろんだ。ぼくたちには手伝ってくれる誰かが必要だな。男に乱暴された女性とか？　そういうふりをしてくれる女性を見つけて――」

ミス・ウィンターズは信じられないというように音をたてた。「ミスター・ハンター」その声には面白がっている響きもあった。「わたしたちは教訓を学んだはずじゃなかった？何かのふりをするのはもうたくさんよ」

「でも――」

「でも、わたしたちにはすでに、思いどおりに動いてくれるそういう女性がいるわ。ゴシップで評判を台無しにされた女性が。彼女は実在する。そして彼女は喜んで協力したいと思っている」彼女は両腕を広げた。「見て。ここにいるわ――生身の肉体を持って」

「なるほど」これは完全に理に適っている。「きみはマイルズ教区牧師に直接問いただすつもりかい？」

「いいえ」ミス・ウィンターズは両手をきつく握った。「あの人の顔は見たくない……いまはまだ。でも、教会の管理人なら慈善事業について把握しているはずだから、困っている女性たちがどこにいるのかわかる」

「その管理人と話をするのか？」

「彼はわたしを好いてくれているの」彼女の顔に微笑みが浮かんで、それから消えた。「かつてはそうだったわ。ある程度は。あるいは、そうだとわたしは思っていた」

エイドリアンはしばし黙りこんだ。「きみに頼むことがたくさんあるな」

ミス・ウィンターズはかぶりを振った。「あなたの重荷にはなりたくない。わたしは自分の役割を果たしたい。本当に、そう思っているの」

「そうか。そのことを心に留めておくよ、今度ぼくの陰謀に誰かを引きこむ必要が出てくるときまで」エイドリアンは冗談で言ったのだが、彼女は激しくうなずいた。

「嘘をつくのはわたしにとっては大変なことよ。自分がうまく嘘をつけるとは思えないの。そんな才能はないと思う」ミス・ウィンターズは両手をスカートに押しつけた。「わたしにはお金がない。頼れる相手もいない。家もない。友だちと呼べる人も……」笑ってみせる。「キティは友だちだと思っていたけれど、嘘をつき、わたしを破滅させた」また笑い声。「今度はそれも震えていた。「わたしはあなたの重荷にはならない。約束するわ。でも、わたしは必死なの。あなたは自信を持たせるためにわたしを虎と呼んだりして、親切にしてくれているけれど。ごめんなさい。わたしは真実を隠しておけないの」

どういうわけか、エイドリアンはこれまで彼女の事情をちゃんと考えたことがなかった。ミス・ウィンターズが多くを望みようがないことはわかっていた。彼女のスーツケースを持ったことがあり、彼女の靴を見たことがあるから。

「ほかに行くあてはどこにもないのか？」

「もうあらゆるところを渡り歩いてきたわ」ミス・ウィンターズが目を閉じた。そよ風が彼女のおくれ毛を揺らす。彼女は頭を後ろにもたせかけた。「これが最後になるのかしら？不興を買って追いだされたのは初めてじゃないわ。前にもあったことよ。何度も」

エイドリアンはなんと言ったらいいかわからなかった。

「わたしは一二歳のときに家族を失った」ミス・ウィンターズは目を開けなかった。「最初はおじのところにいた。おじにはおしゃべりすぎると言われたわ。そのあと彼のいとこのところへ送られて、それからは二〇軒も家を移ってきたかしら。わたしは長続きする愛情というものを受けたことがないのよ」唇に微笑みが浮かぶ。「人生の半分はそうやって過ごしてきたわ。もうそろそろ、自分が人に好かれる人間じゃないんだってことを受け入れるべきなんだと思う。でも、ばかみたいに頑固なのよね。わたしは決して学ばない」

風が吹き、彼女の帽子の端を揺らした。ああ。その帽子もぼろぼろだ。

「大人になるにつれ、もっと悪いことが起こるようになった。特別な友だちになったラリッサという同い年の女の子がいたの。彼女の両親はわたしたちの友情を気に入らなかった。言ったでしょう、わたしは嘘をつくのが絶望的に下手なの――それについてもミセス・マーテ

イン は正しかったわ。ラリッサとわたしは一緒にキスの練習をしていた。そのうち……練習じゃなくなって……それが彼女の両親に見つかって、わたしは追いだされた。次の家ではその息子が――まあ、そんな話はいいわ。そのあと、下男のジェイムズが現れた」ミス・ウィンターズは肩をすくめた。「わたしは何度も追いだされた。そのすべてを覚えておける記憶力のよさを恨むわ。ジェイムズとふたりきりでいたところを、マイルズ教区牧師に見とがめられたの。牧師は、おまえは地獄へ送られる運命なのだから、名前を変え、生まれ変わったつもりで必死にがんばるようにと言ったわ。二年間、問題を起こさずにいれば、わたしのことなんて誰も知らない土地でやり直せるよう手助けをすると約束してくれた。わたしの魂のために」

ミス・ウィンターズは話しながら両手をこすりあわせていた。エイドリアンは彼女の手袋にも穴が開いていることにいまになって気づいた。

「そういうわけで」彼女は言った。「彼らがあなたといたわたしを非難したのは、わたしにまるで非がないわけではなかったからなの。わたしのせいよ。あのときはわたしが何かしたわけではないけれど、でも、わたしが悪いの。わたしにはどこにも行くあてがない。もう絶望しかない。あまりに絶望的で――」一瞬黙りこんだが、やがて頭を振った。「わたしは絶望的になるあまり、こんなふうにあなたを無理やり巻き添えにするにはどうしたらいいか考えたりもしたわ。わたしたちは結婚させられた。結婚を無効にできなくさせるのは、わたしにとっては造作もないことよ。あなたがそのルールを教えてくれたもの」

エイドリアンがとっさ音をたてたに違いない。ミス・ウィンターズが彼のほうにさっと振り向いた。

「ごめんなさい。あなたを不安にさせるつもりはないの。わたしは決して――約束する、決してあなたの重荷にはならないわ。ただ、わたしはばかみたいに希望でいっぱいで、心の奥底ではずっと誰かを求めている。わたしが存在していることを認めてくれる誰かを。求めてはいけないってわかっているのに、つい考えてしまうの。いまはまだ、そこまで絶望していないからそんなことはしないけど」

ミス・ウィンターズは震えていた。

神経質になると彼女がよくしゃべることにエイドリアンは気づいた。幸せなときもよくしゃべる。だが、そのおしゃべりの種類が違う。

「きっと」彼は言った。「ぼくが違う人間だったら、もっと期待することが少ない人間だったら、昨日起きたことを考えて、自分は幸運だと思っただろう」

「そんなはずないわ。誰もそんなことは思わない」

「逆だ。きみはかわいいし、いろんな能力があって賢い。正直で、真実を隠すことなく話してくれる。きみは自分のことを過小評価しすぎだよ。誰もが当然受ける権利があるふつうの人間のやさしささえも、きみはすごく感謝して受け取っているように見える」

ミス・ウィンターズが彼に目を向けた。濡れたその目は希望に輝いていて、エイドリアンは自分がこんなことを言わなければならないのを申し訳なく思うほどだった。

「もしぼくが違う人間だったなら」彼は言った。「喜んできみを妻にしただろう」

「でも」彼女はエイドリアンの代わりに言いながら、熱心な渇望を湛えた目で彼を観察していた。

「でも、ぼくは自分の両親が持っているものを求めている」エイドリアンは率直に言った。

彼女はため息をついて目を落とした。「すてきな話だと思ったわ……あなたがさっきご両親の話をしてくれたとき。ひと目惚れという感じだったんでしょうね」

「そうじゃない。両親が結婚するまでは三年かかった。母は熱心な奴隷廃止論者だった。父とは、何が起きているのか気づく何年も前から一緒に仕事をしていたらしい。そして母はある日、一八カ月も父の講義を聞いてきたあとで、自分がゆっくりと、甘い恋に落ちていたことを悟ったんだ。母は父が同じことに気づくまで、さらに六カ月待った。ふたりは確信できるようになるまで、もう一年待った」

ミス・ウィンターズが息を吐いた。きつく目をつぶる。

「それがぼくの望みだ」エイドリアンは言った。「長い時間をかけてゆっくりと恋に落ちること。〝誓います〟と口にするときには、本気でそれを言いたい――人生でこんなにも本気で言ったことはないというくらいに」

「それはすてきね。本当にすてき。あなたのその望みが叶うことを願うわ」悲しみ――それが、彼女の声にエイドリアンが聞き取ったものだった。

「ミス・ウィンターズ、そんな特別なことじゃない。愛を望む者は誰でも、それを手に入れられる。きみも同じことを願っていいんだよ。本当だ。心からそう思う。きみは、きみを選ぶ誰かにふさわしい人だ。きみを愛する誰かにふさわしい人だ。世界中のすべての女性の中で、人生の残りをともに暮らす相手はきみだと信じる男に」エイドリアンは一瞬、ミセス・マーティンと、彼女がラリッサについて言ったことを考えてつけ加えた。「あるいは、そう信じる女性に」

ミス・ウィンターズの唇が開いた。苦痛に襲われているように見えた。「ねえ。あなたは自分のためにそれを言っているように聞こえるわ」

「そうなのかもしれない。だが、約束する。きみがぼくの望むものを手に入れるのを助けてくれたら、ぼくはきみを見捨てたりしない。金はぼくにとって問題じゃない。ぼくたちはきみに場所と地位を見つけるだろう。なんであれ、きみの望みを叶えたい。そしていつか、誰かがきっときみを選んでくれる。きみ自身を」

彼女は片手で自分の頭を押さえ、しばらく黙って座っていた。やがて、ふたたびエイドリアンの目を見た。「わたしはもう何年もずっと、求めるばかりだった。希望を抱くことをあきらめるのを拒絶してきた。でも、一歩進むごとに希望が遠ざかっていくのがなぜなのか、わたしにはわからなかった。それでもあきらめなかった。あきらめられなかったの」

「あきらめるべきじゃない」

「よかった」ミス・ウィンターズは目をそらした。「まだしがみついていていいんだと思いださせてくれてありがとう」

馬車は進んでいった。「あのさ」エイドリアンはとうとう言った。「きみはぼくが銃口を突きつけられて結婚しなければならなかった中でも最高の女性だよ」

「あら？　そんなことが何度も起こったの？」ミス・ウィンターズは薄く微笑んだ。

「一度だけだ」彼は言った。「でも、ぼくには凄《すさ》まじい想像力がある。あの家のほかのみんなのことを考えてみたんだ。そして、どうせ寝室に閉じこめられて結婚させられるなら、相手がきみでよかったとぼくは思っている。だって、考えてもごらん――下手をしたら相手はラシター主教だったかもしれないんだぞ」

彼女はそれを聞いて大声で笑った。

「そうなったら主教は重婚になっていたな」エイドリアンは言った。「もったいないことをした。それでぼくたちは彼の悪事を証明できたのに」

「まあね」ミス・ウィンターズが背筋を伸ばした。エイドリアンには、彼女が自己憐憫《れんびん》の情をしまいこんだのがわかった。「そういう簡単な解決策じゃなく、わたしたちは大変な方法でこれをやり遂げなきゃならないのね。管理人を訪ねるのはいつにする？　明日？」

エイドリアンは〈ハービル〉社のことを考えた。陶磁器のデザインを完成させるために戻ると約束したのだ。もう手遅れになるまで、あと数日しかない。

ひょっとして、今夜行くことを提案すべきなのだろうか？　夏だし、まだ明るい。それでも、エイドリアンはミス・ウィンターズの手袋に開いた穴を考えた。まだ一〇キロもの道のりが待っていることを考えた。彼女が絶望的だと言ったことを考えた。もしかしたら……。

ミス・ウィンターズがほとんど聞き取れないような音をたてた。意味のわからないつぶやきだった。横を見ると、彼女の頭はぎこちない角度に傾き、くしゃくしゃにまとめられたお団子からほつれ毛がこぼれていた。彼女は眠りに落ちていた。

やはり、次の行動に出るのは明日にしよう。

11

いつの間にか馬車の中で居眠りをしていたようだ。首が痙攣《けいれん》し、馬具のかちゃかちゃという音が耳に響いて、カミラは目が覚めた。

まばたきし、体を起こしてふと見ると……軒を並べる三軒の店が目に入った。向かいに馬車を停める場所がある。午後も遅い時間になっていた。

ラックウィッチではない。ミセス・マーティンに会いに行く途中で通りかかった町だ。クランフィールドとか、そんな名の町だった。

八百屋があり、ベーカリーがあった。そして角には既製服が飾られた小さな店がある。ミスター・ハンターは馬をつないでいた。

カミラはもう一度まばたきし、目をこすった。体じゅうの筋肉がこわばっているように感じられた。

「どうして馬車を停めたの？」

「少し物を買う必要があるかと思って」

カミラは彼のほうを見た。「物って？」いぶかしげに眉根を寄せてきいた。「どんな物？」

ミスター・ハンターはポケットに手を入れ、上質な革の財布を取りだした。「そうだな、それについてはちょっと話しあう必要がある。もっと早く――きみがスーツケースをひとつしか持ってこなかったときに気づくべきだったが、うっかりしていた。きみには新しい靴と手袋が必要だ。それは間違いない。新しいドレスも一、二着あるといいだろう」それから、決まり悪そうに目をそらした。「あと……見たわけではないからわからないし……もちろん見るわけにもいかないんだが……たぶん、ほかにも必要なものが――」

下着のことらしい。カミラとしてもすり切れてみすぼらしい下着を披露するつもりは毛頭なかった。「衣類ね」重々しく手を振った。

「ああ、そう、衣類だ」ミスター・ハンターは財布の中身を探り、札を一枚取りだして、それを差しだした。カミラが長らく――いつ以来か思いだせないくらい――見たことのない額の札だった。「理由は言うまでもないと思うが、ぼくが一緒に店に入るわけにはいかない。それと、きみには既製服で我慢してもらうしかない」

カミラは彼を見つめた。既製服で我慢する？　おかしなことを言うものだ。彼女が服を仕立ててもらったのなんて大昔の話で、それどころか、新しく何かを買うことすら、ここ何年もなかった。

ミスター・ハンターは手にした札で、彼女のドレスを指し示した。「少し着るものを買ったほうがいいと思わないか？」

「それって……」カミラはごくりと唾をのみこんだ。「男性に服を買ってもらうのって、不適切ではないかしら？」語尾を上げて質問調にするつもりはなかった。答えがノーであることはわかっている。

たしかに靴は必要だ、手袋も。二番目にいいドレスにまた穴が開いてしまったら……。

ミスター・ハンターがぷっと噴きだした。「噂になったとして、どうなるというんだい、ミス・ウィンターズ？　評判に傷がつくとでも？」

「まあ、面白がっているのね」それでも、カミラはまだお金を受け取る気になれなかった。

「馬車の中で考えていたんだ」彼は言った。「なぜこんなことが起きたのか。これはいったいどういうことなのか。論理的に考えて可能性があるのは、ラシターがぼくとおじの関係に気づき、ぼくを悪者に仕立て上げようとしたという線だ。まずい事実を暴かれても、それを誰も信用しないように。きみはたんに巻きこまれただけだ。たまたまあの家にいて、都合がよかったから。よって、きみがこんな窮地に陥ったのはぼくの責任ということになる。それに少しばかりきみを援助するのは、ぼくにとって簡単なことだ。だから、そうさせてくれ」

カミラはとっさに言った。「でも、こんなお金は返せないわ」

「金の貸し借りは友情を壊すと相場が決まっている。いいかい、これはぼくのためでもあるんだ。ミセス・マーティンは視力が衰えていたが、また誰かを騙さなくてはいけなくなった場合、その服装ではれっきとしたレディだと思わせるのは難しいだろう」

カミラは顔を赤らめた。「これ以上嘘はつかないということで、意見がまとまったはずだけど」

ミスター・ハンターは肩をすくめて財布を開け、今度はもう少し小さい額の札を取りだした。そして持っていた札に重ねた。「きみに親切にするのが、こんなに厄介だとは思わなかったよ。新しい帽子も買うといい」

「でも――」

彼はもう一枚札を重ねた。「きみが慎《つつ》ましく抗議するたびに、さらにもう一品買わせるぞ。ほかには何が必要だろう？　そうだ、スカーフがいい」

「わたしのスカーフはちゃんとしているわ」

「そうだな、きみのほかのものと違って」ミスター・ハンターは微笑んだ。

カミラも笑みが浮かぶのを抑えられなかった。「いやな人ね！」

「こう考えてくれ。きみは疲れきっている。将来の不安でいっぱいだ。みすぼらしい格好ではきちんとした職を見つけるのも難しいだろう。だから不安を感じるのは当然だと思うが、ぼくはきみの力になることができる。そうすることで、つまりきみの不安を軽くすることで、ぼく自身の気持ちも軽くなるんだ」彼はうなずいた。「だから、行っておいで。ぼくは書店にいる」

カミラが包みをいくつも抱えて馬車に戻った頃には、すでに夕暮れが迫っていた。一五箇所も継ぎはぎをしていないシュミーズ！　柄が色あせていないドレス！　継ぎ目がほどけていない靴！　わたしはすてきなドレスが欲しくて家族のもとを去った。おじの家から追いだされて以来、こんなドレスを買ったのは初めてだ。

ドレスが愛を意味するわけではない。でも、少なくともドレスだ。

青いニットの手袋のおかげで手は温かかった。違った色合いの灰色の毛糸で繰り返しつくろった、あの古い手袋ではない。

「これを」カミラが馬車に乗りこむと、ミスター・ハンターが紙袋を差しだした。

「まあ」彼女は紙袋を見つめて言った。「これ以上必要なものなんてあったかしら?」

「昼食とか?」

太陽が地平線へと沈みつつある。示しあわせたようにおなかが鳴り、カミラは笑った。

「ああ、そうね」

紙袋の中にはミートパイが入っていた。

「足元にソーダ水の瓶がある」彼はそう言い、馬車を発進させた。カミラはコルク栓を抜くのに少し手こずったものの、口にしたソーダ水は冷たく泡立っていた。

最後にソーダ水を味わったのはいつだったか、彼女には思いだせなかった。幼い頃だったのはたしかだ。炭酸が鼻に抜け、ぴりっとする味が広がった。パイ生地に包まれた風味のいい肉やグレイヴィーソースと相性抜群で、カミラはほんの数分で――まだその小さな町を抜けてもいないうちに――食べ終えてしまった。

「ミスター・ハンター」カミラは言った。「あなたって、とても親切な人なんだという気がしてきたわ」

「〝とても〟かどうかはわからないな。まあ、ちょっとは親切かもしれないが」

「とてもよ」カミラは言いきった。「忘れないで、わたしはあちこち移り住んで、いろいろな人と接してきたの。あなたはとても親切よ」

「きみが特別不運だったということもありうる。ぼくは家庭環境に恵まれたおかげで、人に親切にできる立場にあるだけさ。取り立てて言うほどのことじゃない」

「その逆よ」カミラは反論した。「わたしの知るかぎり、恵まれた人ってたいてい、自分のことを持てる者にふさわしい人間なんだと信じているの。そして持たざる者はそれにふさわしくない人間だと思っている。だから、信じて。あなたはとても親切な人。ありがとう、ミスター・ハンター」

「何に感謝されたんだろう？　ふつうの人間ってことにかい？」彼は意外そうな顔をした。「そんなことでわざわざ礼を言う必要はないよ。人として最低限のことだ」

カミラは指からパイのかけらを払い、新しい手袋をはめ直した。「あなたは、最低限より少なくとも三段階は上よ」

ミスター・ハンターは彼女を横目で見て微笑んだ。「せいぜい二段階だろう」

カミラは突然の結婚式からいままで、この災難を引き起こしたそもそもの原因については考えないようにしていた――自分と、自分の浮ついた気持ちについては。ミスター・ハンターはたしかにハンサムで、親しみやすく、話をしていると太陽を浴びているかのように温かな気持ちになる。

とはいえカミラはひと目で彼を好きになった。言葉を交わしてますます好きになった。今度は食べ物を用意し、ドレスを買い、こうして微笑みかけてくれる。彼の微笑みは……ああ、心を揺さぶるような笑みだ。心ならずも胃がひっくり返り、鼓動が速くなる。いまの彼は初対面のときより、もっと魅力的に見える。

「三段階は上よ」カミラは言い張った。「少なくともね。まったく、ミスター・ハンター、ときには女性の賛辞を素直に受け取るものよ」

これだ。またやってしまった。頬がピンク色に染まるのがわかる。またしても男性の気を引くようなことを言ってしまった。いけないのはわかっているのに……。

「申し訳ないが」彼は言った。「友だちはみな、ぼくのことをエイドリアンと呼ぶんだ。ミスター・ハンターではなくてね。ただの知りあいには、きみの賛辞は身に余る。きわめて遺憾ながら、受け取るわけにはいかないよ」

カミラは胸がちくりと痛むのを感じて身を引いた。「ごめんなさい」少々調子に乗ってしまったようだ。そうでなくても微妙な関係なのに、余計なことを言ってなおさらややこしくしてしまった。「押しつけがましかったわね。そんなつもりではなかったんだけれど。もう言わない――」

ミスター・ハンターは長いこと彼女を見つめていたが、やがてかぶりを振った。「そうじゃないよ。賛辞が迷惑だと言ったわけではない。ミスター・ハンターと呼ばないでほしいと言いたかったんだ。それは父のことだ。ぼくのことはエイドリアンと呼んでくれ」

「まあ」これまで何かにつけ図々しいと言われてきたカミラは、困惑して彼を見つめた。「つまり、わたしたちは友だちということ？」

「どうだろう？　きみはそうなりたいかい？」ミスター・ハンターは去っていく人だ。いまこうして馬車でラックウィッチへ向かっている目的も、ふたりを結びつけるためではない。それでも胸に、むなしいとはわかっている期待の火が灯る。彼は、友だちになりたいかときいた。ずっと一緒にいたいか、ふたりの子どもが欲しいかときいたわけではない。

わたしったら、秋の乾燥した藁《わら》束みたい。ちょっとでも火の気があればたちまち燃え上がってしまう。自分を抑えなくては。

もっとも、何に対してでもちゃんと自分を抑えられたためしがないのだけれど。

「ええ」カミラは答えた。ふたりの周囲で世界が色鮮やかに花開いたようだった。「そうなりたいわ」

「よかった」

カミラは隣のエイドリアンをちらりと見て、また顔を赤らめた。

「あなたもわたしのことはカミラと呼んで。カミールでも、短くカムでもいいわ」顔に喜びがあふれているに違いない。「好きな名前で呼んでちょうだい、わたしは気にしないから」

ミセス・ビーズリーがカミラに使わせてくれた奥の小部屋は家具らしい家具もなかったが、

それでも服をかけるフックと小さなチェストはあった。そして、いまカミラにはようやくしまうものができたのだ！

それに！　ミスター・ハンターは――いえ、エイドリアンは、わたしを友だちだと言ってくれた。賢くて、勇気があるとも！　厳密に言えば、彼はわたしを早く厄介払いしたいと思っていて、そのために一緒に行動しているのだけれど、いまはそんな不愉快な事実を思いだしても意味がない。

カミラは微笑んだ。新しいリネンのシュミーズを顔に近づけ、息を吸いこむ。

新しい服の香りがした。最高だ。糊《のり》と、何か新しくて清潔な香り。うれしくなって笑いながらくるりと回った。

「ええと、ミス・ウィンターズ？」

カミラははっとして動きを止め、ミセス・ビーズリーのほうを向いた。〝違うんです。踊っていたわけじゃないんです〟そんな言い訳をする自分が頭に浮かんだ。〝ひとりで踊るなんて、おかしいでしょう？　ははは……〟

だが、われに返ってこう言うにとどめた。「まあ、ミセス・ビーズリー。何かご用ですか？」

「ミスター・ハンターがいらしていますよ。あなたにお話があるんですって」

「ああ、そうだったわ」カミラはうなずいた。「明日の朝、ふたりで教会の管理人を訪ねることにしたから、何時に出発するか相談しなくては」

「そうでしょうとも」ミセス・ビーズリーは気まずそうに身じろぎしていたが、やがて口を引き結び、まっすぐにカミラを見た。「あなたを送りだす前に、ひとつだけきいてもいいかしら？　あなた、大丈夫？」

「具合が悪そうに見えますか？」困ったわ。すぐにもエイドリアンに会わなくてはいけないのに、病人みたいでは――。

「いいえ、違うの。体は健康そうに見えるわ。そういう意味で言ったのではなくて、あなたは今回のことでずいぶんつらい思いをしたでしょう。でも、先々も心ない人々にさらに傷つくようなことを言われないともかぎらない。だから、念のためにきいておきたかったの」

「まあ」ミセス・ビーズリーの心遣いにカミラは胸を打たれた。「心配なさらないで。わたし、場違いなくらい元気ですから」

「場違いだなんて。あなたはどんな状況でも、堂々と元気でいていいんですよ」ミセス・ビーズリーは曖昧な笑みを浮かべた。「ひとつ、覚えておいて。わたしにはなんでも話してくれていいのよ。電報係の仕事って難しいことはないけれど、ちょっと厄介なの。いろいろな人の話の断片を耳にしながらも、すべてを知ることはない。仕事だから、ふだんは知ったことのほとんどを知らないふりをしてるけれど」カミラの手を片方取って、ぎゅっと握った。

「わたしは大丈夫です」カミラは言った。「たしかにいろいろあったけれど……大丈夫。気にかけてくださってありがとう」

ミセス・ビーズリーはかぶりを振った。「わたしの仕事でいちばん大変なのは沈黙を守ること。たいがいはちょっとした笑い話ですむの。でもときどき、黙って知らないふりをするのがつらいこともある。そして、あとで後悔するのよ。何もしなかったことに。だから、わたしにできることがあったら知らせてちょうだい。いいわね？」

「わかりました」

「よかった」ミセス・ビーズリーはもう一度カミラの手を握った。「さあ、明日の相談をしてきて」


エイドリアンはカミラの部屋の前で一〇分ほど待っていた。やがてカミラがドアを開けたが、ミセス・ビーズリーは部屋を出るときわざとドアを閉めていかなかった。密室でふたりだけにするつもりはないのだろう。エイドリアンはため息をついた。しかたがない。

「管理人に話をしに行く時間だが、午前一一時頃はどうだろう？」彼は言った。「教会までは数キロだから、一〇時半に馬車で迎えに来るよ」

カミラは向かいの椅子に座っていた。新しいドレスに着替えている。ピンク色の縞模様で、袖口に黄色を使ったそのドレスは、彼女によく似合っていた。ガスランプの淡い明かりの中でも明るく陽気に見えた。

「もっと早いほうがいいと思うわ」カミラが答えた。「その時間だと、ミスター・グレイブスは昼食前でおなかがすいていると思うの。機嫌のいいときに話を聞きたいから」

「九時半？」

「八時半のほうがいいと思う」

「やれやれ」エイドリアンはげんなりしたように鼻にしわを寄せた。「ずいぶん早いな。早起きは苦手なんだ」

カミラは噴きだした。「よく従者のふりが務まったわね、エイドリアン」

恥じらいつつ名前で呼んでみる。そして、濃い睫毛《まつげ》のあいだからうかがうように彼を見やった。彼が言いだしたこととはいえ、親密すぎないだろうか？

「務まっていないさ」エイドリアンは言った。「だめ従者だった」

カミラは微笑みながら身を乗りだした。「従者のふりをしていないときは、何をしているの？」

「そうだな」彼は肩をすくめた。「あれやこれやっているよ。家族がちょっとした商売をしていてね。ぼくは基本的に英国にいるから、雑用を引き受けている。そっちのほうが従者よりはいくらか得意なんだ」

彼女はくすりと笑った。「でしょうね。あなたには有能な人っていう雰囲気があるもの。そういう雰囲気を身につけるには、何かしら秀でたものがあるはずよ」

カミラが自分をからかっているとか、おだてているとか思ったら興ざめだっただろう。だが、彼女はなんのてらいもなく、笑みを浮かべてさらりと言った。隠しごとをしているようで、エイドリアンはいくぶん気が咎めた。

磁器のデザインの話をすることも考えた。だが実際のところ、自分はほとんど関わっていない。彼の指示がなくてもすばらしい仕事をしてくれる優秀な職人が何人もいるからだ。それにカミラは信じないかもしれない。だが、自分を見る彼女のまなざしに胸がときめいた。こんなふうに思ってはいけないのだが……。それでも、うれしかった。

「そうだ」エイドリアンは不意に言った。「忘れていたよ。甘いものを買ったんだった。ひと足早いが成功のお祝いだ。ほら」足元に手を伸ばし、紙袋を見つけて開けた。「レモンタルトが好きだといいんだが。ベーカリーに残っていたのがこれだけだった」

カミラが凍りついた。ぱっと手を引き、その小さな菓子を見つめる。

エイドリアンは妙な失望を感じた。ベーカリーの前で足を止め、さっきミートパイを食べたときの彼女の満面の笑みを思いだしたのだ。最近はうれしいことなどほとんどなかったのだろう。それが彼女の顔が輝くところを見たいと思った理由だ。彼女の笑顔が好きだからではない。

いずれにしても、こんな表情は想像していなかった。

「ああ」彼は残念そうに言った。「レモンタルトは嫌いなんだね」

「いいえ」カミラは首を振った。「そうじゃないの。レモンタルトは大好きよ。少なくとも、以前は好きだったわ」

「それなら、ふたつとも食べたらいい」

カミラは手を体の下に差し入れ、首を振った。「ごめんなさい。食べられないわ」

「食べればいいじゃないか。ぼくのことは気にしなくていい。レモンタルトが特別好きなわけじゃないから」

それでも、期待した笑みは現れなかった。それどころか、彼女はいっそう困惑した顔になった。

「そうじゃないの。というか――それだけじゃないの」カミラはごくりと唾をのんだ。「前に言ったでしょう。わたしは家族を失ったって。実を言うと……」言葉を切り、背後の開いたドアをちらりと見て、さらに声を落とした。「実を言うと、わたしは自分から家族のもとを去ったの」

エイドリアンは続きを待った。

「わたしが一二歳のときよ。おじは裕福で、父は……」彼女は適切な言葉を探すかのように唇をすぼめた。「亡くなったの。家は没落し、生活にも困窮した。そんなとき、おじがわたしを引き取ると言ってくれたの。姉からは行ってはだめだと言われたけど、ドレスやレモンタルトを好きなだけ買ってやるとおじに言われて、わたしは承諾したわ」

エイドリアンはなんと言っていいか、わからなかった。

カミラがうつむく。「わたし、自分を大切にしてくれた人たちをレモンタルトのために捨てたの。そんな、つまらないもののために」

「そうだったのか」言葉が見つからないまま、彼は言った。「でも、いまでもレモンタルトは好きなんだろう?」

カミラは床に視線を落とした。「一度だけ、食べてみたことがあるの。一四歳のとき、ミセス・ヘイルフォードのところにいたときだったかしら。ちょっとした家事を頼まれだした頃だったわ。特別なご褒美で、口にしてみたんだけど――」

「だけど？」

「なんの味も感じられなかったの」カミラはささやくような声で言った。「あまりに多くの失ったものを思いだしてしまって。しいて言えば、おがくずを食べているみたいだった。それ以来、食べようと思えないの」

「だったら」エイドリアンはタルトを差しだして言った。「もう一度試してみる頃合いかもしれないよ。そう思わないか？」

カミラはじっとその菓子を見つめた。「味がしなかったら？」

「そうしたら、また別の機会に試してみたらいい」タルトを彼女に近づける。

「試すって？」

「まず触ってごらん」エイドリアンは言った。「急ぐことはない。頭が麻痺《まひ》したままなら、細部から埋めていけばいい。最初に、どんな感触だったかを思いだしてみるんだ」

カミラはためらいがちに指を差しだし、黄金色のタルト生地の縁をなぞった。「なめらかね。それでいて、ざらっとしてる。さくさくした感じ。指で触ってさくさくしているって変かしら？」

「次は、割ってみよう」

カミラがタルトの端を割ってみると、菓子を包んでいた紙袋に小さなくずが散った。

彼女はそのかけらを口に運びかけたところで手を止めた。

「先ににおいをかいでみたらいい」

彼女が息を吸った。「ああ、甘いにおい。レモンの香りもする」

「タルト生地は違うにおいがしないか？」

カミラは指の上でかけらをひっくり返した。「バターと、わずかに塩のにおいもするわ」

「さあ、味わってごらん」

彼女の唇が開いた。ピンク色の誘うような唇から、舌がちらりとのぞく。エイドリアンは魅入られたように見つめていた。彼女は小さなかけらをひと口かじり、目を閉じた。

「ん……」感嘆の声がもれた。喜びと苦痛の中間にいるような声だった。彼女はゆっくりと口を動かした。「ちゃんと味がするわ。すごくおいしい。レモンの酸味がきいているけど、ほどよく甘くて。タルト生地はバターの風味が豊かだわ。ああ、わたし、味わうことができたのね」カミラは目を開け、彼を見つめた。「信じられない、エイドリアン。味覚が戻ったわ。わたし、レモンタルトを味わえた」

カミラの顔にようやく微笑みが浮かんだ。前にも見た、明るく輝くような、はっとするほど美しい笑みだった。

いや、だめだ。ぼくは彼女に好意を持っている。彼女をきれいだと思っている。でもこれは恋愛感情とは違う。そんなものが生まれる余地はない。

「当然さ」彼は言った。「きみにはレモンタルトを味わう資格があるんだから。世界中のレモンタルトをね」

カミラは目を輝かせた。「いくらなんでもそれは多すぎるわ。喉につかえちゃいそう」

エイドリアンの喉がからからになった。「じゃあ、食べられるだけのレモンタルトを味わう資格がある、と言い換えよう」そして自分に言い聞かせるようにつけ加えた。「きみはきみを選ぶ人、ありのままのきみを求める人に出会う資格がある。そしてその人はきっと、ずっときみのそばにいるだろう」

カミラは輝く瞳でじっと彼を見つめた。ああ、これはいい考えではなかった。どうしてぼくは、彼女を微笑ませることがいい考えだと思ったのだろう？

「きみはきっと」エイドリアンは言った。「レモンタルトだけじゃなく、失ったすべてを取り戻せるよ。いまのこの問題が解決したら、すぐにでもね」

12

「ひょっとして、力になっていただけるんじゃないかと思ったんです」

教会の管理人に、カミラはできるかぎり友好的な笑顔を見せて言った。太陽も明るく輝き、彼女は今朝目覚めてからずっと、希望が胸に満ちるのを感じていた。黄金色の日差しが朝露を完全に追いやり、馬車に乗っているあいだは木々に茂る緑の葉が揺れるさらさらという音が聞こえていた。「ここへ来れば、助けが必要な女性たちが援助を受けられると聞いたんです。それで、わたしは、あの……ご存じでしょうけど……」思わせぶりに言葉を切り、また期待をこめた顔でミスター・グレイヴスを見た。草地にはまだ露が残っており、くるぶしにひんやりと心地よい湿り気が感じられた。

ゆうべのレモンタルトと今朝の移動のあと、カミラは二度と気分が落ちこむことなどないような気がしていた。けれども、ミスター・グレイヴスはまるでカミラなど存在しないかのように、頭越しに遠くの一点を見つめている。

期待はまたも裏切られたようだ。結局のところ、誰もがエイドリアンのように親切なわけではない。そんなことは期待していない。そうならいいのにとちらりと願っただけだ。

「ああ」管理人はまだ、カミラとは目を合わせようとしなかった。「あんたが何をしたかは知ってる。誰もが知ってるよ」まるでいやなにおい――カミラのことだ――をかいだかのように鼻をぴくぴくさせている。

「それで、わたしがいただけるような、給付金のようなものはありますか？」まったく声を震わせることなくきけた自分を、カミラは誇らしく思った。

「ないね」彼は目をそらしたまま答えた。「どうして、そんなものがなきゃならない？」

「ちょっと思っただけです。以前に――」カミラは言葉に詰まった。〝ミセス・マーティンがお金を寄付したはずです。そのお金が適切に使われているかどうか知りたいんです〟と言わずに、どうやって寄付のことを尋ねたらいいのだろう。

「なんだ？」ミスター・グレイヴスは蔑むように言った。「あんた、自業自得とは思っておらんのかね？」

カミラは胃がゆっくりと締めつけられていくような気がした。思いだしたくない。余計なことを考えてはだめ。考えなければ……。

「それじゃあ、聞いたことはないですか？　なんというか、困っている女性たちのために設立された基金みたいなものがあるとか――」

「あるはずがないだろう。わしは牧師本人から、あんたのような女は例外なくとっとと追いだすようにと、特別に言い渡されている。教区のお荷物になられては困るからな」

「でも」カミラは気持ちを奮い立たせた。「それって最近のことですか？　そのあと変更があったということはありませんか？」

ようやく、ミスター・グレイヴスがこちらを見た。正直、目が合わなければよかったとカミラは思った。「本人から直接言われたんだ。今朝な」

ここで引きさがるわけにはいかない。窮鼠猫《きゅうそ》を嚙むと言うではないか。カミラはこぶしを固め、彼を見返した。「あの人がそう言ったという証拠はありますか？　書面で示されましたか？　でなれば、回覧板みたいなものが回ったとか？」

彼の目に怒りがひらめくのを見て、カミラは失敗したと悟った。しまった。ミスター・グレイヴスは横領を疑われたと思ったようだ。

管理人は一歩前に出て怒鳴った。「帰れ！」

ミスター・グレイヴスはカミラより三〇センチほど背が高い。背中を見せて逃げださないためには意志の力を総動員しなくてはならなかった。「あなたが嘘をついているとほのめかしたわけではないんです。ただ——少しでも援助をいただければひと息つけるので……。もしその件で何か布告などがあったのなら——」

「そんなもんは知らん」今度は彼はシャベルに手を伸ばした。「出てけ。誰もあんたにはいてほしくないんだ。ここらの人間は誰もな」

威嚇のつもりはないのだろう。男性はしじゅうシャベルに手を伸ばす。彼は管理人だ。シャベルは仕事道具のひとつにすぎない。だが次の瞬間、カミラは恐怖に凍りついた。肺がきりきりと痛む。

「ここから出ていけ」管理人がシャベルを持ち上げたのだ。

ついにカミラは負けを認め、走りだした。

馬車まで歩いて戻る時間を使って、カミラは気持ちを静めることができた。馬車はエイドリアンが人目につかないところに停めているはずだ。カミラは自分に言い聞かせた。木々には青々と葉が茂り、葉の緑が夏のそよ風に揺れている。草地も緑がまぶしく、太陽がさんさんと降り注いでいる。

シャベルなんてなかった。どこにもない。ふたつ目の角を回ってエイドリアンの姿を認めた頃には、脈はほぼ正常に戻っていた。それでも全身に寒気が走る。説明がつかない。暖かな日で、上着もある。それなのに、なぜ震えが止まらないのだろう。

エイドリアンが馬車から飛びおり、彼女を迎えた。「どうだった？」

冷静でいなくては。できるはず。わたしは男性が提案を拒否し、シャベルを拾い上げただけで気が動転するような女ではない。

「うまくいったわ」いたって平然とした口調で答えた。カミラは自分を誇らしく思った。そもそも怯《おび》えなくてはいけない理由なんてない。何もなかったのだから。「まさに思ったとおりだった。わたしのような立場の女性のための基金はないかときいたの。そうしたら、とっとと帰れと言われたわ」ふたたび震えが走り、自分の体に腕を巻きつけた。

エイドリアンは彼女の無意識の震えには気づいていないようだ。馬車に近づく。馬はつながれていて、太陽はさらに高い位置まで来ていた。「予想どおりの展開だな。悪くない」

いいえ、最悪だったわ。

「そのあと、最近事情が変わったりしていないかと尋ねたの。答えはノーだった。そこで、そのことを示す証拠はないかときいたのよ、回覧板なりなんなり、何か書面に書かれたものがないかって。そうしたら、あの管理人が――」

一瞬、ミスター・グレイヴスがシャベルを手にして目の前に立っているような錯覚に襲われた。彼の姿が冷たい稲妻のようにひらめき、カミラはひるんだ。

「そんなことをきくなんて無礼だと怒ったわ」実際のところ、何が問題だったのか、そのときになってカミラは気づいた。ミスター・グレイヴスは彼女のかつての生活、マイルズ教区牧師の家での生活に深く関わっている。カミラは遠い昔に、前だけが進む方向だと学んでいた。振り返ったら、切なくなる。思いだしてしまう――大事に育てた希望と、それがどのようにして無に帰したかを。

振り返ったら、真実と向きあわなくてはならなくなる。真実と向きあったら、前には進めなくなる。それが、今回の失敗の原因だった。振り返ってしまったことが。

前しか見てはいけなかったのだ。

「そうか」エイドリアンは思案顔で天を仰いだ。

彼はカミラの気持ちには気づいていない。よかった。教訓を生かし、後ろは振り返らないこと。期待をふくらませ、過去の現実に引きずりおろされないようにすることだ。

彼がため息をつく。「そんなことだろうと思ったよ。彼らが寄付の条件を無視しましたと書面に残すとは思えない」

「そうね。ねえ……わたしの話だけでは証拠として充分ではないかしら？　あなたのおじ様に報告するときに」

エイドリアンは振り返って彼女を見た。無理なようだ。口には出さなかったが、出すまでもなかった。

「必要なのは」彼は言った。「マイルズの個人的な記録だ。手に入れることができるなら、帳簿が欲しい。いまにして思えば……」言葉を切って苦笑した。「こんな状況に陥る前に、きみと協力体制を組めていればよかったな。あの頃なら、きみは帳簿にも近づけただろうし……」

牧師館で働いていたときのことは考えたくなかった。振り返ることになってしまう。頭にシャベルを振りかざされたようだ。鍵のかかったドアの硬さを肌に感じる。振り返ってはだめ。いまは。特に希望が必要ないまは。

エイドリアンが顎を指でとんとんと叩いている。

「わかるかい」カミラを見て言った。「その気になれば、きみに何ができるか――」

彼の言わんとすることはわかった。信じられないことに、自分も同じことを考えていた。でも、言葉にしてほしくなかった。頭から消し去りたかった。過去は永久に忘れたい。

「牧師館に戻ってみないか」彼は言った。「マイルズに、もう一度機会をくださいと頼んでみるんだ。本気じゃなくていい。断れないような条件を出すんだ。賃金は安くていいとか、いっそいらないとか。一週間だけ試用期間をくださいと言ってみたらどうだろう、一日でもいい。必要なのはほんの数時間なんだから」

カミラは胸が苦しくなった。戻ることはできない。きっとうまくいかない。うまくいくはずがない。マイルズはわたしを部屋に閉じこめ、地獄行きだと脅した。わたしの希望は悪魔のささやきだとも。戻ったら、そのとおりでしたと彼に認めなくてはいけなくなる。少なくとも本心であるかのように、そう言わなくてはならない。そしてひとたび口にしたら、それが現実になってしまいそうな気がする。いまのわたしはそこまで追いつめられている。

マイルズのもとで一八カ月間暮らした。耐えているあいだは、それほどみじめには感じていなかった。

けれどもいまは、エイドリアンが一緒にいる。彼はドレスに穴が開いていることに気づいてくれ、レモンタルトを食べていいと言ってくれた。ミセス・マーティンは体に気をつけるよう声をかけてくれた。ミセス・ビーズリーは精神状態を気遣い、わたしには幸せになる資格があると言ってくれた。ミセス・マーティンは忠告までしてくれた。

マイルズ教区牧師には一八カ月間ずっと、わたしは誰からも望まれない、卑小な人間だと思わされてきた。ふたたび人のやさしさに触れて初めて、そのことに気づいたのだ。

このまま前を向いていなくては。後ろを振り返ってはだめ。現実的になりなさい。心のどこかでささやく声がした。たった一日、うまくいけば半日程度のことじゃないの。そうは思っても、胃が縮みあがるような気がした。マイルズに危害を加えられるわけではない。けれどもまた彼の顔を見ると考えるだけで、身を刻まれるような気がする。

エイドリアンがこちらを見ていた。

「マイルズ牧師は信じるかしら?」カミラは自分がそう尋ねる声を聞いた。

「どうだろう。ぼくは嘘が下手だから」彼が温かな笑みを浮かべた。「きみのほうが、ぼくよりうまい作り話を思いつくんじゃないかな。共同作業ならなおいいだろう」

カミラは作り話などしたくなかった。何より、あそこに戻りたくない。

「カミラ?」エイドリアンが探るように彼女を見た。今度はその視線が彼女の震える手から腕をのぼっていって、緊張でこわばった肩へ向けられた。「どうかしたのか?」

なんでもないわ。何もかも順調。完璧よ。カミラはそう言おうとして唇を開いた。

しかし、言葉は出てこなかった。

「カミラ?」彼が一歩近づいてきた。「いったいどうしたんだ?」

なんでもない。エイドリアンの頼みごとは理に適っている。彼が頼んでいるのはただ――。

……これ以上見ることも耐えられないあの場所へ、わたしの魂を救うと言いながら、パニックになったわたしを笑いものにしたあの男のところへ戻ることだ。

エイドリアンが頼んでいるのは、振り返れということ。過去を振り返るたび、家族のことが思いだされる。決してわたしを愛してくれなかった人たちや、むなしく消えた希望の数々もよみがえってくる。だから、振り返ることはしたくない。

深く息を吸い、もう一度吸い、呼吸に意識を集中した。鉄のこぶしに胸をつかまれたようで、息をするのもやっとだった。

「カミラ?」彼がさらに一歩、近づいてきた。「泣いているのか?」

「いいえ」腕を巻きつけ、自分の体を抱きしめる。「泣くのは嫌いだもの。わたしの目が敏感なだけ。外は風が強いから」

エイドリアンは足を止めた。「カミラ。ぼくたちはいま一蓮托生《いちれんたくしょう》だ。仲間であり、友だちだ。そうだろう? 何かあるなら、話してくれないか」

話すつもりはなかった。彼になんと言われても、断固として話すつもりはなかった。けれど、なんでもないともう一度言おうとして口を開いたとたん、違う言葉が飛びだしていた。

「戻ることはできないわ。できない。振り返るのはいやなの」

エイドリアンはその場に立ち尽くしていた。涙に曇る目に、途方に暮れたようにかぶりを振る彼の姿が見えた。

「あなたの言うとおりにしたいのよ。役に立ちたい。努力はしているんだけど、無理なの。できない。思いだしたくないの。誰もわたしを欲しがらない、わたしと一緒に暮らしたがらない」

悲しみと怒りがよりあわさって、胸に激しくこみ上げた。目が潤むのと、泣きじゃくるのはまったく別だ。泣きたくない。弱く、醜い姿はさらしたくない。それなのに――。

ふだんから感情の起伏が激しいほうで、今回も抑えきれなかった。カミラは涙をぬぐった。エイドリアンはすっかり面食らったようだ。

「わたしは家族を捨てたの」カミラは言った。「この前は、本当のことを全部話したわけではなかったのよ。実は、父は反逆者として有罪判決を受けたの。わたしはその事実から逃れようとしていた。そんなとき、おじが引き取ると言ってくれたの。その話はしたわね」

だから振り返ることはできないのだ。過去があまりにつらすぎるから。

あのときのことは鮮明に覚えている。おじの家へ行くと決めたときの、ジュディスとの会話も。姉は言った。〝おじ様は狭量な人よ。わたしたちのことを愛していない〟

けれども、愚かな子どもだったカミラは真実を理解しようとしなかった。ただ、町で自分たちを指差し、悪口を言う人たちから離れたかった。生活を一新したかったのだ。

カミラはこぶしを固めた。まっすぐにエイドリアンを見て、その耐えがたい真実を告げた。

「いちばん上の姉はこう言ったわ。自分たち家族は愛しあっているんだから、離れ離れになってはだめだって。わたしは、ひもじい思いはごめんだと言い返した」

すると、ジュディスはじっと妹を見た。〝愛はいらないというのなら、わたしたちはあなたを愛さない〟

それでもカミラには、子どもにしか持ちえないような愚かな確信があった。ジュディスが激怒したのを覚えている。大喧嘩《おおげんか》になった。

ジュディスはもともとかっとなりやすい性質だった。カミラの言葉で怒りに火がつき、激しい口論の末、しまいには足音荒く部屋から出ていった。〝好きなようにしなさい。あなたはこの先、愛とは無縁の人生を送ればいい。誰からも愛されず、寝るときに涙が止まらなくなっても、わたしのベッドに潜りこんできて、慰めてもらおうなんて思わないで。あなたが自分で決めたことなんだから。あなたは愛を捨てたの。もう二度と手にすることはできないわ〟と捨て台詞を残して。

ジュディスの言ったとおりだった。カミラはあれからずっと、愛を知らずにいる。

おじのもとに引き取られて数カ月後、手紙を投函《とうかん》してくれるよう頼んでみた。その後何年も手紙を書いては、姉がどこに住んでいるのかもはやわからなかったので、おじのところへ送った。姉に転送してもらえるように。

だが、ジュディスからは音沙汰がなかった。沈黙がカミラの希望をのみこんでいった。なしのつぶてのまま四年が過ぎ、一六歳のとき、カミラはもう後ろは見るまい、前にだけ進もうと決めたのだった。

いまは――噂を信じるなら――ジュディスは愛を見つけたらしい。結婚相手は裕福で地位も高い男性だという。姉はドレスもレモンタルトも手に入れた。すべてを手にしたのだ。

一方、カミラには何もなかった。

「こうしてわたしは家族を失ったの」彼女は締めくくった。「自らみんなを捨てたのよ。力を合わせて暮らしていくことより、おじに引き取られることを選んだの。じきに、おじは自分のいとこの家へわたしをやった。そんなことが続いて、最後にあそこにたどり着いたの。

一二歳のとき、わたしは誰かに愛される権利を手放してしまった。わたしは……」声が震える。「心の奥ではわかっているの。わかっているのよ。わたしは真実に向きあうほど強くない。希望を持ち続けていないと、ばらばらに壊れてしまいそうなの」

「カミラ」エイドリアンが低い声で言った。「そんなのはおかしい。愛される権利をあきらめることはないよ。だいいち、きみはそのとき、たったの一二歳だったんだろう」

「そして、いまは二〇歳よ。もう九年近く証明され続けているの。どんな気持ちか想像できる？　何年ものあいだ、結婚したいと思うほど自分を好きになってくれる人が現れることを望んでいたのに、ようやく現れたその人が〝誓います〟と言った理由はただひとつ、死を免れるためだったなんて――」

「カミラ」彼は唇を嚙んだ。「待ってくれ。それはきみがどうこうという問題じゃない」

「わかっているわ」カミラはいらだたしげに頰をぬぐった。「もちろん、わかってる！　自分の結婚式でさえ、わたしの問題じゃないってことよ！」

「カミラ、きみを愛してくれる人はきっと現れる。ぼくはそう思うよ」

「でも、それはあなたじゃない」

いまでさえ、こんな最悪の気分のときでさえ、カミラは彼が否定してくれるという期待を捨てきれなかった。信じられないかもしれないが、この五日できみを深く愛するようになったと言ってくれると――。

もちろん、エイドリアンはそんなことは言わなかった。代わりに長々と息を吐いた。「ぼくを責めないでほしい。ぼくは両親のような関係を望んでいる。何十年も続く幸せと、時の試練に耐えうる絆、長い時間をかけて育てた本物の愛情。そういったものを願っているからといって、きみに謝ることはできないよ」

当然だ。カミラはいまや人目もはばからずしゃくり上げていた。「謝らなくてはならないのはわたしのほうね。こんなに弱虫で、希望を捨てられないわたしのほう」

長い沈黙が広がる。彼はさらに一歩カミラに近づき、なだめるようにそっと肩に手をかけた。

「カム」エイドリアンが静かに言った。「それでいいんだよ、リトル・タイガー」

「虎は強いわ。わたしは虎じゃない」

「虎は希望を捨てないのさ。希望は弱くない。結果が伴わなくても、希望を持ち続けるには勇気がいる。どれだけ失望を味わっても、今回こそ願いが叶うと信じ続けるには強くなくてはならない。きみは少しも弱くないよ」

彼のやさしさに、胸が引き裂かれそうになる。それがただのやさしさだからだ。

「ほらほら」エイドリアンはぎこちなく彼女の肩を撫でた。「きみの気持ちがわかるとは言えないが、これだけは断言できる。きみには愛される権利がある。自分でもわかっているはずだ。だから希望を持ち続けているんだよ。いいかい、リトル・タイガー。きみは物事の明るい面を見ることができる。いつもでなくても、だいたいの場合は。めったに愚痴も言わないし、何かを成し遂げるための努力は惜しまない。記憶力もいいし、機知に富んでいて、魅力的で、美人だ。運命のいたずらで一緒になった人間ではなく、本当にきみにふさわしい人がどこかにいるはずだよ」

カミラは首を振った。心は愚かしいほど空虚で、同時に不思議なほど満たされていた。「請けあうよ」エイドリアンは彼女の髪に向かってささやいた。「ありえないなんて思ってはだめだ。いつか誰かが、きみがどれほどすばらしい女性かを知り、愛するようになる」

彼は片腕をカミラに回した。抱擁ではない。慰めるための仕草だ。そうだとわかっていても、カミラは鼓動が少し速くなるのを抑えることはできなかった。

「きみにはその資格がある」エイドリアンがささやく。「誰かを心から愛し、愛される資格がね。いずれ、きみという人間を崇拝する人が現れるさ」

いまのところは実現していないけれど。これまでの人生を振り返ってみるかぎり、愛はどんな形でもわたしの手には届かないのだと結論づけるしかない。

だけどわたしの心はもろすぎて、その事実の衝撃を受け止めきれない。

だから、いままでと同じことを続けるしかないのだ。前を向き、過去のつらい思い出は闇に追いやる。

そしてうずく傷口から、涙が乾かない瞳から希望を求める。何があろうとただ信じる――誰かがわたしを愛してくれると。これまでそういう人がいなかったからといって、この先もいないというわけではない。希望は古傷のように痛みを伴うが、真実に向きあうよりはまだましだ。

カミラははなをすすり、目を開いた。気がつくと、額をエイドリアンの首に押しつけていた。清潔で晴れやかなにおいがした。彼女は少し体を離した。

初めて会ったとき、彼をハンサムな人だと思った。そしていま、その人がきみの長年の願いはきっと叶うと、きみにはその資格があると言ってくれた。魅力的できれいだとも、そして……。

ああ、もはやエイドリアンはただのハンサムではない。彼を見ると暗い気分も晴れ、空から降り注ぐ太陽の日差しを浴びたような温かい気持ちになる。

カミラのはにかんだ笑みを誤解したのだろう、彼がうなずいて微笑み返した。

「気分はよくなったかい？　その笑顔は本物だろう？」

いいえ、そうじゃないの。気分がよくなったわけじゃない。手はじっとり湿っているし、全身は触れそうなほど近くにある彼の体を意識して、ぴりぴりしている。

「できるかもしれないわ」カミラはゆっくりと言った。「たぶん。あなたがそうしてほしいのなら、わたし、あそこに戻ってもいい」

エイドリアンは彼女の肩越しに、見えない何かを見るように遠くを見た。それからうなずいた。「だめだ」ため息をついて続ける。「おじはぼくに従者のふりをしろと言った。やりたくなかったが……まあ、こちらの事情はどうでもいい。ともかくぼくは一度断ったんだから、おじは無理強いすべきではなかったんだ。そのせいで結局、こんな羽目に陥っている。おじと同じことはしたくない。きみは一度断った。それで充分だよ。別の計画を立てればいいだけのことじゃないか」

怒鳴られても、ばかな娘だと言われてもよかった。こんなやさしさを示されるよりは。カミラは怖いくらいやさしさには弱いのだ。魂が丸ごと反応してしまう。

「ぼくたちの今後の人生に影響することだ」エイドリアンは言った。「五分で決める必要はない」ため息をつき、それから肩をすくめた。「五日で決めることでもないな」

カミラは息を吐いた。

いま、彼は自分自身に言い聞かせているようだった。「どれだけ早く事を進めようとしても、どうしても時間のかかる要素がある。まずは証拠として、ミセス・マーティンから宣誓供述書を取らなくてはいけない。ぼくとしても、放っておけない仕事がいくつかあるんだ。もう長いこと先延ばしにしてしまった。一度、戻らないと。いずれにせよ、今日明日で解決する問題ではないからね。あわてたところでしかたがない」

ああ、そんな。ふたたびパニックが忍び寄った。「あなた、どこかへ行くのね」

「そのつもりだ」エイドリアンは小さく微笑んだ。「〈ハービル〉社の仕事がある。もしよかったら、きみも来ないか。考えてみれば、ぼくたち双方にとってそうするのがいいかもしれないな。みんなにきみを妻ではない女性として紹介するよ。ぼくたちが夫婦として生活していないと証言する人が多いほど、裁判では有利になるだろう。それに、今後の手続きについてじっくり考える時間もできる」

カミラは何も言えなかった。言葉が出てこない。

「いやなら別行動にしてもいいんだよ」沈黙が長引くと、彼は言った。「ぼくたちはお互い、大変な目に遭った。きみがこれ以上ぼくと一緒にいたくないと思ったとしても、理解できるから」

カミラにはお馴染みの感情だった。愚かにもいままた胸にぱっと燃え上がったこの感情のことは、知りすぎるほど知っている。ずっと愛されたいと願っていた。だから、すぐに与えてしまう。昔の男性は帽子を落として決闘の合図にしたそうだけれど、彼の場合、帽子を落とす手間もいらない。

エイドリアンが彼女を愛していないのは知っている。愛したいとも思っていない。

それでもかまわなかった。

カミラは震える息を吸った。「ええ。違う、いいえ。わたし、あなたのご家族のところへ行きたいわ。わたしたち、結婚はしていないけれど、ある意味ではパートナーだもの。裁判の役に立つようなことをふと思いださないともかぎらない。そんなときに相談するためにも、そばにいたほうがいいと思うの」

エイドリアンは微笑んだ。

「別行動をするなら、電報を打たないといけなくなるでしょう」冗談だった。心がこれほどもろくなっているときに冗談を言うのは難しい。「そうしたら、どこかでミセス・ビーズリーが目にして覚えているかもしれない。気まずい思いをするわ」

「過去を振り返りたくないというきみの気持ちは理解できる」さらに静かな声で彼が言った。

「ぼくがマイルズ教区牧師の家に滞在したのはほんの数日だが、それでもきみへの扱いはひどいと思ったよ。忘れたいと思うのは当然だ」

カミラはかぶりを振った。

「振り返ると、見えるのが銃を向けられた結婚式だったり、レモンタルトだったりするだろう。きみは心の広い人だ、カミラ。いつも多くを人に与えてきた。時間をかけ、できるときに少しだけ後ろを振り返ってみるといい。思っている以上に多くのものを得てきたと気づくかもしれないよ」

エイドリアンは裁判のためにこんなことを言っているのだろう。帳簿を取りに行ってほしいから。数週間待って気分がよくなったら、いま一度挑戦してみないかと言うはずだ。

それでも、称賛の言葉は胸に響いた。心の広い人。彼はわたしをそう思ってくれている。

エイドリアンがまぶしい笑みを浮かべる。カミラはほとほと自分にあきれた。本当に救いがたい女だ。

恋に落ちたことは以前にもあるし、そのたびに傷ついてきた。今回も同じ結果になるに違いない。

でも、もっとつらいことだって乗り越えてきた。父を失い、兄弟を、姉妹を失い――。

二度、エイドリアンに家族の話をしたけれど、彼らが何者かは告げていない。迷惑がかからないよう、自分の姓は変えている。

ジュディスは侯爵夫人となり、末の妹はもう一五歳だ。じきに社交界デビューするだろう。

妹のテレサ・ワースは家族のもとに残った。自分とは違って、ドレスと愛をふんだんに与えられているはずだ。長いこと会っていないし、あえて思いださないようにしているけれど、妹のことは大切に思っている。彼女の幸せを邪魔したくはない。

あの子がどんな女性に育ったかもわからない――こんなつらい思いも耐えられるなら、どんなことにも耐えられる。エイドリアン・ハンターも乗り越えられる。

カミラは深呼吸し、いちばん得意なことをした。微笑み、前を向いたのだ。

13

レディ・テレサ・ワースは何事も綿密な計画を立てなければ気がすまない性質だった。姉の誕生日を控え、アシュフォード侯爵未亡人から、贈り物として最適なのは刺繍入りのクッションだと教えられていた。

未亡人は姉の夫の母で、ジュディスの結婚が公表されてすぐにテレサを引き取ってくれた。以前から娘が欲しかったのだと言い、最初の数カ月こそ多少ぎこちないところはあったものの、そのあとはすっかり打ち解け、親密になった。

というわけで、テレサとしては未亡人に言われたとおりにするつもりでいた。丁寧に図案を作り、ふさわしい絹糸を手に入れ、座って生地との戦いに挑んだ。

とりあえず丸三カ月の製作期間を設け、なんとか許容範囲に入るもの――こっそり屋根裏行きになるのではなく、せめて姉がほとんど使わない部屋のソファの上にでも置いてくれそうなもの――を作ろうと試みた。

だが、無駄だった。二カ月が経ち、テレサは九回作り直したいまの作品を見おろした。そしてアシュフォード家の兜《かぶと》にあるワタリガラスを表すはずだった、斜めに傾いたいびつな模様を眺める。

つややかな羽に覆われた鳥になるべきものは、テレサの手にかかると、しおれて黒くなったカリフラワーにしか見えなかった。さもなければ、病気のタコというところか？

残念。タコは好きだけれど。

このクッションを姉に贈る場面を想像してみた。

ジュディスは唇をゆがめ、戸惑って〝これ、何？〟ときくだろう。

わたしはこう答える。〝ええと、腐った野菜よ。ジュディスへの愛は、たとえるなら腐った野菜畑みたいなの。つまりね、腐敗菌がたちまち畑じゅうに広がるように、無限大に広がる愛情ってこと。野菜にとっては迷惑なことだけど、菌の立場になってみれば――〟

この説明ならうまくいくかもしれない。

もうひとつ、侯爵未亡人が提案してくれたのは、テレサが詩を作るというものだった。そのふたつを組みあわせてみたらどうだろう？　少なくとも笑いは取れそうだ。

彼女はガラス窓の外をじっと見つめた。

「テレサ？」

振り返ると、弟のベネディクトがドアのそばに立っていた。

テレサは片方の眉を上げると、失敗作のクッションを脇に置き、腕を組んで、弟が間違いに気づくのを待った。

弟は足をそろえ、姿勢を正して敬礼した。「失礼いたしました、ワース将軍閣下。ちょっとよろしいでしょうか？」

テレサは弟を罰するべきか悩んだ。不服従は根本からあらためさせなくてはならない。だいいち誰もベネディクトには、姉の誕生日にクッションや詩を作れとは言わないのだ。男の子だから。労力を使わなくてすむことを許されている。たとえばジュディスの誕生日には、花を買って贈ればいい。

だが一方で、これまでのところ家族の誰も、テレサが弟を私兵のひとりとして配下に置いていることに気づいていない。そのことは秘密にしておきたかった。

今日のテレサは寛大な気分だった。「入りなさい。ベネディクト伍長《ごちょう》」

「ぼくのささやかな問題について、一緒に考えてくれるって言ったじゃないか」

ベネディクトの〝ささやかな問題〟というのは、実はちっともささやかではなかった。一年以上前、弟はイートン校に戻ることを拒否した。いろいろ問題があったようなので、テレサも彼を責めなかった。以来、ジュディスと夫のクリスチャンはベネディクトに別の居場所を与えようと、三カ月前、弁護士事務所に勤め口を見つけてきた。

ベネディクトはその職場を激しく嫌っていた。それこそ……カリフラワー畑を全滅させる腐敗菌並みの勢いで。

〝もう少しがんばってみたら？〟ジュディスは励ますように言った。〝あなたくらいの歳だと一年が果てしなく長く感じられるだろうけれど、どうってことないのよ。その職が向いているかどうかは、時間をかけて慣れるまではわからないわ〟

〝じきに面白くなるさ〟クリスチャンも以前、弟にそう言って聞かせていた。〝きみは人と話すのが好きだし、正義感もある。きっと法律の仕事が好きになるよ〟

テレサはジュディスやクリスチャンより弟をよく知っているので、法律事務所の独裁者から解放されるための作戦を一緒に考えてあげると約束していた。もっとも実を言えば、所長は決して独裁者などではなく、ベネディクトに対しても非常に親切で、その妻は彼にビスケットをくれることもあった。けれども不本意な仕事というのは、えてして独裁的に感じられるものだ。

「その件について考えたんだけど」テレサは刺繍した生地をクッションの下に滑りこませた。「あなたがしなければいけないのは、ほかの職業に向いた才能があると示すことよ。代わりが見つからないかぎり、みんな法律事務所を辞めることに賛成してくれないと思うわ」

「でも、ぼく、ほかの職業なんて知らないよ」

「わたしは知っているわ」テレサは言った。完全な嘘ではなかった。口にした時点で何か考えがあるわけではなかったが、話し終わる頃には何か思いついているに違いない。

「やった！　どんな仕事？」

「別の方面から考えてみましょう」テレサは言った。「あなたはジュディスの誕生日の贈り物は何にするつもり？」

「花かな」ベネディクトがむっつりと答える。

「よく考えて。ジュディスが本当に花を喜ぶと思う？」

「どうかな……」

「喜ばないわ」テレサは決めつけた。「前世紀における最悪の農業被害を描いた、下手な刺繍のクッションも喜ばないと思う。もちろん、わたしたちからの贈り物だからうれしそうな顔はしてくれると思うけれど、本当は別に欲しくないのよ」

「たしかにそうだね」

テレサは腕を組み、いかにも賢い姉らしい表情を作った。彼女は一五歳、ベネディクトは一四歳だ。難しいことではないはずだ。「だとしたら、ジュディスが本当に欲しいものは何かしら？　心から望むものは？」

いい質問だった。答えがわかっているなら。

ベネディクトは考えた。「新しい帽子？」

「違うわ」テレサは言った。ふと、答えがひらめいた。ジュディスは六カ月前からその話を持ちだしていないが、だからといって気にかけていないということではないはずだ。

何年も前、家族はばらばらになった。いちばん上の兄は本来なら犯罪とはみなされないようなこと――法律上は反逆幇助《ほうじょ》罪にあたるらしい――をしたとして流刑となった。父はすでにこの世にいない。そして二番目の姉、カミラはおじに引き取られた。

ジュディスはずっとカミラを探していた。結局、カミラはおじに別の家へやられ、その後もさまざまな家庭を転々としたようだ。手紙は転送されず、所在はわからなくなった。

いまだにカミラが見つからず、ジュディスは悲しみに暮れていた。もちろん、気位の高い姉は口には出さない。手がかりすらないまま一年以上が過ぎたあと、姉はある結論に達したようだった。どういう結論か、テレサは知っていた。

ジュディスは黒いリボンを身につけるようになったのだ。姉が自分に許した、唯一の悲しみの表現だった。

「ジュディスはカミラを見つけたがっているわ。それこそが最高の贈り物よ。あなたとわたしで、カミラを探しだしましょう」

ベネディクトは唇を引き結び、じっと姉を見た。「うーん、そうだなあ」そう言ったきり、黙りこみ、落ち着かなげに足を踏み替えている。

テレサは小首を傾《かし》げた。「もっと正確に発言する許可を与える、ベネディクト伍長」

「だって、あと一カ月もないんだよ。そういう捜査は専門家にまかせるべきじゃないか？　それに……これって、テレサのせいでぼくが面倒なことになる典型的なパターンだよ」

あらあら、いつベネディクトが面倒なことになったというのかしら？　自分の失敗が原因のときだって、わたしみたいに本当の苦境に陥ったことはないはず。まったく、法律を勉強できるのは男性だけなんて、なんて不公平なのだろう。男の子は何をしても責任を取らされることはない。責められるのはいつもわたしだ。〝テレサ、なんてことするの〟〝テレサ、どうなってるの？〟

「考えてみて、ベネディクト」テレサは言った。「探偵みたいなことをするのは、きっと楽しいわよ。椅子に座って退屈な書類を読むことなんてほとんどないんだから。人と話して、歩き回って、手がかりを探すのが仕事なの」

　ベネディクトが鼻をぴくぴくさせた。

「それに、カミラを探すなら家族がいちばんだと思わない？　誰もわたしたちみたいにカミラのことを知らないでしょう」

「カミラが出てったとき、ぼくは五歳だった」ベネディクトは反論した。「カミラのことなんて何も覚えてないよ」

　六歳だったテレサも、同じくカミラの記憶はほとんどない。だが、それを認めるわけにはいかなかった。

「夢を見るなら大きな夢を。さもなくば夢なんて見ないほうがまし」テレサはつんと頭を上げて言った。「これがジュディスにとってどんな意味を持つか考えて。家族を何より大事に思っている人だもの。アンソニーを探すのは……論外だけど」兄のアンソニーのことは考えたくなかった。「たしかに、わたしたちはどちらも幼すぎてカミラのことをほとんど覚えていないわね。でも、姉妹を失うつらさは理解できるわ。以前わたしも、最愛の姉を失った経験があるから」

「本物の姉じゃないだろう」ベネディクトが口をはさんだ。「三歳のときに、想像で考えだした姉じゃないか。そもそも彼女は存在していない」

「口答えしないで」テレサはぴしゃりと言った。「経験と記憶って、結局のところは脳の作用なのよ。わたしの姉が想像の産物だったからといって、失って悲しくなかったということにはならないわ」

ベネディクトはぽかんとテレサを見つめた。

「本当はわたしのほうが一〇〇倍悲しいのよ。ジュディスの妹はいつか戻ってくるかもしれないけれど、わたしの場合、彼女は永遠にいなくなってしまったんだもの」

弟はため息をつき、ソファに腰かけた。「うまく乗せられた気がするな」

「どうしてそう思うの？」

ベネディクトは何も言わずに、テレサが失敗作を隠したクッションの下に手を入れた。そして刺繡した布地を引きだし、目を細めて姉を見た。

「カミラが生きていると仮定してみて」テレサはかまわず続けた。「万が一生きていなかったら、とんでもない贈り物になってしまうかもしれないけど。生きているなら、こういうことが考えられるわ。一、カミラは新聞を読まない。読んでいたとしても、ジュディスやクリスチャンが出した広告を見ていない」

ベネディクトはうなずいた。「それに、本来の姓を名乗っていない。でなかったら広告を見た誰かが連絡をくれるだろうからね。結婚していることもありうるかな？」

「その調子！」テレサは弟に微笑んだ。「あなた、探偵に向いているわよ」

ベネディクトはうれしそうに顔を輝かせた。「そうすると簡単には見つからないだろうな。近づきがたきに近づくにはどうしたらいいと思う、ワース将軍？」

いつ弟を自分の軍隊の一兵士とし、どのようにして自分が将軍になったか、テレサはもうよく覚えていなかった。ただ自分を頼ってくれる人間、ひどい刺繍を批判しない人間がそばにいるというのは、いいものだった。

自分ひとりにまかされていたら、結果を出さなくてはと必死になることもなかっただろう。けれどもワース将軍と呼ばれるからには、何かしら方法を見出《みいだ》さなくてはならなかった。どうすればいいかしら……。どうすれば……。

そうだ！　こうしよう。少なくとも、どこから始めればいいかはわかった。

テレサは弟の目を見て答えた。「わたしに考えがあるわ」

「さてと」エイドリアンが二階建ての建物の前でふたり乗りの馬車を停めた。太陽は沈みかけ、オレンジ色の光が窓を照らしていた。「着いたよ。うちのコテージだ」

カミラが教会の管理人と会ったのは今朝のことだ。そのあと二度列車を乗り換え、ブリストルの駅に着いた。そこでは、ミスター・シンというインド人の紳士が迎えてくれた。彼はエイドリアンと握手をすると、待機していた馬車へとふたりを案内した。天気のよい日で、幌《ほろ》は必要なかった。

エイドリアンは御者側の席に乗りこみ、カミラを前向きの座席に座らせた。馬車はブリストルの郊外を縫うように延びる道を進んだ。

丸一日乗り物に揺られていたせいで、カミラは全身が痛かった。着いたと聞いたときは、うれしくなった。

とはいえ……。

「コテージね」目の前の堂々たる屋敷を見て、カミラは弱々しく言った。ふつう〝コテージ〟と聞いて思い浮かべるのは、せいぜい三部屋程度の小さくて心地よい空間だ。こんな広い土地にでんと立つ、灰色の石造りの建物ではない。さほど遠くないところに青い水を湛えた小さな川が流れていた。そのほとりにはもう少し現代的な建物が並んでいる。空を指差すような煙突のある赤れんがの家だ。馴染みのある生活音が聞こえてきそうだった。

「そうだよ」エイドリアンは言った。「陶磁器を作る工房なんだ。そろそろ一日の終わりを告げる笛が鳴る。そうしたら、もう少し静かになるよ。家族がここを所有していて、ぼくもときどき手伝っているんだ」

隣で、荷物を持ったミスター・シンが抗議するように小さく鼻を鳴らした。

「ちょっとした仕事さ」エイドリアンは繰り返した。「ときどきね」

「彼はデザインのほぼ全工程を監督しています。販売、広告、展示会なども手がけている」ミスター・シンが言った。「彼はいつも謙遜しますが、騙されてはいけません」

本当なの、というようにカミラはエイドリアンを見た。

「この土地は一〇〇年近く、うちの家族が所有しているんだ」

カミラはなんと言ったらいいかわからなかった。「ご家族って……お母さまのほうの？」

「父のほうだ。ここは……たしかヘンリーおじから引き継いだ。兄は彼の名前を取って名づけられたんだ」

「お兄様のお名前はグレイソンじゃなかった？」

エイドリアンの笑顔が凍りつく。「ああ、いや、別の兄だ。ヘンリーは亡くなってね。おじのヘンリーというのも、正確に言うと大おじの父親なんだ。厳密にはおじじゃない」

「そう……」わかったような、わからないような――。

エイドリアンは彼女から目を離して言った。「ぼくの家族の話はどうでもいい。この工房は三〇年ほど前に、おじのジョンとヘンリーが建てたらしい。そのふたりがこの家業を始めたんだ」

「ご家族というのは、あなたとお兄様と……ほかには？」

「いろいろと複雑でね。とりあえずジョンとヘンリーのことから説明すると、ヘンリーはぼくのいわば曾祖おじにあたるジョンの職業上のパートナーだった。おばからこの土地を引き継ぎ、最初は売却を考えていたんだが……」エイドリアンは言葉を切った。「うちの家族史なんて、聞いてもしかたがないね」

カミラは聞きたかった。彼の話なら何時間でも聞いていられそうだ。けれども、そんな愚かな胸の内を表に見せてはいけない。「気にしないで。好きなだけ話してほしいわ」

「そのうちね。それより、こちらが先だ。ミセス・シンを紹介するよ。彼女は夫とともにコテージを切り盛りしてくれている」

女性が一歩前に出て挨拶をし、手を振った。ブロンドででっぷりとした、明るい笑顔の女性だった。「ミスター・ハンター。戻ってきてくれてうれしいです。仕事はうまくいきましたか？ ミスター・アラビはずっと、あなたがいないと困るとこぼしっぱなしでしたよ」

「ミスター・アラビは職人のひとりでね」エイドリアンはカミラに言った。「芸術家というか、なかなか個性的な男なんだ」

「またまた、この人だって芸術家なんですよ」ミセス・シンに言われ、エイドリアンが恥ずかしそうに首をすくめた。カミラは頭がくらくらしてきた。わたしは彼のことを何も知らないんだわ。彼が陶磁器の工房を持っているなんて、想像したこともなかった。

「ミセス・シン、こちらはカミラ・ウィンターズ。話せば長くなるので手短に言うが――」エイドリアンがちらりとカミラを見る。彼女は促すようにうなずいた。「ぼくはデンモア主教のためにちょっとした便宜を図ることにした。ところがおかしなことになって、カミラとぼくは脅されて結婚する羽目になってしまったんだ」

その場面が思いだされ、カミラはひるんだ。

だが、エイドリアンは軽い調子で続けた。「彼女も大変な思いをしたんだ。ぼくたちは本当に結婚したわけじゃない。どちらも同意はしていないし、婚姻無効を申し立てるつもりでいる。それはさておき、ミセス・シン、きみにミス・カミラの身の回りの世話を頼めたら助かるのだが」

「ハンター船長はどう思うでしょうね？」

「さあ」エイドリアンは苦い顔をした。「頼むから、彼にはこのことは知らせないでくれ。ミスター・アラビは書斎かい？」

「ええ。あなたを待っていますよ」

「なら、挨拶してこよう」

彼は自信に満ちた足取りで歩み去った。これが本当のエイドリアンなんだわ、とカミラは思った。いつもとは違う。自分の領域に足を踏み入れ、慣れ親しんだ人々に出迎えられたとたん、体までひと回り大きくなったように見える。

カミラは羨望のまなざしで彼を見送った。

わたしもあんなふうに自信を持てたら……。

「いらっしゃい、お嬢さん」ミセス・シンが声をかけてくれた。「長旅だったんでしょう。顔を洗って、何か食べませんか？」彼女の話し方にはどこのものとは特定できないが、独特の訛りがあった。

カミラはうなずいた。「ご厚意に感謝いたします。助かりますわ」

女性が微笑んだ。「まあまあ。立派な作法を身につけてるんですねえ。わたしにはとても、そんな上品な物言いはできません。その努力もしていないんですけど。ロシアから来たばかりの頃は……」

ミセス・シンのおしゃべりは延々と続いた。カミラが驚きのあまり言葉が出ないでいるのを承知しているかのようで、部屋に案内されるまでのあいだ沈黙を埋めてくれたのはありがたかった。

「三〇分ほどで戻ります。それから食堂へ案内しますからね。おなかがぺこぺこでしょう」

「ええ、実は」食事のことを考え、カミラは微笑んだ。「ご親切は一生忘れませんわ」

ドアが閉まり、カミラはひとりになった。椅子の上に荷物を置く。

エイドリアンはここに着くと同時に、まるで上着を着るかのように自信を身につけた。自分もそうできたらいいのに、と思う。エイドリアンのように自分に自信が持てたら、あのときだって……。

いいえ。カミラはぎゅっと目をつぶった。振り返ってはだめ。

長旅で汚れたドレスを脱いだ。洗面器とタオルが置いてある。顔をゆすぐと、湯がうっすら茶色くなった。

カミラは何年ものあいだにいくつもの部屋を見てきた。短いときは滞在期間数カ月、いや数週間というときもあった。ここもまた同じく、ひととき寝泊まりするだけの部屋だ。ただ、いままでの部屋より広い分、希望が生まれる余地ができてしまう。

移り住むたびに、カミラは愛されようとしてきた。幾度失敗しても、祖母や娘たち、自分の兄弟姉妹であってもおかしくない人たちとの結びつきを求めてきた。

前を向くのよ——一日じゅう、そう自分に言い聞かせてきた。そのたびにエイドリアンの言葉が浮かぶのだ。〝振り返れば、レモンタルトが見えるときもある〟ただ、カミラは疲れていた。ミスター・グレイヴスとのやりとりで疲れきってしまった。前を向かなくては。あのシャベルを思いだしてはだめ。けれどもエイドリアンの言うことは正しい。長いこと前ばかり見て突き進んできたせいで、バランス感覚を失っている気がする。

ただひたすら愛に焦がれ、過去を振り返らなかった。けれども、それでよかったのだろうか。このままでは、もしエイドリアンが去ったら、わたしはきっと彼を思いだすことを自分に許さない。あの微笑みも、あのやさしさも。幸せを感じた日々の記憶すべてを置き去りにしなくてはならなくなる。

そんなことはしたくなかった。自分でもよくわかっている。彼に対する愛は、親切にしてくれた人には誰彼かまわず与えてきた愛にすぎない。彼を慕うこの気持ちに特別な意味はない。カミラ・ウィンターズはそういう人間なのだ。

エイドリアンに対する好意に特別な意味はない。けれども、彼が好意を寄せてくれていることが、彼女にとってはすべてだった。

カミラは深く息を吸った。

スーツケースを開けると、いちばん上に編みかけのマフラーとかぎ針があった。つかの間、編み物を習ったときのことを思いだした。エイドリアンの言うことはやはり正しい。ときに振り返らなくてはいけないこともある。

けれど……今日でなくてもいい。よりによって今日でなくても。

かぎ針を脇に置き、この屋敷で着るのにちょうどよさそうな新しいドレスを取りだした。厚手の生地でできていて、仕立てたかのように体に合っている。わたしは、獲物がかかるまで何度でも川に釣り餌を投げこむ漁夫のように、飽かずにこの心を愛へ投げこむ。

今朝の嵐のあとにしては、心は穏やかだった。

今日一日のことを考えながら、まっさらなドレスを身につけた。ドアを叩く音がした。

「用意はできました？」ミセス・シンがドア越しに声をかけてくる。

できていた。

食堂では、サイドボードにごちそうが並んでいた。ローストチキン、カブ、サラダ、オレンジ。オレンジなんて見たのはいつ以来だろう？

「ここでは、格式ばったことはしないんですよ」ミセス・シンが言った。「気にしないでくれるといいんですけど。好きなように皿に盛ってください」

「もちろん、気にしません」

「よかった。あのふたりは手に負えなくって」

〝あのふたり〟とはエイドリアンともうひとりの男性のことらしい。ふたりはテーブルにつき、仕事に熱中していた。テーブルの上はさまざまな模様を描いた紙で埋まっている。あるものは鮮やかな赤、金、緑の縞模様、または朱色の山形模様《シェブロン》、その横にあるのは緑とピンク色のつるが絡みあった図、といった具合だ。

「みなさん」ミセス・シンが声を大きくして言った。「夕食ができましたよ」

男性ふたりも顔を上げる。

エイドリアンは目をしばたたいた。カミラを見つめ、やがてテーブルを振り返り、今度はミセス・シンを見やった。

「ああ」ふたたび目をしばたたき、かぶりを振る。「そうか、夕食の時間だね。まるで気づかなかったよ。申し訳ない」仕事道具を押しやり、スペースを作る。「テーブルを占領するつもりはなかったんだ。気づかなかっただけなんだよ」

「そうでしょうとも」ミセス・シンはいとおしげに目をぐるりと回した。

「忘れる前に」エイドリアンは右手にいる男性を手で示した。エイドリアンと同じく黒い肌だが、彼よりももう少し色が濃い。男性はカミラを見上げ、それからエイドリアンを見て、唇をゆがめた。

「悪くないな」

どういう意味なのか、カミラには見当もつかなかった。

エイドリアンにはわかったようだ。顔をしかめたものの、何事もなかったように言った。

「カミラ、彼がミスター・アラビだ。ここの職人頭なんだ」

「お会いできて光栄です」

夕食のために用意された皿は、不釣り合いな色の取りあわせだった。カミラが選んだ一枚は花をつけた木が描かれているが、近くの花は金色で輪郭が描かれているものの、全体としてはなんだかわからない、ぼやけた赤の物体にしか見えなかった。

「ほう」ミスター・アラビが言った。「気づいたようだな」

カミラは顔を上げた。「気づいたって、何にですか？」

「皿のことだ。うちで作るどの皿も、下絵をつけたあとは手描きで仕上げる。ここで使うのは失敗作さ。それは売れる代物じゃない」

「そうなんですか?」

「双頭の孔雀の皿はどこへ行った?」

「ロンドンだ」エイドリアンは答え、カミラのほうを向いた。彼女のために子羊の肉とポテト、豆をよそい、木を隠す。「無駄にしてはもったいないからね。それだけのことだ」

全員が料理を盛った皿を前に、テーブルについた。

「何か必要なものはないかい?」エイドリアンが子羊にかぶりつきながら、カミラにきいた。

「ぼくはこれから数日間、忙しくなると思うんだ」

カミラは図案の山をちらりと見た。その話をもっと聞いてみたかった。どこから発想を得ているのか、誰が手描きしているのか。「することが欲しいわ。何もしないでいるのは、性に合わないの」

エイドリアンはミセス・シンを見て、それからミスター・アラビに視線を移した。「そうだね。だが――」

「使えるかもしれん」ミスター・アラビが言った。「彼女に試してもらおう。ここには白人があまりいないからちょうどいい」

カミラは目を見開いた。「何をすればいいんですか?」

「難しいことじゃない」ミスター・アラビは言った。「デザインを見せるから、率直な感想を言ってくれ。それを参考にデザインを見直す」

「でも、わたしに見る目があるかどうか、わからないでしょう?」

ミスター・アラビが肩をすくめた。「たいていの白人は見る目なんてないさ。それでも陶磁器を買う。だから、きみの意見は貴重なんだ」

エイドリアンがくすりと笑った。気がつくと、カミラも一緒になって微笑んでいた。「面白そう。ほかにも、わたしにできることはあるかしら？」

「一日じゅう旅してきたんだから」エイドリアンが口をはさんだ。「少し休むといい。心配はいらないよ。ミセス・マーティンへの質問状は、今夜戻ったら仕上げるつもりだ。ついでだからね。どうってことはない」

彼だって一日じゅう旅をしていたのに、まだ仕事をしようとしている。それが終わっても、もうひと仕事するという。

「でも――」手伝いたかったが、カミラの時間のつぶし方を考えることも、彼の負担になると思い直し、口をつぐんだ。

「でも？」

「いいえ、仕事がはかどるといいわね。幸運を祈っているわ」

14

ミセス・シンを手伝って夕食の後片づけをするのは、カミラにとってごく自然な成り行きだった。ミセス・シンのほうも、どう思っているにせよ、何も言わなかった。終わると、ふたりで紅茶をいれた。

「どうやら」ミセス・シンは小さなテーブルに椅子を引き寄せて言った。「ずいぶんといろいろあったようですね」

カミラは目を閉じた。まったく。一週間前には、こんなことが起こるなんて想像もできなかった。「そうですね」肩をすくめる。「でも、愚痴は言わないようにしているんです」

「なるほど。強がりさんね」

「もちろん、言いたくなるときもあります。でも、言ったところでいいことなんてなかったから」

「相手を間違えたんじゃないかしらね」ミセス・シンはきっぱりと言った。「親身に話を聞いて、相談に乗ってくれる人を相手に選ばないと。進む道を見つけるには、閉ざされた道についいて愚痴るのがいちばんってこともあるんですよ」

　カミラは顔を上げてミセス・シンを見た。希望が頭をもたげる――この感覚はよく知っている。いつもの感覚。つかの間、温かな空想が心を満たした。話をして、秘密を打ち明けあい、友だちになる――。

　ミセス・シンはため息をついた。「その調子だと、ここでの生活も試練になるかもしれませんね。忠告しておくと、エイドリアンのこととなると、わたしたちは少しばかり過保護になるんです。厳しい世の中ですからね。人はやさしさを失ったり、心が壊れたり、病んだりする。でも――」彼女はかぶりを振った。「エイドリアンは……」

「彼はずっと、わたしに親切でした」

「親切ね」ふたたびため息をつく。「そう、彼はそういう人。やさしすぎるんです。苦労がなかったわけでもないのに、どうしてあれほどやさしさを失わずにいられるのか、わからないくらい」

　エイドリアンの話なら何時間でも聞いていたかった。カミラはうなずき、身を乗りだした。

「おじさんにはずいぶんと冷遇されてきたんですよ。お兄さんが三人いたんだけれど、みな戦争で亡くなって。わたしは一緒にロンドンにいたから、彼がまわりからずいぶんあれこれ言われるのを見てきました。本当に広い心がなければ、やり過ごせなかったと思います」

　広い心――カミラはその言葉を噛みしめた。

「実を言うと」ミセス・シンは続けた。「エイドリアンがここを引き継いだのは一五歳のときでね。〈ハービル〉社は……歴史的な事情もあって、さまざまな人に仕事を提供していました。人種にかかわらず。船をおろされた船乗りとか、ひと旗揚げようとして失敗した中国人とか。〈ハービル〉社はそういう人たちにチャンスを与えてきたんです」

「すばらしいことですね」

ミセス・シンは唇の端を持ち上げた。「でしょう？　でも実際のところ、エイドリアンが来たとき、従業員たちはばらばらでした。誰も彼のことをまともに相手にしなかった。一族がここを所有しているというだけで、一五歳の少年だもの、うまくいくはずがないんですよ。そんな状況でもエイドリアンは特に何もしなかった。ただ、人の話を聞くだけ。わたしたちの仕事に口出ししたり、命令したり、仕切ったり、そういうことはいっさいしなかった。なのになぜか……」彼女は肩をすくめた。「うまく説明できないんだけれど、その人の前では自分の最悪の部分を出しても大丈夫と思える人っているでしょう。それでなんとなく人望が集まる人。エイドリアンがそれなんです」

「そして、その人の前では最良の自分でいたいと思わせる――」

「そう」ミセス・シンはため息をついた。「それがうまくいかなくても、エイドリアンはどこが悪いとかは言わない。ただもっといい人間でありたいと思わせる。だから、わたしたちは彼のことを大切に思っているんです」

エイドリアンが着いたとき、議論はたけなわだった。例によって職人たちがいっぺんにしゃべっている。

サイドボードに紅茶が置いてあったので、彼は自分でカップに注《つ》ぎ、話を聞いた。

「あなたは本来、繊細な表現ができる人よ」ミセス・ソンが言った。「でも、これを見て。この過剰な色遣い。貧相なデザイン。バランスの悪さ。芸術作品には呼吸する空間が必要なの。正直言って、あなたの作品を見るくらいならフォークで目玉をえぐりだしたほうがましだわ」

「はん」ミスター・アラビは言い返した。「白地に点々を描いただけのやつをデザインと呼ぶのかね」

「点々じゃないわ。子熊よ！」

ミスター・ナムダクがくすりと笑った。ふたりははたと口をつぐみ、彼のほうを向いて眉をひそめた。

「何を笑ってるんだ？」

「そうよ」ミセス・ソンが片手を腰に当てた。「あなたのデザインは何？　星？　花？　それとも魚？　猫の足跡かしらね？」

「これはだね、抽象化して描かれた――」

「抽象化？」ミセス・ソンは顔をしかめた。「これが抽象化なわけ？」

一五歳でひとり初めて英国へ来たとき、エイドリアンはこの工房での父の仕事を引き継ぎ、役目を果たそうと努力した。

〝おまえには見る目がある〟父は言った。〝工房には優秀な職人たちがいる。いちばん目を引くデザインを選べ〟

エイドリアンは、どの作品がよりよいか、大人たちが唾を飛ばして議論している部屋に入っていった。当時は、その年のデザインに選ばれた職人は特別手当を受け取れたのだ。選ばれなかった者は悶々《もんもん》とし、来年こそはと胸に誓った。

エイドリアンはすべてを変えるつもりはなかった。だが、自然とそうなったのだ。戦いが終われば後腐れはなくなり、工房の売り上げは三倍に跳ね上がった。ひとりの職人を選ぶやり方はすたれ、ふと気づくと、工房で働く男性も女性も、いつしかエイドリアンを対等に扱うようになっていた。デザインはできないにもかかわらず。

「ありがたいよ、きみが戻ってきてくれて」ミスター・ナムダクはぐるりと目を回した。「もう何週間もこんな調子なんだ。きみがいないとどうにもならない」

「いずれみんな、ぼくが何もしていないことに気づくよ。そしてぼくを永久に厄介払いすることになるさ」

「この工房はきみのものだぞ」ミスター・アラビがぼそりと言った。

「ぼくの家族のものではある」だからみなエイドリアンの話を聞く。聞かなくてはならないからだ。「でなかったら、きみたちはぼくなんか頼りにしないだろう」

今度はミスター・アラビがぐるりと目を回した。

「もちろん、自分の得意なことはわかっている。誰より色に関するセンスはいいと思う」

「ずいぶんと謙遜するのね」ミセス・ソンが鼻を鳴らす。

「でも、きみたちのようにデザインはできない」

「そうよ」ミセス・ソンは言った。「でも、あなたはミスター・アラビのデザインを変更させることができるの。そのうえ、それが自分の発案であるかのように彼に思わせる」

「何度言えばわかる？　デザインを変えるなんて論外だ。これは物語なんだ。エイドリアン、彼女に言ってやってくれ」

「誰にも理解できない物語だがな」ミスター・ナムダクが口をはさむ。

「言ってくれるな。これはな、この工房にいる、ぼくたちの物語なんだ。すでにない故郷を遠く離れたさすらい人が集まり、新たな友情を築いていく」

「ますますわからない」ミセス・ソンはかぶりを振った。

「きみも登場するんだぞ。きみのような愚か——」ミスター・アラビは、エイドリアンをちらりと見て咳払いした。「いや、すてきな女性も」

「だったら、この図の中でミセス・ソンはどれなんだ？」ミスター・ナムダクが尋ねた。

「攻撃的なジグザグ模様か？」

「ふん、失礼ね。それならあなたはそのくねくねした緑の線じゃない」

エイドリアンは立ち上がった。「問題はそこかもしれないな。みんなが集まったわけだから、きみが全員を描く必要はないのかもしれない」

「なんでだ？　ぼくがいちばん腕はいいのに」

エイドリアンは虚勢は無視して続けた。「そのデザインのリボンだけ使い、子熊に重ねたらどうなるだろう？」

職人たちはいぶかしげに顔を見合わせた。

「子熊をひと回り大きくしてみよう」

「こんなふうに？」ミセス・ソンが鉛筆で手早く子熊をスケッチした上に、ミスター・アラビが水色で線を描き足す。

「だめだな」出来上がりを見て、全員が同時に声をあげた。

「じゃあ、これは……」

議論はさらに数時間続いた。エイドリアンがさすがにげんなりして切り上げようとしたとき、疲れた脳が最後にひとつ、アイデアを出してくれた。「子熊はシルエットだけにするんだ」彼は言った。「というか……少し抽象化して、アラビのデザインで中を埋める」

さらに五分後、スケッチが出来上がった。エイドリアンは立ち上がり、伸びをした。

結果、出来上がったのは……まだだめだ。熊のシルエットが大きすぎるのかもしれない。だが、それだけではなく、何かが欠けていた。何かはわからないが。

「もう少し動きを出してみたらどうだろう。狩りをしているところとか？」

「熊は狩りをするの？」ミセス・ソンがきいた。

「さあ。するんじゃないか。でないと餌を取れないだろう」

しばらく沈黙に支配された。やがてミスター・ナムダクが肩をすくめた。「ぼくたちは芸術家であって、動物行動の専門家じゃないからな。ぼくなんて、どうしてもという用事がなければ外にも出ない。だから、わからないよ」

エイドリアンはため息をついた。「まあ、熊も狩りをするとしよう。たぶん、するだろう。ミスター・ナムダク、熊はきみの抽象化した星だか魚だかを取ろうとしているのかもしれない」

職人たちがさらにアイデアを出しあいながらスケッチをしていく。熱気が高まってくるのがわかった。

「これでいい」ミスター・ナムダクが微笑んで、一歩下がった。「これだよ、決まりだ」

全員が互いに握手を交わした。エイドリアンは一歩下がって作品を見つめ、考えていた。そして……。

「いや、まだだよ」全員がうめき声をあげる。「完成にはほど遠い。第一に、今回製作するのは八皿のシリーズだ。それなのに、できたのはやっと一皿。それさえまだスケッチ止まりだ」

「容赦ないのね」ミセス・シンが言った。「わたしたちの雇い主は暴君だわ。もう夜の一〇時よ」

「第二に」エイドリアンは続けた。「子熊のスケッチがいまひとつだ。何がいけないかはよくわからないが、もっと遊びの要素が必要だと思う。これは成獣でなく、子熊なんだ」

「なるほど」

「第三に、この子熊は一枚目で、星だか魚だか知らないが、何かをつかもうとしている。それではだめなんだ。八皿のシリーズなんだから、その中で物語を展開しないと。最初の挑戦で夢をつかんでは面白くない」

「そういう人もいるでしょうね」ミセス・シンは目をこすった。「あなたの言うことはわからないでもないわ」

「とはいえ、方向性ははっきりした」エイドリアンは微笑んだ。「おおまかなデザインも決まったことだし、最終的にはいいものが出来上がるだろう。今日はもう終わりにしよう」

「きみがいなければ、まとまらなかっただろうな」

エイドリアンはミスター・ナムダクを見て首を振った。「きみだって完璧にやれたさ。実際に絵を描いたのはきみだ」

「相変わらず慎み深いな。きみはもう家に帰るといい」ミスター・ナムダクは言った。「婚姻無効化の件でも、やらなきゃいけないことがあるんだろう」

子熊とデザインのことが頭から吹き飛んだ。家に帰ったあとも、やることは山ほどある。明日になったらまたデザインの続きだ。おじへの報告もあるし、申し立ての件も進めていかなくては。

やれやれ。

エイドリアンはため息をついた。幸いにも、まだ夜は長い。

家に戻ったとき、コテージの中は真っ暗だろうと思っていた。実際、外からはそう見えたのだが、帽子と上着をかけてふと、書斎からぼんやりと明かりがもれていることに気づいた。戸惑いながら、ゆっくりと廊下を進む。

カミラが机の前に座り、本を広げていた。おろした髪が肩にかかっている。唇を噛み、指に絡めたひと房の髪をもてあそびながら、紙面に向かって眉をひそめていた。ランプの明かりのせいで顔が黄金色と茶色に見える。虎の色だとエイドリアンは思った。

「やあ、雌虎さん」

声をかけられると、彼女はびくりとして手を宙に浮かせた。持っていたペンがテーブルに落ち、インクをまき散らす。

「あなただったの」カミラは彼をにらんだ。「驚かさないで」

「驚いたのかい？」エイドリアンは微笑まずにはいられなかった。「きみは虎だろう。どうしてぼくを怖がる？」

カミラは目を細くして彼を見た。「あなた、眠ったほうがよさそうよ」

「ぼくなら大丈夫だ。それより、きみはどうして起きているんだ？」

ふたたびふたりの目が合った。エイドリアンは疲れていた。疲れすぎていて、礼儀として目をそらさなくてはいけないとわかっていても、そうするための意志の力をかき集めることができなかった。それどころか、カミラの胸のふくらみからウエスト、なめらかな曲線を描く腰へと視線をおろしていかずにはいられなかった。彼女は靴を履いていなかった。くるぶしがむきだしになっている。弱い明かりを受けて、そこも黄金色に染まっていた。

「足が冷たいだろう」できることなら、彼女の前に膝をつき、その足を手に取って……。もちろん、温めてあげたいだけだ。それ以上のことではない。

「あら、わたしはめったに足が冷たくなることなんてないわ」

ぼくの妄想は親切心からだけではなかったらしい。大丈夫と言われても、映像が頭から離れない。

カミラが微笑んだ。「わたしの長所のひとつなの」

彼女に触れてはいけない。期待させるのは彼女に酷だ。そして、自分にとっても酷だ。触れたとしても、どこかで止めなくてはいけないのだから。彼女に魅力を感じていることをいまでは自覚している。カミラはきれいだし、やさしく、賢い女性だ。だが彼女が法的には妻であり、どれだけ魅力的であろうと、自分には結婚を続けていくつもりはない。だから触れることはできない。だが、触れたかった。体がうずくほど求めている。いや、今夜は疲れすぎているだけか？

きっとそうだ。疲れているせいだ。よく寝れば、朝には理性が戻っているだろう。もっとも、寝る前にやるべきことが山ほどあるが。

「カミラ？」ただ彼女の名前を口にしたくて声をかけた。

「何？」

質問。そうだ、彼女はまだ質問に答えていない。「どうして起きているのか、教えてもらっていないよ」

カミラは目をしばたたいて彼を見た。「あら、わからない？　あなたがミセス・マーティンへの質問状を書かなくちゃいけないって言ったんじゃない。明日の朝には送るんでしょう？」

エイドリアンは眉をひそめた。書類を見、ふたたび彼女を見、また書類に視線を戻した。疲れてはいるが……。

「それはぼくがやるべきことだ」

「もう遅いわ」カミラが微笑んだ。「もうほとんど終わったし」

「でも婚姻を無効にする必要に迫られているのはぼくのほうだ」彼は言った。「そういう状況で、きみにやらせるのは公正じゃない。たいしたことじゃないよ。あとひとつ仕事を片づけるくらい、なんともないさ」

カミラは立ち上がり、一歩近づいてきた。エイドリアンの息が止まった。「いつも自分にそう言い聞かせているんでしょう？　あとひとつ仕事を引き受けるくらい、なんともないって」

「まあ、そうかもしれないが」エイドリアンはごくりと唾をのんだ。「ぼくは恵まれた人生を送ってきた。多くを与えられてきた。だから持てるもので、できるかぎりのことをするのは当然なんだよ。違うかい？」

彼女がさらに一歩前に出た。背後からの明かりを受けているせいで、表情は読めなかった。

「あともうひと仕事」カミラは小声で言った。「もうひと仕事。もうひと仕事。強要された結婚とはいえ、その相手があなたでわたしも恵まれていたと思うわ。だから今回は、そのひと仕事をわたしにやらせて」

いま、彼女は触れようと思えば触れられるくらい近くにいた。だが、触れてはいけない。それは正しいことではない。公正ではない。

カミラが手を伸ばしてきて、その手を彼の肩に置いた。彼女を引き寄せないように自分を抑えたのは、ひたすら強い意志の力だった。両脇でこぶしを握る。

だが、カミラはそういう意味で触れてきたわけではなかった。エイドリアンをドアのほうへ向かせると、軽く押しだした。彼女の手のひらを背中に感じた。

「ベッドに入って」彼女は言った。「わたしのほうはもうじき終わるから。それにわたしは明日の朝、七時に起きなくちゃいけないわけじゃないもの」

カミラがもう一度彼の背中を押した。ぼくはどうすればいいのだろう？

触れることはできない。だったら、出ていくしかなかった。部屋にたどり着く頃には疲れて意識も朦朧《もうろう》としていたが、そのときアイデアがひらめいた。

「そうだ」エイドリアンは暗闇を見つめてつぶやいた。雷に打たれたようだった。「虎だ。もちろん、虎じゃなくては」

15

カミラはミセス・マーティンへの質問状の原稿をエイドリアンの机の上に置いておいた。翌朝、階下へおりたときには、それはなくなっていた。

代わりにメモがあった。〝ありがとう、完璧だ。送っておいたよ。今夜会おう〟

ほかには特に指示はなかった。つまり、今日一日はすることがないということだ。考えたり――余計なことに思いをめぐらせてしまう危険がある――歩いたり、本を読んだりするほかは。雨が降っていた。歩くにはいい天候とは言えない。

エイドリアンはあまり小説を読まないようだ。本棚を眺めながらカミラは思った。彼――というより彼の家族――の蔵書は興味深かった。銑鉄《せんてつ》に関する本が数セット。いずれも細かく書きこみがされた、教会法に関する本が七冊。ある棚は、さまざまな染色のための化学成分を記した本で埋まっている。

教会法の本のうち一冊は、教会裁判所での裁判記録を集めたものだった。カミラはぱらぱらとめくってみたものの、知らない単語が多すぎてわけがわからなかった。法律用語の辞書もあったが、たいして助けにはならなかった。定義に使われている言葉の半分も理解できなかったからだ。

裁判記録の中に、婚姻無効の手続きに関するものが二件あった。雨はやむ気配がないし、こちらは婚姻無効宣告を申し立てるつもりでいる。読み通していけないことはない。

「今日一日、どうしていたんだい？」夕食のとき、エイドリアンにきかれた。

「特に何も。あなたのほうは？」

同じく、というように彼は肩をすくめた。「まずまずだな。でも少しずつ形になってきていると思う」

それ以上は話してくれなかった。当然だ。カミラにはなんの知識もないし、意見を求められても何も言えない。エイドリアンの疲れた様子を見ると、あれこれ尋ねるのもはばかられた。

カミラはただ本を読み、編み物に精を出した。

数日が過ぎた頃には、二件の婚姻無効宣告の裁判記録を読み通し、ふたたび最初から読み直し、さらにもう一度読んでいた。

五回目になると、難解な法律用語もなんとなくわかるようになってきた。そして理解できるようになってみると、今度は裁判結果に疑問が生じてきた。

女性相続人であったミス・ジェイン・リーランドは、一度は求婚を断った男によってアヘンを盛られ、結婚の誓いをさせられた。だが、法廷は彼女がアヘンを拒否した証拠が不充分だとして申し立てを却下した。

一方のサー・ウィリアム・タンジーは、レディ・キャサリン・デュボアと結婚の約束をしていた。だが、結婚式のときあまりに緊張していて（本人の弁によると）、メイドのミス・レニー・タボットが代わりに隣に立っていることに気づかなかった。だから（本人の弁によると）、婚姻は無効だというのだ。

そんなばかな。カミラは思った。サー・ウィリアムの頭に砂利が詰まっているのでもないかぎり、そんな勘違いはありえない。サー・ウィリアムは六週間後にレディ・キャサリンと結婚することになっており、すでに一度目の結婚予告は発表されていた。

原告によれば、自分の愛人になろうと目論んだミス・タボットが、待ちきれないからすぐにでも式をあげたいと懇願する手紙を送りつけてきたそうだ。

そのあとのページには、ミス・タボットがサー・ウィリアムを騙したと考える法的根拠らしき記述が続いていた。書類には彼女の実名が記されており、式の前にもふたりだけで四時間も一緒に過ごし（それでも別人だと気づかなかったという）、ミス・タボットは原告に求愛され、求婚されたと述べているというのにだ。

さらに彼女によれば、すでに婚姻は成立していたらしい。サー・ウィリアムはそれを否定している。専属の医師は、成立したという事実は証明できないとした。

よってミス・タボットの主張は信頼できない。よってこれは詐欺とみなし、婚姻は無効と認める。それが判決だった。

「こんな理不尽なことってあるかしら？」カミラは夕食のとき、思わず判例集を指差して言った。

「さあ」エイドリアンは当惑顔で答えた。食事をしながら、眉をひそめてスケッチブックをにらんでいる。「きみはそんなものを読んでいるのか？　どうして？」

「裁判のことを知ろうと思って。でも、ちっとも理解できないわ」

彼は顔を上げ、問題のページに目を通した。「判決文の内容は――」

「そうじゃないの。内容はもう理解できているわ。ただ、どうして良識ある人間が、サー・ウィリアムが詐欺に遭ったという結論に達するのか、わからないだけ」

「どんな案件だったか、覚えていないな」

カミラは次第に頭に血がのぼってくるのを感じた。「わたしにわかるのは、このろくでなしが気の毒なメイドの本名で結婚許可証を取り、彼女に愛していると告げ、好きなようにしたあとで、この結婚は本意ではなかった、自分は騙されたんだと主張しているということ。それを法廷が認めたということよ！」

「ふむ」彼はうなずいた。

「この男を棍棒《こんぼう》で殴ってやりたいわ」

「正義を求めるきみの気持ちはわかるが、この裁判は一七九二年に決着している。その男はもう死んでいると思うよ」

「なら、墓を殴ってやるわ」カミラは宣言した。「さらに腹が立つのは、こういう法廷がわたしたちの申し立てを審査するということよ。正義も節操もない人たちじゃない。彼ら相手に、わたしたちは何をすればいいの？」

「まあまあ」エイドリアンはなだめるように言った。「その判決を下した連中はみな、もう墓の中だよ。審査するのはまた別の人間だ」

カミラは目を細めて彼を見た。笑う気分ではなかった。「あなた、面白がっているの？」

「そんなことはないよ」エイドリアンは言った。「だからこそ、おじの協力が大事になってくるんだ。まっとうな人間だと思ってもらえれば、多少突拍子のない話であっても好意的に聞いてもらえる。そうでないと……」肩をすくめる。「そうだな。きみが読んだ裁判記録のような顚末《てんまつ》にもなりかねない。たとえばきみがレディなら、簡単な話なんだよ。法廷ではレディとごろつきという役柄を演じてみるのも手だ。あっという間に申し立てが認められるよ。立派なレディがぼくのような男と結婚するはずはないという証拠を、向こうが見つけてくれるだろう」

「あなたのような男ですって」カミラはますます興奮して言った。「あなたにそんなことを言うやつがいたら、そいつもぶん殴ってやるわ。あんなぼんくら連中が人の人間性を判断できると思うなんて。彼女は思いきりこの男に一発見舞ってやるべきだったのよ」

「誰が誰を殴ればよかったたって？」

「ミス・タボットよ」彼女は手を振り回した。「相手はもちろん、サー・ウィリアム」

そのとき、エイドリアンのひと言がふと頭によみがえる。〝きみがレディなら〟――そうだ。わたしは過去を忘れようとするあまり、自分がレディであるという事実すらも頭から抜け落ちていることに気づかなかった。彼が口に出してそう言ったときでさえ。〝きみがレディなら、簡単な話なんだよ〟

もちろん、エイドリアンは知らない。

知るはずがない。わたしが話していないもの。過去は振り返りたくなかった。

明日には決着をつけられるかもしれないのだ。煩雑な手続き抜きで。わたしがすべきことは、もはや思いだしたくない事実を彼に告げることだけ。

エイドリアンは感謝してくれるだろう。わたしは心の痛みを見せることなく、彼を送りだすこともできるはず。

それとも……何も言わずにいて、もう少しだけ彼のそばにいようか。一緒に紅茶を飲み、話をし――。

向かいに座るエイドリアンを見つめた。つかの間、心が揺れた。嘘をつくわけではない。真実を話さないだけ。

そう、嘘ではない。カミラは目をつぶった。

「カミラ？　どうかしたのか？」

思いだすのはつらかった。わたしは家族の恥さらしだ。そもそも、わたしの生い立ちが本当に申し立ての手続きに影響するのだろうか？　話す必要などないのでは？

嘘をつくわけではない。

けれども、黙っているのも正しいことではない。

彼女はゆっくりと息を吐いた。「あなたに話さなくてはいけないことがあるの」目を開けて続けた。「これまで隠していたことがある。役に立つかどうかはわからないけれど、でも……わたし、登記に偽名を使ったの」

エイドリアンは目をしばたたいた。「だからといって婚姻は無効にならないよ」

「わたしの姓はウィンターズではないの。カミラ・ワースとして生まれたわ」彼女はうつむいた。「父はリニー伯爵で、反逆罪で有罪判決を受けた。だからいま、うちの家名にはなんの価値もないけれど、マイルズに違う姓を名乗るよう説得されたの。わたしがこんな人間になったことで、家族に恥をかかせてはいけない、疎遠になってはいても家族に迷惑がかかるようなことはしたくないって。だからわたしも、みんな力を合わせてつらいときを乗り越えたのよ。でもあなたが言ったでしょう、わたしがレディならって……」肩をすくめる。喉がからからだった。「だから、話したの」

「こんな人間になった、だって？」エイドリアンが繰り返した。ゆっくり、はっきりと、彼女の心にねじこむかのように。

「お願い、もう言わせないで。考えたくもないから」

長いこと、彼は何も言わなかった。背後で時計が時を刻む音だけが聞こえる。カミラは落ち着かなげに身じろぎした。

「信じていないのね。わかるわ。ただ……あなたには話すべきだと思ったの」彼女は顔を上げてエイドリアンを見た。

彼はその黒い瞳でじっとこちらを見つめていた。「実際のところ、その情報はあまり役に立たないと思う。お姉さんとは何年も連絡を取っていないんだろう。お姉さんに証人になってもらう必要が出てくるだろうからね」

「そうなのね」

「でも、きみとしては話す必要がなかったのに、なぜ話してくれたんだい？」

カミラは肩をすくめた。喉にしこりができたかのようで、何も言えなかった。

「ぼくは……」エイドリアンはかぶりを振り、身を乗りだして彼女の手に自分の手を重ねた。

「カミラ、これがきみにとってどういうことかはわかっているつもりだ。いまの時点できみは、ぼくのほうの事情を知っている。何軒か家を持ち、馬を飼い、自由に使える金もふんだんにあると。一方のきみには何もない。法廷で一度だけ嘘を言えば、婚姻無効が成立しなくなることは承知しているはずだ。ぼくはこの先一生、きみの生活を援助する法的義務を負うことになる」

「やめて、そんな話」カミラはその誘惑に駆られたくなかった。

「きみが何を求めているかはわかっている。落ち着ける場所、永久に続く何かだろう」

カミラは彼と目を合わせられなかった。「そして、ほんの少しでいいから、わたしのことを気にかけてくれる誰か」

「それなのにきみは、ぼくに協力して婚姻無効宣告を勝ち取ろうとしてくれている。きみ自身はさらに苦しい状況に陥るかもしれないのに」

「わかっているわ」カミラはささやくように言った。「それが現実ね」

「じゃあ、どうして？」

エイドリアンを困らせたくないから。いままで間違った選択をしてきたから。そして……。

「前に、あなたは言ってくれたでしょう。いつか誰かが、ありのままのわたしを愛してくれるって」部屋が急に広くなったような気がした。それとも、わたしが一気に縮んだのかしら？「信じてはいけないとは思うの。それが現実になる保証なんてひとつもない。いままでに現実になったことなんてないんだもの」

「カミラ」

「いけないとわかってはいるんだけど、でも、わたしは信じるわ。希望を持つ理由なんてない。でも、理屈じゃないの。わたしは希望を持ち続ける。いつか、誰かがわたしを愛してくれる。わたしには愛される資格がある――そう信じるわ。何年も裏切られ続けてきたけれど、それでも希望を持つことはやめられない。あなたはわたしに、希望を持ち続けるべきだと言ってくれた、この世でただひとりの人よ。そんなやさしさに対して、恩を仇《あだ》で返すようなまねはしたくないの」

エイドリアンはまだじっと彼女を見つめていた。そのまなざしには、彼女にはなんなのか解釈のできない激しい感情が宿っていた。

希望に声を与えたいま、カミラはそれが胸の中で力強く立ち上がるのを感じていた。わたしはいつか、愛をつかむ。きっと。

ただし、その相手はエイドリアンではない。それはわかっている。そうであればと願う気持ちはあるけれど。

「愛は不当な手段で手に入れるものではないわ」彼女は言った。「自らつかみとるものよ。わたしはこの先もずっと、愛される資格があると信じられるような人間でありたいの」

「それだ」エイドリアンが不意に立ち上がり、スケッチブックを閉じた。「欠けていたのはそれだ――最後の三皿の物語――ぼくたちは間違った物語をつむごうとしていた」

「なんの話？　エイドリアン、わたしたちが話していたのは――」

彼はすでにドアに向かって駆けだしていた。「すまない。いまはこっちが先だ。何しろ――すまない！」

彼が上着と帽子を身につけるのを、カミラは途方に暮れて見守った。

「完成したら話すよ」エイドリアンの笑みは痛ましく、明るく、温かかった。カミラは体が熱くなるのを感じた。

「本当にすまない」彼はもう一度謝った。「行かなくては」


皿のアイデアが浮かんだあとの数日、エイドリアンはカミラとじっくり話す暇もなかった。それはかまわなかった。

だが次第に、自分がある問題を抱えていることがわかってきた。

彼はほとんどの時間を職人たちとの作業に費やし、物語がひとりひとりにとって深い意味を持つようになるまで、何度もデザインを練り直した。

そして、家に帰って遅い夕食をとった。

カミラはいつも待っていて、ふたりは彼女が昼間読んだ判例集について、または時間ができたら進めるべき手続きについて話しあった。会話は楽しかった。ただエイドリアンは自分がどれほどその会話を楽しんでいるか、深く考える暇がなかった。

ベッドに入ると、デザインのことを考えた。夢を追う虎のこと、そして——。

皿に描かれたのはカミラの物語ではない。職人たちはみなが、そこに自分なりの意味を与えている。一枚目の皿のデザインが決まったとき、ミセス・ソンはほとんど涙ぐんでいた。虎の子が滝を飛び越え——下には未知の大地が広がっている——何かを追いかける図だ。エイドリアン自身も、最後の皿のデザインが上がってきたときには胸にこみ上げるものを感じた。

これはカミラの物語ではない。みんなの物語だ。

とはいえ、エイドリアンはいつしか彼女を、〝みんな〟のひとりと考えていた。

彼女を求める気持ちは日増しに強くなる一方だった。

自分は問題を抱えている。長時間仕事をしすぎて、睡眠不足で頭がふらふらしていたとき、そのことに気づいた。

実を言えば、しばらく前から気づいてはいたのだ。だが、じきにデザインもすべて仕上がるというある晩、あらためてそう認めざるを得なくなった。

夜、ひとりでベッドに入っているときに。

寒くはなかったし、寂しかったわけではない。たんに人恋しかったわけでもない。彼は長期間女性なしではいられないような男ではなかった。自分の欲求を制御できない男は男ではない。

誰も責めることはできない。これは自分の問題だ。こうなることは予測できたはずだ。

問題とは――カミラに好意を持っているということだ。

いや、好意以上だ。初対面のときから、強く惹《ひ》かれるものを感じていた。彼女はきれいで、話しやすかった。人の話を親身に聞き、自分の考えもしっかりと持っていた。困難に見舞われても毅然《きぜん》としていた。

カミラがどんな扱いを受けてきたかは知っている。マイルズ教区牧師の家で数日過ごしただけだが、それでも見ているのがつらくなるほどだった。

カミラは、これまでの人生で経験したことをすべて語ってくれた。ありのままに。率直に。その分、彼女の寂しさや不安を肌で感じられた。愛を求める気持ちの強さも。

それでも、まっすぐにエイドリアンを見て言ったのだ。自分もいつか誰かに愛されると信じている、と。

その言葉が頭から離れなかった。一緒にいると、彼女を求めている自分に気づく。苦しいほどの喜びに胸が満たされていくのがわかる。今夜、彼女は判例集で読んだ、別の裁判の話をしていた。エイドリアンは知らず知らず身を乗りだし、微笑んだ。そして幸せな未来がカミラにも訪れますようにと願った。

そして同時に、椅子の肘掛けをぎゅっとつかんだ。手を伸ばして、彼女に触れてしまわないように。

ため息がもれる。

問題はそこなのだ。法的に結婚していなければ、事情は違っただろう。心のままにカミラに触れていたかもしれない。キスをしてもいいかと尋ね、彼女の答えにこめられた決意を味わったかもしれない。結婚していなければ、手をゆっくりと体の線に沿って動かし――。

だが、自分たちは意に反して夫婦になった。婚姻を完成させてはいけないのだ。キスしたり、肌に触れたりしては……いけない。それはよくわかっている。

さらに問題なのは、カミラが愛情を求めていることだ。いっときの欲求しか持たないのに、愛情を与えるかのようにふるまうなんて、これ以上ないくらい残酷な行為だ。以前、彼女の話に出てきた下男はそういうことをしたという。彼女を利用し、そのあと捨てた。

エイドリアンは身勝手な人間ではなかった。ただ、カミラとこの先もずっと夫婦でいるつもりがないだけだ。誰であれ、あんな状況で結婚した相手と生涯をともにしたくはない。

彼女のことは好きだ。欲しいと思う。エイドリアンは目を閉じ、今夜の――いや、ともに過ごしたどの夜でもいいのだが――違った結末を想像してみる。ランプの明かりを受けて輝く瞳を思い浮かべた。愛は不当な手段で手に入れるものではない、自らつかみとるものだと言ったときの決然とした表情を――。

ふたりがこんな形で結婚していなかったら、銃を向けられ、どうして自分たちがこんな羽目に、と呆然《ぼうぜん》としながら誓いの言葉を述べたのでなかったら、カミラに本心を告げることもできただろうに。〝きみには世界中の男をひざまずかせる資格がある〟と。

彼女はいつしか身につけるようになった自信を感じさせるまなざしで、こちらを見るだろう。あつらえたように彼女にしっくり合うまなざしだ。そしてつんと顎を上げる。

〝そう思うの？〟カミラがそう言う声が聞こえるようだ。〝じゃあ、証明してみせて〟

すでに空想の領域に入っていた。それは承知しているが、食事のあいだ彼女を見つめながら愚かな行動に出るよりはましだ。

本当なら、男に求められるというのはどういうことか、彼女に教えてやりたかった。カミラはただ横になって受け身でいるような女性ではないだろう。興味があるなら特に。できるかぎり彼女の気持ちに寄り添い、欲望が目覚めるのを見守り、自分の体の下で彼女が声をあげるまで愛撫《あいぶ》を続けたい――。

エイドリアンは体の反応を無視するのはあきらめ、硬くなった下半身に手を当て、その手がカミラのものだと想像してみた。耳に彼女の吐く息の温かさを、柔らかな唇を首元に感じ、やがて体が最初はそっと、次第に強く押しつけられるところを想像する。

カミラが濡れた体をゆっくりとおろしていく。

自分の手では不充分だったが、何もないよりはましだった。彼女は小さなあえぎ声をこぼすだろう。敏感なところ――耳や胸、エイドリアンの手が届くところすべて――を愛撫されると、満足げに微笑むに違いない。はにかむふりなどせずに、きっと惜しげもなくすべてを与えてくれる。じらすようなことはしない。

手の動きが速くなった。全身が燃えるようだ。まったく、ぼくはばかだ。カミラのことをこんなふうに考えてはいけないのに。明日もまた、顔を合わせなくてはならない。きっと想像の中の彼女を思いださずにはいられなくなる……。

やがて、頭が真っ白になった。全身が熱と欲求で満たされ、エイドリアンはのぼりつめた。彼女の名前を叫ぶ前に、かろうじて声を押し殺す。

そのあとベッドに横たわったが、体はほてり、罪悪感が胸を刺した。自慰行為がいけないわけではない。そのせいで盲目になるという話が本当なら、たいがいの男は一八になる前に視力を失っているはずだ。

そうではない、彼女をそういう対象として考えていることに、罪悪感を覚えるのだ。カミラはずっと苦労してきた。たくさん傷ついてきた。でも、自分のことは信頼してくれている。その信頼を利用するような男にはなりたくない。彼女が弱い立場にあるなら、なおさらだ。

もちろん、きっとカミラは進んで……。

そんなことは考えてもいけない。彼女とでは、ただのキスでは終わらないだろう。ひときの楽しみではすまないのだ。カミラを求めるなら、生涯をともにする覚悟でないと。男というのは厄介な生き物だ。しかし、幸いにも自分で処理する方法がある。必要なのは後始末のための布だけだ。女性を破滅させる心配もない。

悪いことではないだろう。

それで多少なりとも頭がすっきりするのなら。


カミラは変わりつつあった。だが、変化のほとんど最後の瞬間になるまで、それを自覚してはいなかった。

始まりは、ミス・レニー・タボットだった。あの卑劣で嘘つきのサー・ウィリアムに誘惑され、捨てられた女性だ。

裁判記録を繰り返し読んだ。初めは事件の経緯を知るためだった。参考までに――そう思っていた。そのうちかぎ針を手に編み物をしながら読み、考え、想像をめぐらせるようになった。何を求めているのか、よくわからないままに。

自分がミス・レニー・タボットで、一五〇年前に生まれていたら、そして愛する男性に裏切られたら、と考えた。自身の状況を直視するより、他人のために怒る自分を想像するほうがはるかに簡単だった。ミス・タボットのために感じる怒りは耐えがたいほどだった。

だから、ひたすら編み物をしながら想像をめぐらせた。

法廷に出廷し、証言するところを思い浮かべてみる。ミス・タボットもそうしたに違いない。

自分を愛してもいない男との結婚を無効にしないでくれなどと懇願することはないだろう。

ミス・タボットであるカミラは最大限の侮辱を与えるつもりでいた。

「いいえ」想像の中の自分は手ぶりを交え、自信たっぷりに答える。「もちろん、婚姻は成立していません。彼は求めてきましたが、彼の下腹部を見たとたん……病気なのがひと目でわかりました。つまりその……フランス病……でしょうね」

裏切られた女の執念は凄まじいとか言われるけれど、それは間違いだ。女性たちは繰り返し、裏切られてきた。七〇回くらい裏切られてようやく、その正当な怒りをほんの少しだけ解放する。男たちは気づいていないが、実は非常に幸運なのだ。女性たちはこうも理性的で我慢強いのだから。

毎日、カミラはミス・タボットの証言を推敲《すいこう》し、書斎を行ったり来たりしながら、あるいは川岸に沿って散歩しながら、口の中でつぶやいた。編み物をしながらも繰り返し、マフラーを編み終わると、ほどいてまた編み直した。

いつからそれが自分自身の言葉になっていたのか、よくわからない。気がつくと、ミス・タボットの破滅の物語ではなく、自分の人生の話になっていた。

「わたしは正しいことをしたかっただけよ」彼女は柳の木に向かって言った。「正しいことをしようとしただけ。それなのに、彼らはわたしを破滅させた」教区牧師の表情が目に浮かんだ。「彼らはわたしの友情を、人を信じたいと思う気持ちを笑いものにした。わたしの強さを弱さに変えた」熱い涙が目を刺す。彼女はこぶしを固めた。

「そんなことはさせないわ」涙で視界が曇ったが、言葉が口からほとばしった。「彼らの思いどおりになんてさせない。弱く、愚かな女にされてたまるものですか」

ミス・タボットが隣にいるような気がした。

三日ほどしたとき、ふと編み物を見て、ミセス・マーズデルを思いだした。カミラが編み物を習うことで、歓心を買おうとした女性だ。

エイドリアンは、いずれは過去を振り返ってみるべきだと言った。ミセス・マーズデルのことを思いだすたび、あの小ばかにした笑いと疑《うたぐ》り深げな目つきが浮かぶ。カミラは心を開いたが、結局は……。

それでも編み物は覚えた。いまは指先を滑る毛糸の感触が強さを与えてくれる。手を動かすことで、ただ座っているだけよりも物事を深く考えることができる。

カミラは与えようとしてきた。そして与えることで、何かしら見返りは得ていたのだ。そう考えてみると、少し過去を振り返ってみることも悪くなかった。ベビー・アンジェラには妖精の本を読んであげた。つらいときはいまだに、歩み続ける女性たちのことを考える。もはや進む理由がなくなっても、歩みを止めない女性たちを。ラリッサからはキスを教わった。キティからはベッドメイキングの仕方を習った。

自分は実のところ、愛した人たちから学んだことの集合体なのだ。愛情が返ってくることはなかったけれど、わたしは彼らから何かしらを得てきた。

わたしはずっと、自分には何もないと思いこんで生きてきた。

かぎ針を手に座ったまま、顔を上げた。壁に鏡がかかっている。自分の頬が紅潮しているのがわかった。愛は苦しみを伴う。けれど……愛が自分という人間を形作ったのだ。

今回も同じだろう。

エイドリアンはいつか離れていく。過去が道しるべとなるなら、わたしは手ぶらで彼と別れることにはならない。

彼から何を得られるだろうか？

選べるなら……

選べるなら、彼が持つ自信が欲しい。学び取ることができるだろうか。そう考えながら心の中で問いかけた。あなたのその勇気の源泉はどこにあるの？


カミラが一〇〇年のときを越えて、ジェイン・リーランド――薬を盛られた女相続人――やミス・レニー・タボットと心を通じあわせるには五日かかった。

そして裁判記録を読みこみ、エイドリアンと自分の婚姻無効宣告に何が必要か見極めるのには七日かかった。証拠だ。疑問の余地がない、絶対的な証拠。

だが、まだ手に入れていない……。

結局、一〇日経ってようやく戻ること――物理的に、実際に牧師館へ戻ること――を考えられるようになった。最初にその考えが浮かんだときには、すぐに退けた。二度目も同様だった。問題となるのが自分の将来だけなら、考え直すことなどできなかっただろう。

けれどもレニー・タボットのため、ジェイン・リーランドのためなら。正義を求める機会すらなかった女性たちのためなら――やってみることはできるかもしれないと思えるようになった。彼女たちを傷つけた男たちはとうにこの世にいないが、自分が何もしなかったら、ラシター主教が婚姻無効裁判を裁くことになるかもしれないし、マイルズ教区牧師は毎週のように傷つけられた女性たちの告解を聞くかもしれない。死者に正義をもたらすことはできないが、いまも善意を必要としている女性たちは大勢いる。

レニーとジェインのためなら、行動する勇気を持てるかもしれない。牧師館に入っていくところを想像してみる。とうに亡くなった女性たちが目には見えなくとも、想像の中だとしても、そばにいてくれるはずだ。

初めて戻ることを考えたとき、カミラは川岸で泣いた。そのあと二日間は、思いだすまいとした。

しかし彼女たちをこれ以上失望させることはできなかった。

その思いは何度も何度もよみがえってきた。あらゆる想像が浮かんでは消えた。そのときなんと言ったらいいだろう。どんな顔をしたらいいだろう？　牧師館の誰かに会い、あれこれ質問をされたら、どう答えたらいい？

二度目のときは泣かなかった。三度目は、手もほとんど震えなかった。五〇回目には、決意は野火のごとく強くなっていた。

エイドリアンの家に滞在して三週目のある夜、ふたりはいつものように遅い夕食をとっていた。

「デザインについて、きみの意見を聞きたいんだ」彼が言った。「もうほとんど仕上がっている」

「それはよかった」カミラはさらに視線を落とし、それから彼を見た。エイドリアンはじっとこちらを見つめていた。そのまなざしの激しさに彼女は手のひらや、足の裏がうずくのを感じた。

「明日の午前中はどうだろう？」

「あなたがよければ」カミラは息を吸った。怖かったが、自分に誓ったのだ。ジェインとリニーにも誓った。だから、不安をのみこんで前に進んだ。

「婚姻無効宣告のために何が必要なのかはわかっているわ」彼女は言った。「どうすれば手に入るかもわかっている。覚悟はできているから」

16

「短期集中の仕事だって言ったよね」テレサの弟は腕を組み、この数週間座りっぱなしの椅子からいらだたしげに足を投げだして言った。「椅子に座っている時間はぐっと減るとも言ったはずだ」目の前の分厚い冊子の山に目をやる。「クリスチャンが大金を払った、こういう作業を専門にしている人たちより、ぼくたちのほうがうまくやれるはずじゃなかったの、ティー？」

たしかに、この調査はテレサが想像していたようにはうまくいかなかった。彼女の見積りでは、月曜日に登録局を訪れ、その日の午後の中頃には必要な情報を手に入れているはずだった。少なくともおなかがすいてくる頃にはここを出て、お茶を楽しんでいるはずだったのだが。

実際にはもう数週間、登録局に通いつめている。テレサ自身ももどかしくてならなかったが、弟の手前冷静を装っていた。

「少しは辛抱しなさい、伍長」鼻で笑って言った。「ローマは一日にして成らずと言うでしょう」

ベネディクト伍長はむっつりと顔をしかめた。「みんなすぐにそのことわざを出すけど、たいていの場合、誰かがひとつの街を二四時間で建てようとしているからじゃなく、本当なら一五秒以上かからないようなくだらないことに使われている。それに、ゆうべ夕食のときにきいてみたら、クリスチャンの雇った人間も当然ながら登録局を調べていたことがわかったじゃないか。彼らだってばかじゃないんだよ。テレサの予想は間違っていたってことだ。テレサが間違っていたってこと。ぼくはもうここに座ってるのに飽き飽きしたよ」

テレサはたしなめるように弟を見た。「もう一度言うけど、わたしのことはどう呼ぶべきだったかしら？」

ベネディクトが長いため息をもらす。「飽き飽きしたよ、将軍閣下」

「よろしい」ここは奥の手を使うしかなさそうだ。テレサはわざとあきらめ顔で弟を見た。「結局、あなたは幼かったってことね。それに男が女より忍耐が足りないっていうのは誰でも知っている事実だもの。忍耐力を鍛える機会がないんだからしかたないわ。あなたが無能なことを考慮しなかったのは、わたしの怠慢だったわね」

「そんな――」ベネディクトは反論をのみこみ、姉をにらんだ。「ひどいよ」

彼女は手を振った。「いつでも帰っていいのよ」

一方のテレサは、必要とあらばこの先一生ここに座って、つまらない記録を調べることも厭《いと》わない覚悟だった。それ以外の選択肢は自分が間違っていたと認めることになる。それは自尊心が許さない。

「ああもう、わかったよ！」ベネディクトは本を一冊取り上げた。「残ればいいんだろ」

テレサはふたたびちらりと彼を見た。「ベネディクト伍長」

弟はうめき声をあげた。「残るよ、閣下」

「撤退しないという、あなたの選択は立派よ」彼女は記録簿のページを繰った。「それにあなたの言うとおり、ゆうべ、ジュディスたちの雇った人たちが記録を調べたことはわかった。それは貴重な情報よ。おかげでわたしたちは捜索範囲を広げることができるわ。彼らは〝カミラ・ワース〟を調べた。だったら、わたしたちは違う名前を調べましょう。カミラが本名をほんの少しだけ変えて偽名を使っている可能性を考えて、似た名前を探すのよ。カミラはそのままかもしれない。もしわたしが別人になろうとするなら、Wか、せめてYで始まる姓を使うと思う」

「そうだけどさ」ベネディクトはうんざりした顔で相槌《あいづち》を打った。「英国じゅうにカミラって名前の人が何人いると思う？　どうやってその全員を調べるんだよ？」

テレサは冊子を置いて、自信たっぷりに廊下を歩いていった。弟がついてきているか確かめることはしなかったが、幸い、彼はあわてて追ってきていた。ともかく自信たっぷりな態度が大切なのだ。

「今日じゅうに婚姻記録を調べてしまいましょう」追いついてきた弟に、彼女は言った。「何も見つからなかったら、今度は出生記録を調べるの。いい気分転換になりそうじゃない？」

正直に言えば、そこから始めるべきだった。結婚して子どもが生まれたというのが、カミラが名前を変える理由としていちばんありうることなのだから。もっともそんなことは世間知らずな弟の前で、あえて認める必要はない。

そのあとは犯罪記録と死亡記録に移る。どちらも考えたくない状況で、そうならずにすむことをテレサは祈っていた。

一五歳とは思われないよう堂々とした足取りで、婚姻記録係の事務員の前まで歩いた。いまかぶっているみっともない帽子が、少し大人びて見せてくれるといいのだけれど。

「そこのあなた」テレサはそう声をかけた。侯爵未亡人が使って、いつも敬意を得ているように見える呼びかけだった。

事務員は背筋を伸ばし、彼女のほうを向いた。「はい、何かご用でしょうか？」

テレサは頭を上向け、自分の鼻を見おろそうとしたが、それは失敗した。相手のほうが一〇センチ近く上背があったうえに、彼女は鼻が高くない。頬が赤らむのがわかった。「一八六四年から一八六五年までの婚姻記録を見せていただきたいの。それと、まだファイルされていない最近の記録があったら、そちらも見せてもらえるかしら」

「この用紙に必要事項を記入してくだされば……」事務員がテレサの右隣を示した。

「もちろん。喜んでそうさせていただくわ」

「どうしてそんな堅苦しい話し方をしてるの？」ベネディクトが大声できいた。「鼻に棒でも突っこんだみたいな――」

「黙りなさい」テレサは低い声で制した。

二分かかって鉛筆による乱暴な記入はすんだ。事務員は一礼して受け取ると、奥の棚へと消えた。

「信じられないよな」ベネディクトは横でささやいた。「あんな用紙を埋めるだけで、すぐ欲しいものを出してくれるなんて。相手が誰で、何をするつもりかも確かめずにさ」

テレサはぐるりと目を回した。「大げさねえ。わたしたちはちょっと書類が見たいって頼んだだけよ。あんな書類、誰も気にしていないし、盗もうなんて人もいないわ。王冠を出せって申請書を書いたわけじゃないのよ」

「ふうん。テレサならやりかねないけど」

事務員が記録簿を二冊と、書類の束を脇に抱えて戻ってきた。

「こちらです。言うまでもないことですが、この部屋からの持ちだしは禁止されています」

「ありがとう。とても助かりました」

ふたりは手分けして作業した。テレサはすでに記録簿の見方を熟知していた。基本的にアルファベット順に名前が並んでおり、名前のあとにある数字が原本の保管場所を示している。

一八六五年に結婚したカミラ・ワースはいなかった。Wで始まる姓の女性も。ほかのいくつかの組みあわせも調べてみた。カミラ・カサンドラ――彼女のミドルネームや、カミラ・ウエストン――母の姓でも。

だが、当たりはなかった。数週間かけて収穫がひとつもないと、テレサもさすがにうんざりしてきて、いらだたしげに指でテーブルを叩いた。死亡記録まで調べずにすんでほしい。あまりに悲しい結末だし、ジュディスの誕生日の贈り物どころではなくなる。失敗作のカラスの刺繍のほうが、カミラの早すぎる死よりははるかにましだ。

「なかった」ベネディクトは記録簿を閉じながら言った。「もう疲れたよ」

テレサは簡単にあきらめる性質ではなかった。直近の記録を手に取る。こちらのほうが簡単だった。一年分ではなく、ここ数週間分の書類を簡単に綴《と》じただけなのでずっと薄い。Wで始まる名前もひと握りしかない。彼女は目にした名前の人たちの物語を想像して退屈を紛らせた。

たとえば、アン・エデルバート・ウォンブラー。堅実な女性のようで、ベーカリーを経営している。でもそれは仮の姿。地下に印刷所を持っていて、猥褻《わいせつ》な版画を印刷し……。

「これはどう？」アン・エデルバート・ウォンブラーの人生に気を取られることなく、自分の分の記録を調べていたベネディクトが言った。

記録簿の見出しは簡単なもので、名前、教区、記録がなされた場所が記されているだけだ。弟の指先を目で追ったテレサは、心臓が激しく打ち始めるのを感じた。

ウィンターズ

——カミラ・カサンドラ。サリー、ラックウィッチ、１b　９０２

これは……。

偶然の一致ということもありうる。英国全土にカミラ・カサンドラがふたりいてはいけない理由はない。でも……。でも……。テレサは唾をのみこみ、弟を見た。

「カミラだよ」姉と同じくらい慎重に、ベネディクトは言った。「少なくとも、可能性はあるんじゃない？　ぼくたちが見た中ではいちばん近いよ」

あのカミラかもしれない。

この瞬間は、もっと物々しく迎えるものと思っていた。太鼓の音が響くなり、ワタリガラスが建物に飛びこんできて不吉な声で鳴くなりするものだと。ところが、事務室はふたりがついに手がかりをつかんだことなど知らぬ様子で、これまでと変わらずざわついている。

テレサはほとんど姉のことを覚えていなかった。

記録簿にある女性が本当にカミラだとして、数えきれないほど問いが浮かんだ。姉はどうして姓を変えたのか？　どうして結婚したことを家族に告げなかったのか？　誰と結婚したのか？

最後の問いの答えは自分たちで見つけることができる。テレサは弟に微笑みかけた。「さあ、わたしが書いたのを見ていたでしょう。発見したのはあなただから、今度はあなたが原本の申請書に記入して」

ベネディクトは言われたとおりにした。ふたりは待った。互いの手を、指の感覚が麻痺するくらいぎゅっと握りあいながら。

カミラのことはほとんど知らない。覚えているのは、黒っぽい髪の少女が笑いながらテレサの顔をきれいに拭いてくれ、頭を撫でてくれたことだけ。思いだすのはその一場面だけだ。

ジュディスの記憶は何百万とあるけれど。

プリの記憶だって何十とある。

たぶんテレサは、カミラのことを考えすぎるのが怖かったのだろう。ごく幼い頃、父と兄に連れられて中国を旅した。その旅のことはおぼろげにしか覚えていない。ほとんどが幼児期の記憶をはるか遠くに感じさせる薄いベールの向こうだが、船のデッキに立っていたのだけは覚えている。

アンソニーはしじゅう、彼女をデッキの端から引き離さなくてはならなかった。

乗客の中では唯一の子どもだったから、テレサは船旅のあいだの遊び相手を作りだした。英国に残っている姉の代わりだ。プリヤと名づけた。縮めてプリと呼んでいた。年上で、濃いブラウンの髪に褐色の肌、いつも笑っている褐色の目を持っていた。たぶん、カミラと同じくらいの年齢だったと思う。まだ三歳だったテレサには人の年齢を正確に判断することはできなかったが。彼女はやさしかった。ゲームにつきあってくれたし、アンソニーがいないときには、船の端っこから引き戻してくれた。ときにはそっと近づいてきて隣に立ち、後方へと流れていく波を一緒に見つめてくれた。

〝心配しないで。わたしが一緒なら安心だから〟

カミラの記憶はほとんどないが、その想像上の姉なら思いだすことができる。こんなふうに自分で自分をごまかすことができるのだと思うと、恐ろしくもあった。だから、カミラのことはあまり考えないようにしていたのかもしれない。自分の心がまた無から何かを作りだしてしまいそうで怖かったから。

いまもそうだ。テレサは、アン・エデルバートをめぐってひとつの物語を作り上げていた。最後は猥褻な版画に行き着く物語。気の毒に、その女性は結婚しただけなのに。

こんな自分をジュディスが心配していることもわかっている。

実を言うと、ときにテレサはわざとジュディスを心配させているのかもしれなかった。自分は人とは違うと、自分の脳はほかの人とは違う働きをするのだと思っていたいから。たぶん、ジュディスにもそれを忘れてほしくないのだ。だって、ジュディスは――。

「来たよ」ベネディクトが言い、テレサを憂鬱な白昼夢から揺り起こした。ありがたい。現実を直視するほどいらだたしいことはない。

教区から届いたばかりの書類は紐《ひも》で綴じられただけで、インクのにおいがまだつんと鼻をつくほどだった。

弟が指でページを繰り、目当てのページを開いた。

カミラ・カサンドラ・ウィンターズ、一九歳。両親はジョージ・ウィンターズとアン・マリー・ウエストンとなっている。職業、使用人。

「年齢は合ってる」ベネディクトは声をひそめて言った。「それに……これってカミラのお母さんの名前じゃない？」

カミラの母親は、ベネディクトやテレサの母とは違う人だ。テレサは件の名前をじっと見つめた。「そうだと思う」

「ジョージは父さんの名だよ」

「そうね」テレサはゆっくりと言った。「でも、ジョージなんて名前は山ほどあるわ。たいした意味はないかもしれない」

とはいえ。これがあのカミラだという可能性はぐっと高まった。このあとしなくてはいけないのは……本人を見つけることだ。

数週間前、彼女はエイドリアン・ハンターという名の男性と結婚していた。彼の両親はジョン・ハンター三世とエリザベス・デンモアとなっている。職業は従者。

ベネディクトは息を吐いた。「これは……面白くなりそうだね。すぐにジュディスに話すの？」

「ジュディスに何を話すんですって？」

ベネディクトは飛び上がった。レディたるべくしつけられたテレサはそこまでしなかったものの、内心ではびくりとしていた。

姉の義母になったアシュフォード侯爵未亡人だった。とてもやさしいレディで、テレサを心から大切にしてくれている。

だが、どうして彼女がここにいるのか、テレサには見当もつかなかった。ふと見ると、印刷されたばかりの記録を調べていたせいで、手袋に黒いしみがついている。とっさに手をこぶしに握った。

「レディ・アシュフォード」テレサは振り返り、お辞儀をした。「うれしいわ。こんなところでお会いできるなんて。わたしたち、ちょうど帰るところなんです」

未亡人は片方の眉を吊り上げた。「テレサ、その手はわたしが教えたのよね。社交辞令でごまかして説明を逃れようとしても、わたしには通用しませんよ。あなたたちふたりは、いったいここで何をしているの？」

ベネディクトはテレサを見た。「どっちみち、話すつもりだったんだよね」

「いいえ、そんなことないわ」テレサは否定し、未亡人のほうを向き直った。「秘密なんです。わたしたち、ジュディスの誕生日に彼女がびっくりするような贈り物をしようと計画しているんです」

本当かしらと言いたげに、未亡人は事務所内を見渡した。彼女の目にここがどう映っているかは想像できる。さえない茶色のスーツを着た男たちが働く、醜くて、埃っぽい建物。その中で子どもたちがカビくさいにおいのする記録簿に囲まれて座っている。

〝そうなんです〟テレサは自分がそう言うところを想像した。〝わたしたち、ジュディスの誕生日のために、この喜ばしい記録を請求したんです。当然でしょう？〟

未亡人はかぶりを振り、ため息をついた。「何か企んでいるに違いないと思ったのよ。ジュディスから、あなたが帽子を買いに行ったと聞いて。あなたは買い物なんて好きじゃないし、ましてや帽子は嫌いでしょう。それなのにこの三週間は買い物ばかりしている。それは、ジュディスにとってうれしい贈り物なんでしょうね？」

「最高の誕生日になると思います」テレサは力をこめて言った。

未亡人はまだ納得していない顔だった。「ジュディスもそう思うかしら？　それともびっくり箱みたいなもの？」

「ジュディスは心から喜んでくれます、きっと」テレサは言った。「賭けてもいいです」

カミラが生きていたとわかっただけで、姉は喜ぶはずだ。

未亡人はもう一度周囲を見渡した。「だったらいいわ。それで、もう終わったの？」

「いくつかメモを取っていたところなんです。それがすんだら、家に帰ります」

「帽子を買いに行ってきなさい」未亡人は言い、テレサが鼻にしわを寄せると、厳しい目でひとにらみした。「ジュディスが疑うのも無理はないわ。何をしているのか知らないけれど、さっさと終えてしまうことね。お姉さんに嘘をついた償いとして、ちゃんとした帽子をかぶることを命じます」

「でも――」

「わかっているでしょう、ちゃんとした帽子をかぶっていれば、好きなだけ変わり者でいられるの。だから、その点は注意を払わないとならないのよ」

「わかりました」テレサはむっつりと答えた。「あなたがそうしろとおっしゃるなら」

ベネディクトは未亡人が廊下を歩み去るのを待って、ささやいた。「テレサもあの人が相手だとおとなしいんだね。ヤワになったんじゃないか、将軍閣下」

テレサはちらりと弟を見た。「そんなことはないわ」

けれども、それは事実だった。どうしてそうなったのかは自分でもよくわからなかった。

未亡人は何かをしたわけではない。ただ、テレサに礼儀を教え、きれいなドレスを着せ……そのうちそれではどうもうまくいかないと悟ると、手を変えた。

テレサはジュディスを愛している。ジュディスもテレサを愛している。

けれども、幼い頃から知っている人間への愛は違う。かんしゃくを起こすたびに押しつぶされていった愛。ジュディスの愛は条件つきという感覚がぬぐえなかった。テレサが行儀よくしていたときにだけ与えられるせいで、テレサは逆に行儀よくなんてしていたくないと思ってしまうのだ。

未亡人はテレサを好いてくれている。ひそかに登録局に通おうが、刺繍が下手だろうが。

「あの人の言うことはもっともだから」テレサは言った。「彼女はわたしを理解してくれる。ジュディスはわたしにレディになれと言うけれど、侯爵未亡人はわたしに幸せになってほしいと思っているの」

そして、ありのままのわたしを愛してくれる。

未亡人が一度、そう言ってくれたことがある。彼女の言葉を聞くまで、自分がどれほどそのひと言を求めていたか、テレサは気づかなかった、

けれど、もちろんそんなことは口にしなかった。自分が弱い人間に見えてしまう。ひとつはっきりしているのは、弟に自分の弱さをさらけだすことだけはできないということだ。

エイドリアンは翌日、カミラを連れてここを発《た》つ予定だった。

ミスター・シンがラックウィッチ行きの時刻表を調べてくれた。明日、カミラと彼は夜明け前に起きなくてはならない。つまり、今朝がここで過ごす最後の朝だ……。

思いがあらぬ方向へとさまようのに気づき、とっさに理性の領域へと引き戻した。なぜ違和感を覚えるのだろう？　これからラックウィッチへ行き、できたらラシター主教の不正の証拠を入手し、まっすぐおじのところへ報告に行って、協力を得て婚姻無効宣告の申し立てをする。それが、自分の求めていることだ。

絶対に。

でも、あと一日カミラと一緒にいられたらどうだろう？　やることはいくらでもある。カミラにあの皿を見せ、感想を聞く。会話を楽しむ。そして仕事に行く。いつもと同じ一日が始まる。

そんなことを考えていると、足音が聞こえてきてエイドリアンは顔を上げた。カミラが階段のてっぺんに立っていた。彼を見て微笑み、そして……。

彼女は自分のものではないと思いだすのに、少しだけ時間がかかった。そうはなりえないのだ。曙光《しょこう》が東向きの窓から差しこみ、部屋を舞う塵《ちり》を光の粒に変えている。その踊るようなきらめきが、彼女とともに微笑んでいるように見えた。だめだ。まったく。彼女をそんなふうに考えるなんて、ぼくはどうかしている。

やがてカミラが軽い足取りで階段をおりてくると、エイドリアンの胸がぎゅっと締めつけられた。まったく――。

そうだ。皿だ。今年の展示会に〈ハービル〉社が出品する八枚シリーズの皿を見せようとしていたのだった。

カミラに腕を差しだすべきなのかもしれない。だが、それも親密すぎる仕草に思えた。代わりにエイドリアンは微笑んだ。感じのいい笑みとなるよう、秘めた愚かしい欲求は押し隠して。ここではだめだ。彼女が相手ではいけない。

「つきあってくれなくてもいいんだよ」声がかすれているような気がする。

「それはわかっているわ」カミラはまたにっこりと微笑んだ。「でも、わたしが見たいの。でないと、あなたが毎日一日じゅう何をしていたのか、知る機会がないでしょう？」

「そうだね」男子学生のように顔を赤らめたところを見られなくてよかった。「それじゃあ、出かけようか」

エイドリアンは腕を差しださなかったし、彼女も腕を取ろうとはしなかった。それでも並んで歩きながら、彼はなぜか本当なら曲げた肘に置かれているはずの手の重みを感じていた。

〝知っているだろう〟耳元で、そうささやくこともできる。〝ぼくはきみが好きだ。きれいだと思う。勇気がある女性だと思う。きみが欲しい……〟

もちろん、そんなことは言わないが。彼女も言わない。けれども言葉を舌の先端に感じるし、それを聞いたカミラがこちらの表情を読むように頭をのけぞらせるさまや、うれしそうに瞳を輝かせるさままでが目に浮かぶ。

これは愛ではない。ちょっと惹かれているだけだ。いまのふたりに気まぐれの入りこむ余地はない。いっときの生理的欲求に負け、それに一生縛られるような羽目には陥りたくない。

「実を言うと、まだ試作の段階なんだ」建物に近づくと、彼は言った。「やることはたくさんある。デザインが決まったら、下絵を転写するための銅板を作らなくてはならない」

鍵束を手で探り、ドアを開ける。

「そう言われても、なんのことかよくわからないわ」カミラが言った。

「そうだな。よければ説明するが、たぶん必要以上に詳しくなってしまうだろう。たいがいの人は聞きたがらない。ともかく釉薬を塗って焼成したあと、ふたたび彩色するんだ」靴音が廊下に響く。エイドリアンは工房のドアの前で足を止めた。「ゆうべはそこまでだった。ぼくは窯に入れたあとは見ていない」

「窯に入れると、色が変わるの？」

「ああ、そうだね。上絵付けの色はさまざまな原料からできている。融剤やミネラル――」

彼は言葉を切った。「いや、きみにこんな説明をしてもしかたないな」

カミラは目を輝かせてエイドリアンを見ていた。「あら、そんなことないわ。なんでも話してくれていいのよ」はにかむようにわずかにうつむき、頬を染める。そうやってすぐに赤くなるところが、たまらなく魅力的だ。「あなたが面白いと思うもののことなら、なんでも聞きたいわ」

エイドリアンも話したかった。

彼は体を離した。「それより、皿を見せよう。ぼくは話しだすと止まらないからね。まずは見てもらったほうがいい。百聞は一見にしかずと言うし」

皿はサイドボードに一列に置かれていた。

「これだ」奥へ進むよう、彼女を促した。「この絵は物語になっているんだ。一枚目から見ていこう」

彼女がどう感じているかは手に取るようにわかった。その笑みと、かすかに紅潮した頬が語っている。

カミラが隣に立った。

エイドリアンの心臓が激しく打ち始めた。

「これが一枚目だ。背景にうっすらと、葉や竹を思わせる緑の模様があるのがわかるかい？それは染付けだ」

彼女ははっとして、その皿を食い入るように見つめた。「エイドリアン」

「その薄緑の色をどうやって出すかは秘伝なんだ」彼は微笑んだ。「上絵付けに使う橙色《だいだいいろ》も同じで、ここの縞模様の色は――」

「エイドリアン。これは虎とその子どもたちね」

彼は喉にしこりを感じた。「ああ、そうだ」

「彼女は何を追いかけているの？　この、川へ向かっている子どもの虎は？」

虎を〝彼女〟と呼んだことに異議は唱えなかった。完成した皿を見ると、その抽象化された夢であるものは、まさに輝く星だった。青と緑を混ぜたごく淡い色を重ねたのだが、その色は皿を光に向けて傾けたときにわずかに認識できる程度で、ぱっと見ただけではきらきらした金色の光でしかなかった。

「わからない」エイドリアンは答えた。「星かもしれないし、夢かもしれない。きみが決めればいい」

「すてきね。次のはどれ？」

エイドリアンは二枚目を示した。

二枚目の皿は、染付けに伝統的な中国磁器のコバルトブルーを使っていた。その色が荒れ狂う川を表して波打ち、うねっている。

幼い虎が流れに巻きこまれ、揉まれていた。それでも、溺れそうになりながら星をつかもうとするかのように手を上へと伸ばしている。

川岸では、母虎が助けようと懸命に走っていた。

「エイドリアン、その先にあるのは滝？」

「ああ……そうだね」

「こんな小さな子を滝に突き落とそうというの？」

「どうだろう？」

次の皿に移った。幼い虎は川岸に立ち、滝が音をたてて流れ落ちる切り立った崖を見上げていた。はるか上には母虎とほかの子たちの顔が小さく見えている。

「家族を引き離したのね」カミラはじっと皿を見ながら、自分の胸に手を当てた。「そんなの、残酷だわ」

四枚目の皿では幼い虎は崖の下に座りこんでいた。何度ものぼろうとしては失敗に終わったのだろう、崖の表面には爪跡がいくつもついている。彼女は絶望しているようだったが、それでも崖の上には夢が輝いていた。

五枚目ではいくらか成長した姿で、鋭い歯を持つ醜い爬虫類《はちゅうるい》を慎重に避けながら、沼地を渡っている。

六枚目ではすでに若虎となって、変わった鳥の住む暗い森を歩いている。夜明けは近い。いまでも、あの輝く星を追い求め続けている。

七枚目。虎は星々に近づいていく。一〇〇〇もの夢が前足のまわりできらめいている。

最後の一枚では成獣となった虎が、星々を冠のようにいただき、母の待つ谷へと向かう。

カミラは最後の一枚を置き、エイドリアンを見た。「わたし、芸術のことは何もわからないし、参考になるようなことは何も言えないわ」彼女は目を潤ませていた。

「気に入ったかい?」

「揺さぶられたわ」彼女は軽く自分の胸を叩いた。「ここを」

「それは最高の賛辞だ」

カミラはひとつ深呼吸し、彼のほうを向いた。「これ……虎の話なのね」

「ああ」

彼女がエイドリアンの目をのぞきこんだ。「あなた、ときどきわたしのことを雌虎って呼んでいるわ」

「そうだったね」エイドリアンはポケットに手を突っこんだ。彼女に触れてしまわないように。

彼女の目が期待に満ちて見開かれた。「これはわたしの物語なの？　幼くして家族と離れ離れになった虎の子……。あちこちを転々としながら居場所を探し続けた――」

「決してあきらめず」彼はつけ加えた。「常に前だけを見て」

カミラが喉の奥から小さな声をもらした。

「実際には」エイドリアンは言った。「誤解を与えたくないから言うが、これはぼくたち全員の物語なんだ。ミスター・アラビは一二歳のときに、故郷が戦地となり家を離れた。ミセス・ソンはいわゆる苦力《クーリー》貿易に駆りだされた子どもを探すために英国へ来た」

彼女は目をそらした。「まあ」

「ぼくはといえば」エイドリアンは続けた。「家族はアメリカで独立戦争が起こると、ぼくを英国に残して帰国した。のちに再会はできたものの、三人の兄を失った。だから、最後の一枚では何匹かの虎がいなくなっているんだよ」

カミラは彼のほうを向いた。「そうだったのね。ごめんなさい。知らなかった。それなのにわたし、あなたに愚痴ばかり言っていたのね。悪かったわ」

今度はエイドリアンが目をそらした。「昔の話はあまりしないんだ。ぼくは運がよかった。死なずにすんだわけだし、戦争に行くこともなかった。この世にはぼくが持っているものを持てずにいる、何百万という物言わぬ人がいるんだ。人より恵まれた立場にあるのに、同情を求めるわけにはいかないよ」

「エイドリアン。同情を求める必要なんてないわ。あなたにはそれを受ける資格があるのよ」

まったく。いま彼女を見たら、潤んだ温かな瞳に映るそのやさしさをそのまま受け取ってしまいそうだ。

カミラはエイドリアンに手を伸ばそうとし——思い直したように身を引いた。

「ともかくこの皿だが」彼は咳払いして言った。「ぼくは職人たちのアイデアをまとめる手助けをしただけだ。きみがここに見た感情は、ぼくだけのものじゃない。虎の旅はどれもがきみの話というわけではない、ぼくたちみんなの話だ。でも……」

〝どれもが〟ふと本心がのぞいたことに気づき、エイドリアンは言葉を切った。カミラが彼を見上げる。

「でも」彼は低い声で言った。「きみの話でもある」

〝ぼくはきみも仲間だと思っているから〟とは、口にしなかった。明日にはラックウィッチへ向かう。そして——。

ドアが開く音が廊下に響いた。カミラはびくりとして彼から離れ、エイドリアンは息を吐いた。

「思ったんだが」誰かが工房に入ってくる前に、これだけは言っておきたかった。「このあと……きみがどこへ行くにせよ、こういう形でもう少しここにいてもらうという選択肢もあるんだろうか？」

言ってしまった。ついに、その可能性を言葉で示した。

カミラの目が見開かれた。

背後で工房のドアが開いた。ミスター・アラビが大股で入ってくる。

「おや。ミス・ウィンターズじゃないか。ぼくの皿、どう思う？」

カミラは背筋を伸ばし、ミスター・アラビに微笑みかけた。たったいまエイドリアンから希望の星を受け取ったとは思えない、自然な表情で。

「あなたの皿？」彼女は首を振った。「ここにあるのは、みんなの皿だと思っていたわ」

「ぼくだって、そのうちのひとりだ」

「あなたの皿は嫌いよ」カミラは言った。

ミスター・アラビががっくりと肩を落とした。

「涙が出そうになるんですもの。それくらい完璧だわ」彼女はミスター・アラビを手招きした。「さあ、感想を言わせて。一枚目から始めましょう」

その晩、家へ戻る頃にはエイドリアンは製作の最終段階にかかる手はずを完璧に整えていた。

列車は翌朝早くに出る。明け方に迎えに来てくれるよう、すでにミスター・シンに頼んであった。スーツケースがドアの横に置いてある。カミラのものだ。今度もまたすべての荷物が、ひとつのスーツケースに詰めこまれていることに気づいた。彼女は何ひとつ、あとに残していくつもりはないらしい。

そうしてはいけない理由はない。彼女はマイルズ教区牧師の家に戻り、すべてを明らかにするはずの帳簿を持って立ち去り、エイドリアンのおじに会って証拠を見せ、婚姻無効を申し立て……認められたら……。

ぼくたちはもう二度と会わないのだ。

信じられない。

今夜が一緒に過ごす最後の晩になるかもしれない。エイドリアンは客間に向かった。

カミラが椅子に浅く腰かけていた。唇を噛み、毛糸玉を持って編み物をしている。何を編んでいるのだろうか。その不格好な塊がなんなのか、彼にはよくわからなかった。ふたりはいつものように挨拶を交わし、今日はどうだったかと彼女が尋ね、同じことをエイドリアンが尋ねると、やがて沈黙がおりた。

虎と皿のデザインの記憶だけが、沈黙を埋めていた。

そのまま一〇分ほど経ち、エイドリアンはちらりと彼女を見て、素知らぬふりをあきらめた。

「緊張している？」彼はきいた。

「牧師館に着いたら、なんて言おうかずっと考えていたの。最初に嘘をついたのは向こうなんだから気にすることはないと思う気持ちもあるけれど、やっぱり気になって」

「実際に、彼らはきみを陥れたんだ」エイドリアンは、短いあいだとはいえ主教の従者を演じた人間として、できるかぎりの権威を持って答えた。「きみが気おくれする必要はない」

彼女はふたたび唇を嚙んだ。「わたしの言うことを信じてもらえなかったら?」

「心配しなくていい。ラシター主教からの電報のように見せかけて、事前に電報を打っておくから。マイルズは返事を打つために家を出るだろう。彼が不在なら、誰も本当のところはわからない。自信たっぷりに話せば相手は信じるよ、人間ってそういうものだ」

カミラは不安げにゆっくりうなずいた。

「じゃあ、それでいこう」エイドリアンはやさしく言った。「どういう話をするか、ぼくを相手に練習してごらん。繰り返し頭の中でイメージすれば本当らしくなって、本番でもそのとおりにできるようになる。さあ、やってみよう」

カミラは先ほどよりはしっかりとうなずいた。「マイルズが出かけたらすぐに入るわ」

「そんな顔をしていたらだめだ」彼は微笑みながらたしなめた。「そんなこわばった顔で入っていったら、疑われるよ。今朝、アラビを見たときのような顔をしてごらん。あの、彼をからかったときのような顔だ」

カミラは目を閉じ、向こうを向いた。一度、二度大きく深呼吸をする。そして立ち上がった。目を開けたときには明るい笑みが浮かび、目はきらめいていた。

エイドリアンの胸が詰まった。ああ、彼女は美しい。「それだ」喉がからからになる。「その調子だよ。彼らに、まずなんて言う?」

　カミラがスカートをはためかせてくるりと向きを変え、彼に微笑みかけた。「わたし、気がついたの」笑みが大きくなる。「事実を話すことにするわ。嘘を重ねたって本当になるわけじゃないもの。事実を言ったほうが、その分気持ちを強く持てる」

　エイドリアンとしては反論はしたくなかった。いまの、もろい自信をなんとか奮い起こしたように見える彼女には。それでも言わなくてはならなかった。「事実が効果的かどうかはわからないぞ」

　カミラは唇をなめ、一歩彼に近づいた。「何を言っているの、アルバート」楽しんでいるかのような声だ。「本当にあんなことを信じたわけじゃないでしょう? あれはお芝居よ」

　エイドリアンはごくりと唾をのんだ。

　彼女が一歩ずつ、気取った足取りで近づいてくる。「全部仕組まれていたの。半額のカミラ? あれはたんに、マイルズ教区牧師が誰もわたしの話を本気にしないようにしたかっただけよ」

「なるほど」エイドリアンは自分に割り振られた役を演じようと努力した。とはいえ、アルバートって誰だ? 茶色の髪の男がぼんやりと浮かぶ程度で、ほとんど記憶にない。「でも、彼はどうしてそんなことを?」

「気づいていない? わたし、ときどき牧師の執務室に呼ばれて説教をされていたの。もちろん、ほかの教会関係者とも接触があったわ」

彼女はエイドリアンの隣に来て、椅子の肘掛けに座った。落ち着き払った態度で、完全に役の人物になりきっている。

「あんな話を信じていたなんて言わないでね。あなたはもっと賢い人のはずよ」手を伸ばし、エイドリアンの上着のいちばん上のボタンに手をかける。

「カミラ」声がかすれた。

「牧師は主教に、わたしが信用ならない女だと思わせたかったのよ。ここで、ほかの仕事を手伝わせたいから。だから、ほら、こうしてわたしは戻ってきたの」そう言って、カミラは小首を傾げた。いまにも唇と唇が触れそうなほど顔が近づく。「わたしに会いたかったでしょう？」

その瞬間、エイドリアンは心の中でうなずいていた。理性ではない。この数週間毎日のように彼女に言ってきた。ぼくたちはいずれ別々の道を行くのだと。ところがいまは、ふたりを隔てるわずかな距離——ほんの数センチ——すら、強烈に意識せずにいられなかった。

「カム……」うめき声とともに彼女の名前を口にしていた。カミラがふらつき、わずかにこちらに倒れかかった。彼女を支えるため？　それとも、たんに触れるためか？　エイドリアンは彼女の腰に手を当てた。

カミラが息を吐き、エイドリアンはその吐息を唇に——心に感じた。

「わたしの好きだった仕事のひとつは」彼女がささやいた。「朝いちばんに火をおこすことだったわ。部屋は寒くて石炭は貴重だから、使用人たちは労働で体を温めるしかないの。朝着替えるときは、手がかじかんでボタンを留めるのにも苦労したものよ。着替えると、急いで階下へ行った。たきつけを少しずつ加えて、灰をかぶせておいた石炭を吹いて、火をおこす。熱い炎が上がると、誇らしい気持ちになったわ」

エイドリアンはその言葉ひとつひとつを味わっていた。カミラの描く絵を思い浮かべ、火のぬくもりを感じながら。

手は彼女の腰に当てたままだ。彼女がさらに身を寄せてきて、額が触れあいそうだった。

「いつも、その仕事にはできるかぎり時間をかけて、手を温めたわ。何かしら言い訳を見つけて――火がまんべんなく燃えているか確かめなくては、とかなんとか――やけどしそうになるまで暖炉のそばを離れなかった」

「カム」声がさらにかすれた。

「わたし、昔から妙に火に惹かれてしまうの」

自分の唇がカミラの唇に触れたのか、逆だったのか、エイドリアンにはわからなかった。ああ、なんということだ。何も考えられない、考えたくない。頭で考えたら、こんなことができるはずがない。だが、こうせずにはいられなかった。理性の声がなんと言おうと、やめることもできなかった。唇が触れあうやさしい感触は、約束のように感じられた。そのささやきが、彼の不安をひとつひとつぬぐい去っていく。

全部うまくいく。心配しなくても大丈夫。ぼくたちは同志なんだから。

最初は、ごく簡単に考えていた。婚姻無効宣告を受け、歩み去り、いままでと同じ日々に戻るだけ。けれども、いつしかカミラはその笑みと一途さと強さでエイドリアンの心の中へ入りこんでいた。いまの彼女は炎そのものだ。彼はその炎に焼かれたかった。

小さなキスを重ねるように、カミラの唇が唇をなぞる。慎み深く、けれども熱っぽく。エイドリアンはもう片方の手も彼女の腰に回し、しっかりと体を支えた。

満ち足りて、力がみなぎってくるようだ。カミラの唇がめくるめくキスの熱で花開いていくのを感じる。彼女が欲しい。もっと欲しい。隣ではなく、自分の膝の上に座ってほしい。遠慮がちな抱擁ではなく、すっかり身をまかせてほしい。

しかし、これ以上奪うわけにはいかなかった。自分にできるのはじっとして、カミラが与えてくれるのを待つことだけだ。

ふたたび唇が触れあった。つかの間離れ、完璧なタイミングでまた重なった。もう我慢できない。我慢できないほどカミラが欲しい。抱きあげ、膝の上におろし、キスをし、舌を絡ませたい、彼女がそうさせてくれるのなら。二階へ連れていき、ベッドに横たえ、疑いもためらいも捨てて、婚姻を無効にする機会が失われることなど気にもかけずに――。

彼女が欲しい。彼女だけ。永久に彼女だけ。

カミラがためらいがちに手を持ち上げ、彼のシャツに押し当てた。しばらくそのままだったが、やがてゆっくりと手を下へおろしていった。エイドリアンは熱い電流が体の中を渦巻くように流れていくのを感じた。指は胸骨を下っていき、かすかに素肌に触れた。ああ、きみが欲しい。大切に思っている。ずっとそばにいてほしい。

エイドリアンは思わずあえぎ声をもらした。それに勇気づけられたのか、彼女はさらに手を下へとおろしていった。そして、ズボンのウエストをつかんだ。

そうだ。エイドリアンは心の中で大胆にも促した。そうだ。やめないで、もっと――。

先に身を引いたのはカミラだった。瞳を異様にきらめかせ、ぱっと立ち上がる。エイドリアンは急に肌寒さを感じた。

「ほら、見て!」彼女は最大限の努力で微笑んでみせた。「うまくいったでしょう。あなたはお芝居だとわかっていても騙されたわ」

エイドリアンが現実に戻るのには、少し時間がかかった。そうだ。自分たちは芝居をしていたのだった。もう少しで彼女に手を伸ばすところだった。抗議の声をあげそうになる。いま、自分が感じているのはなんだ?

失望? 失望する理由なんてない。人生をふいにするところだったのだ。カミラが中断してくれたことに感謝しなくては。

それなのに、うれしい気持ちはなかった。あのまま彼女を抱いていたかった。

あまりに身勝手だ。あまりに欲求が強く、意志が弱い。ずっと彼女を抱いていることなどできないのはわかっているのに。

両手で頭を抱えた。これが事実だ。ぼくは昔から嘘が苦手だった。

「カム」エイドリアンはつぶやいた。「ぼくのは演技じゃなかった」

彼女が凍りついたのがわかった。見なくても表情が目に浮かぶ。

カミラはゆっくりと長い息を吐いた。口を開いたとき、その声は低かった。「わかっているわ。ごめんなさい。意地悪だったわね。あなたがいつ正気に返るかと思うと……自分からやめたほうが傷が浅くてすむ気がしたの」

エイドリアンは顔を上げた。ふたりの目が合う。カミラの瞳は暗く……いや、その表情を読み取るのは難しくはなかった。彼女はよくこういうまなざしでぼくを見ている。だからいまも、その奥にあるものを想像することができた。

「でも」彼はゆっくりと言った。「あのまま正気に返らなかったら、どうなっていたかな？」

カミラは腕を組み、目をそらした。「いつかそうなったときに、深く傷つくわ」

ああ、カム。賢く、勇ましいカム。愛されることを知らないカム。星を追い続け、夢を冠のようにいただく価値のある女性。彼女が受けた仕打ちを思うと、エイドリアンは誰かを殴ってやりたい衝動に駆られた。こんなすばらしい女性が、いつも最後には傷つくと決めてかかるなんて。

そんなのは間違っている。

エイドリアンは立ち上がり、彼女に一歩近づいた。

「やめて」カミラがはなをすすった。「いけないわ」

「何もしないよ」彼は約束した。「そういうんじゃない。ただ抱きしめることが、それほどきみを傷つけるだろうか？」

「ええ」彼女の声はうわずっていた。「でも、そうしてくれなかったらもっと傷つくわ」

エイドリアンはカミラの体に腕を回し、きつく抱きしめた。抱擁することで、精一杯の励ましを伝えたかった。彼女はまるでエイドリアンの体に潜りこもうとするかのように身を預けてきた。そっとその頬に触れる。かすかな湿り気を感じ、はっとした。

まったく、誰かがこんなふうに愛情をこめてカミラに触れたのはいつ以来なのだろう？彼女が答えるのを聞いて、エイドリアンは自分がその問いを口にしていたのだと悟った。

「九年間はお預けだった気がするわ」

彼はカミラの髪を撫でた。なんて不公平な世の中だ。彼女のような人がそんな思いをするなんて。「そしていままでも、お預けのままか」

カミラは首を横に振った。「手に取ってもいいのよ。ただその代償は払わなくてはならない。もしこれ以上先に進んだら、わたしたちは結婚しなくてはならなくなるわ。今度こそ、本当に」

その可能性を考えるとエイドリアンは恐ろしくなった。状況に流されて……後悔することになったらどうする？

彼は茶化すように言った。「そんなにぼくのことが嫌いかい？」

カミラは彼を見上げた。「そうじゃないことはわかっているでしょう。あなた自身が言ったでしょう。嫌いじゃないけれど、ほかに選択肢がないからって自分を選ぶような妻は欲しくないって。あなたが求めているのは……」彼女は息を吸って続けた。「長い時間をかけて育てた本物の愛情」数週間前の会話を記憶に刻んでいたかのように、正確に繰り返す。「時の試練に耐えうる絆。そしてご両親のように自ら選び、選ばれること。こんな——いいえ、こういう形の結婚はしたくないはず」

「カム」

彼女はエイドリアンを見つめたまま、ゆっくりと手を持ち上げ、彼の頬に触れた。「あなたのことが好きよ、エイドリアン。だから、その選択肢をあなたにあげる。こんな形であきらめてはいけないわ」

彼は息を吐いた。

カミラは抱擁から身を解くと、代わりに自分の腕を体に巻きつけた。「もう一度ご両親の話を聞かせて。このあいだの話……感動的だったわ。もう一度聞きたいの」

〝聞く必要があるの〟彼にはそう聞こえた。〝あなたもでしょう?〟

エイドリアンはうなずき、まず椅子に座り直した。でないと、もう一度カミラに触れてしまいそうだったからだ。手を肘掛けの上に置き、ぎゅっと握る。それが彼女の代わりであるかのように。「母は若い頃に一度結婚をした。だが、その話はあまりしない。最初の夫が亡くなり、裕福な未亡人となった母は、家族の反対を押し切って奴隷廃止運動に身を投じた。全財産をその大義に捧げ、父とは何年もともに戦って、そのあいだにゆっくりとたしかな愛を育てていった」

「すてきな話ね」

「結婚する前からふたりは同志であり、戦友だった」

カミラもぼくの同志だ。真の味方。いまも、ぼくを守ってくれた。自分が傷つこうと、ぼくが本当に求めているものを思いださせてくれた。

エイドリアンはあとが続かなかった。適切な言葉が思い浮かばない。

「きみの言うとおりだ」しばらくして彼は言った。「選択肢は欲しい」カミラを見つめて続ける。「そして、きみにも選択肢を持ってほしい。誰であれきみを愛する人は、きみには世界中の誰でも選ぶことができたが、彼を選んだのだとわかっていてほしい。彼にとってきみは、天から与えられた貴重な贈り物だ。きみにはそれだけの価値がある。やむをえない状況で伴侶になったような相手には、もったいない女性だ」

不思議なものだ。牧師館ではどんなことが身に降りかかろうと、カミラは毅然とした態度を崩さなかったのに、いま、彼女の瞳は涙に濡れている。

「一抹の疑念も感じることなく、きみを誰よりも愛してくれる人がふさわしい」

エイドリアンの胸が激しく痛んだ。

「きみにだって、ぼくと同じ望みを持つ資格があるんだ」彼は言った。「伴侶であり、戦友であり、ともにゆっくりと愛を育める相手と結ばれるべきだ。自分の歓《よろこ》びを追求するだけの男を押しつけられる必要はないさ」

「その男って、あなたのこと？」

エイドリアンは答えなかった。カミラの物語――少なくとも部分的には彼女の物語――を八枚の皿の中で語った。彼女に対して感じているのがたんに肉体的な欲求だけではないことは、いまさら隠しようがない。

「わたしたちにはそれ以外ないものね」彼女は静かに言った。「でもあなたが求めるなら、わたしはいいのよ。なんでもいいわ。時間をかけて育む愛でも、歓びでも、後腐れなく欲求を満たすことでも」

エイドリアンの喉が詰まった。

「さっきはおかしなことをしてごめんなさい」カミラは言った。「練習と言いながら、からかっただけ。忘れたわけじゃないのよ。わたしたちには敵が多すぎて、感情の問題で揉めている場合ではないってことを」

「ぼくたちが自らの意思で互いを選んだとしたら、どうする？」

カミラはしばらく何も言わなかった。唇を噛み、目をそらした。

「わたしは長いことひとりだったわ」長い沈黙のあと、カミラは口を開いた。「誰でもいいからそばにいてほしいと思っていた。マイルズ教区牧師はわたしに、いつか愛されたいと思うのは、罪へといざなう悪魔のささやきだって信じこませたの。どこからともなく聞こえる小さな疑念の声のほうが正しいんだって。でも、そんなの信じたくない」声が震えた。「誰かに愛されたいと願うのが悪だなんて思いたくない」

「カム」

「必ずしも夫でなくてもいいの。年配の女性の誠実な話し相手になるところを想像したこともあるわ。店員の一日を明るくする通りすがりの客でもいい。ええ、もちろん誰かの妻になることも、ときには想像したけれど」カミラは彼を見た。「妻でなくてもいいの、エイドリアン。わたしたち、友だちになれないかしら？　この件が片づいたあともずっと友だちでいられない？　それだって、わたしにはいままでにない贈り物なのよ」

断ることはできなかった。エイドリアンは立ち上がり、もう一度彼女に近づいた。そしてふたたび彼女の体に腕を回し、今度は友だちとして、額と額を合わせた。

「もちろんさ。ぼくたちはいい友だちになれると思うよ」

17

その晩、カミラは眠らなくてはいけないと思いながらも眠れないまま、ひとりベッドに横たわっていた。明日は長い旅をすることになる。すべてうまくいったら、エイドリアンはわたしの人生からいなくなる。

自分が称賛に弱いことはわかっていた。何しろ愛情に飢えているせいで、一片の善意を示されるだけで、心が揺らいでしまうのだ。それなのに彼は信じられないほどのごちそうを差しだしてくれた。心からの敬意、友情、励まし、そして虎を描いた八枚の皿。

当然ながら、わたしは彼に恋をした。けれど、そのことにたいした意味はない。あれだけのものを与えてくれる人なら、どんな相手にだってわたしは恋しただろう。

いくら自分にそう言い聞かせても、胸の痛みは消えなかった。

時間を巻き戻して、またあの部屋でふたりきりになれたら。エイドリアンはわたしを熱いまなざしで見つめ、唇を重ね、体に火をつけた。あのときは面倒な善悪の概念など、ごみ箱に投げ捨ててしまいたかった。

つまらない良心なんていらない。ただ、彼に触れていてほしかった。

その気になれば、続きをするのはたぶんさほど難しくないだろう。そうしたら一生エイドリアンを自分のものにできる。わたしはただ起き上がればいい。廊下を歩いていき、突き当たりの彼の部屋まで行く。ネグリジェ以外何も身につけない姿で現れれば、彼は……。ひとたび結ばれたら、もう婚姻を無効にはできなくなる。

カミラは両手で顔を覆った。

信じられない。そんな打算的で身勝手なことを考えるなんて。人を罠《わな》にかけて、一生縛りつけようというの？

そんなのは愛じゃない。愛なんて呼べないことはわかっている。

とはいえ、目を閉じるとあらぬ想像が頭を駆けめぐった。

彼を罠にかけたくなんてない。わたしは自分に好意を持ってくれない人と長いこと暮らしてきた。この先、同じ愛情を返してくれる人と人生をともに過ごすなんて望みすら持てなくなるほどに。そんな想像をすることに喜びを見出すことすらできなくなるほどに。

震える息がもれた。

だけど、エイドリアンもわたしを求めていたら？

彼も自分の部屋で、わたしと同じような想像をめぐらせていたら？　まもなく手に入る自由ではなく、失うであろうもののことを考えていたら？　自分が求めているのはカミラ・ウインターズだと心を決めていたら？

エイドリアンはベッドから起き上がるだろう。彼が寝るときにどんな格好をしているかは知らないが――不意に何も着ていない姿が浮かび、カミラはどぎまぎした。それでも、生まれたままの姿の彼が礼儀としてローブか、予備のシーツに手を伸ばす。

カミラは目を閉じた。月明かりの中で、薄いシーツ越しにエイドリアンの闇のような色の肌が透けて見える。

彼が立ち上がる。どうしようかと考えながら部屋を行ったり来たりしている。そして一時間ほど考えた末、婚姻無効宣告などいらない、欲しいのは彼女だという結論に至る。

エイドリアンはたぶん、ひとたび決断したら行動を先延ばしにしたりはしない。廊下に出て、カミラの部屋のドアを軽くノックする。

カミラは決してノーとは言わない。彼は、心を決めたと告げる。きみなしでは生きていけないと。

想像の中で、カミラは手を伸ばし、エイドリアンが体に巻いているシーツの端を引く。透けるほど薄い布だ。

そしてさっきのようにキスをし、肌を合わせる。彼の手が回され、大切そうに、二度と放さないというように抱きしめてくれる。

キスが首を下っていく。吐息が喉にかかる。密着した体に硬いものが当たる。カミラはそのすべてを受け入れる。

処女ではないので、次に何が起こるかはわかっていた。それを求めている。死ぬほど求めている。

カミラは両腿のあいだに手を滑りこませた。これはエイドリアンの指だ——自分の指ではなく——と想像しながら自らに触れてみる。体が思わず反応したが、それをぐっとこらえた。

愛は不当な手段で手に入れるものではない、自分の力でつかみとるものだと、カミラは言った。その言葉の裏にある気持ちに、彼は気づいてくれただろうか。本当に欲しいのは、彼の愛情とあのやさしさなのだと。

ばかみたいだ。エイドリアンに抱かれているところを、唇を合わせているところを想像するなんて。ばかだとわかっていても、止められなかった。熱く硬いものを体の中に感じて、全身が震えた。彼のささやきが耳をくすぐる。〝きみが欲しい、きみだけが欲しい、ずっと放したくない——〟カミラの体の奥深く、彼女の指では届かないくらい奥深くで欲望の炎が燃える。

彼にも、こんなふうに自分を求めてほしい。いま、部屋にいるだろうか。同じ思いに悩まされていないだろうか。愚かな期待だと思いながら、腹部の奥で炎がさらに燃え上がる。

想像の中では、カミラはエイドリアンに抱かれていた。背中に爪を食いこませ、すべてを奪って、そして与えてほしいと彼を誘う。

エイドリアンと結ばれるところを想像するのは簡単だった。簡単なのに、実現は不可能だ。歓びを与えているのは自分の寂しい指なのだから。

絶頂感も中途半端だった。不完全燃焼。荒い息遣いが部屋を満たす。静寂の中に、その声だけ。カミラは目を閉じた。

なんてばかなんだろう。エイドリアンは眠っているに決まっている。さっき行為を中断されて、感謝していたではないか。

彼に愛されるなんて夢物語だ。感謝を受け取り、満足しなくては……。

無理だ、満足なんてできない。

カミラは立ち上がり、顔を洗った。ひとりになったいま、夢から覚めて現実を突きつけられたいま、涙がとめどなく頬を伝った。肌が人のぬくもりを求めている。さっき少しだけ与えられたそのぬくもりは、飢餓感を刺激しただけだった。

カミラはゆっくりと息を吐き、目の前の暗闇に向かってうなずいた。

しかたない。前にも想像の中で夢の世界を作り上げた。それが容赦ない現実を前に崩れ落ちても、わたしはその残骸の中で生き延びた。もう慣れている。いつものように希望が打ち砕かれても、乗り越えていける。今度も同じだ。

廊下で、床板がきしんだ。

カミラははっと体を起こし、振り返った。心臓が早鐘を打つ。エイドリアンだ。エイドリアンが来たのだ。すぐそこにいる。わたしのことを気にかけてくれている。カミラは息を止めて待った。だが、そのまま時間が過ぎ、やがて期待はしぼんでいった。

なんでもなかったのだ。カミラは長々と息を吐いた。あれは夜にときおり家がきしむ音にすぎなかったのだろう。

砕けた希望を継ぎあわせるのは得意だったはずだ。今度も、希望のかけらから真実を組み立てようとした。

エイドリアンはわたしを愛していない。でも、わたしはいままでだって愛されないことに耐えてきた。この先も耐えていけるはずだ。

エイドリアンはわたしを愛していない。でも、好いてはくれている。これまではそんな好意すら与えられることがなかった。彼はわたしに好意を持ち、わたしの幸せを望んでくれている。それで充分ではないけれど――。

いまのところは満足だ。好意だけで。わたしのほうは彼に、望むものをなんでも与えるつもりでいる。そのために心が粉々に砕けようと。わたしの心は以前にも砕けたことがある。だから、わかっている。朝が来れば、わたしは立ち上がり、ふたたび前に進み始める。

天井を見つめ、時計が時を刻む音に耳をすませた――五感すべてが無となり、眠りへと溶けていくまで。

西のサリーへ向かい、やがてラックウィッチへと下る列車の中は、ずっと気まずい沈黙がのしかかっていた。カミラはゆうべ自分がどれだけ大胆だったかを思いだし、そのたびに頬が熱くなった。椅子の肘掛けに座って、身を乗りだし、エイドリアンをじらし……実際にどちらがふたりの最後の距離を埋めたのかは思いだせないけれど――。

その朝、エイドリアンは昨夜のことは何も言わなかった。ただ、彼女をじっと見つめた。そのまなざしに期待が芽吹きそうになるのを、カミラは必死に抑えた。

むなしい期待に胸を騒がせている場合ではない。あとに控えた大仕事を思えば。電報を打つときも、エイドリアンは何も言わなかった。見慣れた道を並んで歩くときも無言だった。そして彼女が一八カ月を過ごした牧師館が数百メートル先に見えてくると、足を止めた。

振り返るのはつらい。でも、最後にはきっとできるはずだ。

彼女の手は氷のように冷たくなっていた。エイドリアンが冷えた手を握ってくれた。「カミラ」

友情の仕草だ、とカミラは自分に言い聞かせた。わたしたちは友だちだから。励ましと、たぶんもう少し親密な何か。でもその何かがあるからといって、自分がしなくてはいけないことが変わるわけではない。

わたしはエイドリアンを愛している。その愛も、まもなく終わりを告げる。彼を愛し、上着のように自信を身につける術《すべ》を学んだ。彼を愛し、ジェインとリニーの存在を知った。婚姻無効裁判の法廷に立ったふたり。わたしがこれをするのは彼女たちのため、選択の余地を与えられなかった女性たちのためだ。

カミラはエイドリアンの手を軽く叩き、明るい声で言った。「心配しないで。うまくやるから」

彼の手がびくりと震えた。カミラはできるだけ明るい笑みを浮かべてみせた。その笑みを見て、彼がひるむのがわかった。

失敗ね。明るすぎたかしら。

カミラは身を引き、歩き始めた。

マイルズはいない。彼がわたしを破滅に追いこんだ。でも、その彼はいない。わたしは周囲が思っているより強い人間だ。マイルズはいない、だから……。

カミラは牧師館に近づいた。妙な気分だった。自分のことを離れたところから眺めているような。つたの絡まるれんが壁が実際よりはるか遠くに見える。玄関先に立ってさえ、そう感じた。

ノックはしなかった。ノックをするのは客だけだ。カミラはドアを開け、中に入った。そのまま廊下を歩いていき、客間を通り過ぎてマイルズの執務室に入る。自分が何を探しているのかはわかっていた。帳簿がどこに保管されているかも知っている。奥へ進みながら背表紙に目を走らせた。心臓が激しく打っている。その鼓動にリズムを合わせ、背表紙を指で軽く叩きながらひとつひとつ調べていく。

「カミラ？」背後から声がした。

彼女ははっと振り返った。まったく、どうして叱られた子どもみたいにびくっとしてしまうの？　冷静に、自信を持って行動すれば——。

「キティ？」声が震え、カミラはいらだった。何度も練習したのに。どうして練習のときのように簡単にはいかないのだろう。

この場所に、ここの空気に何かあるのだ。それがわたしの見せかけの自信を吸い取ってしまう。

キティが眉をひそめ、一歩近づいてくる。「カミラ」彼女の声も震えていた。「カミラ、カミラ。戻ったのね、戻ってきたのね。また会えるとは思っていなかったわ」

「戻ったわ」カミラは陽気な声で答えた。出だしは好調だ。誤った印象を与えるための手頃な真実を探す。「どうしたのよ。なんだか驚いているようだけど。教区牧師は――」

「しかたがなかったの」キティがわっと泣きだした。「ごめんなさい。本当にごめんなさい。半額のカミラとか言って。あなたが来る前はずっとわたしがそう言われてきたの。対象が自分でなくなってほっとして、つい――」彼女は喉を詰まらせた。「言いなりになってしまった。ひとたびそうなったら、もう後戻りできなくて。あなたを閉じこめてポケットに鍵束を入れろって命令されたわ。言うことを聞けば、お金をくれるって。娘には……あの子にはお金が必要で、いまは姉が――」涙をぬぐって続ける。「姉が預かってくれているの。親切にしてくれるんだけど、わかるでしょう。わたしが何もしなかったら、じきにあの子は自分のことを半額のエリーって考えるようになる。まだ三歳なのよ」

カミラとしては怒って当然だった。キティは嘘をついていたと認めたのだから。あの恐ろしい罠にカミラを陥れたのは彼女だった。以前なら激怒していただろう。

だが代わりに手を伸ばし、キティの手を取った。「わたしたちはもう誰も、半額のなんとかになんてなってはいけないわ。いいわね？」

キティはただ、首を横に振った。

「あなたに娘がいたなんて知らなかった」

「牧師が言ったのよ、誰にも言わなければ――」彼女はまた激しくしゃくり上げた。「キティ、ここで起きたことはあまりにむごかったわ。わたしは自分自身を疑った。自分でポケットに鍵束を入れたんだったかしらって、何度も自問した」

「わたしを許せないわよね」キティはうつむいた。「許してもらおうなんて、期待しているわけじゃないの。本当よ」

カミラはぎゅっと彼女の手を握った。「そうじゃないの。わたしが言いたかったのは、あなたがどんな思いをしてきたか、この世の誰よりわたしにはよくわかるということよ。許しを乞うべきなのはあなたではないわ」

「あなたに償いをする機会をくださいと、わたし、神様に祈ったのよ」キティは小声で言った。「ほかには何もできないから」

「いまからすべてを変えることができるわ」カミラは言った。「わたしと一緒に来て。償いがしたいなら、一緒に来て、真実を語って。わたしたちがあなたに仕事を見つけてあげる」

キティははなをすすった。「わたしたちって？」

「わたしとエイドリアンよ、つまり、ミスター・ハンター」カミラは探していた帳簿に手をかけた。中を開き、さっとページをめくって目指す日付を見つけた。これだ、手に入れた。あとはマイルズ個人の収支計算書だ。「償いがしたいというなら、マイルズがあなたに、わたしたちを閉じこめるよう命じて、嘘を言わせたと証言してもらえる？」

しばらく間があった。「するわ」

カミラはうなずいた。

「来て。荷物をまとめて、途中で落ちあいましょう。あまり時間はないわ」

キティは寂しげに微笑んだ。「心配しないで。荷物なんてたいしてないから」

18

この数日間で、テレサは思ってもみなかったほどたくさんのことを学んだ。

ベネディクトと小遣いを出しあってどうにか雇った素性の知れない調査員は、カミラという女性と夫に関する情報を求めて、彼女が結婚した場所へと向かった。調査員が仕入れてきた話によると、姉かもしれないその女性は〝ぽっちゃりして髪は黒く、やたらとにこにこしているおしゃべりな女〟で、結婚相手は〝アフリカ系の従者〟らしい。

ふたりがどういう状況で結婚したのか、調査員にもはっきり確認できなかったというから、どうもうさんくさい。

そこまではうまくいったものの、そのあとテレサは問題にぶつかった。その新婚夫婦の行方を誰も答えられなかったからだ。

南か、北か。結婚したその日、カミラ・ウィンターズは近くの宿屋に部屋を取っていたようだが、次の夜以降、テレサたちが雇った男はどこの宿帳にも彼女の記録を見つけることができなかった。痕跡はすっかり消えていた。

けれど、それも昨日までの話だ。昨日、ベネディクトが偶然にも新聞である広告を見つけた。しかも商取引に関するものだ。

《良質な電信ケーブル求む。キャサリン埠頭《ふとう》脇のG・ハンター船長の事務所、もしくはブリストルにある〈ハービル〉社のA・ハンターまでご連絡を》

ハンターなんてありふれた姓だ。件の従者がこのふたりのハンターとつながりがあるはずだと言いきる根拠はない。とはいえ、宿屋の範囲を広げて聞きこみをしている調査員からの報告を待つあいだ、何かしらやるべきことができた。テレサとベネディクトは急いでハンター船長と面会の約束を取りつけ、いまこうしてここにいるというわけだ。

案内された事務所は狭く、数週間だけ町に滞在する商人たちが商品を売るために一時的に借りるような場所だった。テレサたちは男性ふたりが激論を交わし、笑いあい、合意するのを聞きながら廊下で待った。

G・ハンター船長は話し方からしてアメリカ人のようだった。まあ、世の中にはそれより悪いこともあるとテレサは思った。

ドアが開き、ひとりの男性が帰っていった。女性がテレサとベネディクトを部屋へ通してくれた。

机に座った男性が入ってくるふたりを見て、眉をひそめた。茶色の鋭い目をしている。肌は濃い茶色で、髪は短く縮れている。

テレサはマフのさらに奥まで両手を突っこんだ。

「グレイソン・ハンター船長だ」男性は立ち上がらなかった。「ワースご夫妻かな？」疑わしげな声だった。

ここは尊厳をかき集める必要がありそうだ。テレサは顎をつんと上げた。「わたしはレディ・テレサ・ワース。こちらは弟のベネディクト・ワースです」

ハンター船長の視線がテレサの帽子からマフへと移る。彼女の裕福さを図っているかのようだ。そのあとベネディクトの袖口をちらりと見てから椅子の背にもたれた。片方の腕が椅子から垂れている。射るような目つきはそのままだ。「電信ケーブルの広告の件で来たのかな？」間違いなくアメリカ人の発音だ。

「ええっと」ベネディクトがテレサを見た。どう見ても〝ぼくは嘘が下手なんだ。説明はまかせた〟という合図だ。

ハンター船長が祈るように天井を見上げ、首を振ってからふたりに目を向けた。「失礼。たしかに年々、実際に相手が大人であっても、ぼくには年齢よりも若く見えるようになってきている。だとしても、きみたちはそもそも成人に達しているのか？」

テレサはマフの中で両手を握りしめた。「わたしたちは子どもじゃありません。わたしは――」

「充分に契約を結べる年齢だとでも？」

「若く見えるのはわたしのせいじゃないわ！　見かけよりも大人です」

「それなら、せいぜい一三歳ってところだな」

ばかにされている。テレサは頬が熱くなるのを感じた。「一五になったわ、二カ月前に。

それに、契約をしたいわけじゃありません。エイドリアン・ハンターという人について話を聞きたいんです」

「ほう」ハンター船長が愉快そうに息を吐いた。「弟が何か失礼なことでもしたかな？」身を乗りだしてくる。ほとんどからかうような声だ。「存在自体が失礼とか？」

「失礼かどうかは知りません！」テレサは言い返した。「でも、そうかもしれないわね！だからこそ、わたしがこうしてここにいるんです。この数週間、弟さんがどこで何をしていたか、あなたはご存じですか？」

ハンター船長がテレサの声に何かを聞き取り、口をつぐんだ。横にある書類の束にちらりと視線を投げてから、唇を引き結ぶ。「弟なら〈ハービル〉社に戻って、磁器の皿作りにいそしんでいると思っていたが。実際は何をしていたか、聞かせてもらおうか」

彼の口調は穏やかだった——正直、穏やかすぎる。テレサは畏敬の念に近いものを抱きながらハンター船長を見つめた。うちの老婦人よりもすごい。こちらから情報を聞きだすまでは、どんな情報も渡さないつもりだ。

「わたしは知らないわ」テレサはいつの間にかつぶやいていた。「わたしたちはほんの子どもですから。大事なことなんて知っているはずがないでしょう？」

ハンター船長が肩をすくめた。「思いださせてくれなくてもわかっている。このところ、少しばかりいらいらしていてね。英国がそうさせるんだ。それに子どもは嫌いじゃない。ちょっと前に生まれたからといって、きみたちの責任ではないからな。弟について、ぼくが知らないことを話しくれるかい？」

まだからかわれているのかとも思ったが、テレサはそれでもかまわなかった。大きく息を吸い、ひるまずに先を続けた。「あなたの弟さんがわたしの姉と結婚したんじゃないかと思うんです」

ハンター船長は机にあったひと続きになった鉄の輪を取り、両手の上でひっくり返した。テレサの言葉にしばらく反応を見せず、ひたすら輪を反転させている。「思う。きみは……そう思っている。自分の姉が誰と結婚したのか知らないのか？」

ここで話がデリケートになる。テレサは絡みあった家族の問題をどのように説明しようかと考えた。反逆罪の話から始めるべきだろうか。これまでの経験では、反逆罪から始めてうまくいったためしがないが、それを飛ばしてしまっては何を話しても筋が通らない。まったくもう。

「姉とはぐれたんです」ベネディクトが端的に答えた。

ハンター船長が息を吐きだした。「はぐれた……お姉さんと。それは不注意だったな」

「でも、わたしの言葉をすぐさま否定しなかったということは、あなただって弟さんとはぐれたってことでしょう」テレサは言い返した。

「やられたな」ハンター船長が天井を見上げた。「だから言ったんだ」

「本当に竜涎香《りゅうぜんこう》（マッコウクジラの腸内の分泌物。香料として使われた）の取引をしているの？」ベネディクトが机の上から一枚の紙を手に取った。「なんで竜涎香なの？　どうしてお茶やラムや綿じゃないの？

ロンドンに来る商人はふつう、そういうものを取引するんじゃないの？」

「ベネディクト！」テレサは顔をしかめた。「貿易の話で盛り上がっている場合じゃないでしょう！」

急に話題が変わったにもかかわらず、ハンター船長にはまったく戸惑った様子がなかった。

「そうだよ、竜涎香の取引をしている。ほかにもいろいろあるがね。それから、さっきの話についてはノーだ。ぼくは弟とはぐれたりしていない。あいつはこのひと月というもの、いつになく煮えきらない態度を取っていた。まあ、いまやっているだろうことを考えると……。うまくいかなかったとしても、それをぼくの前では認めたくないのだろう。どうして結婚みたいな大事を隠し通せると思ったのかわからないな。言わせてもらうと、ぼくは四年間、私掠船を撃退して、チャールストンを封鎖してきた。家族をこき使わなくてすむように、懸命に努力しなければならない。だが、どうやら努力が足りなかったようだ。とはいえ、ぼくの家族の歴史など聞かされたくないだろう」

ああ、わたしも彼のようにふるまえたら、とテレサは思った。彼女やベネディクトのことなど眼中にないかのようにぼんやりと天井を見上げる表情を、テレサは精一杯まねてみた。

「家族とはぐれるには都合のいい言い訳ね」

ハンター船長の唇がぴくりと動いた。「こっちは何百万もの人々の自由のために戦ってきたんだ。次は、きみの言い訳を聞かせてもらおうか、お嬢さん？」

ベネディクトが喜び勇んで前に踏みだした。「私掠船と戦っていたって本当？　封鎖に関わっていたの？　どんな感じだった？」

ああ、まったく。ベネディクトはこの人に夢中になっている。テレサはうめき声がもれないようにこらえた。

ハンター船長がベネディクトを見やる。「聞く分にはわくわくするかもしれないが、実際のところは残念ながらそうでもない。あのときいちばん面白かったのは、雷に三度打たれたことだな。それを聞くと、アメリカで懸命に戦うのがどれほど楽しかったかわかるだろう。さてと、弟の話だが――」

「雷に打たれた？　それでも生き延びたの？」

「からくりがあるんだ。それはそうと――」

「ぼくも雷に打たれてみたい！」

一瞬、ハンター船長が笑いをこらえているふうに見えた。片手で顔を覆い、目を閉じて天を仰ぐ。「お勧めはできないな。ところで弟は――」

「からくりって何？」

ハンター船長がため息をついた。「いいかい、ぼくはきみに英雄視される対象にはほど遠い。頼むからほかを当たってくれ。弟の話だ、エイドリアンは――」

「そもそも、どうしたら私掠船と戦う人になれるの？　ぼくも私掠船と戦いたい！　弁護士になるよりずっとよさそうだよ」

ハンター船長がベネディクトに、やりのように鋭い視線をふたたび浴びせた。彼の口から出た言葉は驚くほどそっけなかった。「きみはやつらが金に困るような法律を作れ。それがきみの私掠船との戦い方だ。きみが銃で戦わなければならなくなったとしたら、やり方を間違えたということだ。法の道を貫け」

勢いをそがれたベネディクトは、まごまごしながら断った。

「甘やかされた子どもが貿易を学びたいと言って、ぼくのもとにしょっちゅうやってくる。両親が大金を払って旅に同行させるんだ。ぼくがそれを許可する理由はただひとつ、その子が必ずあきらめるからだ。実際には働きたくないんだから。もしぼくの仕事に関する何千もの見当違いの質問に答えたかったら、見習いをつけるよ。だがいまは、弟が何をしたのか知りたい」

「わたしは姉を見つけたいんです」テレサは言った。「わかっていることはいくつかあるけれど、あなたのほうがもっと知っているでしょう。お互いの情報を合わせれば、それだけ大きなことが達成できると思いませんか？」

ハンター船長がテレサを見つめた。「状況次第だな。きみたちはどうしてお姉さんとはぐれたんだい？」

しかたない。やはりあの話から始めなければならないのか……まったくもう。「すべてのきっかけは、父が反逆罪を犯したことです」テレサは言った。「家族はばらばらになって、わたしたちは九年以上もカミラと会っていません。家族の経済状態が上向いてきたので、姉を探し始めたんです。姉がひと月以内にサリーで結婚したのはわかっています。それに、姉夫婦がいない場所もわかっています。それもサリーです」

「おまけに」ベネディクトが口をはさんだ。「ジュディスの誕生日がもうすぐ来ちゃうんだ。ぼくたち、ジュディスをがっかりさせたくないんだよ」

ハンター船長は――すばらしいことに――反逆罪や誕生日のことには触れず、もっと見当違いな質問をしてきた。「結婚式を執り行ったのは誰だ？」

「え？」

「式の執行者は？　そんなに難しい質問ではないだろう？」

テレサは手帳をめくり、記録の写しを引っ張りだした。「式を執り行ったのは……ラシター主教で、立会人はマイルズ教区牧師とキャサリン・シャクルトンです」

ハンター船長が目を閉じた。「くそっ、デンモアのやつ。またあいつを見捨てやがって。だから言ったんだ――」そこでふと、ふたりを見やる。「汚い言葉を使ってすまなかった。小さな子どもの前だっていうのに」

「謝ってもらう必要はないわ」テレサは明るく言った。「わたしはそんなに小さくないし。わたしだってその言葉を使ったことがあるわ。二回もよ！」

「たったの二回か。これはこれは」社会的な拘束をものともしないテレサの精神力にハンター船長が感銘を受けた様子はなかった。「いいだろう。役に立つ情報だ。公平な取引らしい。デンモア主教はぼくたちの母方のおじで、エイドリアンはデンモアにぼくたちが身内であることを認めさせたいと話していた。デンモアとラシターは対立していてね。もしエイドリアンがラシターとの厄介ごとに巻きこまれているとして、ぼくのとんでもないおじが自分の甥の結婚式を執り行わなかったのなら、ぼくには何が起きているかはっきりわかる。正しかったのはぼくで、間違っていたのはエイドリアンのほうだ。弟はそれを認めなくてすむように、なんとか自力ですべてを解決しようとしているんだろう」

「どういうこと?」

ハンター船長がため息をついた。「エイドリアンときみのお姉さんがいまどこにいるのかはわからない。だが、このあとどこに行くかはわかる」


カミラはエイドリアンの馬車でラックウィッチへ戻っていた。隣に座るキティは旅行かばんをしっかりと抱えたまま、ほとんど口を開かなかった。

エイドリアンが興味深そうにこちらを見たが何も言わず、ミセス・ビーズリーの家に着くと、しばらく居間を使わせてもらえないかと彼女に頼んだ。

快諾してくれたミセス・ビーズリーだったが、キティの震える両手を見るなり舌を鳴らし、紅茶の準備をするためにさっさと奥へ引っこんだ。そこでやっと、カミラはエイドリアンに向き直った。

「あまり時間がなくて」カミラは牧師館の帳簿を手渡しながら説明した。「細かく目を通している暇はなかったの。帳簿と個人の収支計算書を持ってきたわ。日付が正しいことは確認してある……それで足りればいいけれど。充分だと言って」

カミラはこぶしを握り、希望のような、裏切りにも似た、不快な感情を抑えようとした。心の底では、それが足りないことを願っていた。証拠には不充分であればいいと思っていた。

エイドリアンがカミラを見ながら帳簿を受け取り、彼女の五歩後ろでうつむいて立つ女性に視線を向けた。エイドリアンの目つきが険しくなる。「もしかして、彼女は――」

「キティのことは覚えているかもしれないわね」カミラはあわててさえぎった。「わたしたちが結婚させられたとき、彼女が証人として立ち会っていたでしょう？　偶然行きあって、少し話をしたの」

「あの夜のことは鮮明に、細部までもれなく思いだせるよ」

キティが顔をしかめて横を向いた。カミラは彼女の手を取った。

「わたしのポケットにあの部屋の鍵を入れたのもキティなの」カミラが言った。「わたしたちにはミセス・マーティンの寄付金に関する宣誓供述書があるでしょう？　さらに、あの状況下で積極的に関わった人の証言があってもいいかと思って。キティは、三歳のお子さんが本当は婚外子であることをばらすとマイルズに脅されて、無理やり協力させられたと証言してくれるそうよ」

「そうか」エイドリアンが一歩踏みだした。カミラに触れようとするかのように片手をわずかに上げたものの、そうしてはならないことを思いだしたのか、そのあとゆっくりと手をおろした。「お手柄だったな」

称賛のこもった声は温かく、カミラはエイドリアンが実際にその手を上げて唇をたどってくれたかのように真っ赤になった。

「それで充分だった？」

充分ではありませんように。カミラはそんな身勝手な願望を押し殺し、正しいことを、そして最善を願う自らの良心にしがみついた。それでもなお、心の一部が望んでいた。ふたりの探求に望みがないことを。エイドリアンがこちらを見て〝やれるだけのことはやった。今度はこの結婚がうまくいくように試してみよう〟と言ってくれることを。

けれどもエイドリアンはそう言う代わりに、教会の帳簿をめくった。

エイドリアンのことは初めて会った瞬間からハンサムだと思っていたが、いまは、彼の気分が読めるようになったいまなら、次々にページを繰る彼がとても集中しているのがわかる……。

いま、カミラは心の底からエイドリアンに惹かれていた。しっかりとした眉、引き結ばれた唇……。

心の一部は、ふたりの探求に望みがないことを願っていた。

けれど、もはや良心だけの問題ではなかった。心の片隅には別の何かが存在していた。ずっとそこにあったもの。何年もあこがれ、願い、切望していたもの。

愛されたい。

しかたなく選ばれたわけでも、運命だからと受け入れられたわけでもなく。

カミラは愛されたかった。エイドリアンがいま見せているひたむきさを、自分に向けてほしかった。ほかに選択肢がないからではなく、彼女にその価値があるから。

愛されたい。

良心に従った結果としての愛を手に入れるだけでは、もう満足できない。いまではそれが――自分自身に証明することが――どうしても必要に思えた。彼には自らの意志で愛してほしい。必要に迫られたからではなく。

この人に愛されたいとカミラは思った。

エイドリアンがあるページで指を止めて軽く叩いた。「ここだ」彼が言った。「本来ならここに記帳されているはずなんだ。それなのに、この帳簿には明らかになんの記載もない」

「見つかってよかったわ。だけど……確認した？　それよりも前の日付で記録されたりとかしていない？　あるいは、あとの日付でとか？」

「そうすることがよくあったのか？」

カミラは首を振った。「そうは思わないけれど。でも、比較はできるわ」二冊目の帳簿を――マイルズ教区牧師個人の収支計算書を取りだした。

そこには一〇〇〇ポンドの記載があった。項目には〝投資の利益〟と書かれている。

「でも、ミセス・マーティンが寄付したのは二〇〇〇ポンドよ」

「半分はラシターが懐に入れたに違いない。なんらかの形で。でも……その記録はない。少なくともここには。それでも」エイドリアンが息をついた。「つかんでいることもある。悪事の証拠だ。ミセス・マーティンは教区牧師に寄付金を渡したことを証明できるし、ぼくたちはそのお金が教会の収益にされていないことや、そもそも意図された目的のために使われていないことを証明できる。それからミス……」

「シャクルトンよ」キティが申しでた。

「ミス・シャクルトン」エイドリアンが問いかけた。「あなたに尋ねておかなければならない。この目論見について、ラシター主教からは何か聞きましたか？　ラシター主教に脅されたりしていませんか？」

「いいえ」

「ああ」エイドリアンが目を閉じた。

「それで事足りる？」

エイドリアンが言葉に詰まっている。

カミラの頭の中をさまざまな可能性がよぎった。何しろ彼女も判例集を読んでいる。

「婚姻が無効であることを示すだけでよければ、これで充分かもしれない」裁判とはどのようなものか、残念ながらカミラは知っていた。「これだけ事実がそろっていれば充分でしょうね。動機はあるし、説明もできる。証人も複数いる」

「だが」エイドリアンが悲しげな笑みを向けた。

「でも」カミラは目をつぶった。「事実とは、人々がそうだと信じるもののこと。わたしたちの側には権力者が誰もいないから、事実だけでは充分ではないかもしれない。だからあなたのおじ様に……」

「おじの狙いはラシター主教だ。そしてここにある証拠は全部、マイルズの悪事だけを示している」

「だとしても、おじ様が助けてくれるとは思えない?」

エイドリアンがカミラに目を向けた。「そう思いたい」ゆっくりと口にする。「おじが声をあげてくれると思いたい。だが……」

カミラはエイドリアンを見つめた。

「だが」エイドリアンが言葉を継いだ。「おじとは長すぎるほどのつきあいだ。助けてはくれないだろう」

ふたたび沈黙が落ちた。カミラは唇を噛んで考えた。彼女は厳密にはレディ・カミラだ。ジュディスは妹に会いたくないかもしれないけれど……もしかして、うまく頼めば手を貸してくれるのでは。

「マイルズ教区牧師とラシター主教は連絡を取りあっていたはずだわ」カミラは言った。「主教はいきなりと言ってもいいくらいのタイミングで訪ねてきたもの」

「連絡を取っていたとしても、ぼくのいないところで、だな」

カミラは目を閉じて、当日の朝のことを思い起こした。状況がはっきりと頭に浮かぶ。あの日は途方に暮れて走り回っていた。主教が来ることは、昼食どきまで使用人に知らされていなかった。記憶力はいいほうだ。カミラはあのときに意識を戻し、何かしら役に立ちそうな詳細を思いだそうとした。

誰かが玄関に来ていた。カミラはマイルズ教区牧師の執務室を急いで横切った。やるべきことが多すぎて……。

そうだ。マイルズの執務室の暖炉がまぶたに浮かんだ。取り除かなければならないねずみ色の灰が、丸まった細かい紙片と混ざっていて……全部ごみ箱に消えた。

ああ。

「連絡を取りあっていたに違いないわ」カミラは小鼻をひくつかせた。「でもそのやりとりを燃やしたのよ。一八カ月も掃除をしていたから、電報の燃えかすがどんなものかわかる」

エイドリアンが顔を上げた。「どんなやりとりだって？」

「電報よ。いくつかあったと思う。マイルズはそれを燃やしたの。暖炉の灰をきれいにしなければならなかったから、わたしにはわかる」

エイドリアンが目を見開いてカミラを見つめている。

「悔しいわ」カミラはぎゅっと目を閉じた。「まったくもう。あとほんの少しなのに。何かしら証拠があるはずよ」

「電報だったと言ったね？」

カミラはエイドリアンを見た。「そうだけど？」

「なんてことだ」エイドリアンは立ち上がりはしなかったが、身じろぎもせず、満面の笑みを浮かべている。「それならまだチャンスはある」それから、特に大声をあげるでもなく平然と話しかけた。「ミセス・ビーズリー、いまの話、聞こえたかい？」

19

ミセス・ビーズリーは呼びかけられて五秒ほどで、ティーセットのトレーを手に現れた。

「さあさあ、みなさん」明るい声をあげる。「お茶を召し上がるのはどなた？」

「あの」カミラはキティを見て、それからエイドリアンに視線を戻した。「いくつかおききしたいことがあるんです。電報のことなんですけど、あなたが勤める電報局から送られたものかもしれなくて」

「ええ、お話はずっと聞いていましたよ」ミセス・ビーズリーが微笑んでトレーを置いた。「だから、なおさらお茶をお出ししないとね」褐色の液体をカップに注ぐ。「喉が渇いているときに噂話は禁物よ。いいことはありませんから」

「それで、ラシターとマイルズのあいだで電報のやりとりはあったんですか？」エイドリアンが口をはさんだ。

ミセス・ビーズリーが角砂糖ばさみを振った。「おひとつ？　それともふたつ？」

「ひとつで。ところで――」

「わたしの考えは知っているでしょう」ミセス・ビーズリーが言った。「噂話は入ってくるものであって、出ていくものではない。ほかの人が電報でどんなことを送ったかは決して口外できないの。わたしに寄せてくれている信頼を踏みにじる行為になるでしょう。わたしはそんなことをする人間ではありません」

「だが――それでも――」

「自分が送ったり受け取ったりした電報の話は絶対にしません」ミセス・ビーズリーがカップにせっせと砂糖を入れて、キティに渡した。「でも、電報局の作業手順なら喜んでお話しするわ」

「なるほど」エイドリアンがうなずいて、自分のカップを手に取った。カミラには、ミセス・ビーズリーがなんの手順のことを言っているのかわからなかった。それがどう役に立つのかも。けれども、エイドリアンはくつろいでいるように見える。

「発信する電報はどれくらいの期間、手元に置いておくんですか？」エイドリアンが尋ねた。

「手元には置かないわ。送ってしまうから」

「そうではなくて、誰かが文章を記入した用紙や、この地域の住人宛に届いた電報をあなたが書き留めたメモのことです。そうした記録はどれくらいのあいだ、保管するんです？」

ミセス・ビーズリーが小首を傾げてエイドリアンを見た。かすかな笑みを浮かべている。

「そうねえ、そうした紙は毎日最後に燃やすことになっているのよ」

「でも、実際は？」

「そりゃあ」ミセス・ビーズリーが肩をすくめた。「〝毎日〟というのは〝かなりひんぱんに〟という意味よ、わかるでしょう。実際は、もう少し長く置くときもあるわね」

カミラは心臓がどきどきした。「もう少し長くとは？」

「あら」ミセス・ビーズリーの顔にちらりと笑みが浮かんだ。「そうね、最後に燃やしてからは……ちょっぴり日が経っているかもしれないわ」

「一週間？　二週間？」

「いいえ、それよりは短いわよ」ミセス・ビーズリーが答えた。「三日くらいかしら。でも……どう言ったらいいのかしら。電報を機械に打ちこむのはそれほど面白い作業でもないのよ、ミス・ウィンターズ。誰だって自分のお楽しみのために、身近にいろいろと置いておきたくなるものでしょう」

「そうですよね？」

「ご存じのとおり、わたしはそれを決して誰にも見せないわ。わかるわね」ミセス・ビーズリーが親切にもつけ加えた。「でも電報の控えはすべて屋根裏部屋に、日付ごとに整頓されて置いてある。そうそう、電報局といえば――夫が勤務を終えたから、酒場に行っている数時間、わたしに代わりに局にいてほしいと言われたんだったわ」

「本当ですか？」

ミセス・ビーズリーは答える代わりにポケットから鍵の束を取りだした。「屋根裏部屋には鍵がかかっていてね。だから……」束の中から一本の鍵を抜いて軽く揺らす。「これで屋根裏部屋のドアを開けられるから、鍵からは絶対に目が離せないの」鍵の束を机に置く。

「絶対に。少なくともあえて目を離したりはしない。だけどもう歳だし、物忘れがひどくて」晴れやかに笑った。「なんてことでしょう。わたしったら鍵をどこかに置き忘れてしまったわ。もし見つけたら教えてちょうだいね」

キティが手伝いを申しでてくれたものの、屋根裏部屋はそこまで広くなかったし、それにカミラは、雇われていた場所から旅行かばんひとつを持って出ていくのがどういうことかを知っていた。

「お姉さんに電報を打ってきたらどうかな」エイドリアンがキティに勧めた。「それから、必要なものを教えてほしい。娘さんと一緒に暮らせる働き口がきっと見つかる。ぼくの家族が経営する会社でそうした仕事が探せなければ、どこか別のところを見つけよう」

カミラとエイドリアンは、数時間かけて屋根裏部屋にあった紙の束を仕分けた。ここ何年かのあいだにやりとりされたおびただしい数の電報のうち、今回の件に関係する電報はほんの何通かだ。ふたりは大量の紙を持って階下におりた。

「見て」カミラは声をあげた。「これよ。どう思う?」

『ラシター
マタ荷物ガ届イタ
イツモノ方法デ処理スル』

エイドリアンが目を通した。「実は、ぼくも同じような文面をいくつか見つけた。これだ

――日付も合っている」
『マイルズ
荷物ハ受ケ取ッタ
今回モウマク処理シテクレタコトニ感謝スル』
数分後、別の電報が目に留まった。
『ラシター
先日送ッタ荷物ノ件デ問題発生
モトノ持チ主ガ荷物ノ所在ヲ求メテ騒イデイル
助言ヲ乞ウ
コレ以上ハ電報デハ伝エ難シ』
カミラは動きを止めた。「日付はあなたが到着する前日じゃない」
「そうだな」
「これよ。完璧ではないのはわかっている。でも……これはふたりが手を組んでいたことを示している、そうよね？　それに、公には話せない案件を抱えていたことも」
「それがあれば充分かもしれないな」エイドリアンがゆっくりと口にした。「日付、ラシターの訪問、きみのいるところでミセス・マーティンの話をしていたことを考えれば……たしかに充分かもしれない」エイドリアンが指で紙を叩いた。「それがぼくたちの持っている最後の電報だ。こっちを除けばね。これは結婚特別許可証を取り寄せるために送られている。

驚くには値しないが」

カミラはその用紙を受け取った。

自分の未来がそんなふうに墨で書かれているのを見るのはつらかった。ラシターは自らの地位がもたらす権限を最大限に使って要請していた。

『緊急ニ結婚特別許可証ヲ発行サレタシ』

そのあとに詳細が続いている。このすべてが実行された数週間前の水曜日を境に、どれほどのことが変わってしまったかを思うと……。

ちょっと待って。

カミラはその紙を前に押しだした。「エイドリアン、この電報は火曜日に打たれている」

「だから？」

カミラの声が震えた。「日付を見て。ラシターが結婚特別許可証の発行を求めたのは、わたしたちが一緒に寝室に閉じこめられた日の前日よ」

エイドリアンが目をしばたたいてカミラを見上げた。「たしかにそうだ。つまり、ぼくたちが考えた筋書きどおりだったってことか。すべてがおさまるべきところにおさまったな。マイルズ教区牧師が荷物を――二〇〇〇ポンドを――受け取り、半分を着服して、残りをその罪の揉み消しを手伝ってくれる主教に渡したんだ」

「そうよ」

「主教が問題を話しあうためにやってくると、ぼくが教区牧師の屋敷の人たちについて尋ねだし、焦ったふたりはぼくの評判を落とすことにした。だが、その計画を実行に移す前日に、ラシターは結婚特別許可証を取り寄せている——これは完全にラシターの罪だ」

「そのとおりよ」カミラはふたたび賛同した。

そのとき部屋の向こうから、椅子に座って読書をしていたキティが言った。「違うわ」

カミラとエイドリアンは同時に振り向いた。

「違う？」

キティがスカートのしわを伸ばして顔をそむけた。「教区牧師がわたしに話を持ちかけてきたとき、これはカミラの問題だと言ったわ。カミラが何か悪いことをしているんだけど、それを証明できないから現場を押さえなければならないって。ミスター・ハンター、教区牧師があなたに関して口にしたのは、取るに足りない人だということだけだった」

カミラは奇妙な衝撃を覚えた——めまいにも似た衝撃だ。「わたし？ でも——そんなの口実に決まっているわ。そうよ。わたしがどんな——」

「きみはミセス・マーティンと何かあったことを知っていた」エイドリアンが口を開いた。「ぼくに話してくれたのはきみじゃないか」

カミラは厳密に言えば、知っていた。耳に入ってきたのを覚えていたのだ——たとえ彼らが言葉そのものを口にしなかったとしても。「だけど——わたしが誰にもらすというの？ 知りあいなんていないのに。取るに足りないのはわたしのほうよ」

「いいや」エイドリアンが言った。「きみは違う」

「もしかしたら、原則としては違うのかもしれない」カミラは反論した。「でも世の中のほとんどの人たちにとっては――」

「そうじゃない」エイドリアンの言葉でカミラは思いだし、胸が締めつけられた。「あのときだって、きみはただの人ではなかった。きみはリニー伯爵の娘だ」

カミラは吐き気を覚えた。「ラシター主教はたしかに姉について尋ねたわ。でも姉は、わたしなんかといっさい関わるつもりはないの。わたしにはわかっている。それなのに、どうして問題になるの？」

「ご家族がきみと関わりたくないと思っているのは、事実なのか？」

「もちろんよ。ジュディスは――姉は言ったわ――」そう、ジュディスは言った。何年も前に。それに手紙だって一度もくれなかった。だからカミラは抱えきれないほどの希望を胸に、未来へと突き進んできた。願って、願って、願いながら、決して過去は振り返らずに。

エイドリアンがカミラを見つめた。「本当に？」もう一度尋ねる。

ええ、もちろんカミラにはわかっている。夜中に何度も自分に言い聞かせるあらゆることを理解しているのと同じだ。愛せる見込みなどほとんどないのに、愛そうとしてしまうこと。望んでくれる人も、覚えていてくれる人も、気にかけてくれる人もいないこと。それでも永遠に望んでしまうことと同じように。

あまりにひんぱんに傷つけられた心が、しがみついては数えきれないほど失った希望が、それを知っている。体の隅々が理解している。

ただ、頭ではもうわからなくなっているだけだ。

「いいえ」カミラはささやいた。「事実かどうかはわからないわ」

カミラはそっと指を伸ばして結婚特別許可証を求める黒っぽい文字に触れ――痛みを感じたかのように手を引いた。

「ある意味、これで筋が通る」エイドリアンが言った。「きみが話してくれたときに考えるべきだった。向こうはぼくの正体を知らなかった。彼らが信用を落とそうとしたのはぼくではなかった。最初から、きみだったんだ」

「ああ、そんな」カミラは息を吸いこんだ。「もちろんそうだわ。全部わたしのせいよ。考えればわかったはずなのに」

「カミラ」エイドリアンが彼女の両手に手を重ねた。温かくて心が安らぐ。カミラの心臓が早鐘を打ち、鼓動が耳の中で信じられないほど大きく響く。「きみのせいじゃない。決してきみのせいじゃない。悪いのはいつだってあいつらだ」

カミラはうなだれた。

「それに、ぼくたちは勝った」エイドリアンが言い聞かせる。「ほら、これを見るんだ。向こうはきみを価値のない人間にできると思ったが、実際にはできなかった。やつらに裁きを受けさせるんだ――きみとぼくとで」

カミラは息を吸いこんだ。何を考えたらいいのか、何を言えばいいのかわからなかった。前を向くしかないとカミラは思った。振り返らない、振り返らない、振り返らない。

もし過去を振り返って実際に家族に拒絶されたとしたら、ひどく傷つくだろう。彼女でさえも。

つらすぎて考えられない。

「わたしが裁きを受けさせるのではなく」カミラは目を閉じ、互いの指先が触れあうように手のひらを返した。エイドリアンが歯のあいだから鋭く息を吐く。「わたしたちでやるのね」彼女は言った。「ずっと〝わたしたち〟だったわね」話しすぎている。でも伝えきれていない。「あなたがわたしを引き止めて、わたしたちの敵はマイルズとラシターだと言ったときから」正直に打ち明けた。「たしかな根拠もなしに、あなたを信じようと決めたときから」

エイドリアンがカミラのほうに身を乗りだした。「カミラ」

カミラは息を詰めて願った。彼の発する熱が体を温めてくれる。彼の腕が、腰に回されているわけではないけれど、その場所で励ましてくれる。吐息が耳にかかる。けれどもキティが部屋の半分ほど離れた場所にいる状態で、ふたりにできるのは願うことだけだった。

カミラは首を傾げて彼を見上げた。

エイドリアンが笑みを返してくる。ああ、この笑顔。日差しのようにカミラの体に染み渡った。これほど自分が大切な存在になり、求められていると感じたことはなかった。

エイドリアンの手が体の脇でぴくりと動いた。けれども、その手を持ち上げてカミラの頬に触れたりはしなかった。それを感じるのは想像の世界でだけ――彼の手が、まなざしで愛撫をするように、彼女を撫でる。

　感じることが許されない願望が体の中にわき起こる。いままでひたすら願ってきたものだ。望みそのものが問題ではないのだろう。思いきり望むことを自分に許してこなかったことが問題なのかもしれない。

　エイドリアンの微笑みが、悲しいほどに心にしみた。

「結婚を解消しなければならない相手がきみで、ぼくはこれ以上ないほど運がよかった」エイドリアンが言った。

　わたしも彼にもっと多くを望んでいいのかもしれない。

　カミラの心は壊れてはいない。あまりに胸がいっぱいで、壊れそうにない。カミラはエイドリアンを求め、エイドリアンは選択の自由を求め、彼女は選ばれることを求めている。この気持ちを抑えこむのは本当につらい。けれど、ちくりと胸を刺すような希望とひたむきな思いは……長すぎるほどもがいてきた孤独と切望の海に比べればなんでもなかった。愛されるかもしれない、認めてもらえるかもしれないと思うことに比べれば。家族に受け入れてもらえるかもしれないと思うことに比べれば。

　もう何年もこれほどのものを与えられたことがなかった。それなのにまだ、心のおもむくままに希望を持つことを自分に許している。カミラはもっと多くを望んでいた。

　あきらめるためにここまで来たわけでも、これほど長く希望を持ち続けてきたわけでもない。カミラはエイドリアンも欲しかった。彼には束縛のない状態で自分を選んでほしかった。

すべてが欲しかった。満たされたくて体じゅうが痛いほどだ。

だから、カミラはただうなずいた。

「わたしもそう思うわ」彼女はささやいた。「合法的にあなたと結婚していないことだけが、わたしの誇りよ」

20

数週間前、口の中に結婚の不快感を味わいつつ通りに立っていたエイドリアンが、この瞬間が来ることを――結婚を強要された女性と宣誓供述書や報告書の詰まったかばんとともに、列車に揺られる瞬間が来ることを――知ったなら、きっと喜んだだろう。いま、ふたりを結びつける法的なでっち上げを無効にする準備はできている。

問題は、彼とカミラをつなぐものがこのでっち上げしかないという点だ。これが終わったら……どうなるのだろう?

カミラは座って窓の外に目を向けていた。外した手袋は握ったままだ。あらゆる不安をその布地に注ぎこむかのように何度もひっくり返しているが、本人は気づいていないらしい。

「あとになって、家族を探そうとしたことはあるのかい?」エイドリアンはとうとう口にした。「家族の話をしたくないのはわかっている。だけどそうは言っても、彼らはいるわけだし」

「どうかしら」まばたきをしたカミラは、手袋を見つめてから脇に置いた。「何も変わっていないから。ジュディスは手紙をくれなかった。たしかに、姉は考えを変えたかもしれない

——これまでにわたしの居場所を探してくれたと思える根拠はないけれど。でも、姉に会いに行って、もし追いだされたら……」声が小さくなり、カミラが首を振った。

「よかったら、ぼくも一緒に会いに行くよ」

カミラがエイドリアンに顔を向け、長いあいだ見つめていた。彼女の頬にわずかに赤みが広がる。

カミラは何を考えているのだろう。そして、ぼくは何を考えているのか。カミラの姉は侯爵夫人で、エイドリアンがたんに〝カミラ〟と呼んでいる女性は伯爵家の令嬢だ。それを言うなら、彼の母だって公爵の娘ではあるが。

母が公爵の娘であることは、エイドリアンがそうした人種を知っているという意味でしかない。彼は自分のおじが、上流階級の人たちの前では甥の存在を認めることを拒み、自身の妹の名前すら出さないことを知っている。私的な場でどれだけ愛情をまくし立てたとしても。

エイドリアンがカミラと出会ったのは、彼女がそうした環境から離れたあとだ。

ここ何週間か、ふたりはエイドリアンの行動範囲内で過ごしていた。こうした現実の問題を忘れていたわけではない。決して忘れるわけにはいかない。だが、カミラには家族がいないという考えに慣れてしまっていた。

「気にしないでくれ」エイドリアンは目をそらした。「ふたりで会いに行ったりしたらどんなふうに見られるか、いま気づいたよ」

「あなたを紹介する場面を思い浮かべようとしていたの」カミラが言った。「〝ジュディス、こちらはミスター・エイドリアン・ハンター。わたしたち、少し前まで夫婦だったの〝」

「ばかげて聞こえるな」

「〝だけど、いまは友だちよ〟」

エイドリアンはカミラを見やった。

「そんなふうに紹介するでしょうね」カミラが続けた。「こんなこともつけ加えるかもしれない。〝この世の中に信頼できる人はひと握りしかいないけど、彼はそのひとりよ〟って。それに対して姉がどう返すかはわからない」

エイドリアンはカミラを見て唇を湿らせた。「カム。ぼくが黒人だってこと、わかっているよね？」

「気づいていたわ」カミラが唾をのみこんで目を合わせた。「姉がどんな反応を見せるかはお見通し、なんてふりはできない。この九年間、姉とは一度も話していないから。はっきりしているのは……」彼女が口ごもる。「最後になんと言われたかだけ。わたしは自分で選択した。すてきなドレスを着たいがために愛を手放すというのなら、わたしにはもう愛される資格はない」

「カミラ」

彼女が目をそらした。「それなのにあなたは、わたしにはその資格があると言ってくれた。選ばれる資格があると。誰かにありのままのわたしを愛してもらう資格があると。姉がなんと言うかはわからないけれど、あなたが愛される資格はないと言われたら、黙っているつもりはないわ。どう考えてもジュディスは、誰に価値があるのか見極める専門家じゃないもの」カミラが首を振った。

彼らはすぐそばに座っているにもかかわらず、はるか遠く離れていた。ふたりのあいだの空間は巨大な洞穴のようだ。カミラのスカートはエイドリアンの靴から二〇センチほどのところにある。エイドリアンがわずかに身を乗りだすと――列車が揺れたせいか、カミラの体が揺れたせいかはわからないが――彼女も同じように身を寄せた。

「もし婚姻無効が認められなかったときは……」

カミラのなめらかな首がこわばるのがわかった。

まずは彼女に自由を与えたい。「きみに無理強いするつもりはないんだ、カム。離れて暮らしたっていい。期待は抱かない。こんな状況では不公平だからね」

カミラの頬がさらに赤くなった。彼女は床に視線を落としたが、それもいっときだけだった。そのあと顔を上げたとき、彼女の瞳は澄んでいた。

「いいのよ……」カミラの声が小さくなる。彼女は唇を噛み、息を吸いこんだ。「期待を抱いても。もしあなたが望むなら」

「本当に？」エイドリアンはわずかに間合いを詰めて、声を落とした。「どんな期待ならいいのかな？」

彼女の紅潮した頬が赤みを増した。「言葉にしなければいけないの？わたしはあなたが望むならなんでも差しだすわ、エイドリアン。あなたはただ望めばいいの。望んでもらえばもらうほど、わたしは幸せになる」

エイドリアンは自分を抑えることができなかった。手を伸ばし、カミラの両手を握る。カミラは鋭く息を吐いたものの、手を引いたりはしなかった。その代わり、エイドリアンの手袋の縁に指を走らせて、手首をなぞった。顔を上げた彼女の目は星のように輝いていた。

「もう望んでいるとしたら？」彼は尋ねた。

カミラは答えなかった。指でエイドリアンの手首をたどって円を描き、彼の手のひらに届く程度に頭を下げると唇を寄せた。

エイドリアンも身をかがめ、それから——。

「エイドリアン」カミラがやさしい声で言った。「やめたほうがいいわ。こんなところを見られたら、なんと言われるかわかるでしょう。婚姻無効が認められるチャンスは一度だけ。それをだめにするなんて、いけないわ」

だめにしてはいけないのか？　エイドリアンは声には出さなかった。カミラも彼の手を放そうとはしなかった。それどころか、目を閉じて彼の手を返し、手首の上に口づけた。

「それなら」エイドリアンは手を引かなかった。「ぼくたちをだめにする行為がどういうものか話しあおう、ふたりの選択肢がわかったときに」

〝ぼくたちをだめにする行為がどういうものか話しあおう〟

エイドリアンの言葉がカミラの頭に染みついて離れなかった。目的地の近くの脇道にある家に招き入れてくれたときも、ふたりの到着に備えてシーツを干したり家具から埃よけの覆いを外してくれたりした管理人を紹介されたあとも。

メイドがカミラを部屋に案内してくれた。

〝ぼくたちをだめにする行為がどういうものか話しあおう〟もう触れあってもいないのに、カミラはいまだに彼の手首の温かさを指先に感じていた。

手を洗い、着替えをすませて階下へおりると、彼は冷やしたチーズと肉の皿を前にして座っていた。

「楽にしてくれ」エイドリアンが声をかけてくる。「ここは母の持ちものなんだ。大おばから相続したんじゃなかったかな。何年も貸していたんだが、賃借人がアメリカに帰ってしまって、まだ新しい借り手が見つかっていないんだ」

カミラはうなずいた。

「物事を先延ばしにしてもしかたがない」彼が言った。「ぼくたちが見つけた証拠をおじに届けてくる。そして約束を守らせる――ラシターに不利益な証拠を見つけたら、婚姻無効の手助けをしてくれると言ったんだ」

カミラはエイドリアンを見た。

彼が視線を合わせた。「さっき話したとおりだよ。ぼくたちが選択の自由を手にした時点で、何を選択するかふたりで決めよう。婚姻無効か、それとも……」

〝それとも〟。彼は別の選択肢も考えている。心臓の鼓動があまりに速くなって、カミラは喜びを隠せなかった。

けれどもエイドリアンは〝それとも〟が何を指すのか具体的には言わないまま、話をするためにおじのもとへと出かけていった。

家に残されたカミラはいくつかある部屋をぶらつきながら、この先に待っているかもしれない〝それとも〟に思いをめぐらすしかなかった。

ここにはそれまでいた〈ハービル〉社のコテージのような温かみはまったくない。足元には豪華な絨毯《じゅうたん》が敷かれ、品のいい着色したマホガニーの机が置かれている。皿はそろいの磁器で、愉快な失敗作はない。カミラは緊張で胃が締めつけられた。

カミラはエイドリアンのおじに会ったことがない。ふたりがどんな部屋で会っているのかさえ、想像もつかない。彼のために話しあいがうまくいくよう願った。

そして自分のためにも。

カミラは願っていた。婚姻無効でも、エイドリアンでもなく、選ばれることを。誰かに望まれたかった。そして――。

玄関のドアが開く音でカミラは現実に引き戻された。書斎の棚から無意識に手にしていた本をうっかり落としそうになる。それをおぼつかない手つきで机の上に置くのに数秒、深呼吸をするのにさらに数秒かかった。

緊張が高まって胃が痛んだ。カミラはどうにか冷静を装い、走るのではなく、歩いて彼のもとへ行こうと努めた。

だが、うまくはいかなかった。

結局、居間で横滑りをするように足を止めた。そこには男性が立っていた。「ありがとう、ジェネビーブ」そう言いながら、外套《がいとう》と帽子を管理人に渡している。

エイドリアンと同じく黒人だ。おそらくカミラの形だけの夫よりも五センチほど背が高いだろう。髪は短く縮れていて、眼鏡をかけている。彼女が部屋に駆けこんだときには、袖口を直していた。

男性がカミラのほうを向いた。

その人の目の前で足を止めたとき、カミラの心臓が乱打し、過敏になった神経と緊張が自己主張しているのを感じた。

男性はカミラを見ても驚いた様子はなく、管理人も彼のことを知っているようだ。男性が一歩踏みだした。

「ミス・カミラ・ワース、かな？」

そのラストネームで呼ばれるのは久しぶりだ。おかげでさまざまな記憶が――絡みあった奇妙な記憶がよみがえった。ジュディスと一緒に笑いながら、年齢にまったくそぐわないブレスレットを試している記憶。ジュディスが〝愛はいらないというのなら、わたしたちはあなたを愛さない〟と言っている記憶。

カミラの呼吸が止まった。ひとつ息をついて、また止まる。

「そうですが？」カミラは心臓がきちんと動いていない気がした。頭がくらくらする。

男性が唇の片端をわずかに上げた。「初めまして。グレイソン・ハンター船長だ」

ああ、まさか。エイドリアンのお兄様だなんて。こんな悲惨な状況でも、当然、初対面の挨拶はしなければならない。緊張や恐れ、それに胸いっぱいの希望を抱いているときでも。

カミラは苦労しつつもどうにか口を開いた。「ミスター・ハンター」言葉をしぼりだす。「その……初めまして。わたしは……」いやだ、何をしているのかしら。自己紹介？　向こうはすでにわたしのことを知っている。さっきラストネームで呼ばれたのだから。

「ああ、そうだ」相手はカミラをじっと見つめた。「ワースとお呼びするべきではなかった、そうだね？　いまはカミラ・ハンターだ。ハンター家にようこそ」厳密には、問いかけではなかった。

「違うんです」カミラは知らぬ間に口走っていた。「その点については、エイドリアンはとてもこだわっているんです。婚姻無効宣告を受けるのなら、夫婦のような印象を与えてはいけないと」

「ほう」ハンター船長は両手の指先を合わせた。「これは面白い。つまりきみたちは婚姻を取り消すつもりなのかい？」

「銃で脅されて結婚した人は、そうするのが通例ではないかしら」

ハンター船長の目がきらりと光ったが、口にしたのはこれだけだった。「そうなのか？銃で脅されて結婚するのが通例だとは知らなかった」

「まれなことだから、ふつうは礼儀作法の本に載っていないわ」カミラは体の脇で落ち着きなく両手を動かした。

「それならぜひとも、礼儀作法の本を修正してくれ」ハンター船長があたりを見回した。「ひょっとして、弟はその辺にいるのかな?」

「エイドリアンは出かけていて——」カミラは片手を揺らして大聖堂の方向を示した。「その……話をしに。彼のおじ様と。つまり、あなたのおじ様でもありますけど。婚姻無効やそのほかのことについて」

ハンター船長が未知の力を乞うかのように天を仰いだ。

「なるほどね。当ててみせよう。エイドリアンは銃で脅されてきみと結婚する羽目になった——まったく、どうしてそんなことが起こるのかまるで見当もつかないが。そして、そのことを兄に話すのではなく——そんなことをすれば自分が間違っていたと認めることになるからな——あいつはデンモアに助けを求めた。だがデンモアは、当然ながら、起こったことを箒で掃くようにさっと片づけてはくれず、ある種の交換条件を出した。ぼくの考えは合っているかな?」

カミラは唇を噛んだ。

「あの大ばか野郎め。だから言ったんだ——だが、そんなことはどうでもいい。ぼくはどうもここでも礼儀を欠いているな。ちなみにこの礼儀は、礼儀作法の本に載っている。ぼくはエイドリアンの兄だ。パースート号の船長でもある。弟が結婚したと聞かされて、それがこの一連の騒動の肝じゃないかと思ったんだ。だとしたら、そのうちデンモアのところに戻ってくるだろうとね」

船長はわたしたちの話を誰かから聞いたに違いないけれど……〈ハービル〉社の人からだろうか？　いいえ、そんなはずはない。ハンター船長はわたしをカミラ・ワースと呼んだ。

「ところで、どうしてわたしの本名をご存じなんですか？」

「ああ！」ハンター船長が晴れ晴れとした顔をした。「その件だが、きみに渡したいものがある」ポケットに手を入れ、紙を一枚取りだしてカミラに差しだす。「これだ」

カミラはそれを受け取った。少量の蠟で封がされ、〝ＴＬＷ〟のイニシャルが押されている。

ＴＬＷ？　誰なのか見当もつかない……。

震える指で蠟をはがし、手紙を開いた。

〝親愛なるカミラ〟手紙はそう始まっていた。〝妹のテレサです〟

テレサ。ああ、神様。カミラは危うく手紙を落としそうになった。最後にもう一度だけ頼んでみたら、ひょっとして家族が自分を受け入れてくれるかもしれない――思いきってそう願ってみたばかりだった。とはいえ、頭にあったのはジュディスのことだけで――ほかの人は想定もしていなかった。最後にテレサを見たのは、妹がまだアルファベットをなぞって書き方の練習をしている少女の頃だった。

時は明らかに流れている。カミラは末の妹がいまどんな姿をしているのか、まったく思い描けなかった。

〝わたしたちは――ここでいうわたしたちというのはわたしとベネディクトのことで、ジュディスとクリスチャンも含まれているんだけど――クリスチャンというのはジュディスの旦那様よ。お父様を反逆者にしたから覚えているかもしれないけど――でもこれはたぶん、最高の紹介の仕方じゃなかったわね――。ああ、まったく、わたしったらダッシュの使いすぎだし、何を書こうとしているのかわからなくなっちゃった。

最悪！

ダッシュとかびっくりマークをちょっと入れると、楽しい気分になるでしょ。ははは〟

カミラは手紙を見つめた。あら、まあ。約一〇年ぶりに妹について最初に学んだことは、ひどいユーモアの持ち主だということだ。

〝わたしたちはずっとあなたを探していたの。ジュディスはあなたに会えなくて、とても寂しがってる。あなたに戻ってきてほしいと、それだけを願っているの〟

カミラは視界がぼやけるのを感じた。だめよ、泣いてはだめ――文字どおりの意味のはずがない。

次の段落は筆跡が変わっていた――文字がもっと濃くて、書体が比較的すっきりしている。

〝ベネディクトです。さっきの文章だとテレサとぼくは無関心みたいに見えるけど、ぼくたちも無関心じゃありません。あなたのことはほとんど覚えていないけど、話はいろいろ聞いています。あなたはきっとすばらしい家族の一員になります。よろしくお願いします〟

ここでどうやらテレサが力ずくで手紙を奪い返したようだ。

〝あなたはジュディスと一緒に育ったでしょう。正直言って、わたしたちには同情してくれる人が必要なんです。

ジュディスは完全に暴君で、あなたがこれほど長く寄りつかないのももっともだと思っています〟

次の行でまた筆跡が変わっている。

〝テレサが誰かのことを暴君と呼ぶのに根拠はないんです。テレサは女性で、女性がすべてを支配することはほとんど許されていないので、それが世界における唯一の救いです。ジュディスは暴君ではありません。

ぼくが知っているふたりの姉を比べたら、ジュディスのほうがよっぽど暴君的ではありません〟

ふたたびテレサの筆跡で文章が始まった。

〝ここからは正直に打ち明けます。ジュディスは完璧な姉です。もうちょっと完璧じゃなければ、さらにいい姉になるでしょう。それから、ジュディスはベネディクトをえこひいきします。不正は見逃せません。あなたはずっといなかったから、ジュディスはきっとわたしたちよりもあなたをえこひいきするでしょう。これでやっと年下のわたしたちは対等になります〟

カミラはこのうえない幸せにのまれていた。

もう一度、ベネディクトの筆跡になる。

〝どうかテレサの話に耳を貸さないでください。テレサのせいでぼくたち全員に悪印象を持つだろうけど、悪印象を持つのはテレサに対してだけにするべきです〟

ここでテレサの筆跡に戻った。

〝大事な任務から気をそらされてしまいました。五分以上気をそらされるのはお断りです。あともう少しでジュディスの誕生日です。その日、あなたが訪ねてきてくれたらいいなとわたしたちはずっと願っていました。

わたしたちが住んでいるのは……〟

カミラは完全に困惑しながらすべてに目を通した。最後にベネディクトを見たとき、弟はまだ子どもだった。もっと幼い頃にはよく抱っこをして家の中を連れ回り、〝わたしのかわいいぼうや〟と呼んだものだ。

テレサは六歳のときでさえ威張っていた。とはいえ、カミラは妹のことをほとんど知らない。テレサはまだほんの小さいうちに、父と中国へ行ってしまったからだ。覚えているのは、テレサがいなかったことと、帰ってきたことくらいだ。

その頃のテレサはよくかんしゃくを起こしていた――怒って大声をあげ、アンソニーに動けないほどぎゅっと抱きしめてもらうまでかんしゃくはおさまらなかった。テレサはそうしてもらうのが大好きだった。

もちろんテレサは成長して、かんしゃくも卒業しただろう――ほとんどの子どもがそうだ。気を許した者同士が繰り広げる内輪の口喧嘩など、心に描けなければよかったのに……。

けれどもカミラは覚えていた。テレサとベネディクトが言い争っていた光景ではない——当時のふたりは幼すぎて、まともに口論できる歳ではなかったからだ。だが、ジュディスとアンソニーはよく口喧嘩をしていた。そしていま、この手紙を読んでいると……心が痛んだ。

カミラはもう一度読み返した。

テレサとベネディクトがどんな声をしているのか見当もつかない。おぼろげな記憶にある子どもっぽい声は、〝暴君的〟や〝不正〟などといった言葉を使うふたりにはもうそぐわないだろう。けれども言葉の応酬の中にも、カミラがあこがれる何かがあった。

人前で、相手に面と向かって暴君呼ばわりできて、それでも放りだされる心配もなく、気を許していられる状況を想像すると胸が痛んだ。痛むと同時に心が安らぎ、それから……。

カミラは英国じゅうの屋敷をたらいまわしにされてきた。自分のあるべき姿の半分にでもなれれば受け入れてもらえるチャンスも少しはあると思い、ずっと努力をしてきた。そうしているあいだ、わたし以外の家族はずっと一緒に過ごしていた。互いを愛していた。そうするとジュディスが言ったように。

これをカミラは手放し、ドレスを取った。これを捨てたのだ。

カミラは手紙を三回読んだ。〝ジュディスはあなたに会えなくて、とても寂しがってる〟いったいどうして？　ジュディスがどうして寂しがるというの？　会えなくて寂しく思うほどわたしのことを覚えていてくれる人がいるなんて、そんなことがありうるの？　それに、もしジュディスがわたしに会いたがっているのなら、どうして手紙をくれなかったの？　カミラはこれまでずっと、たったひとりでいいから誰かに気にかけてもらいたいと願ってきた。その誰かがすでにいたなんて、信じられない。

カミラは不意に泣きだした。心がこのうえない幸せな痛みを感じていた。どうしてこんなことになったのか理解する余裕はないけれど、痛みはたしかにここにある。

「なんてこった、泣いているじゃないか」ハンター船長が言った。まるで〝なんてこった、わたしは狼《おおかみ》に食われているじゃないか〟とでも言ったような口ぶりだ。

「ごめんなさい」カミラは鼻をぐずぐずさせて涙をこらえようとした。「涙は大嫌いなのに、簡単に泣いてしまうんです。家族には何年も会っていなくて。わたしとなんか会いたくないだろうと思っていました。姉妹や兄弟がいると、考えることすらなかなかできなかったのに。これは……」

〝贈り物だわ〟カミラはそう言いたかった。けれども、その言葉を口にしたら激しくむせび泣いてしまうだろう。「家族の顔を見たのはずいぶん前なんです。みんながどうしているのか見当もつかない。わかってもらえないでしょうけど」

船長がため息をつく。「弟の結婚をいきなり知らされる気持ちならわかる。やんちゃなふたりが登録局の記録の写しをひらひらさせながら、事務所にやってきたからね」

カミラははなをすすった。「いいわ。あなたの勝ちよ。ビスケットでもどうぞ」

「たしかに、ひと言余計だった。いまのは不要な発言だ。きみはこうしてわが一族の別宅に来ているのだから、こちらが行儀よくふるまうべきだったな。ほら、ハンカチをどうぞ」船長がポケットから四角いベージュの布を抜いて、差しだした。

カミラはそれを受け取った。「こうしてあなたの一族の別宅にお邪魔しているのだから、行儀よくしなければいけないのはわたしのほうよ」

「それもそうか」船長が言った。「ならば、わが一族の絨毯に涙を落とさないでくれよ。しみになるかもしれないし、家族の名声を守るためにきみを放りださなければならなくなる」

カミラは顔を上げて船長を見た。いまのが冗談だと示す、面白がるような表情はちらりともうかがえない。これがエイドリアンなら、言ったあとにっこりしていただろう。

カミラは渡されたハンカチで思いきりはなをかんでから、船長を見上げた。「いけない、これがあなたの一族のハンカチでなかったならいいんだけれど」

「いいや」船長の声はどこまでもそっけなかった。「わが一族のハンカチだ。ハンター家以外の人間が使うと命を落とす」

カミラは船長のほうに目をやった。

船長が両手を上げた。「エイドリアンにいつか殺されるな。涙は苦手なんだよ。それに、慰めるのも。そもそもきみを慰めるべきなのかさえわからない。どうしてエイドリアンはここにいないんだ？」

「わたしたちの婚姻を無効にしようとしているから」

「ずいぶんとうれしそうな声だな」船長が実際に目をぐるりと回してみせた。

カミラはかぶりを振った。

「おや、きみは婚姻無効を望んでいないのか」

「〝望む〟というのは複雑な言葉よ、ハンター船長」カミラの声はもう落ち着いていた。ハンカチをたたみ、サイドテーブルに置く。「そんなに単純な話ではないの。わたしが望むのは、そもそも銃で脅されて結婚させられないことよ」

「なるほど」船長はカミラの言葉をじっくり考えた。「くそったれ」そう言って顔をしかめる。「おっと、失礼――つまりだな――」

「心配はご無用よ」とことん品のない言葉がカミラに力をくれた。船長のほうを向いて視線を合わせる。「わたしはいま、汚物の上に立っている。そして、そんなところには立ちたくないと思っている。わたしたちにはこの汚れを靴からこそげ落とすチャンスがある。そのあとふたりがどんな道を選ぶかは……簡単には言えないの。わたしが望むもの？　自分でも本当にわからない。だけど、何週間も同じ目的を目指してがんばってきた人と友だちにならずに終わるなんてありえないでしょう。ましてや、その相手がエイドリアンなら……」声が次第に小さくなっていく。

「エイドリアンとは血がつながっているからな」ハンター船長がこともなげに続けた。「あいつがどれほど魅力的か、ぼくに説明してもらう必要はない。兄弟だから顔は似ているし、ぼくだって鏡は持っている」

カミラは船長をにらんだ。「あなたがひどい人に思えてきたわ」

その言葉が相手の笑みを引きだした——カミラが初めて目にした船長の笑みだった。「ああ、当然だ。ぼくはひどい人間だからな。エイドリアンが戻ってきたら、きみたちでいろいろ話すことがありそうだな」

それは控えめな表現だ。カミラは両手を揉みあわせた。「ええ」

「それなら、ぼくがきみとここで待ち構えていて、状況を複雑にするのはやめよう。ぼくのききたいことは、きみたちのこれからの人生ほど急を要する問題ではないからな。置き手紙をしていこう。できれば話がしたいと弟に伝えてくれるか？　ぼくが〝だから言ったんだ〟と口にしたことは伏せておいてくれ。あいつもすでにわかっている」

21

おじの机の上には書類が広がっていた。デンモア主教が目を通しながらうなずく。ときおり説明を求め、ひんぱんに前に戻っては見直しをしている。

デンモアが宣誓供述書の一枚をひらひらと振った。「このミセス・マーティン自ら証言してもらうことはできるか？」

エイドリアンは怒れる老婦人のことを思い起こした。「このうえなく喜んで証言してくれるでしょうね」

「ふーむ」おじがいくつかの電報にふたたび目を通しながら、ひと呼吸置いた。「ああ、神よ。これはすばらしい」顔を上げ、エイドリアンに笑みを見せる。「実にすばらしい、エイドリアン。すべてがそろっている。総合的に見たら悪事を証明できる。でかしたな」

エイドリアンはその言葉が誇らしくて胸が震えるのを抑えきれず、控えめに微笑んだ。

「わかっていた。おまえを信じていればいい、この件はおまえにまかせるのがいいと」おじが続けた。「礼を言おう。心から感謝する。まったく申し分がない。これでラシターは退任せざるを得ないだろう」

「力になれてうれしいです」エイドリアンは自分から婚姻無効宣告を受ける話を切りださなければならないようだと悟った。

「おまえの助けにどう報いればいいかわからないほどだ」おじが言った。

「それなら」エイドリアンが話を切りだす、またとない機会が訪れた。「ありますよ──覚えているかもしれませんが──ぼくに感謝を表すまたとない方法が。この件で強要された結婚を無効にするための手助けを約束してくれたでしょう?」

おじは机の上の書類に視線を落とし、エイドリアンと目を合わせようとしなかった。エイドリアンの気持ちは沈んだ。

デンモアが書類のしわを伸ばし、さらにもう一度撫でてから口を開いた。「われわれはことを急いではならない」

〝われわれ〟とは誰のことなのか、エイドリアンにはわからなかった。

だが、おじはひとり合点したようにうなずいた。「まさにそうだ。焦ってはいけない。じっくりと慎重に考えなければ。そうだろう?」

「ぼくはよく知りもしない女性と生涯をともにするよう迫られたんですよ」エイドリアンは言った。「銃を突きつけられて。そんな状況には早急に対処するのがふさわしいと個人的には思いますが」

「そう、そこだよ!」おじが視線を上げた。「かわいい甥よ! そこが大事なところだ。もしその件を真っ先になんとかしたかったのなら、直ちに行動するべきだった。すでに何週間も経っていては……」

エイドリアンはおじをまじまじと見つめた。「冗談でしょう。ぼくに待つよう説得したのはあなたですよ」

「あれを〝説得〟とは言わない」おじは考え深げに言った。「電報でのことだろう？　あれはむしろ提案だ。このごたごたを考えてみろ。おまえが訴訟を起こすのを助けるわけにはいかない。公開審査が行われるんだぞ。おまえを親族だと認めざるを得なくなる。それが世間の目にどう映ると思うんだ？　わたしの甥がほかの主教の従者として仕え、主人の不正に関する情報を手に入れた？　わたしが卑怯者《ひきょうもの》に見えるではないか」

「それが事実じゃないですか」エイドリアンはますます混乱した。「あ、あ、あなたがそうしろと言ったんです。ぼくはやりたくなかった。ぼくの存在を認めることに差しさわりがあるとわかっていたなら、どうして――」

「おまえが捕まるとは想定外だった！」

「あ、あ、あなたが従者役を務めろと言ったんです。ぼくの推薦状まで取りつけて、向こうがよからぬことに手を染めている情報を手に入れるよう指示した。こうなったのは全部、あ、あ、あなたがそう望んだからです。ぼくが捕まったのは想定外だと言いましたが、ラシター主教が臨時の従者だと思っていた男が実はあなたの甥だと世界中に知れたら、どうなると思っていたんですか？」

デンモアがつかの間、まばたきもせずに正面を見据えた。「ああ。そんな先のことまで考えていなかった」

おじはまったく考えたことがなかったのだとエイドリアンは悟った。甥の存在をどんなふうに公に認めようかと心に描いたこともなかった。もしかすると、悪影響が出ない方法を思いついたら認めようとか、漠然とは考えていたのかもしれない。だが、本当の意味で検討したことはなかったのだ。

エイドリアンは首を振った。「当然、あなたは卑怯者に見えるでしょう。この一件におけるあなたの行いは実際に卑怯なのだから」

「それは……まあ一応そのとおりだが、しかし……」

「現にそうなんです。一応、ではありません」

「まあ、そうかもしれん。だが、おまえがこんなふうに関わってくるとは知るよしもなかっただろう？　おまえさえ――」

「やめてください」エイドリアンは立ち上がった。「ぼくに責任をなすりつけないでください。あなたがこうするように頼んできたんです。ぼくは疑わしい計画だと思っていた。それが失敗してからも、あなたは調査を続けるようぼくに指示した。ぼくの懸念を無視して。あなたが本当にぼくの将来を気にかけてくれていると信じていたから、そのまま続けたんです。あなたに言われたことはすべてやった。ぼくの望みはひとつだけです。あなたにはそれを叶えるだけの借りがぼくにある」

おじがこちらを見た。「つまり、相手はそんなにひどいのか？　結婚相手のことだが？」

「そういう問題ではありません」エイドリアンは鋭い視線を浴びせた。

「誰なんだ？」

「名前はカミラ・ワース。すばらしい女性で、彼女だって結婚を無理強いされていいはずがありません」

「ほう！」おじが晴れやかな顔をした。「おまえのような人間にはもったいないほどの女性を手に入れたと聞こえるが。何を愚痴っているんだったかな？」

おまえのような人間。

おまえのような人間。

エイドリアンは信じたくなかった。

ああ、それがばかだというのだ。ずっとわかっていた。おじが自身の妹の存在を認めるのを拒んだときから。自分を甥としてではなく、使い走りとして紹介したときから。にもかかわらず、己に嘘をつき、自分が寛大で、物わかりのよい人間でいれば、おじに真実を示せると言い聞かせてきた――自分と母は愛され、血族だと認めるに値する存在で、自分がなりうると信じる人間としての価値があるということを。

そうして費やしてきた時間、その努力、心を注いできたことが全部、この瞬間のためだったとは。

おまえのような人間。

それでもエイドリアンは、最後にもう一度だけ頼んでみた。「お願いです。ぼくに抱く愛情のために。あなたが妹に抱く愛情のために。力を貸してください」

「ああ、エイドリアン」おじは笑みを浮かべただけだった。「こうしておまえの話を聞いてみると、これでよかったのだと心の底から思える。この件は公にはできない。ラシターは退任するだろう。わたしが把握していることを知らせれば。おまえとわたしはいっさい口外しない。本来そうあるべきだからね。そしていつか——すべてが丸くおさまれば——そのときに、おまえの存在を公に認めよう」

そんな日は来ない。ただ今日という日が、むなしい約束の日々が、続いていくだけだ。

「わたしにはやるべきことがたくさんある。おまえがわたしのために力を尽くしてくれたからね」デンモアが切りだした。「そろそろ下がってもらえるかな?」


エイドリアンの戻りを待つ時間は、カミラにとって永遠にも思えた。もうどうすればいいのかわからなかった。自分には家族がいて……わたしに会いたがっている? もしそれが本当なら、エイドリアンからも求められるなんてありえないのでは?

けれど、彼はそんなことをほのめかしていた。大切なものを見るようなまなざしを向けてくれた。わたしにも選択の自由が与えられるべきだと言ってくれた——ただ受け入れるだけではなく、選ばれる価値があると。

エイドリアンを信じるようになってきたのはそれほど悪いことかしら?

喜びが絶望と同じように感じるものだとは知らなかった。胸がいっぱいで限界まで張りつめ、はちきれそうになっている。

胸が張り裂けそうな思いに慣れていてよかった。戻ってきたエイドリアンに求められたら、粉々に壊れてしまうかもしれない。下の通りから部屋に入りこんでくる音のひとつひとつに、めまいがするほどの恐れと、そこにないまぜになった希望を感じた。

希望。それはいつもカミラの心を引き裂いてきた。カミラがずっとしがみついてきたのも希望だ。痛みを伴うにもかかわらず——痛みゆえかもしれないが。

エイドリアンに早く帰ってきてほしかった。戻ってきて、わたしを見て言ってほしかった。〝ぼくは選択の自由が欲しかった。それを手に入れたいまは、ぼくはきみを選ぶ〟と。

日が暮れかけた頃、ようやく表から足音が聞こえてきた。しっかりとした歩みが、ドアの前で速度を落とす。

彼とはかぎらない。

それでもカミラの脈は速まった。あえてゆっくりと、正確な呼吸を意識する。朝食に何を食べようかとか、そのうちウイスキーの価格に確実に影響してくる舶来品に関する法改正を議会が決定したかどうかといった話を待っているかのように。

けれども体はごまかせなかった。鼓動はますます速まっていく。

足音が止まった。ドアが開いた。階下の玄関広間にいるエイドリアンの姿が目に浮かぶ。明かりが灯っている。その金色の光の中で肌が輝いている。

彼のくぐもった声が聞こえた。管理人に話しかけている。階段をのぼってくる音がする。

椅子の肘掛けを握りしめたカミラの手に力が入る。

足音が彼女の寝室のドアの前で止まった。

そして、ノックの音がした。

「どうぞ」カミラはどうにか緊張が声に出ないようにした。

胸全体がかっと熱くなる。ドアではなく、彼女自身が大きく開かれたような気がした。

エイドリアンがドアの前に立っていた。

彼が何を考えているのかはまったくわからない。読み取ることができない。頭の中をさまざまな想像が飛び交って、本人の口から伝えてもらわなければ収拾がつかなくなっていた。

ふたりの視線が絡みあった。彼の濃い茶色の瞳をわたしは……この気持ちをなんと表現すればいいのだろう？　ああ、そう。愛だ。カミラはエイドリアンを愛するようになっていた。いままでも愛していると思っていたが、それを確信するたびに思いが深まり、以前の自分の思いがいかに表面的なものだったかを痛感した。

エイドリアンがどれほどやさしくなれるかは知っている。どれほど親切か、どれほど聡明か、どれほど……申し分ないかを。

これまで多くを失い、さんざん傷ついてきたので、エイドリアンを失っても打ちのめされることはないだろう。彼のおかげで、自分には何事にも耐えられる強さがあることを知った。たとえ彼を失っても耐えられることを。それでも今夜は、これ以上強くある必要がないことを願った。

「カミラ」エイドリアンが低くささやいた。後ろ手にゆっくりとドアを閉める。声には決意がこめられていた。彼がカミラの正面に立った。

カミラも立ち上がるべきだったが、膝が自分の体重を支えられるか自信がなかった。

そこで彼がにっこり笑いかけてきた。カミラの世界に日の光が差しこんだ。

「ぼくのものになってくれるかい？」エイドリアンが尋ねた。

苦しいほどの痛みがカミラの胸をさらに締めつけた。まわりの状況がはっきりと感じ取れる。歩み寄る彼がたてた床のきしみ。唇からもれた自分の吐息の音。

カミラは自分がこれまで見せたことがないほどの、ばかげた笑みを浮かべているのを感じた。これまで育み、抱き続けてきたすべての希望がようやく報われた。

「ええ」言葉が口をついて出た。「ええ、ええ。もちろんよ」

彼が片方の口角を持ち上げた。やさしさが感じられる笑みだった。

ふたりは互いを見つけた。これからは離れられない関係を築いていくだろう。

エイドリアンがカミラの隣の椅子の肘掛けに腰をおろし、彼女に腕を回した。「いますぐぼくのものになってくれるかい？」

「どんなふうにでも」

エイドリアンが唇を重ねた。思いがけず、甘いキスだった。

「ハッカのにおい？」彼女は唇越しにささやいた。

「すまない」彼がカミラをさらに引き寄せた。「町でキャンディーをひと袋買ったんだ。戻るのにこんなに時間がかかってしまって悪かった。もう一度じっくり考えたくて。自分が何を望んでいるのか確認するために」

　彼が望むのはわたしだった。そのことに、カミラは驚きとともに気づいた。この聡明ですばらしい男性がわたしを求めるなんて。

「キャンディーはまだたくさん残っている、きみのために持って帰ってきたんだ。もしかするときみが……」

「何かを口に含みたいかと思って？」カミラは甘い声でささやいた。「そうよ。そんな気分なの」

　エイドリアンが笑って腰をかがめ、彼女と額を合わせた。「いとしいカミラ。ぼくは……」

「あなたを幸せにするわ」カミラは言った。「それ以上は何も望まない」

　彼の指が頬に触れた。「うまくいくように心から願っている」

　それからキスをしてくれた。エイドリアンの唇は柔らかくてやさしく、彼の手の感触がカミラをふさわしい場所にとどめ、何年もの苦悩を価値のあるものにしてくれた。この人はわたしを選んだ。選んでくれた。

　ふたりは形だけの夫婦だった。ことが終われば本当の夫婦になる。

　エイドリアンがさらにカミラを引き寄せた。ふたりの距離があまりに近くて、カミラは力強い腕を、平らな胸板を感じた。「ああ」彼が言った。「ずっとこうしたかった」

　もう一度ふたりの唇が重なった。今度は長くてゆったりとしたキスだった。エイドリアンのキスは甘く、まるで彼女の未来のようだった。カミラはふたりの前に未来が開けるのが見えた。エイドリアンの妻という役目にいそいそと専念しよう。家族に紹介して、もし家族が失礼な態度を取ったなら、彼の味方をしよう。自分の務めを学んで、必要なことはなんでもしよう。子どもをもうけて、彼の兄と冗談を言いあい、明るく喜びに満ちた生活を送ろう。

カミラは自分がこんな幸せをつかんだことが信じられなかった。

エイドリアンが両手を胸のほうに滑らせてから、ゆっくりと立ち上がった。カミラも一緒に立った。こんなふうに彼に触れることが、互いの体が絡みあうことが自然に思えた。ベッドに導かれ、寝具の上にふたりで倒れこむ。体の上に彼の重みを感じた。しっかりとして、紛れもなくここにある重みを。それから……。

ああ、どうしよう。カミラはいまだに準備ができていなかった。悲しみに対しては備えてきたというのに。わたしはこの瞬間を待ち望んでいた。心の底から望んでいた。

この人はわたしを選んだ。実際に選んでくれた。

「あなたを最高に幸せにするわ」カミラはもう一度ささやいた。それは約束であり、約束以上のものだった。彼女はいま喜びにあふれていて、ひとりでは抱えきれないほどだった。

エイドリアンが唇を寄せてカミラの口を開かせた。どこか秘密めいた、キャラメルを思わせる味がした。カミラは彼を、この目がくらむほど甘い瞬間を受け入れた。

「カミラ、スイートハート」上になっていたエイドリアンが体をずらして横に並んだ。カミラは体が離れたことに抗議の声をあげそうになったものの、彼の両手は触れたままだった。

その手が彼女の飾り帯《サッシュ》をほどいた。カミラが紐をほどくと、ドレスが床に落ちた。

エイドリアンの視線がカミラの足首をさまよい、そこから上へと移動して……。

「きみはすてきだ」彼が息をつき、外套を脱いでドレスの隣に置いた。

エイドリアンにコルセットをゆるめてもらいながら、カミラは彼のシャツのボタンをぎこちなく外した。ときおり視線が絡みあい、互いへの愛撫が始まった。カミラが彼のなめらかな肌を撫でると、エイドリアンはコルセット越しに指の関節で彼女の胸の先端をかすめた。

下着姿にされたときには、カミラの体は燃えていた。ズボンだけになった彼のふくらみを目にしたときには。

エイドリアンが立ち上がり、ゆっくりとボタンを外してズボンをはぎ取った。あらわになった引き締まった腰は、流れるような完璧なV字を描くすっきりとした下腹部へとつながり、その頂点には……。

カミラは腿と体のあいだの申し分のないラインを手でたどり、腰から見事な先端へと滑らせた。ああ、ここも完璧だわ。浅黒い肌は下腹部の先端に向かってさらに濃くなっている。高まっていて、本当にすてきだ。

エイドリアンはカミラが彼の脚のあいだをまさぐり、彼女の中に分け入る部分を根元から先端までくまなく手を這わせるにまかせていた。カミラは体がうるおい、期待で胸が締めつけられる気がした。

カミラはエイドリアンを見上げた。彼がベッドの上の彼女の足元に膝をつく。

「エイドリアン？」

彼がカミラの下着の縁に手をかけた。「カミラ？」

「お願い」

エイドリアンが彼女の下着を取り去った。つかの間、ふたりは見つめあった。カミラは素肌にひんやりした空気が当たるのを感じた。反応して胸の頂が硬くなる。エイドリアンが彼女の両膝に手をかけて、このうえなくゆっくりと脚を開かせた。じょじょに頭をかがめ、口を……。

ああ、そんな。このようなキスをひどく不道徳な夢の中で想像したことはあった。そのときでさえ、自分自身に衝撃を受けていた。現実はそれよりもすばらしく衝撃的だった。彼が舌で腿の上に円を描いたかと思うと、上へとたどってカミラの中に先端を差し入れた。カミラは小さな吐息をもらした。

彼女を見上げたエイドリアンの顔には、このうえなく自信に満ちた笑みが浮かんでいた。ひとなめでどんな歓びがカミラの体を貫いたか、正確にわかっているかのように。それからもう一度舌を這わせると、片手で撫であげながら、つんと突きでた箇所を口ではさんだ。カミラは鋭い声をあげた。

「スイートハート。これからもっとよくなる」

カミラはうなずいた。「も……もちろんよ」

エイドリアンが唇をもとの場所に押し当てた。そして……もっとよくなった。ひとなめごとに。舌が円を描くごとに。目を閉じたカミラは、まぶたの裏に渦巻き状の模様を見た。こぶしをシーツに押しつけて硬く握り、彼の肩を腿で締めつける。

「ここだね」

「ええ」ほとんど動いていないにもかかわらず、カミラの息は上がっていた。ほんのわずかに——舌を差し入れる彼の動きに合わせていくらかヒップをずらしただけなのに。力強くて、これまで経験したことのない大きな何かを感じつつあった。あともう少しで……。

エイドリアンが体を引いた。冷ややかな空気が腿をかすめる。彼を見上げたカミラは一瞬、悲観的な思いに駆られた。

いやよ。

本当は望まれていなかったのだ。彼がこんなことをしたのは、わたしを自分のものにできると証明するため。ここでわたしを放りだして、それから——。

だめよ、そんなことを考えてはだめ。カミラは過去の恐怖にとらわれる前に、疑うのをやめた。

エイドリアンは決して残酷なことはしない。こんな疑いをかけるにふさわしい人ではない。

カミラはわずかに顔をしかめてみせた。「やめちゃったのね」

エイドリアンの唇にかすかな笑みが浮かぶ。「きみがこれほど熱しやすいとは知らなかった。まだしていないことがたくさんあるのに」

「全部してちょうだい」

エイドリアンがカミラのヒップに両手を置き、ひざまずいた状態から立ち上がって彼女を組み敷いた。「心配いらないよ、ぼくのカミラ。これからだ」指で彼女の脇を撫であげる。それから頭を下げて、胸の先端を口に含んだ。

カミラは喉が詰まったような声をあげた。

「ああ、これが好きなんだね」エイドリアンが胸の頂のまわりに舌を這わせて、強く吸った。カミラはまぶたを震わせ、ふたたび目を閉じた。先ほど彼が動きを止めたときは切迫した状態だったが、またもやぎりぎりのところまで追いつめられていた。どうしても必要だった。彼が欲しい。彼のすべてが。

ついにカミラの思いは報われた。圧迫感を――喜ばしい、まさに求めている圧迫感を――脚のあいだに覚えた。つつかれて、彼女は体を開いた。エイドリアンがゆっくりと、巧みに分け入ってくる。カミラは押し広げられ、彼を包みこんだ。彼がたまらなく欲しかった。

エイドリアンも自分を抑えたりはしなかった。こうなっては婚姻無効を求めても手遅れだ。カミラがノーと言うには遅すぎた。そしてノーとは決して言いたくなかった。

いま、ふたりはひとつになっていた。

エイドリアンが吐息をもらした。目を開いたカミラは、やさしく見つめられているのに気づいた。これ以上は望めないほどやさしいまなざしで。

この人はわたしを選んだのだ。カミラは口元がほころぶのを抑えられなかった。彼はこれを、ふたりの、ふたりだけのあいだにあるものを選んだ。ずっと、永遠に。命の続くかぎり。

カミラは彼にすべてを与えた。

カミラの中でエイドリアンが動きだした。結ばれた部分がたまらなく心地いい。体をまさぐる彼の手の感覚に、彼を受け入れている感覚に、何度でも溺れそうだ。互いの体が甘美な音楽を奏でていた。

エイドリアンがふたたび唇を重ねた。先ほど感じた甘さがカミラ自身の官能的なエッセンスと混じりあっている。長くて、独占欲を感じさせるキスだった。彼が腰を突きあげるたびに強く、速くなっていく。彼女のすべては自分のものだと主張している。そして、カミラは自らを差しだした。

自分のすべてを。

カミラは全身のこわばりを一気に解放した。大きな歓びがほとばしる。体が収縮し、炎と化して……。

エイドリアンも続いた。彼の熱が感じられた。両手で彼女のヒップをつかみ、喉の奥から満足したような小さなうめき声を発して彼はのぼりつめた。

「エイドリアン」カミラは彼の眉を指でたどった。激しく動いたせいで汗ばんでいる。彼女は彼を見上げた。「エイドリアン、スイートハート」

「カミラ」エイドリアンが見つめ返してきた。「ああ、ずっとこうしたかった」

「これからはできるわ」

ふたりは抱きあったまま横たわっていた。エイドリアンの手が彼女の髪を撫でている。完壁とも言える心地よさだった。

少ししてからカミラは思いだした。「そういえば、あなたのお兄様がいらしたわ」

エイドリアンが目を閉じた。「ああ、なんてことだ。グレイソンか。完全にいけ好かないやつになるだろうな。兄にはなんと言えばいいかわからないよ」

「お兄様は――驚いたことに――わたしの妹と弟からの手紙を預かっていたの。それでふたりが……」カミラははにかみながら微笑んだ。「わたしに家へ訪ねてきてくれないかって。そして――」不意にあることを思い立って、新たな幸せが体を駆けめぐった。「あの子たちはお兄様に会っているの。それで、わたしたちを誘ってくれたのよ」

「それはすてきだね」エイドリアンが彼女の顔の片側を撫でおろした。彼の唇にちらりと笑みが浮かぶ。「家族はいいものだ。たとえグレイソンがどんなにいけ好かないやつでも」

カミラは笑みを返した。「ところで、ここにいるあいだにわたしもおじ様に会う機会はあるかしら？」

エイドリアンが横で体をこわばらせた。「カミラ」

そのひと言で、追い払ったと思っていた懸念が餌を求めて池の水面に上がってくる金魚さながらに、意識の表面まで浮かんできた。

思い過ごしだ。不幸せに慣れすぎているせいで、信じられないだけ……。

でも違う。思い過ごしではない。たしかにエイドリアンが身を引いた。ほんのわずかだが、ふたりはたしかに離れている。

「わたしをご家族に会わせたくないの？」

エイドリアンは動かなかった。両手で目を覆う。「家族か」その言葉はとても苦々しく響いた。どうしてこんなときに、彼にはその言葉がそれほど苦々しく感じられるのだろう？

「おじのことをもう家族と呼ぶつもりはない。ぼくはおじに頼みごとをした。たったひとつだ。それなのにぼくに与えられたのは……驚くほど自分勝手な嘘だけだった」

カミラは全身が冷えていくのを感じた。「何があったの？」

エイドリアンが天井をにらみつけた。「もう遅いと言われた。時間が経ちすぎていると。自分の甥が従者になりすましていたことをほかの主教に知られたら、自分が裏でこそこそしていたように見えると。ぼくのために危険は冒せないそうだ。ぼくがあれほどのことをしたあとでさえ。それに、きみがどうしようもない相手ではなくて喜ぶべきだと言われた」

ああ。

まずカミラの頭に浮かんだのはそれだけだった。高揚感が冷めて、行き場を失う。

ああ、そうよ。もちろん彼はわたしを選んだわけではなかった。

エイドリアンがこちらに顔を向けた。「ああ――違うよ、カミラ、そういう意味じゃないんだ。おじの言葉でひとつだけ正しかったのは、結婚相手がきみで最高に運がよかったということだ。おじと別れたあと、しばらく外を歩いた。どう考えたらいいのかわからなかったんだ。すっかり感覚が麻痺していた。それでも耐えられたのは、相手がきみだとわかっていたからだ。誓って言う。きみの存在は、真っ暗闇に差しこむ一筋の光のようなものだ」

彼はわたしを選んだわけではなかった。

「きみに腹を立てているんじゃない。おじに対して、期待していた自分自身に対して腹が立つんだ」エイドリアンが声色を変えた――おじをまねるように、より高く、震えた声を出す。「〝かわいい甥よ、おまえのような人間にはもったいないほどの女性じゃないか〟だなんて、ぼくはとことんばかだった」

わたしを思ってくれたからではなかった。この一時間は、ベッドにいざなってくれたのは。わたしとは無関係だった。

泣くべきだった。それほど傷ついていた。けれども今日、カミラはすでに涙を流しすぎていた。

カミラはおじけづいた。考えたくはなかったが、考えていた。頭が猛烈な勢いで回転する。「おじ様は……婚姻を無効にする手助けは望んでいないということ？」すぐさまきいておくべきだったのに、幸せすぎて尋ねていなかった。

「そうだ。グレイソンは正しかった」エイドリアンが背を向けた。「そして兄にそう言わなければならない。おじがぼくを家族だと本当に思っているのか、自分でも疑問を抱いていることにようやく気づいた。おじにとってぼくは便利な道具にすぎなかった。向こうが唯一驚いたのは、ぼくがおじを大切に思う見返りに、ぼくへの愛も期待したことだ。道具は見返りを求めるべきじゃなかった」

カミラはそれが自分にとって何を意味するかに意識を向けるべきではなかった。エイドリアンは心を引き裂かれたばかりだ。彼は何かを——何かとてつもなく大きなものを——失った。慰めてあげなければいけないとわかっていた。なんといっても、彼を幸せにすると約束したのだから。

にもかかわらず、震える声で口にしていた。「わたしを選んでくれたわけではなかったのね？」てっきり……。

あんなふうに抱きしめてくれたのに。列車の中であんなことを言ったのに。こんなことがあったばかりなのに……。

カミラは自分を奮い立たせるのが得意だ。これまでも数えきれないほどそうしてきた。もしこれをすべて乗り越えたら、踏み外してきたあらゆる道を、何もないところに思い描いてきた真価を見出せるはずだ。

カミラはなんでも頭の中で創り上げてきた。好色な視線や数週間だけの友情から、永遠の愛の物語を。また心をさらけだしてしまった。エイドリアンが自分を選んでくれる、求めてくれると思ってしまった。

心が切り裂かれる準備はしていた。けれどもこれには——心を奪われ、やさしい扱いを受けてから、高炉でどろどろに溶かされることには——備えができていなかった。

エイドリアンがカミラのほうを向いた。とげとげしさと険しさを示す顔のしわは消えた。

「ああ、カム」彼が隣で体を起こした。片方の腕を彼女に回す。「きみに嘘をつくつもりはない。そう、ぼくはきみを選んだのではない。だが、この数週間、きみはぼくのすべてだった。

きみを選んだわけではなくても、これは選ぶ。ぼくたちが手にしていたものをできるかぎり大事にするつもりだ」

エイドリアンと知りあう前なら、それを受け入れただろう。最善でなくても、善は善だ。けれども、カミラはただエイドリアンに求められたいわけではなかった。数週間前、彼が婚姻を無効にしたい理由を話してくれたときに、彼が描いていたのどかな光景のすべてを望んでいた。ゆっくりと恋に落ちたかった。友情と憧憬が溶けあうことを望んでいた。互いの喜びを約束したかった。それを手に入れたと思ったのに。

エイドリアンはカミラに何ひとつ見出していなかった。彼女はこれからもずっと押しつけられた花嫁であり続ける。銃で脅されて一緒になったことを、はめられて、そのあと彼のおじに裏切られたことを、思いだし続けるのだろう。選ばれるとはどういうことか、永遠に知ることもなく。

カミラは彼の肩に頭を預けた。「エイドリアン、とても残念だわ」

本当だった。ふたりのために、カミラは残念に思った。

エイドリアンが彼女の額に軽くキスをした。「そんなふうに思わないでくれ」彼は軽い口調で言った。「うまくやっていこう。ふたりとも、うまくやっていくのがずば抜けてうまいからね」

22

カミラは夕食のあいだも、そのあとの入浴のときも平静を保った。エイドリアンが愉快な話をしたときには笑い、兄に連絡を取るよう念を押して、彼がため息をついて翌朝そうすると約束したときにはうなずいてみせた。彼女はまだ心がばらばらになっていないかのようなふりをした。

その夜、エイドリアンは同じベッドに入ってきた。カミラは求められればなんでも与えただろうが、彼はただ彼女をしっかり抱きしめて、言葉にしない思いの丈を張りつめた筋肉で伝えてきた。

わたしを選んだわけではなかった。

体に回された腕から力が抜け、エイドリアンが眠りに落ちたのがわかった。

明かりは消え、カミラは彼の腕の中にいる。するべきことは、知ってしまった事実を忘れ、自分の望みを忘れることだけ。そうすれば、これが彼女のすべてになる。

彼は抱きしめることで安らぎを与えてくれた。これは紛れもなく安らぎだ。エイドリアンは怪物とはほど遠い。彼は幸せを気にかけてくれるはずの人からひどい仕打ちを受けた。

彼はできるかぎり気にかけまいとしていたけれど……。カミラはエイドリアンがおじのために何をしてきたか知っている。彼がこんな仕打ちを受けるいわれはない。

でも、それを言うなら……。

まさにカミラという荷物を背負わなければならない理由はない。エイドリアンには自ら選択をする資格がある。

以前なら、悲しみに暮れながらただそう考えただけだったかもしれない。けれども彼の腕に抱かれ、夜の闇に包まれていると、それが単純で理に適った事実に思えた。

エイドリアンは選択の自由を求めていた。時間をかけて恋に落ちたいと願っていた。家族と喜びを欲していた。ところが、彼が見つけたのは裏切りと涙だった。カミラがどれほど自分に価値があると思おうと、その事実は消し去れない。彼女は彼のおじの裏切りと常にしっかりと結びついている。

そして、わたしは？　カミラはそっとエイドリアンの腕をほどき、体を壁に向けた。

エイドリアンには伝えていなかった。彼のおじの裏切りが彼女にも痛みを与えたことを。その事実に彼がいま向きあう必要はない。

とはいえ、カミラは深く傷ついていた。

エイドリアンにはカミラという荷物を背負わなければならない理由はない。そしてカミラも荷物に甘んじるいわれはない。彼女には一生添い遂げる相手が自分を望み、自分の価値を認め、信頼してくれていると知る資格がある。彼女にも選択の自由を、家族を、喜びを手に入れる資格がある。それに時間をかけて恋に落ちる資格も……。

何もしなければ、エイドリアンがそれを手にすることはないだろう。わたしだってそうだ。

カミラは寝具の下からそっと抜けだした。足の裏に厚板がひやりと感じられる。考えごとをするときはいつも歩き回っていた。だからいまもエイドリアンを起こさないように、踏むときしむ部分を避けて部屋の中を歩いた。

最初に折り返したときには、怒りで胸の中がわき返っていた。

わたしはこんな仕打ちを受けなくてもいいはずだ。この瞬間にも彼が後悔しているのではないかと疑いながら残りの人生を過ごすべきじゃない。言い争いをしたときには――誰でもそうであるように、当然ながら意見が合わないこともあるだろう――自分は誰よりも望まれているのだから、彼はきっと話を聞こうとしてくれるとわかっていて然るべきだ。聞かなければならないからではないことを。

エイドリアンがほかの人を心に描いているのではないか、選ぶ機会がなかった女性のことを思って嘆いているのではないかと疑いながら生きていかなければならないなんて、そんな立場に甘んじる必要はないはずだ。

一生はっきりとわからないまま、生きていかなければならないなんて。

また向きを変えて部屋の中を歩く。眠っている彼の姿を、毛布の下の黒っぽいふくらみを見つめる。カミラが抜けだす前に横たわっていた側を支えるかのごとく片腕が伸ばされている。寝ているあいだでさえ、彼女に安らぎを与えようとしているかのように。

カミラはかぶりを振った。わたしはあまりにも不公正だった。エイドリアンならそういったことはしないだろう。疑念を抱いていることを絶対に悟らせたりはしない。彼女に不安を抱かせたままにしておくような人ではない。

それでもカミラは思いをめぐらせるだろう。そうしないようにどれほど自分に言い聞かせたとしても、きっと考えてしまう。

三周目に入った。こうしてくよくよと考えている結婚より、もっとひどいことがあるのではないだろうか？　彼はカミラに手を上げたりしないだろう。ふたりはたしかな友情を築いているうえ、肉体的にも親密な関係にある。エイドリアンのことを愛しているし、彼はその愛を毎日受けるにふさわしい人だ。

四周目を終える頃には、この新しい現実に慣れるはずだと自分に言い聞かせられそうになっていた。歩き回ったおかげで足はすっかり温まっていた。エイドリアンを愛している。それで充分ではないの？

何が問題だというのだろう。この件については手の打ちようがないというのに。これで充分だ。そうでなければおかしい。

けれども心の奥底で、カミラはずっと夢を抱えていた。自分を愛してくれる誰かをずっと求めてきた。彼女は選ばれたかった。望まれたかった。店からの帰り道、雪の中を歩きながら願ったことがあった――〝お願いです、もしあの人がわたしを愛してくれるなら、もう絶

対に何も文句は言いません〞

カミラはもはや、はるかな夢のために必死で取引を乞うような人間ではない。次点として愛されることに甘んじる人間ではない。全面的に無条件で愛される資格がある。これ以上のものを手に入れる資格がある。エイドリアンだって同じだ。カミラが求めているものが手に入らないからといって……。希望を捨てなければならないわけではない。

カミラは足を止めた。まっすぐに前を向いて考えた。婚姻を無効にしなければならない。ふたりは体を重ねて結婚を成立させた。それは事実だ。とはいえ、そもそも彼女にとっては初体験だったわけではない。それにこれまでにいくつもの判例を読んだが、その点についてほかの人たちは嘘をついてきた。わたしだって嘘をつけるのでは？

カミラは自分の意志で選びたかった。選択の自由がある世界を思った。そこにたどり着くには、婚姻を無効にしなければならない。この状況下で婚姻の無効は力だ。そして力とは……。

カミラはテレサからもらった手紙のことを忘れていた。エイドリアンが帰ってきてからは頭になかった。

ジュディスはわたしに会いたがっている。

ジュディスはわたしを望んでいる。

ジュディスは侯爵と結婚して、メイフェアに住んでいる。もしかすると、姉は事情をすべて知ったら、自分たちにはそぐわないと考えてカミラを拒絶するかもしれない。けれど、ジュディスがカミラと関わりを持ちたくないと思ったとしても、それはそれで利用できるだろう。ジュディスがあきらめるまで騒ぎたてればいい。

カミラは息を吐きだした。

愛してくれる人は必要ない——そんな人がいなくてもずっとやってこられたのだし、どうにかなると知っている。希望は確信を生んでいた——いつか、どうにかして、そんな人をつかまえてみせる。

カミラには力のある人が必要だった。

そして、そんな人物を知っていた。

自分でも何を考えているのかはっきりとはわからないまま寝室を出て、階下におり、一階の書斎で紙とペンを見つけた。

〝親愛なるエイドリアン〟カミラは記した。

〝わたしは与えられた結果を受け入れることはできません。わたしたちに選択の自由がないという現実を受け入れることはできません。

わたしたちにできる方法でふたりの自由を取り戻します。会いたいときには姉の家を訪ねてきてください。場所はお兄様がご存じです。

あなたとの友情は人生でもっともすばらしい贈り物でした。別れたあともおつきあいを続けていければと願っています。

もし一からあなたとの友情を選ぶ機会を与えられたなら、わたしは何度でも——何度でも——あなたを選ぶでしょう。あなたのすべてを選ぶでしょう。与えられたひとつのことを除いては。それは、わたしを選ばなかったあなたです。

心をこめて　カミラ〟

暗がりの中では吸い取り紙が見つけられなかった——机の引き出しをひっくり返して、エイドリアンに見つかる危険を冒すわけにはいかない。それどころか、余分なインクが一滴垂れて、手紙の上に黒い蜘蛛のようなしみが残ってしまった。カミラは机に座って手紙を見つめながら、こんなことはいっさい忘れてしまうべきだという口実を次から次へと並べていった。

座って考えているうちに、時計が午前四時を告げた。

ロンドン行きの早朝列車があるだろう。これ以上ゆっくりしている暇はない。自分の望みはわかっている。おじけづく前にそれをつかみに行かなければ。玄関脇の衣装戸棚のフックに自分のケープがかかっているのが目についた。ポケットにはエイドリアンがくれたお金の残りがまだ入っている。

けれども、ケープを身につけているいま、手紙を書き終えたいまは……。

去りたくなかった。ここに残って、こんなことは考えたこともないようなふりをしていたかった。実際には彼を選びたかった。彼を愛していた。出ていきたくなかった。

目がつんとした。

でも、だめだ。もっと手に入れたいものがある。

カミラは顎を上げた。行かなければ、エイドリアンが目を覚ます前に。自分がひるんでしまう前に。

正面玄関からそっと外へ出て、静かに扉を閉めた。

冷たい丸石に足が触れたとたん、過ちに気づいた――あわてていたせいで、靴を置いてきてしまった。

あるいは、ひょっとすると、本当は忘れたのではなかったのかもしれない。

自分は戻りたかったのかもしれない。臆病者の印に靴を残してきて、選ばなければならない選択肢を手放す状況に自分を追いこんだのかもしれない。

わたしは臆病者になどなるものか。

カミラは顎をつんと上げ、もう一歩足を前に出した。以前は靴なしで毎日何千歩も歩いていたのだ。なんとかしてみせる。

もう一歩、さらにもう一歩。踏みだすたびに、冷たさが足の裏に突き刺さる。

そんなことはたいした問題ではない。どうでもいいことだ。午前中にはロンドンに着くだろう。それに、これからやろうとしていることに靴は必要ない。

23

近代的な輸送機関の速度が上がったおかげで、午前七時を少し回り、すでに太陽が猛烈に照りつけ始める頃には、カミラはロンドンに到着していた。蓄えていた所持金は切符代でほとんど消えた。残ったお金では、テレサの手紙に記されていたメイフェアへ向かういかなる移動手段も使えない。

それに、ついでに言うと靴の代金にも足りない。

駅まで歩いて列車をおりるだけだ——たとえ靴がなかったとしても、それほど遠くへ行くわけではない。カミラはそう思っていた。ほんの八〇〇メートル。それくらいの距離ならこれまでだってぼろぼろの靴で一〇〇〇回は歩いてきた。足が冷たくなったことはほとんどない。これ以上悪くなりようがないでしょう？

結果として、最悪の靴でさえ、素足で歩道を歩くことに比べれば、大きな進歩だったのだとわかった。

手短に三人に道を尋ねて——ひとりはカミラが裸足《はだし》なのを見て、あてつけるように鼻を鳴らして口をきくのを拒み、もうひとりは質問に答える代わりに誘いをかけてきたが——ようやくどうやって姉の家に向かうのがいちばんいいか教わった。

メイフェアまではまだ数キロあった。

パディントン近辺まで来ると、裸足でいてもさほど目を引かなくなった。それでも、パディントン駅とメイフェアのあいだにあるすべての鋭い石とはお近づきになった。どれも胸の奥のうずきほどではない。彼がわたしを選んだわけではなかったという痛みほどでは。

とはいえ、歩けば歩くほど足が痛むのは事実で、カミラの足元に目をやり、顔を見てはせせら笑いを浮かべる人が増えていった。自分はここには属さない。彼女は足を止めて座りこみ、休憩を訴える足の裏を休めたくてたまらなかった。

けれどもまわりの家々はじょじょにきれいに、快適そうになり、ついに紛れもなく立派な外観に変わってきた。止まってはいられない。自分がどこに向かっているのかわからない素振りを見せたとたん、この場から去るように言われるだろう。

目的まで歩き通すのに何時間もかかった。たどり着いたときにはほとんど足を引きずっていた。それでもようやくテレサが教えてくれた白い石造りの建物の前に立ったときには——大きくて堂々とした四階建ての建物で、窓には花が飾られている——カミラは帰りたい気持ちになっていた。

心臓が猛烈な勢いで早鐘を打っている。もしテレサが勘違いをしていたら？　もしあれが嘘だったら？　現実は何年もカミラを残酷に翻弄してきた。最後の残酷な仕打ちに体じゅうがうずいている。

これも同じような残酷ないたずらではないと信じるのはほとんど不可能だった。

もし彼らがわたしを望んでいなかったら？

カミラはポケットにゆっくりと手を入れ、最後にもう一度手紙に書かれた住所を確認した。念のためだ。

希望とは選択肢だ。しがみつこうと決めたときから、ずっとそうだった。昨晩、カミラをベッドから押しだしたのも希望だった。そして、裸足の足を一歩一歩踏みだしてここまで来させたのも希望だ。カミラは息を吸いこみ、両手を握りしめて、選んだ——愚かにも、あらゆることが起こりうる証拠がそろっているにもかかわらず、もう一度希望を信じることを。

カミラは毅然と顎を上げた。玄関へと続く石段をのぼる。彼女のためにドアを開けてくれる人はいなかった。当然だ。訪問の予定はないのだから。ドアの向こう側で、裸足の彼女をじろじろ見る従者の姿が目に浮かんだ。

カミラはノッカーを鳴らして待った。

なんの反応も返ってこない。もう一度鳴らしてみる。

ようやくドアがわずかに開いた。その細い隙間をふさぐようにして立った男性が、カミラを見おろした。「使用人用の入口は裏に回ったところにある。仕事の話ならそっちで申しでるように」

カミラは背筋を伸ばした。「わたしは使用人ではありません」

「それならさっさと帰ることだ」

こんなふうに始めるつもりではなかった。まるで残飯を乞うようにふるまうつもりなどなかった。

カミラは心の奥底で、かつて自分がどんな子どもだったかを覚えていた――ここに入ることを許されていたかもしれない子どものことを。その少女は自分が優れているという意識をほとんど捨ててしまっていたけれど、カミラはなんとか思いだそうとした。

「いますぐ通してちょうだい」カミラは穏やかな声を出したり、遠慮がちに言ったりはしなかった。体が震えていることなどみじんも感じさせるものか。「裏口に回る必要なんてないわ。レディ・ジュディスと話がしたいだけよ。大事な話なの」

男性が渋面を作ってドアを閉めようとした。カミラは足を――裸足の足を――差しこんで邪魔をし、木製のドアにはさまれて顔をゆがめた。

「そこをどきなさい」男性がしぼりだすような声で言った。「でなければ、力ずくで追いだしますよ。それから、この家の女主人はレディ・アシュフォードです。気安く呼ばないでいただきたい」

「好きなように呼ばせてもらうわ」カミラは言い返した。「なぜなら――」

男性の後ろの廊下で大きな声があがった。彼が振り向いた一瞬の隙をついて、カミラは押しのけるように家の中へ入り、そして視線を上げた。

廊下の突き当たりにジュディスが立っていた。ジュ、ディ、ス。

ああ。カミラが姉の姿を見るのは約一〇年ぶりだった。最後に見たのは、姉が手持ちのドレスを売り払っていたときだ。不格好なウィンシー織の服を身につけていた姉は顔色が悪く、悲しみのあまりやつれていた。

これは大人になったジュディスだ。頬はバラ色で、ふっくらとした体型に戻り、上質な青い日中用のドレスに身を包み、シルクの室内履きを履いている。耳につけているのは真珠のイヤリングだ。

カミラは自分の格好を見おろしたりはしなかった。ドレスがどれほど黒ずんでいるかはわかっている。埃がつかないようにはおる旅行用のケープをなくしてしまったので、移動中についたすすと煙がしみになっていた。靴がないので足は泥で真っ黒になっていることも充分承知しているし……まあ、ほかがどうなっているのかはさほど知りたくもない。

男性がカミラに向き直った。

カミラは使用人のように見えるだろう。実際のところ、そう言っては使用人に失礼なほどだ。いまの姿は使用人よりずっとみすぼらしい。

ジュディスが両手を口に当てた。目が光っている。「カミラ?」小さな声だった。

男性が出てきて姉の背後に立った。カミラはその人のことも知っていた――子どもの頃、家によく来ていた。クリスチャンだ。

もうひとり、女性が加わった――長身でブロンドのほっそりとした女性で、裾に薄いレースがついたピンク色のドレスを着て、片手には――どういうわけか――フォークを握っている。

「カミラ？」その女性が尋ねた。

カミラは歓迎されているのかどうかわからなかった。そのことをどう確かめればいいのかもわからない。けれども、ジュディスが駆けてきて――足を滑らせ、凝った装飾が施されたサイドテーブルをかろうじてつかんで姿勢を立て直した。姉は一瞬もためらわなかった。すすで汚れたドレスごと、カミラを抱きしめた。

ジュディスは温かくて清潔で、そして――。

「ああ、カミラ。いったいどこにいたの？」

そこにもうひとり、女性が姿を見せた――こちらは年配の女性で、濃い紫色のドレスを着ている。さらに別の男性が――いや、男性ではない。長身のわりには、頬に生えたての産毛がある。まだ少年だ。

ベネディクトなのね。カミラは気づいた。愛してやまなかった、あのぽっちゃりした五歳の男の子が、成長して彼女よりも背が高くなっている。

ということは、あのブロンドの、こちらを見つめているほっそりとした女性は……テレサなの？

カミラは心臓が激しく胸を打ち叩く音が聞こえた。

「そんなことはどうでもいいわ」そう言いながら、ジュディスがカミラの腕を取った。「さあ、入って。体を拭いて、何か食べたほうがいい」

カミラはまるで壁に立ち向かっていたような、その壁を指の骨が折れるまで殴ってばらばらにしようとこぶしを引いて構えていたような気がした——そして頭のはるか上までそそり立っていたその石壁が、紙さながらに押しつぶされるのを感じた。この場で、この瞬間にも泣き崩れてしまいそうだった。

けれども取り乱すわけにはいかなかった。「ジュディス」カミラは口を開いた。「助けてほしいの」

ジュディスはいまも彼女にしがみついたままだった。手を離せないのだ、とカミラは思った。よかった。姉はカミラのドレスについたすすが自分のドレスについているのにも気づいていない。

誰だか知らないが、それを落とす羽目になる使用人にカミラは心の中で詫びながら、落ちますようにと祈った。自身の苦い経験から、その作業にどれほど時間がかかるかよくわかっていた。

「なんでも言って」ジュディスが答えた。

カミラは考えをまとめた。説明することが何年分もあるうえ、逆に聞きたい話も山ほどある。けれどもいまは、その何年分もの隔たりを人生のこの数時間に集約した。

「結婚したの」カミラは言った。

姉がカミラを見つめた。「えっ?」

年配の女性が首を傾げた「誰と?」

クリスチャンはカミラの裸足の足元をちらりと見て、眉をひそめている。彼がどちらかというとうなるような、ほとんど警告に近い声できいた。「いつ？」

ジュディスが首を振り、問いかけを一掃した。「愛した人と結婚したの？」

いま頃エイドリアンは目を覚ましているだろう。日の光を受けて目をしばたたく姿が頭に浮かぶ。マットレスのカミラが寝ていたほうへと手を伸ばし、彼女がいないことを知る。

カミラは息が熱くて、肺が燃えている気がした。

エイドリアンは部屋の中を見回すだろう。彼女は何か食べに行ったのだろうと思うかもしれない。やがて書斎で彼女の置き手紙を見つけ……。

手紙が早く見つかることを願った。理解してくれることを願った。彼がその手紙を読んでほっとするのか、悲しむのかわからない。彼のもとから離れることと、この状況から逃れることの違いを理解してくれるのかは知りようもなかった。

「そんなことはどうでもいいの」カミラは言った。「あのね、婚姻を無効にしたいの――うん、しなければならないのよ。ジュディスしか頼れる人がいないの」

何年も会っていなかったのだから、姉はきっと躊躇するだろう。おそらく眉をひそめるか、詳しい話を求めてくるだろう。こんなに歳月が流れているのだから……。

「もちろん力になるわ」だが、ジュディスはそう言って、カミラをぎゅっと抱きしめた。

何が起きているのか理解する間もなく、カミラはつむじ風に巻きこまれた。

ジュディスが事務弁護士を呼びに行かせ、それから――ほかのことをする前に――カミラが風呂に入れるよう自分の部屋へ送りだした。どうやら姉にはいま、そうしたものが――自分専用の浴室が――あるらしい。

湯は温かくてとても心地よかった。アシュフォード侯爵――〝クリスチャンだ。子どもの頃からの知りあいなんだから、いまさら肩書で呼ばないでくれ〟と本人は言ったが――は屋敷に配管工事を施していて、蛇口もあるので、心ゆくまで湯が使えた。

石鹸はバラのにおいがした。バスオイルの瓶からはバニラの香りが漂ってくる。湯を二回換えて、ようやく石鹸を洗い流したときに湯がほぼ透明になった。

タオルは大理石張りのテーブルの上に置かれ、その横にはめまいがするほどのガラス瓶が並んでいた。すべてにラベルがついている――さくらんぼの香りのスキンクリーム。オレンジの香りのハンドクリーム。ペパーミントの香りのフットクリーム。ラベンダーの香りのアイクリーム。

世の中にこれほどクリームがあるとは誰も知らないだろう。

カミラはひとつひとつの瓶に指を入れてみた。においとほのかな色味のほかは、どのクリームも見分けがつかない。どれも同じくらいなめらかだ。

両足が痛んだ。いくつも小さな切り傷ができている。出血もしたし、あざもできた。すぐには治りそうもない。

反抗の証《あかし》に、足の裏にハンドクリームを塗ってみた。ひどく礼儀に反する行いだったのかもしれない。オレンジの香りがする足でバスルームの外に踏みだした瞬間に、ペテン師だと思われるだろう。

それが自分にはふさわしい気がした。

タオルの内側にはライラックのにおい袋が入っていた。フックにかかっていた柔らかくてふかふかのバスローブは、シナモンとヒマラヤスギのにおいがした。

金持ちがいかにしてこれほどの香りに包まれることができるのか、カミラは忘れていた。実際の世界のにおいをかぐ必要などないくらいだ。

カミラがようやく姉の化粧部屋へと続くドアを開けると、ジュディスとテレサがふたりのメイドと一緒に待っていた。メイドはベスとジェニーといい、名前を尋ねる前に教えてくれた。

カミラはジュディスよりも、ベスとジェニーとの共通点のほうが多かった。ふたりと同じ屋敷で働いていたら、自分たちのほうがカミラよりも上だと思っただろう。

ドレスを着るのに手伝いは必要ないと言おうとしたが、ベスには傷ついた顔をされ、ジェニーからは不安げな目を向けられた。そこでカミラは降参した。

メイドのひとりがカミラの髪をとかし、ヘアピンを取りに出ていった。もうひとりはドレスを持ってきたが、裾が長すぎた。

「こんなに背が低かったのね」ジュディスが言った。「まったく、いつそんなことになったのかしら？」

けれども、メイドがふたりがかりであっという間に裾をピンで留めてくれた。

三人目のメイドがトレーを手に現れた。ティーポット、サンドイッチの皿、最後にビスケットを置いた。

「ビスケットは干しブドウ入りよ」ジュディスが言った。「サンドイッチには牛肉と、酢漬けの玉ねぎ、ウェンズレデールチーズ、それから少しだけセイヨウワサビが入っているわ。わたしのオリジナルなの」

カミラはサンドイッチをしばらく見つめた。「ジュディスとサンドイッチの関係を忘れていたわ」

「ええ、そうよね。ふっくらした体型になるには、サンドイッチがいちばんよ」ジュディスが皿を手に取ってカミラに勧めた。

カミラはひと切れつまんで口に入れた。それと同時に彼女のおなかが鳴った。ああ、これほど空腹だったのに、どうして気づかなかったのだろう。そういえば、ゆうべから何も食べていなかった。

サンドイッチは天国の味がした。食欲をそそる牛肉の風味と、酢漬けの玉ねぎのぴりっとした刺激との組みあわせが絶妙で、後味のセイヨウワサビも効いている。

「さてと」ジュディスがそう言ったところで、メイドのひとりがヘアアイロンときらきら光るヘアピンを手に戻ってきた。「無効にしなければならない結婚のことを聞かせて」

カミラはどうすればむせび泣かずにすべてを伝えられるのかわからなかったが、なんとか涙を見せることなく話を終えた。

この数週間の出来事は、まるで非現実的に聞こえた。マイルズ教区牧師のもとで働いていたこと。銃を突きつけられながら誓いを交わした結婚式。エイドリアンに結婚を成立させてはいけないと言われたこと。ふたりの友情。力を合わせて行動したこと。電報、ミセス・マーティン、キティ、そしてエイドリアンのおじ。締めくくりは昨夜の裏切り行為だ。

話しているうちに、カミラの心に悲痛以外の別の感情が芽生え始めた——真夜中に手紙を書いてから、ずっと覚えていた感情だ。彼女はだんだん……腹立たしくなってきた。実際に怒っている。エイドリアンのおじは、甥の忠誠をどうしてあんなふうにあしらうことができるのだろう?

そしてエイドリアンに関しては……。

カミラは彼を愛している。けれどもいま、こうしてひと息ついてみると、彼に向かって声を張りあげたい気分だった。

言うまでもなく、ゆうべカミラのところに来たとき、エイドリアンは動揺していた。それは無理もない。けれども、彼はカミラとの結婚を甘んじて受け入れようと心を決めていたのに、一緒に受け入れる気があるのか彼女には尋ねなかった。あれだけのことをともに乗り越えてきたというのに。ふたりは協力関係にある友だちだと約束してくれたのに。

もうたくさんだ。耐えられない。エイドリアンに体を開いたあとで、自分が二番目の選択肢だったと知るなんてひどすぎる。思いのすべてをこめてキスをしたのに、彼の心の半分しか受け取れなかったと知るなんて。もっとましな扱いを受けていいはずよ。

カミラはサンドイッチを食べながら話を終えた——キスをしたことと、体を重ねて結婚が完全なものになったことは飛ばした。ジュディスにはまったく関係のないことだから。そして顔を上げて姉を見た。

ジュディスはカミラがふたつ目の文章を口にしたあたりで妹の手を握り、それからずっと放さなかった。

ジュディスはたっぷり一分は黙っていた。「そうして何年も——」彼女の声が震えた。「何年も、何度も居場所を転々としたのに、どうしてわたしを探さなかったの?」

カミラはなんとかこれまで涙を流さずにこらえていた。けれども何年もの孤独がいま、彼女を締めつけていた。望み、夢を見て、求めながらも、決して満たされることはなかった年月だった。カミラは顔をそむけるしかなかった。

「わたしの顔なんて二度と見たくないとジュディスが言ったから」

ジュディスがはなをすすった。「本気じゃなかった。わたしも若かったから。怖かったのよ。一緒にとどまるようあなたを説得できなければ、あなたは永遠にどこかに行ってしまう気がしていたの」

「どちらかを選ばなければいけないと言ったわ。贅沢な暮らしか、それとも愛か。わたしは贅沢を選んだ」

「違う、違うの」

「わたしは愛をやすやすと手放してしまった。全部投げだしたの。自ら進んで。自分から放棄したものを求められると思う？」

「もちろんよ」ジュディスが言った。「いつだって求めてよかったのに」

「それに、どうやってジュディスを探せばよかったの？　手紙を書いたのに、一度も返事をくれなかったじゃない」

ジュディスが苦悩に満ちた顔をした。「話せば長いの。わたしがもっと強引にことを運ぼうとしていればよかったのに。でも……手紙は書いたの。あなたがおじ様のもとにいないことを知らなくて。ようやく知ったのは一年あまり前のことよ。そのときにおじ様が手紙を転送していなかったとわかったの。わたしたちからの知らせは受け取らないほうがいいと思ったそうよ。あなたからの手紙もきっと同じだったのね」

カミラは目を閉じた。「ああ、そんな」

「それから、あなたを見つけようとしたのよ。あなたの行った先々をたどった。それでようやくあなたがある人と出ていったと聞いたの――教区牧師で、Ｐで始まるラストネームだとか？　その人から、今回のマイルズ教区牧師のもとへと移ったのね」

カミラは目を閉じた。「それが、マイルズなの。マイルズはわたしが誰だか知っていた。ベネディクトがイートン校に行くことも。マイルズにラストネームを変えるように説得されたの。そうすれば誰もわたしを引きあいに出してあなたたちを辱めたりしないからと」

「それで、あなたは受け入れたの？」

カミラは顔を上げた。「もちろん受け入れたわ。わたしたちが失ったものを取り戻すために、あらゆるチャンスを手にしてほしかったから。当然でしょう?」

ジュディスがカミラをじっと見つめた。「カム」手を伸ばして妹の頬に触れる。「ここで待っていて」

ジュディスが立ち上がった。カミラはほとんど動けなかった。ベスが彼女の髪を巻き、ねじってアップにしてくれているからだ。最後に誰かに髪を結ってもらったのがいつだったか思いだせない。

数分後、ジュディスが戻ってきた。紐でまとめた紙の束が入った袋を抱えている。

「これを見て」ジュディスが袋を差しだした。「全部、手紙よ。あなたに書いた手紙はこれで全部ではないわ。でも返事が来ないとわかってしばらく経ってから、手紙を送る代わりに取っておくようになったの」

カミラは手紙の山を見つめた。

「ベネディクトとテレサからの手紙も入っているわ」ジュディスがつけ加えた。「クリスマスのたびに、誕生日のたびに、月が替わるごとに書いたものよ。何年分もある。わたしはすごく怒りっぽいわ。悪い性格の中のひとつだけど、こらえようとはしているの。それでも爆発したときには、怒りにのまれてしまう。すごく根に持つ性質だし。わたしのことはわかっているでしょう」

カミラはうなずいた。

「でも妹はわたしの一部よ。どうして自分自身を恨み続けられるというの? ごめんなさいと謝る以外になんと言えばいいのかわからない。愛される資格がないなんて思う必要はなかったのよ。わたしたちを守るために、自分を隠す必要なんてなかったの。本当にごめんなさい」

カミラはこらえきれなかった。自分の中にしっかりととどめてきたあらゆる感情がじわじわとしみだしてくる。涙がこみ上げ、はなが出てきた。カミラは姉の肩に顔を押しつけて思いきりむせび泣いた。

「ジュディスの前に現れて拒絶されたらどうしようって、ずっと考えていたの。こんなの、夢みたい」カミラは素直に打ち明けた。「いまにも目が覚めそう」

「あなたがどんな経験をしてきたか、わたしには想像もつかない」ジュディスが言った。「想像しようとしてもできないわ。でもあなたを愛している。愛しているの。あなたの代わりはいないわ。起きているあいだはずっとあなたに会いたいと思っていた。あなたには愛される資格がある。一緒にいられなかった一年一年の埋めあわせをさせて」

ふたりはしばらく黙ったまま、ただ手を握りあっていた。カミラは重ねられた手を、触れあう肩を感じていた。頭を傾けて額を合わせ、姉のにおいを――バラとオレンジとシナモンの香りを――吸いこんだ。

わたしには愛される資格があった。あった、、、のだ。恋に落ちた相手が間違いを犯したからといって、愛される機会を逃すつもりはなかった。

やがて、ドアをノックする音が聞こえた。

「ジュディス」クリスチャンの声だ。「事務弁護士が到着した。話はできるかい？」

カミラは涙を拭いた。メイドがローズウォーターで涙の跡をきれいにぬぐい、目のまわりに高級クリームを薄く塗ってくれた。

「ええ」カミラは答えた。「もうすぐ準備が整うわ」

24

エイドリアンはきっと会いに来るだろうとカミラにもわかっていた。わからなかったのは、どれくらいしたら来るのかということだった。

エイドリアン・ハンターはその日の午後四時にやってきた。事務弁護士が帰り、ジュディスが手配した女性の仕立屋がカミラの採寸をしている最中だった。

「レディ・カミラを訪ねて、ミスター・エイドリアン・ハンターがお見えです」使用人が告げたとき、カミラは下着姿で、体の隅々まで採寸する仕立屋の作業にじっと耐えていた。

ジュディスは――カミラが消えてしまうのを心配するかのように一緒の部屋にいたのだが――それを聞いて眉をひそめた。「ミスター・ハンターというお知りあいはいる?」

〝聖書の上では〟カミラはそう思ったが、口には出さなかった。〝昨夜まではね〟

「厳密には、このひと月ほどその人と夫婦ということになっているわ」カミラは顔を上げた。

「ジュディスも聞いていたとおり、無理に夫婦でいる必要はないと事務弁護士は言っていたけれど。でも、そうね。知りあいと言えるでしょうね」

ジュディスが顔をこわばらせた。「カム、いやならその人と話さなくていいのよ。事務弁護士が言ったように、ほかに選択肢がなくて彼と一緒にいたときとはわけが違うの。これからはお互いにできるだけ距離を保っていたほうが婚姻を取り消せる確率は高くなるわ」

エイドリアンが自分にとってどのような存在か、本当に彼に求めているのはなんなのか、姉にはそのうち話さなければならない。

でも、いまはひとまず首を横に振った。「彼のことをそんなふうに言わないで。結婚したとき、わたしがどれほど心細かったかなんてきっとわかってもらえないでしょうね。英国じゅうを探してもエイドリアンほどいい人はいない」

ジュディスがカミラをじっと見つめた。「婚姻を無効にしたいなら、そんなことは口にしないほうがいいわ。誤解されるから」

いまは説明しているときではない。「今回だけなら問題ないでしょう。この件ではずっと力を合わせてきたの。何が起きているのか面と向かって説明するべきだと思う。支度ができ次第行くと、彼に伝えてちょうだい」

採寸を終えるまでは苦痛だった。じっとしていられずに三回も叱られた。けれども、どうしようもなかった。心臓がどきどきして、意識しなくてもどうしても期待にこぶしを握ってしまう。彼が来てくれたという喜びと、おじの話をしてくれなかったことに対する怒りのあいだで心が揺れていた。

エイドリアンは自らカミラを選んだのだと思わせた。カミラはもっと報われてもいいはずだと言っておきながら、選択肢を与えなかった。

「本当に？」採寸が終わり、メイドにドレスを着せられているカミラにジュディスがきいた。「わたしも同席するわ。男性とふたりきりにならないほうがいいもの。あなたの評判に――」

「もう、ジュディスったら」カミラは目をぐるりと回した。「わたしにどんな評判があるというの？　この九年間、話題にされるような評判とは無縁で生きてきたのよ。それに、これから公に婚姻を無効にするんだから」

「力になりたいだけよ」

カミラは手を伸ばして姉の肩をそっと叩いた。「うれしいわ。本当よ。力になってくれるなら、この髪で人前に出てもおかしくないか教えて」

「髪はすてきよ。でも、カミラ――」

どうしようもないことだ。姉なしで何年もやってきた。ジュディスに不安を抑えこんでもらうことはできない。いまとなっては。

「力になる方法はほかにもあるわ」カミラは言った。「わたしを信じてほしいの。この数年間で、自分にとって何が最善なのか学んできた。エイドリアンとはひとりで話すわ。そうさせて」

ジュディスはしばらくカミラを見つめ、ため息をついてから視線をそらした。「わかった」ようやく口にした。「ごめんなさい。ただ、何年もあなたの面倒を見たいと思ってきたから、その願いを一度に叶えられないのはつらいわ」

部屋の向こう側からテレサが一心に見つめていることにカミラは気づいていた。テレサとは挨拶程度しか言葉を交わしていない。少し内気に見えたものの、手紙であれほど積極的だったことを思うとそれもおかしな話だ。

カミラはうなずいた。「エイドリアンとの話が終わったら、ふたりにも紹介するわね」言葉を切って、唇を軽く叩く。「彼のことで最後にひとつ言っておきたいの。テレサから聞いているかもしれないけれど」

ジュディスが背筋を伸ばして目を見開いた。

「テレサがミスター・ハンターとどう関わっているの？」

カミラは姉の目をひたと見つめた。「エイドリアンはアフリカ系なの。そのせいで少しでも彼を軽んじるようなことをしたら、わたしはこの家から出ていって、ジュディスとは二度と口をきかないわ。本気よ。彼との婚姻は取り消そうとしているかもしれないけど、見下されるのがどういうことかわたしは知っている。だから、そんなことはしないで」

ジュディスが目をしばたたいた。しばらく沈黙が続いた。姉は両手に視線を落としてから、カミラに顔を向けた。「そうね、誰もそんな態度を取らないに越したことはないわ。わたしはあなたが出ていってからずっとここで暮らしてきたわけではないの。昔は波止場の近くに住んでいた。そうでなければ知りあえないような人たちと、あの頃にたくさん出会ったわ」

姉は肩をすくめた。「それでも彼があなたを傷つけたら、わたしは戦うわよ」

カミラは息を吐きだした。「エイドリアンに会ってくる」

「これは想定していなかったわね」

カミラは答えなかった。代わりに、メイドのあとから、うわべだけの夫が待つ応接室へと向かった。腰に手を当てて暖炉の前を行ったり来たりしているエイドリアンの姿が目に入った。彼がこちらを振り返る。

最後に話したとき、彼らは同じベッドにいた。ふたりのあいだにはシーツのほかにほとんど何もなかった。互いに一糸まとわぬ姿で……。ああ、なんてこと。どうして忘れていたのだろう？

彼はカミラを癒し、そして傷つけた。しかも同時に。いまでもあのときの痛みを、胸にできたあざのように感じることができる。息を吸いこむたびにうずいている。

近づいてこないところを見ると、おそらく向こうも同じことを思いだしているのだろう。暖炉の脇で足を止め、表情の読めない顔でカミラを見つめている。

「やあ、カム」エイドリアンがようやく口を開いた。「ご機嫌はいかがかな？」

「それは礼儀正しいただの挨拶？　それともわたしの実際の気持ちを尋ねているの？」カミラは自分が氷でできているかのように思えた。「うれしいわ、わたしにも気持ちというものがあるのを思いだしてくれて。ちょっと遅かったけど、でもうれしい」

「ほう」エイドリアンの口調は不快なほど落ち着いていた。「少し怒っているんだね。自分の気持ちを声に出してはっきりと、面と向かって言えるのは実にすばらしい。どういう意味か正確に伝えるには、言葉に出すのがいちばんだ。夜中に行き先も告げず、何時間も見つからないような手紙を残して出ていくよりは」

「わたしも声に出して伝えることは大切だと思っているわ」カミラは一歩踏みだした。「たとえば、昨日あなたはこんな言葉を口にすることができた。〝おじは婚姻を無効にする手助けをしてくれそうにない。この際だから、やけになって体の関係を結ぼう〟」

「そんなつもりじゃなかった。わかっているだろう、そうではなかったと」

「ええ」カミラは両手を腰に当てた。「たしかにあのとき、あなたは別の言葉を選ぶこともできた。実際、わたしはどんな言葉も受け入れたでしょうね。何かしら口に出してさえいれば」

「ぼくひとりのせいじゃない。あのときのきみは、いったんやめて急いで話をしたいというふうには見えなかった」

「そうね」カミラは言った。「それは認めるわ。希望を抱いていたわたしがばかだった。あなたが自分の意志でわたしを愛することを選んだのだと思ったんだから。心配しないで、話してくれなかったことを責めるのと同じくらい、尋ねなかった自分を責めているわ」

その瞬間に、カミラがどんな気持ちだったかエイドリアンが理解したのがわかった。

彼がゆっくりと口を開いた。いらだった様子は消えている。カミラに一歩近づいた。「ああ、カム」

カミラはふたりが友人だという事実がいやだった。エイドリアンを愛している自分がいやだった。こんなふうに彼がひと言口にしただけで、隣に座って肩に顔をうずめて泣きたくなるのがいやだった。

エイドリアンはためらいがちにカミラに手を伸ばしたものの、彼女が体を寄せてこないのを見て、手をおろした。「本当にすまなかった。あのときは、きみに言わなければ傷つけることもないと思っていた。きみはすでにいろんな目に遭ってきたのだから。ぼくがもうひとつ抱えればいい問題だった」

カミラは首を振った。「あなたのお荷物にはなりたくないの。この気持ちがわかる?」

「ああ」

カミラがいちばんいやなのは、気づかないふりをしようとしてきた怒り、希望、胸の痛み、灰と化した喜びといった感情が、この瞬間にこみ上げてきて、目がちくちくすることだった。ばらばらになった心をつなぎとめてあの夜をやり過ごし、旅を終え、入浴中も姉や事務弁護士と一緒のときも気丈にふるまってきたというのに。

カミラの人生は劇的に変わり、自分の弱さを見せられるほど心を許せる人はいなかった。エイドリアンを除いては。

カミラは簡単に泣いてしまう自分がいやだった。こんなときに涙がにじんでしまう自分がいやだった。「あんなふうに、手紙だけを残して出てきてしまってごめんなさい。わたしはただ、あなたが目覚めるのを待っていたら、絶対にあなたを置いていけないと思ったの」

エイドリアンがもう一歩、さらに一歩と踏みだし、カミラはついに彼の腕の中におさまった。頭を彼の胸に押しつけ、両腕で包まれていた。

彼がカミラの髪を撫で、顔を寄せて耳元でささやく。

「カム、すまなかった」

エイドリアンが涙を受け止めてくれるのがいやだった。彼が体を預けられる壁で、カミラのことを弱いとかばかげているとか思わないところがいやだった。彼女が流す悔し涙のひとつひとつを理解してくれるところがいやだった。

「何を考えていたの?」カミラはしゃくり上げた。

「ほとんど何も考えていなかった」エイドリアンが認めた。「ぼくは傷ついていた。おじに裏切られたと感じていた。それで……」声が小さくなる。「わかっているだろう、ぼくは……ずっときみを求めていた。きみのことを新たな重荷だなんて思ったこともない。おじとの会話のあと、きみはぼくの救済者のように思えた。もうそれ以上待ちたくなかった」

カミラは声に愛情がにじんでしまうのを止められなかった。「わたしたちは相当運がいいわね。英国にいる大勢の人々の中から一緒になるよう強要されたんですもの」

エイドリアンがカミラの髪を撫で続ける。「きみはぼくが銃で脅されて結婚した最高の妻だ」

「ひどい言われ方ね」カミラは涙ながらに言った。「でも、わたしたちはこのまま夫婦でいるわけにはいかないのよ。わかっているでしょう」

「ということは……お姉さんは、いまからでも婚姻を無効にする手立てがあると考えているのかな? 昨夜のことがあったあとでも?」

カミラはうなずいた。「昨日の夜のことは姉には話していないの。あなたが教えてくれたでしょう、お医者様でもわたしが貞操を守っているかどうかははっきりわからないって」

エイドリアンがカミラをしっかりと抱き寄せた。「それがきみの願いなのか？　本当にそうしたいのか？」

彼は昨晩、そう尋ねるべきだったのだ。カミラは鼻にしわを寄せた。「あなたは間違いなくわたしの髪をくしゃくしゃにしたわね。もともとカールしていたのよ」

「ぼくにはかわいく見えるよ」

「はなをかまなきゃ」

エイドリアンがハンカチを差しだした。

「それでもかわいいよ」カミラが恥ずかしいほど音をたててはなをかんだあとに、エイドリアンが言った。「つまり、お姉さんが手助けを望んでいるということは、きみを大事に思ってくれているということだね」

カミラはふたたびうなずいた。

「よかった」彼が言った。「きみは大事にされて当然だ」

カミラはもう一度、息をついた。彼の腕に包まれたまま微笑んだ。「そうよね？　こうしてもらってもいいのよね」エイドリアンを見上げた。「こうしてもらうのにふさわしいのなら、自分が選ばれたということを知りたいの。結婚した男性がほかの誰よりもわたしを愛しているると知りたい。わたしだってゆっくりと恋に落ちていいはずよ」

エイドリアンがふっと噴きだした。「わかっているだろう、最初にきみにその話をしたのは……完全に自分の都合だったのかもしれないと。きみがそれを信じてくれたら、婚姻を無効にすることで言い争わなくてすむと思ったんだ」

抱きしめられたまま、カミラは口元がほころぶのを抑えきれなかった。「知っているわ。あのときに気づいていた」

「あそこまで自分勝手にならなければよかった。もうちょっときみのことを考えていれば」

カミラはかぶりを振った。考えをまとめるのに少しかかった。「わたしはそうは思わない。身勝手なふるまいだったとしても、わたしはまったくかまわない。ほとんどの人があなたのような立場に立たされたら、わたしはもっときちんとした扱いを受けるべきだとは言わないわ。いまの状況をありがたく思えと言ったはずよ。わたしはふさわしい結婚相手じゃない、誰からも望まれないとさえ言ったかもしれない」息を吸いこみ、身を引いて彼の目をのぞきこんだ。「あれはあなたのことをよく表している。あなたにとって自分勝手なふるまいというのは、わたしには価値があると言うことだったの」

「褒め言葉みたいに聞こえるな」

「人はみんな自分勝手なものよ」カミラは肩をすくめた。「問題は、ほかの人のためにどれだけ尽くせるかということだわ」

「それで、きみは婚姻を無効にしたいんだね」エイドリアンがカミラの髪を撫でた。

「わたしが望むのは選択の自由よ」カミラははっきりさせた。「自分で選びたいし、選ばれたいの」

「そうなると、聞き取りが行われるだろう」エイドリアンが言った。「体の関係を持ったかどうかもきかれるはずだ。もしぼくたちのどちらかがそれを認めたら……おそらく終わりだ。婚姻は取り消せない。わかるね？」

「ええ」

エイドリアンがカミラの顎をそっと持ち上げた。「ぼくに宣誓したうえで嘘をつけと言っているのかい？」

カミラの胸は痛み、声が震えた。エイドリアンを見上げて真実を告げる。「そうだとしたら？」

「きみが望むなら、ぼくは嘘をつく。ただ知っているだろうが、ぼくは嘘が下手だ。練習するよ。グレイソンに手伝ってもらおう。だが……」エイドリアンは視線をそらさなかった。指はカミラの顎に触れたままだ。親指で唇をかすめる。

「だが、何？」

「なんでもない」エイドリアンが片方の腕でカミラを抱き寄せ、キスをした。

不意打ちをされてカミラは頭が真っ白になった。けれども……ああ、体は知っていた。両腕を回されたときから、カミラは唇が重なるのを望んでいた。いいえ、暖炉の脇に彼が立っているのを見たときから。

愚かにもカミラの体はふたりが互いに離れられないと信じていた。そして、頭が支配権を取り戻し、こんなばかなまねはやめなさいと言う前に、体が前に出ていた。両手が彼の首に回っていた。口は彼のために開いていた。カミラは体を押しつけ、キスに溺れていた。ふたりの舌が触れ、最初はやさしく、それから激しく絡みあった。

最後に残っていた怒りがやさしい何かに変わって消えていった。カミラは愚かにも、まだ希望を捨てていなかった。

キスをするのはこれが最後かもしれないけれど。

先に体を離したのはエイドリアンのほうだった。カミラがつま先立ちになってキスを続けようとすると、鼻先に指を置いて止められた。「これも自分勝手だった」

カミラは赤面していた。「あなたの自分勝手な性格はわたしにぴったりだわ」

ふたりは見つめあった。エイドリアンがカミラの鼻に指をのせたまま、彼女を見おろす。瞳を輝かせ、そして……。

にっこりした。

「嘘をつくんだ、カム」エイドリアンが言った。「ぼくがきみに触れたときのことを。ふたりで分かちあった夜のことを」

彼の指が鼻を伝い、軽く唇を叩いた。エイドリアンがほんの少しだけ身をかがめ、鼻先でカミラの鼻をかすめた。カミラは彼の熱を感じた。彼女の心臓が乱打している。

「誰だろうときみが望む相手に嘘をつけばいい」エイドリアンが静かに言った。「ただ、実際にあったということは忘れないでほしい」

忘れるものか。彼の肌の感触はカミラの肌に焼きついている。朝の光の中へ踏みだすたびに、彼の笑顔を思うだろう。彼女は震える息を吐きだした。いつの間にか微笑んでいた。

「どういうことかやっとわかったよ。〝すまなかった、カム〟の効果は短かったな」

エイドリアンが口角を上げた。「だから、こう言うよ」彼の声は少し独りよがりにも聞こえた。「きみを傷つけてしまったことは本当に申し訳ないと思っている。だが、そのほかのことは少しもすまなかったとは思っていない。そのほかのことは、きみが望むたびに何度でも繰り返すつもりだ」

「覚えておくわ」カミラはエイドリアンから離れた。「それでもわたしは婚姻を無効にしたい。そして選ばれたい」心臓が早鐘を打っていた。彼が理解してくれることを願った。

「そうか」エイドリアンが息を吐いた。「婚姻を無効にさせたいなら、どうすればいいか知っているんだろう？」

ああ、このときが来た。「裁判が終わるまで会わないのがいちばんだろうと事務弁護士は言っていたわ」カミラはそうしたくはなかった。エイドリアンの顔を毎日見るのが当たり前になっていた。「わたしに伝えたいことがあったら、事務弁護士宛に言づてを送るようにと。さもないと、まわりからはわたしたちがまるで……」

「友だちみたいに見えるから？」エイドリアンがきいた。

「結託していると表現するみたい。事務弁護士がそう言っていたわ。わたしはいやよ。いやなんだけど。あなたのおじ様があなたと血縁関係にあることを認めようとしないのはわかっている。もしそのことですごく気に病んでいるのなら、裁判では――」

「しいっ」エイドリアンが彼女の唇に指を一本押し当てた。「ぼくは婚姻を無効にするというまいましい目的のために、もっと不快なことをきみに頼んだ。黙っているだけなら、ぼくにもできる。それに、その話をしようとしていたわけじゃないんだ。言いかけたのは、ぼくたちが手に入れた書類がそろっていれば大いに役に立つんじゃないかということだ。宣誓供述書、帳簿、この件の動機を示せるすべての書類があれば」エイドリアンがカミラに穏やかな笑みを向けた。

「でも、全部おじ様に渡してしまったんでしょう?」

「まあね」エイドリアンが肩をすくめた。「宣誓供述書をもう一度手に入れるのは簡単だ。それに、残りを手に入れることもぼくにとってはそう難しいことじゃない。おじの執務室に入って取ってくればいい」

カミラはエイドリアンを見つめた。「おじ様の——執務室に入って資料を盗んでくるというの?　わたしのためにそんなことは頼めないわ」

エイドリアンがにっこりした。「頼む必要はない」手を伸ばしてカミラの手を握る。「ぼくたちが選択の自由を手に入れるのが望みだろう?　それならぼくに取りに行かせてくれ」

ジュディスが入ってきたとき、テレサはソファに座っていた。

カミラが来てからは、何が起きていたかを説明する暇がなかった。ジュディスが事務弁護士や仕立屋を呼びに行かせたからだ。夕食どきになって、ようやくジュディスに時間ができた。

テレサはどうにか小さく微笑んだ。「お誕生日おめでとう、ジュディス」

ジュディスが隣に腰をおろした。姉の表情は……読み取るのが難しかった。目を細め、黒っぽい眉が怒ったような線を描いている。

「カミラがさっき、あなたはミスター・ハンターを知っているようなことを言っていたわね。カミラはわたしたちが彼女のことを待っていたと思っているみたいだった。テレサ、どうなっているの？　どうやってカミラの居場所を知ったの？　どうして彼女と連絡を取りあっていることを教えてくれなかったの？」

ああ。テレサの心は少しだけ痛んだ。結局うまくできなかった。また叱られてしまう。あわてて行動する前に考えるようにいつも言われているけれど、今回は考えた。よくよく考えたのだ。

〝よく考えてから行動しなさい〟というのが、〝あなたにどんなふうに考えてほしいとみんなが思っているかを考えなさい〟という意味なら、はっきりそう言ってほしい。そのほうがなんでもずっと簡単になる。

ジュディスの怒りが爆発しそうになって初めて、テレサは自分の思い違いに気づいた。手袋といった贈り物をひそかに用意することと、行方不明の姉を探してわかった情報を、ジュディスが喉から手が出るほど欲しがっていると知りながら伝えずにいることとはまったく別物なのだ。

家族は手袋ではない。理解しておくべきだった。ただひとつ言い訳をできるなら、この贈り物を思いついたときには完全に理に適っていると思えたのだ。

「居場所は知らなかったわ」テレサは言った。「連絡を取っていたわけでもない。手紙を届けてくれたのはミスター・ハンターのお兄様だもの」

その返答にジュディスが眉をひそめた。「でも、ミスター・ハンターとはどうやって知りあったの？」

テレサは視線をそらした。がんばってジュディスの目を見ているのはつらすぎた。目を合わせないことで後ろめたい気持ちがあると思われてもしかたがない。実際に後ろめたいのだから。

「わたしたちが婚姻登録簿でカミラの結婚の記録を見つけたから？」よく考える前に〝わたしたち〟と口にしてしまい、テレサはあわてた。ベネディクトまで巻きこむつもりはまったくなかった。

「婚姻登録簿？」

「登録局にある登録簿よ」テレサは認めた。「その……ここ何週間か……ベネディクトとわたしがどこに出かけていたかは嘘をついたかもしれないけど」テレサは身をすくめた。飼っている猫になった気分だった。捕まえたネズミを引きずってきて、狩りの腕前を褒めてもらおうと思っていたのに。

「それで、登録局でミスター・ハンターを見つけたの？」ジュディスの声は震えていた。「わけがわからない」

ふたりは別の言語を話しているみたいだ。テレサがどれほど自分のことをわかってもらおうとしても、いつも失敗に終わる。

テレサはちらりと視線を上げた。ジュディスはまだこちらを見つめている。テレサは顔をそむけた。

「テレサ、どうやって……」ジュディスは言いかけた言葉をどのように締めくくっていいのかわからないようだった。「いつ……」また首を振る。「何を……」

「偶然だったの」テレサは口走った。パニックに陥りそうになっていた。「まったくの偶然よ！　ベネディクトと一緒に、たまたま婚姻登録簿の、まさに見るべき時期のページを見ていたの。一週間前だったら、絶対に記録は見つからなかったはずよ。それくらい新しい登録だったの」

「そもそもどうして婚姻登録簿を見ていたのかわからない」

「それは、一八三六年の出生と死亡の登録に関する法律で……」

ジュディスはそれを聞いてますます困惑したようだった。

人はどうして自分たちでさえも答えがわからない質問をするのだろう。テレサにはまったく理解できなかった。かぶりを振り、別の角度から説明してみた。「消去法を使ったの。ジュディスはレディ・カミラ・ワースの居場所を見つけられなかった。ということは、カミラは死んだか、違う名前を使っていたということになる。死んだ可能性は都合が悪いから消去した。それで、名前を変えるもっとも一般的な理由は結婚でしょう。だから婚姻の登録を調べたの。全部の登録を」

ジュディスが首を振った。「そんなことをしているなんて、ひと言も聞いていないわ」

やってしまった。間違ったことをしでかしたのははっきりしていた。またしても。

テレサは自分が面倒な子どもだとわかっていた。生まれてこのかた、ずっとそう言われてきた。〝信じられない、とんでもない、あきれた、レディらしくない、わがままな子どもだ〟と言われ続けてきた。ジュディスだけでなく、人生で関わってきたほとんどの人にそう言われた。

口々にあげられたどんな人間にもなりたくなかった。特にいい子になりたいとか、レディらしくなりたいわけでもなかったけれど、自分がまったく違う人間にならなくても、この世の中にありのままの自分でいられる場所があっていいはずだ。

たぶん心の底で、もし今回のことがうまくいったら、自分の方法でうまくできたら、姉が抱きしめてくれると期待していたのかもしれない。〝あなたのことはわかっているの。あなたは愛すべきいい子だわ〟と言ってくれると期待していたのかもしれない。

どうやらその褒め言葉を受け取るのはまだ先のようだ。テレサは目がちくちくしたが、それでもあきらめなかった。この時点では。

「だって」テレサは手を揉みあわせた。「誕生日プレゼントのはずだったんだもの。これが気に入らないなら、わたしの衣装戸棚の床にできそこないのクッションカバーが九つほど放ってあるわ。どれでも好きなものを持っていって。いいえ、全部あげる。もしぎょっとするような刺繍で部屋を飾りたいと思うことがあったら、役に立つはずだから」

ジュディスは何も言わなかった。テレサはみじめな思いで体を縮めた。

来年はもっとましな計画を立てよう。一年間みっちり練習すれば、いまいましい刺繍もなんとかできるようになるかもしれない。誰もしたことのない、最高のカラスの刺繍をジュディスに贈ろう。そうすれば――。

ジュディスが苦しそうな声をもらした。テレサがようやく顔を上げると、ジュディスが泣いていた。

「信じられない子ね」ジュディスが小声で言った。「あなたはできることとできないことがわかっていないのよ」

「これは……本当に、第一希望じゃなかったの」テレサは鼻をひくつかせた。「最初は本当にクッションカバーにしようとがんばったの。でも、あまりにできがひどくて。自分でも何を考えていたのかわからない」

「まったくだわ、何を考えていたの？」

「考えていたのは、わたしのジュディスに対する愛情は……」テレサはクッションと、病気にかかったようなカバーを思い浮かべた。「腐った野菜畑みたいなものだってことよ。腐敗菌はどこまでも広がっていくでしょう、広がってほしくなくても。それで病気の拡散を止めるには、たぶん焼き尽くすしかないのよ」

ジュディスが喉を詰まらせたような音をたて、両手に顔をうずめた。

テレサはソファから飛びおりた。「ごめんなさい！」どこかにハンカチがあった。おそらくきれいなハンカチが。部屋を横切って衣装戸棚に向かい、あわてて引き出しを開ける。「ごめんなさい。本当にごめんなさい。力になりたかっただけなの」リネンが見つかった。

振り広げてからにおいをかぎ——間違いなく清潔だ——姉に向かって揺らした。「次はうまくやるわ。毎日学んでいるの、そうは見えなくても。それに――」

ジュディスが部屋の向こうから歩み寄り、テレサの手から布切れを取って床に落とした。

「口を閉じて、ティースプーン」ジュディスが言った。「愛してるわ。いままでもらった中でいちばんの誕生日プレゼントよ。わたしに言葉が見つからないからといって……」

ジュディスがテレサを両腕で包み、息もつけないほど抱きしめた。

「信じられない子ね」ジュディスが繰り返した。「あなたはできることとできないことがわかっていないのよ。あなたの代わりになる妹はいないわ」

泣くのは弱い証拠。テレサはそんなことは信じていなかった。けれどもどうやら、怒りを呼びおこす涙――自分がちっぽけで、取るに足りない存在で、役立たずだと感じるときににじむ涙――と、いまこみ上げている涙はまったく別物らしい。涙がいらだちと達成感の両方をもたらすとはおかしなものだ。

「わかっている、あなたにきつく当たっているのは」ジュディスが言った。「ただ、すごく心配なの。あなたは……あなたで、世界は……とても……」

「厄介だから？」

「厄介というのは正しいわ。あなたは怖いもの知らずで、あなたのことがときどきライオンの巣穴にとことこ入っていく子猫に思えるの。挑むみたいに鳴き声をあげながらね。それでは食べられてしまう」

「わたしならこう思うわ」テレサはこともなげに言った。「もしわたしが子猫で相手がみんなライオンなら、わたしがどんなことをしたって食べられるでしょう。ディナーにされるまでに楽しんだほうがましだわ」

ジュディスが声をあげて笑った。「そう思うほうが悪いわ。あなたには自衛本能がないのね」

「ライオンよりも子猫の数のほうが多いんだから」テレサは言った。「子猫を一匹残らず食べたりできないでしょ」

「ライオンだってたくさんいるわ。それに、ほとんどの子猫は穴に隠れているものよ」

「でも、子猫がそろってライオンの巣穴に落ちたら、向こうが死ぬまでニャーニャー鳴いてやるわ」

「そもそも、どうしてこんな話を長々としているの？」

ジュディスがテレサを見て、それから首を振った。「わからない」

テレサは壁のほうを向いた。「わたしは信じられない子どもだから。もしかしたら心の底で、思っていたのかも……今回カミラを見つけることができたら、アンソニーも見つけられるんじゃないかって。ゆくゆくは、ということだけど」

「ああ、テレサ」

「それから……」

ジュディスがテレサを抱きしめた。ふたりはしばらくじっとしていた。ようやくジュディスが口を開いた。

「聞いて」ジュディスが言った。「アンソニーは手紙をくれるのよ」

テレサは心臓が止まった気がした。「アンソニーと連絡を取りあっているの？　アンソニーがどこにいるか知ってるの？」

ジュディスが首を横に振った。「そういうわけではないの。アンソニーがどこにいるのか、何をしているのかはわからない。新聞の広告欄に暗号化したメッセージを載せると、ときどき、たとえば一四カ月後に、返事をくれるの。特に何かを伝えてくれるわけではないけれど。それから——忠告しておかなければいけないけれど——アンソニーは……幼い頃のあなたは頭に血がのぼりやすかったことを言うの。わかるでしょう？　だから、あなたには知らせたくなかった」

テレサは背筋を伸ばして座り直した。「お兄様にメッセージを送れるということなのね」自然にこぶしに力が入る。「それってわたしがまだ存在しているのを知っているのに、迎えに来ないってこと？」

「正直言って」ジュディスが目を閉じた。「本人は別として、わたしたちにとってはアンソニーが死んでいたほうが楽だったかもしれない。何もかもめちゃくちゃになるから」

「わたしにとっては問題ないわ」テレサは言った。「だって、そうなるときょうだいの中でいちばんの厄介者はわたしじゃなかったってことでしょ」

ジュディスが笑った。「あなたが厄介者だったことはないわ。テレサ、あなたには……ずっと不公平な態度を取ってきたと思う。あなたはもう一五よ。あなたの行動はほかの人とは違うかもしれないけれど、自分の意志で決断できる年齢だわ。アンソニーが書いたものを見てみたい？」

テレサは息を吐きだした。「ええ」

ジュディスが膝をぽんと叩いた。「あとで見せてあげるわね。今日は長い一日だったし、手紙は事務弁護士が保管しているの。まずは夕食にしましょう」


エイドリアンは時間を無駄にしなかった。その日の夜の列車でゲインシャーへ戻った。執事のウォルター・エヴァンスに執務室へ通され、そこで待つよう言われた。エイドリアンがデンモアを待つのはいつものことなので――エイドリアンのことを使用人だと思っているからだ――特に気に留める様子もなかった。

エイドリアンは一瞬にしておじの執務室へ入ることができた。時間をかけて、宣誓供述書と報告書を一枚残らず確実に回収した。

カミラと一緒に手に入れた資料はこの一件のほとんどを物語っていた——なぜラシター主教があのような行動に出たのか、なぜ教区牧師がカミラの評判を落とすことにしたのか、そもそもどこから金が来て、最終的に誰のポケットを満たしたのか。

だがひとつ、問われるかもしれないことがある。それは当のデンモアが指摘した点だ——婚姻取消の申し立てになぜこれほど時間がかかったのか？

エイドリアンはロンドンへ帰る前に、列車でラックウィッチに戻った。

そして、ミセス・ビーズリーが保管していたのはラシター主教の電報だけではなかったことがわかった。

彼女はエイドリアンのおじの電報も残していた——しかもすべてを。エイドリアンに最後までやり遂げるよう指示し、うまくやれると信じている、問題が解決するまでいっさい力にならないと伝えるものまで。

デンモアがエイドリアンとの血縁関係を認めたいかどうかは、もはや問題ではなかった。真実が明るみに出れば、血縁関係もおのずと明らかになる。

25

エイドリアンは、婚姻無効の訴訟の準備のために自分が集めた書類を持っていくと、おじに手紙を残しておいた。あれは魔法の手紙だったに違いない。それまで常に忙しくてエイドリアンを訪ねる時間などなかったおじが、いまになっていきなり時間を見つけてロンドンまでやってきたのだから。

エイドリアンは兄と暮らす家でおじを迎えた。紅茶が出されるまで、デンモアにはくだらない社交辞令的な会話につきあわせ、目をそらしたり、居心地が悪そうにため息をついたり、両手をこすりあわせたりさせておいた。

エイドリアンは製作中の陶磁器の話も聞かせた。

おじはうなずき、唇を嚙んでいたが、とうとうそれ以上沈黙を保てなくなったらしい。

「エイドリアン」デンモアがついに切りだした。「何をしているんだ？」

エイドリアンは嫌味《いやみ》な態度を取ることもできた。無邪気を装い、紅茶を飲んでいるのだと答えてもよかった。

だがそうする代わりに、できるだけ簡潔に答えた。「婚姻を取り消そうとしているんです。

驚くことではないでしょう。銃で脅されて無理やり結婚させられたときから、そうしたいと言ってきたのですから」

実際は自分の目指すものと望みは変わっていたかもしれない。だとしても、もはや関係ない。カミラは選択の自由を求めている。ぼくはそれを彼女に与えるだけだ。

おじが目を閉じた。「おまえは理解しなければならない、エイドリアン。おまえが手に入れた書類は……わたしにとって全部が全部、都合のいいものとは言えない。公になったら困るものもあるんだ」

「銃で脅されて結婚するのと同じくらい不都合だとでも？」

「そうじゃない」おじがティーカップを乱暴に置いた。「そんなことと比べても意味がない。もう一度よく考えてみてほしいと言っているんだ。おまえはわたしにそれくらいの恩があるはずだ」

エイドリアンは誰が誰に対して恩があるのか指摘することもできた。言ってみて損はないだろう。しかし、そうする代わりに首を縦に振った。「わかりました」

おじは動揺するほど驚いて見えた。「何、本当か？　あきらめてくれるのか？」

「そうは言っていません。もう一度考えてみます。少し時間をください」

そして実際に、エイドリアンは考えた。

まず、カミラに対する思いがちょっとした気まぐれ以上のものであることはたしかだ。ふたりはうまくやっていた。彼女が笑うと、胸の中の何かがふわりと持ち上がる気がしたものだ。彼女は選択の自由が欲しいと言い、エイドリアンはきっと手に入ると約束した。それで彼女が幸せになると知っているから。彼女が幸せになるのは大いに賛成だ。

その一方で、おじの望みを受け入れたなら、おじが約束している和解が〝いつか〟成立する可能性はまだある。家族の調和というやつだ。エイドリアンはここまでずっともうひとつの重荷を背負ってきたのだから、もしかすると……。

思いがけずある考えが頭に浮かんだ瞬間、エイドリアンは自分がそこまで思いをめぐらせている本当の理由に気づいた。結婚したままでいられるんだ。心の声がささやく。彼女と一緒にいられて、同時におじの懸念をやわらげることもできる。欲しいものが全部手に入る。それが望みなんだろう？

たしかにそうだ。いつからそう思い始めたのかは定かではないが、彼女を望んでいた。しかしカミラは選択の自由を求めていて、自分はそれを彼女に与えたいと思っている。そして――何よりも重要なのは――デンモアが自らの意志で四〇年近くも家族が存在しないかのようにふるまってきたことだ。それはおじの選択だ。その歳月のあいだに別の選択もできたにもかかわらず、決してそうしなかった。

エイドリアンは選ばれたかった。もしこの件でカミラが望むすべてを認めないほど自分が身勝手だったとしても、身勝手ゆえに選ばれるチャンスをあきらめたりはできない。

「結論が出ました」エイドリアンは口を開いた。「もう一度よく考えました。それでもやはり婚姻の無効を求めます」

おじが長いため息をついた。「まったく残念だ。ほんのいっときしか考えてもらえないのか？　おまえのためにあれほど尽くしてやったのに」

エイドリアンはいまだに最後の会話で受けた痛みを抱えていた。それだけではない。結婚式の翌日にデンモアとやりとりをした電報を見たときの痛みも。それが彼の決意を固めた。疑わしい点が数えきれないほどあったにもかかわらず、おじのことを好意的に受け止めすぎていた。

最悪なのは、おじが本気で言っているのだろうということだ。おじは実際に、エイドリアンのためにできることはすべてやったと信じている。なぜならおじの中では、エイドリアンは与えられた以上のものを受け取る価値がないからだ。そのうえ、エイドリアンがおじのためにしたことは何ひとつ気に留めていない。おじはあらゆるものを期待し、少しでも期待にそぐわなければ期待に応えていないも同然なのだ。エイドリアンがあれほど危険を冒し、不安を抱えていたのに、そんなことは重要ではないのだ。デンモアにとっては。

おじは頼るべきは論理であり、感情ではないとエイドリアンに教えてきた。自身の忠告に一度も従えないのは残念なことだ。

「そうですね」エイドリアンはゆっくりと口にした。「あなたは本気でそう信じているんでしょうね。ぼくを大切に思っていると」

「もちろんそうだ」おじが体を引いた。「おまえはわたしの血を分けた甥だ。大切に思わないわけがないだろう？」

「大切に思っていることを示す方法はたくさんあります」エイドリアンは目を閉じた。「ちょっとした贈り物という形で表す人もいれば、将来のために面倒を見るという形を取る人もいる。あるいは、必要なときに適切な言葉をかけることかもしれないし、大変なときにそばにいることもそうかもしれない。思いやりとは互いに助けあうことで、方法はいくらだってある」彼はカミラから、彼女の重荷までひとりで全部背負いこむのはやめるよう言われたことを思いだした。

「ああ、もちろんだ」

「あなたがぼくをどんなふうに思っているか考えてみると、ぼくの目にはこう映るんです。ぼくから手に入れたいものがあるときだけ、人目のないところでぼくを愛していると進んで口にする。けれど、人前では決して言わない」エイドリアンはおじの目を見つめた。「それが愛だと考えているのかもしれないが、あなたが与えようと思っているものは、ぼくに期待するものよりもはるかに少ない。それを愛だとは思えません」

「それは……」おじが唾をごくりとのみこんだ。「その見方は完全に偏っている。そんなふうに表現するとは！　そのうちにわたしがおまえの存在を認めるのはわかっているだろう。それ以上のこともするつもりだが……」

エイドリアンは立ち上がった。腰をかがめて身を乗りだす。「ぼくだけの問題なら、こんな状況を続けたかもしれない。ぼくは恵まれすぎていますから。自分の分の重荷は背負うよう努力します。でもいつかぼくにも子どもができるでしょう。いまでも兄がいて、両親がいる。無理やりぼくと結婚させられた女性がいる。誰もこんな目に遭っていいはずがない。ほかの人たちにあなたの重荷を背負ってくれとも言えません」

「この一件をそんなふうに見ているのか？」おじも立ち上がった。「少年だったおまえを迎え入れてやったというのに」

「もう自分の住むところはあります。それに、あなたの家に滞在中、ぼくは甥ではなく使い走りの身だった」エイドリアンがおじの言葉を正した。「そのあとは秘書だ。それから従者になりすますように言われ、結果として起こった問題の解決にはまったく手を貸そうとしてもらえなかった」

先ほどよりも長い沈黙が落ちた。エイドリアンにはおじの指の関節が震えているのが見えた。とうとうデンモアが息を吐きだした。

「エイドリアン。これはわれわれのどちらをも破滅させる——わたしとラシター主教の両方を。もしわたしの妹がおまえのような子をもうけたことが向こうに知られたら……」

エイドリアンが体を引くと、おじがぎくりとした。

「その、もしわたしが自分の甥に従者を務めろと言ったことを知られたら、という意味だ！自分が優位に立つためにほかの人間を探らせるような卑しいことをしたと知られたら……身の破滅だ」

エイドリアンはただ首を振った。「自分の行動で破滅に追いやられたくなかったのなら、そんなことはしなければよかったんです」

おじがかぶりを振った。

「考えてもみてください」エイドリアンは言った。「いったん身を滅ぼしてしまえば、ぼくの母や母の夫を招けるんですよ。それに、あなたももっと楽になれるかもしれない」

エイドリアンが執務室の机に座ったまま遠くを見据えていると、兄がドアをノックした。

「エイドリアン？」

エイドリアンはこの会話をあまりにも先延ばしにしてきた。カミラが去った朝に起こしてくれたのはグレイソンで、そのときにうろたえた姿を見られている。

それから話をする機会はあったものの、話していなかった。おしなべてエイドリアンのデザインのせいだ。

エイドリアンは忙しさを言い訳にしてきた。それに実際忙しかった。書類を盗んだり、電報を探したりする時間が必要だった。書類を提出し、仕事もこなさなければならなかった。兄は朝食の席で顔を合わせるたび、〝だから言っただろう〟という視線を投げてきたが、それでも辛抱強く待ち続けた。グレイソンは何が起きたのかはっきりとは知らなくても、婚姻の無効宣告を求めることが尋常ではないとわかっていた。

そしておじが訪ねてきて――衝撃的な出来事だ――去っていった。

もうこれ以上避けることはできない。「入ってくれ」エイドリアンはため息をついた。

グレイソンが持っていたリンゴのひとつをエイドリアンに投げてから、机の端に腰かけた。

「さてと」グレイソンが口を開いた。「ぼくたちの親愛なるおじ上がゲインシャーからはるばる――二時間もかけて――甥っ子を訪ねてくるなんて、なんともめずらしいことじゃないか」新鮮でしゃきしゃきしたリンゴをひと口かじり、考えこむかのようにゆっくりと嚙んでいる。

「続けたらどうだ」エイドリアンが息をついた。「これから長々と質問攻めにするんだろう。そして最後には〝だから言っただろう〟という目で見るんだ。口には出さずに。はっきり言われたほうがましだ」

グレイソンがしかめっ面をして、嚙む速度を速めた。

待っていてもしかたがない。エイドリアンは口火を切った。「きかれるのがわかっている質問に答えよう。そう、デンモアは自分のためにあることをしてくれと頼んできた。従者になりすまして情報を手に入れるように言ったんだ。それで――そんな目で見ないでくれ――ぼくはイエスと答えた。そうさ、それですべてがとんでもないことになって、銃で脅されて結婚して、当然ながら、デンモアは助けることを拒んだ――何度も何度も。そしてご覧のとおり、たったいまここに来て、婚姻を無効にするのはやめろと言った。なぜなら、世間の目に自分が完璧ではないと映るかもしれないからだ」

グレイソンが口の中のリンゴをのみこんだ。

「いいや」エイドリアンはつけ加えた。「おじは一度も、〝頼む〟とは口にしなかった」

「そんなことをきくつもりはなかった」グレイソンがもうひと口リンゴをかじった。

「どうでもいいさ」エイドリアンは自分のリンゴを手に取った。「言いたいんだろう、〝だから言っただろう〟って。さあ、遠慮はいらない」

兄はかじったリンゴをもう一度のみこんでからおもむろに立ち上がり、エイドリアンのそばに立った。ゆっくりと伸ばした手をエイドリアンの頭にのせる。「まったくばかなやつだな」落ち着いた声で言う。「〝だから言っただろう〟と言いたかったわけじゃない。ぼくが望んでいたのは、おまえが安全で、不安がなく、幸せでいることだった。おまえには傷ついてほしくない。その思いを理解するのはそんなに難しいことか？」

エイドリアンは兄を見上げた。グレイソンが愛情をこめてエイドリアンの額をさすった。

「やめてくれよ」エイドリアンはその手を払った。

「おまえが元気にしているか確かめたかった」グレイソンが言った。「おまえの幸せを望んでいるから。それに、苦労をしたのはきくまでもない。そんなことを言うために会いに来たわけじゃない」

なるほど。エイドリアンは息を吐きだしてリンゴをかじった。甘くて、ほんの少しだけ酸味があった。汁が顎を伝うあいだに考えた。

「妙な気分だよ」エイドリアンはようやく口を開いた。「ここ数日、兄さんを避けていたのは、〝だから言っただろう〟とはっきり言われないから、こっちはなんて説明しようか考えていたんだ。そうしたら、代わりに親切でやさしい言葉をかけてもらえるとは。頭がおかしくなりそうだ」

グレイソンが無言で肩をすくめた。「ぼくはどれだけひどいやつなんだ。〝だから言っただろう〟といま口にしたら、自分が正しかったと思えて少しは気が晴れるのか？　このひと月、銃で脅されて結婚させられるとか、さんざんな目に遭ってきたのはおまえだ。おまえの希望を尊重する」

「そんなことを頼むなんて、心の狭い男みたいだ」

「頼まないなんて、もっと心が狭いと思ったほうがいい。なら言わせてもらおう、〝エイドリアン、だから言っただろう〟」グレイソンがそれらしく言った。

「ああ、そういうのじゃだめだ！　なんの脈絡もなく、ただ口に出したって。その台詞は、ぼくがどれほどお人よしかさんざん言い争ったあとに口にするものなんだから」

「もっともだな。おまえは底抜けのお人よしだ」

「自分だって昔はぼくみたいだったと言う場面だろう？　自分と同じようにぼくが傷つくのはいやだった、ぼくを守ろうとしていただけだ、と」

「どれもぼくが口にしそうな台詞だ」グレイソンが認めた。「言ったということにしておいてくれ」

「そのあとに兄さんは言うんだよ、〝だから言っただろう〟って」

「そうだ。さあ、ここからが佳境だぞ」グレイソンが大げさに身振りで促した。「どうぞ、続けてくれ」

エイドリアンは目を伏せて両手を見つめ、それから顔を上げた。「そこでぼくは、何も変わらなかったと言い返す。少しは疑うことを学ぶべきなのかもしれないけど、この一件が始まったときから、すでにうまくいかないだろうとわかっていた」

「そうなのか」グレイソンが片方の眉を上げた。

「わかっていたけど、言わなかった。おそらく兄さんが正しくて、自分でもそれがわかっていたことを認めたくなかったんだ」

グレイソンが微笑んだ。「これから言い争いをするたびに心に留めておこう。さあ、最後までどうぞ」

どこまで話したんだっけ？　そうだ。「ぼくも兄さんのことを大切に思っている」エイドリアンは言った。「ぼくはただ……」兄の目を見上げると、この数週間のどうすることもできずに気力を失っていた感覚がよみがえった。「兄さんはもうすぐ電信ケーブルを敷く旅に出てしまう。ぼくはあまりに――あまりに恵まれている。戦争に行かなかったし、一度もひもじい思いをしたことがない。本当の意味では。ぼくはあまりに多くのものを手にしているけど、どうしてそうなったのかわからない。ぼくは生きている。だからぼくは――思ったんだ。もしも……もしも……」エイドリアンの声が消え入った。

「もしも、なんだ？」

「もしもデンモアに約束を守らせることができたら、その埋めあわせができるんじゃないかって」

グレイソンが眉をひそめた。「なんの埋めあわせだ？」

「ぬくぬくとここにとどまっていたことの埋めあわせと、それから……」

「兄さんたちが死んだことへの埋めあわせか？」

言葉にしてしまうとばかげて聞こえる。それを埋めあわせることなど決してできない。エイドリアンが何をしようとその事実は絶対に変えられない。

エイドリアンは目を閉じた。「兄さんは正しい。ばかげているな」

グレイソンがエイドリアンの肩に手をのせた。「つまり、おまえの頭の中では、ぼくは考えが狭いから〝だから言っただろう〟くらいのことは言うだろうが、おまえのひとり芝居に口をはさむほどではないと？」

「ばかを言うなよ」

「すまない。こういう状況は苦手なんだ。何を言ったらいいのかわからない。だが、これだけは言える……」グレイソンがエイドリアンの肩に置いた手に力をこめた。「エイドリアン、おまえの兄でもあったんだ。ぼくだけの兄じゃない」

エイドリアンは胸に強い感情を覚えた。歯を食いしばってその感情に抵抗する。

「おまえが兄さんたちの死の埋めあわせをすることはできない。おまえの落ち度ではないからな。ぼくが戦争を生き抜くことができた唯一の理由は、少なくともおまえはここにいるとわかっていたからだ。おまえは安全だと」

「だけど、ぼくは恵まれすぎている」エイドリアンは兄を見上げた。「ぼくはただ――ただ……」最後まで言えなかった。しばらくしてから肩をすくめた。「あなたはぼくの兄さんだ」ようやく口にした。「あらゆるものをつかんでほしい」

「わかってる」グレイソンがエイドリアンに腕を回した。「だが、ぼくにはおまえがいる。おまえが世界を手中におさめてくれたら、ぼくはそれだけで充分だ。それは間違いない」

結局、エイドリアンには五〇の真実と二分の一の嘘を口にする以外にできることはなかった。

真実のほうは簡単だった。エイドリアンは設けられた審問の場で、自分がキャッスルフォード公爵の孫であり、ゲインシャーの主教の甥であることを証言した。〝はい、証拠ならもちろんあります――これが両親の婚姻証明書です〟

噂が広まるだろう。真実が公になる。おじが認めるかどうかに関わらず、つながりは隠せなくなる。

審問は四時間に及んだ。

〝はい、おじはラシター主教の問題を探るよう、わたしに要求しました〟エイドリアンは言った。〝はい、もちろん、それを証明するものもあります。これがおじの家を訪ねるようわたしに求める電報です。そしてこれがおじとやりとりした電報で、この中でぼくに最後まで調査を行うよう迫っています〟

偽証のほうはそれより大変だった。エイドリアンはうまく嘘をつけたことが一度もない。

「契りをもって結婚を成立させましたか？」

エイドリアンはカミラのことを思った。彼女が投げかけてくれる笑みを、おじの家から戻って自分のものになってほしいと頼んだときに、彼女の顔に輝く喜びの波が広がったさまを。それをぼくが奪ってしまった――自分が選ばれたと信じてカミラが抱いた喜びを。だからこの手で取り戻す。

とんでもなく嘘が下手なエイドリアンだったが、最善を尽くした。「わたしはデンモア主教の甥です。教会のことについては以前に意見を交わしたことがあります。結婚を成立させてしまえば、それを無効にできないと知っていました。ふたりともこんな目に遭っていいはずがない」厳密には答えになっていないが、そのことには気づかれなかった。

〝ふたりとも〟と言ったところは相手の耳に届いていなかった――本当の意味では。彼らは、レディ・カミラは――審判の手続きのあいだ、彼女をそのように呼んでいた――このような目に遭うべきではないと聞き取った。

彼らが間違っているわけではない。自分たちが思っているようには正しくないというだけだ。

訴訟手続きの場では、エイドリアンはカミラに話しかけなかった。ふたりの話に食い違いがないかを確かめるため、聞き取りは別々に行われた。一度、長い廊下の突き当たりで彼女の姿を見かけたことがあった。彼女が頭をこちらに傾け、彼は体全体で向き直った。

言葉は交わさなかった。一〇〇メートルほど離れた場所から、ただじっと見つめあっただけだった。

とはいえ、ひとりだけ言葉を交わした人物がいた。

最終日にエイドリアンが証言を行っていたときだ。小休憩のあいだに部屋を出て、散り散りになった考えをまとめようとしていると、ひとりの男がやってきて目の前に立った。

「おまえというやつは！」エイドリアンをにらんでいるのはラシター主教だった。「よくもこんなことを！　わたしは自分の行動を説明するよう、ここに呼びだされた。何もかもおまえのせいだ」

実際はそうではない。ラシター主教は自らを破滅に追いこんだ行動の大半の責任を負わなければならないだろうと、エイドリアンは思った。マイルズ教区牧師からの余計な援護も受けながら。

けれども、それだけではエイドリアンの気がすまなかった。グレイソンとのやりとりが、エイドリアンを少々心の狭い人間にしたのかもしれない。

「それはどうも」エイドリアンはラシター主教に微笑んでみせた。「気づいていただいて光栄です。それを願っていたんですよ」

「おまえみたいにひどい従者は初めてだ」

「たしかに」エイドリアンは同情するような表情を浮かべた。「あなたのことを犯罪者だと公にする前からそうでしたよ」

ラシターはますます怒りを募らせたようだった。「おまえは取るに足りない人間のはずだった！　だから、あの娘におまえの家名を名乗らせようとしたんだ！」

そう、ラシターにとってエイドリアンは、何週間も前から、彼に結婚を強要したときから、すでに使い捨ての存在だった。そうではないことを思い知らせてやるとエイドリアンは誓っていた。その相手をからかうと、驚くほど胸がすっとした。

「ええ」エイドリアンは気の毒そうな顔をしたまま言った。「そ、こ、か、ら、間違っていたんです」

「この裁判のせいでわたしが地位を剝奪《はくだつ》されるかもしれないのがわかっているのか？　たかが数千ポンドじゃないか！　しかも実際に盗んだわけではない」

「着服、ですよね」エイドリアンはほがらかに微笑んだ。「おまけに、非合法的な結婚式の執行も。まったくひどい話だ。あなたが地位を剝奪されることを祈っていますよ。あなたとマイルズ教区牧師のおふたりがね」

一瞬、本気で殴られるかと思った。ラシターはそれくらい激怒していた。しかし、そこで事務官が廊下に出てきてエイドリアンに戻るよう呼びかけた。

「どうぞよい一日を！」エイドリアンは言った。

こうして、その瞬間は過ぎ去った。

数日後、ラシター主教が聖職者からの要請を受けて退任したという知らせが届いた。翌日には、マイルズ教区牧師がそれに続いた。エイドリアンは兄とその知らせを聞き、シャンパンで祝った。

エイドリアンは二、三日、〈ハービル〉社にとどまった。最初の皿を製造中で、仕上がりを確認したかったからだ。加えて、職人たちに非常に個人的な頼みごとをするつもりだったからだ。

その頼みごとの結果を手にエイドリアンが自宅へ戻ってまもなく、サリーのグループがどこにも行き場のない女性のための慈善施設――〈マーティンの女性のための家〉――の立ち上げを発表した。どうやら資金は裕福な老婦人からの相当額の寄付金でまかなわれたらしい。

エイドリアンはこうした新聞記事の写しを書類ばさみに取っておいた。いつか近いうちにカミラとこの件を話しあいたい。

その翌週、デンモア主教も地位を退くと発表したときには、もっと複雑な思いを抱いた。エイドリアンは残念だと手紙を送ったが、返事はなかった。

エイドリアンが精一杯嘘をつき、カミラとは一度も愛を交わしていないと主張してから一五日後、事務弁護士から私信が届いた。レディ・カミラ・ワースとミスター・エイドリアン・ハンターとの婚姻取消の申し立ては承認され、結婚は両者の同意がなかったとして無効になった。〝おめでとうございます〟事務弁護士はそう書いていた。〝これで一度も結婚したことがないようなものですよ〟

エイドリアンは長いトンネルの向こうからのぞいている気分でそうした言葉に目を通した。一度も結婚したことがないようなもの。

エイドリアンはこれまでに起きたすべての出来事をじっくりと思い返した――牧師館で初めてカミラに出会ったときからいままでのことを。それから鉛筆と紙を取りだした。

〝カム〟エイドリアンは書きだした。〝もう聞いただろうね。ぼくたちはもうどんな意味においても夫婦じゃない。きみにはきっとやりたいことがたくさんあるのだろう――ゴシップ欄でお姉さんがきみを社交界にデビューさせたがっているという記事を見た。でも、もしきみに時間があるなら、きみのもとを訪ねたい〟

返信はすぐに届いた。

〝来客は受けていないの〟カミラの手紙は告げていた。〝社交的な訪問を受けつける前に、個人的にやっておきたいことがあるので。

お伝えしたとおり、個人的な問題を片づけている関係で、最近は列車でひんぱんに移動しています。もしあなたに一日程度お時間があるなら、ご一緒できればと思っています〟

返信するのは簡単だった。〝どこに出向けばいいか教えてほしい。そこへ向かう。それがどこであろうとも〟

26

翌朝の早い時間にふたりが駅で会ったとき、カミラは濃い紫色の生地に、さらに濃い紫色の飾りが施された旅行用のドレスを着て、黒っぽいベールつきの帽子をかぶっていた。

エイドリアンはそうしたことに詳しいほうではなく、どのドレスがなんの目的のためのものか、知りたいと思ったこともない。それでも、なんと言えばいいのか、その格好は彼女にぴったりだった。生地には光沢があり、高価なものには違いない。なぜなら駅の混雑にもかかわらず、彼女のまわりは人の流れがよどみなく、まるで彼女が高貴な女性で、軽んじてはいけないと気づいているかのように見えたからだ。

おかしなものだ。そのドレスを身につけていることで、ほかの人がカミラに価値を見出すとは。とりわけ、もし高貴な女性の範疇《はんちゅう》にカミラが含まれないと考える人がいるなら、高貴な女性の概念そのものが欠けていると言わんばかりに。

ずいぶん長いあいだ、顔を合わせていなかった気がする。長すぎるほどに。彼女がエイドリアンのことをどう思っているかは想像するしかなく、なぜ旅に同行するよう誘ったのか見当もつかなかった。何もかもわからないものの、彼女の笑顔を見ずにこれ以上過ごしたくないというのはたしかだ。

　変わったのは服装だけだった。エイドリアンが近づくとカミラはうれしそうに顔を輝かせた。エイドリアンはその表情を見てふたりで過ごした日々を思いだし、胸が締めつけられる気がした。

「カミラ」エイドリアンは挨拶の印に頭を傾けたところではっとした。「ああ、しまった。いまは〝レディ・カミラ〟と呼ぶべきかな？」

　カミラがくすくす笑った——実際に脇腹をくすぐられているような笑いだ。「ばかなことを言わないで。わたしたちは友だちでしょう？　いつものようにカムでいいわ」

「これからどこに向かうのかな？」

　カミラが腰に手を伸ばし、顔をしかめてから脇に提げた大ぶりのかばんを開けた。「あなたには新しい服が必要ね」彼女が別人のような声音でつぶやいた。「〝お金のことは何も考えなくていいのよ、約束する。どうせ気づきもしないもの。でも少なくとも役に立たないドレスを一万七〇〇〇着は持っていないと生きていけないわ〟」そう言いながら目をぐるりと回した。

「なんだって？　何か問題でもあるのか？」

「ポケットよ」カミラがにこりともせずに答えた。「ポケットが問題なの。姉が町でいちばんだと言って勧めてくれたいまいましい仕立屋が、ポケットのないドレスばかり作ったの。ポケットがえたいの知れないものでふくれていたら、わたしの体のラインが台無しだとか言って。おかげで列車の切符を入れるところがないから、このばかげたかばんをどこに行くにも持ち運ばなければいけなくなって――」彼女が大きなかばんを振ってみせた。「はい」切符を二枚差しだす。「今日はサマセットへ行くの。たいして遠くはないから、午前中には着くわ。列車に乗り遅れなければね」

それなら行くしかない。エイドリアンは腕を差し伸べた。「もしよろしければ」

カミラがその腕を取った。

「ジュディスに話したの、あなたと一緒に行くって」カミラが言った。「ジュディスはわたしの小旅行を快く思っていないの。だからいままではテレサを一緒に行かせていたわ。だけど結婚が無事に取り消されたんだから、同伴なんて必要ないと姉を説得したの」

エイドリアンはどうしてサマセットに向かうのかききたかった。最後にふたりきりだったときのことを――キスをしたときのことを――覚えているかきいてみたかった。あるいはその前のことを、カミラがエイドリアンのものになると約束したことを、彼を幸せにすると約束したことを覚えているかを。

けれどもいまは人ごみの中だ。エイドリアンは手袋をはめた手をカミラの手に重ねた。

「ご家族との関係はどうだい？」

カミラは唇をすぼめてため息をついた。「たぶん……うまくいっているんじゃないかしら。まだきょうだいがいるという考えに慣れようとしているところだけれど。決まりごとがあれこれあって、正直、ずいぶん長くレディでいる必要がなかったから、とても窮屈に思えるわ。

もともと風変わりになる運命だったのよ。教会法の問題について事務弁護士の誤りを指摘し続けたら、最後には嫌われちゃって。教会法にそれほど詳しいと思うなら、自分で条項を調べたらどうかと言われたから、そうすると答えたわ」彼女が明るく微笑んだ。「そうしたらベネディクトが調べているみたいなの。一緒にやるべきだと誘われたのよ」

エイドリアンが笑った。「それについて、みんなはどう思ったんだ?」

「運がいいことに、家族の中で風変わりなのはわたしだけじゃないみたい」カミラがまぶしい笑みを見せた。「ここ何年もきょうだいの身に何が起きているのかまったく知らなかった。でも、そのときどきで綱渡りの状態だったそうよ。最近までお金がほとんどなかったんですって。それに家じゅうがいつも大騒ぎだったらしいわ。父の騒動が起きたのはジュディスが一七歳のときだった。姉は裕福に育ったけれど、それからは苦労した。そんなふうに過ごしてきたから、ジュディスは物事がこうあるべきだとは考えられないの。一方のテレサは、波止場近くの貧しいとも言える環境で育った。彼女はレディとは〝こうあるべき〟だと教わったけれど、自分がそれを期待されていると理解するようになったのはずっと大きくなってからだった。だから、ジュディスとテレサはしょっちゅうぶつかっているの。お互いに揺るぎない愛情を抱いているけれど、嚙みあわないのよ。ジュディスはテレサに自分のようになる機会を持ってほしいと思っている。だからテレサがそれを望まないのがつらいのよ」

ふたりは列車の前に到着した。エイドリアンは自分たちが乗る車両を見つけ、カミラに手を貸して乗りこんだ。その車両は比較的空いていた。エイドリアンは帽子を取って外套を脱ぎ、彼女の向かいの席についた。

「愚痴をこぼしているみたいでごめんなさい」カミラが言った。「家族のことをまた知るようになって本当にうれしいのよ。とにかく歓迎してくれるし、これっぽっちも後悔はしていない。でも、まったく理解できない五歳児の口喧嘩のただなかにいると困惑するのよ」

「想像できるよ」

カミラが床に目を落とした。「最初の三日間、ジュディスはこんなふうに言っていたの。〝テレサ、あなたがこれこれのやり方を覚えないなら、カミラは絶対にいい相手と結婚できないわ〟って。これにはすごく奇妙な感じがしたわ。だって、この前よりもいい結婚ができる機会があると思わないし、わたしがジュディスにとりわけお願いしたのは、その人との結婚の解消だもの」

それを聞いて、エイドリアンは胸が締めつけられた。ふたりにとってお互いがどういう存在だったのかという話を切りだすチャンスを探っていたら、この話題になった。彼は身を乗りだした。ポケットに入っているもののことを思う。やるべきことはただひとつ――。

車両のドアが開き、茶色いスーツを着た男性が書類入れを網棚にのせた。新聞を取りだし、眼鏡をかけて読み始める。

ああ、くそっ。エイドリアンはいらいらするまいとした。どのみち時間はある。

エイドリアンは体を引いて、もとの場所に落ち着いた。「先を続けてくれ。それでどうなったんだい？」

「ベネディクトとテレサがふたりの協定にわたしを引きこむのに三日かかったわ」

「弟さんと妹さんのことだね？　協定って？」

「ああ、わからない？　みんながお互いを利用しようとするの。〝もしあなたが意志を持たない操り人形のふりをしなければ、ジュディスも意志のない操り人形のふりができなくなるのよ。ジュディスにそんなことをしたいの？〟」

エイドリアンが大声で笑った。新聞を読んでいた男性が顔を上げて鼻を鳴らし、わざとらしく紙面に目を戻した。

「だからわたしたち三人はいま、同意しているの。誰も操り人形のふりはしたくないから、お互いを脅しには使えないって」

「それは公平だね」

「そうしたら今度は、またジュディスの気持ちを傷つけたの。ジュディスはご主人を愛しているけど……」カミラが唾をのみこんだ。「信じられる？　ジュディスはわたしの名前で信託財産を設けたの。彼女はぜんまい仕掛けを作る仕事をしていて、気難しくならないように努力しているけれど……。思うに、ジュディスは自分が侯爵と結婚したように、わたしたちにもそのチャンスを与えたいだけなんじゃないかしら。どう伝えたらいいのかしら、ジュディスは自分の侯爵をつかまえていればいいって。わたしはいらないもの」

列車が動きだした。と同時に、蒸気エンジンのしゅーという音と歯車の甲高いきしみが車両を満たした。そのおかげでふたりの会話はまわりに聞かれずにすんだ。

「いらない？」エイドリアンはわずかに前かがみになった。「では、誰をお望みなんだい？」

カミラは頬を少し赤らめたが、そのまま窓の外に視線を向けた。「上流階級の好奇心の的になるつもりはないわ。上流階級の人たちはきっとわたしを舞踏会に何度か招待して、じろじろ眺めて、本当に結婚していたのかとか、本当にその結婚は取り消されたのかとか、その前は何をしていたのかとか尋ねるのよ」彼女が肩をすくめる。「自分の置かれていた境遇を恥ずかしいと思わせたいんでしょうね。わたしは一生分の屈辱を受けてきたから。自分がしてきたことを許してくれる人と結婚したいとは思わない。これまでの経験ゆえに大事にしてくれる人と一緒になりたい。何を望んでいるかはわかるでしょう」

「きみは選ばれたいと思っている」エイドリアンが低い声で言った。「世界中のあらゆる女性の中からきみを望んでくれる人を求めている。時間をかけて、ゆっくりと恋に落ちたいと思っている」

カミラが目をぱちぱちさせてエイドリアンを見上げた。頬をバラ色に染めてこちらを見つめる様子に、思わず彼女を抱きしめたくなる。もうひとりの乗客がいまいましい。

「ひとつ明確にしておきたい」エイドリアンは尋ねた。「正確にはどれくらいの時間をかけて恋に落ちたいんだ？　ぼくの両親は三年かけた。ぼくにしてみれば長すぎると思うが」

カミラがさらに真っ赤になった。「少なくとも目的地に到着してからがいいわ。それより前というのは早すぎよ」

「なるほど」

「そのあとはたぶん、話しあいの余地があるんじゃないかしら」カミラがにっこりした。「ここまでずっとわたしの話をしてきたから、今度はあなたのことを聞かせて。お兄様はどう思われたの？　展示会用のお皿の製造は始まった？　展示会はいつで、わたしが行ったらすごく気に障るかしら？」

ああ、ずっとカミラに話をしたかった。彼女の声が聞きたかった。エイドリアンの話の一言一句に聞き入って目を輝かせるところが見たかった。彼女が笑う姿が、こちらを見つめる姿が、ときに手を伸ばして彼の下襟についた綿埃を取ろうとする姿が、彼女の指が布地に触れたときの自分の体の反応が恋しかった。

カミラのすべてが恋しかった。

「これまで尋ねなかったけど、なぜサマセットなんだい？」

カミラは視線を落とした。「婚姻を無効にする前はお互いに話せなかったから、待っている時間を有効に使うことにしたの。過去を振り返ることをわたしがどう感じていたかは知っているでしょう」

エイドリアンはうなずいた。

「ずっと思い返して」カミラが打ち明けた。「ミセス・マーズデルを訪ねたわ――わたしがかぎ針編みを教わった女性よ。彼女は亡くなっていたから、お墓に花をたむけてきたわ。それからおじを訪ねた。おじは詫びたの。信じられないような話だけど。すごくまごついているのを見て胸がすく思いがしたわ。おじにはわたしの身に何が起こるかなんてわからなかったわけだけど、それは自分がしたことの言い訳にはならないから。おじのいとこも訪ねた。ひどい人だった。キティにも会いに行った。新しい仕事にもすっかり慣れて、わたしが強く勧めたように娘さんと一緒にいられることがとても幸せだと話してくれた。わたしは思ったの……もしかすると助けになるんじゃないかって。かつてわたしにとって大切だった人たちに会いに行くことが」

エイドリアンは実際にそれが助けになったのかきくべきだとわかっていた。それでも、自分の中のほの暗い衝動が代わりにこう質問させた。「ジェイムズも訪ねたのか？」

どういうわけか、カミラを愛すると約束しておきながら、マイルズ教区牧師のもとに彼女を託した従者と彼女が話したと思うとわずかに腹が立った。

カミラの唇がぴくりと動いた。「いいえ」彼女がさらりと答える。「彼には会っていないわ。会う価値がないもの。それに当時のことを振り返ってみても……思いだしたい記憶は何もない。でも、ラリッサには会いに行ったわ」視線を落とす。「彼女のことは一度話したわよね。彼女は特別な友だちだった。少なくともわたしはそう思っていた。彼女の両親がわたしたちを引き離したあと、彼女がどうなったのかずっと気になっていたわ。彼女は……ええっと、なんと言えばいいのかしら」カミラがもうひとりの乗客に目をやった。

カミラがラリッサとキスの練習をしたことは聞いていた。

「ふたりともかなり若かった」カミラが言った。「でも彼女は、どうやらミセス・マーティンの道を選んだみたい」

「若くてかわいい相手を見つけたのか？」

「実際は、彼女より少し年上の相手だけど。わたしたちは抱きしめあった。わたしが追いだされることになって申し訳なかったと言ったわ。でもわたしがいなかったら、彼女は決して気づかなかったと思うの、その……」

「ミセス・マーティンみたいに、男は必要ないと？」

「ショックかしら？」

「いつか、四代前の先祖の兄弟について話すよ。それから……まあいい。彼女については自分の口から話してもらおう。ところで、ここで誰と会うことになっているんだい？」

カミラがなまめかしい視線を投げてきた。「わからない？」

エイドリアンには見当もつかなかった。

「わたしは過去に戻って、行ったことのある場所をもう一度訪ねているのよ。わたしが愛したかったすべての人を。あと誰が残っていると思う？」

エイドリアンは脳みそをかき回して思いだそうとした。まったく何も思い浮かばない。

駅にはカミラが手配しておいた貸し馬車が待っていた。その日はいい天気で、まばゆい空の下にふわふわとした白い雲がいくつか浮かんでいるだけだった。カミラがエイドリアンに手綱を差しだし、南へ向かう乾いた泥道を指差した。「あっちへお願い」

ふたりは町を背にして走りだした。

カミラが示した方角に家はひとつも見当たらなかった。次の丘を越えたら集落があるのだろうか。目的地は一五キロほど先かもしれない。

三〇分後、カミラが馬車を停めて、先ほど文句を言っていた特大のかばんを開けた。ソーダ水の瓶と肉詰めのパイを取りだす。「ここよ」彼女が言った。

「ここで止まって、休憩したいのかい？」

「ここで止まってほしいのは、ここが目的地だから」

エイドリアンはあたりを見回した。顔を上げ、日差しの降り注ぐ青い空を見て、まわりの景色に目を配る。あるのは小さな雑木林だけで、小川のせせらぎが聞こえてくる。芝生は青々として、最後の遅咲きの花が色とりどりに咲いている。

「ここが？」エイドリアンは半信半疑で確認した。「ここで誰に会うんだい？」

「エイドリアン」カミラが言った。「わたしが誰に会いに来たか、はっきりしているでしょう？」

「いや、まったくわからない」

カミラは荷物をまとめて馬車からおりた。「ばかなことを言わないで。あなたに会いに来たのよ」

ぼくに。ぼくに？　ぼ、ぼくに？「ロンドンではだめだったのか？」

「それでもよかったんだけど」カミラが答えた。「こっちのほうがすてきだわ。ここなら姉も妹もいないし」エイドリアンにウインクする。「実際、ここには誰もいないわ。彼女たちが知らなければ、ショックを与えることもないでしょう」

そのあとは馬を若木につなぎ、野原へ向かうカミラについていくだけだった。ふたりが歩くと、足元で小さな昆虫たちが舞った。

エイドリアンは手を伸ばし、カミラと手を絡ませた。「いままではこんなふうにできなかった」彼は言った。「一緒にいたときには。結婚を成立させまいと、いつだって必死だった」

カミラは手を引っこめなかった。ただにっこり微笑んだ。「それで、手をつないでみてどう？」

「すごく気に入ったよ。二度と放したくないと思っている」

カミラが振り向きざまに、また恥ずかしそうな顔を見せた。「エイドリアン。わかっているでしょう、放す必要はないと」

「そうはいかないんだ、カミラ」エイドリアンはカミラを見つめた。「こんなことは言いたくないが――放さなければならない。グレイソンともよく話しあった。ぼく自身が幸せになる道を見つけろとせかされた。きみの手を放せば、ぼくはもっとも幸せになれるかもしれない」

カミラの表情を見て――目を見開き、唇を少し開いた顔を見て――エイドリアンはつないだ手を放すことを思いとどまりそうになった。思いとどまりそうだったが、手を放した。彼は身を引いた。

「なぜなら」エイドリアンはそっと告げた。「きみの手を放さなければ、ポケットに手を入れられないし――ちなみにぼくの仕立屋はポケットに関しては寛大なんだ――取りだすこともできない……」探していたものが見つかると、それを握って腕を差しだした。「これを」

エイドリアンは手を開いた。

カミラの目がさらに見開かれた。

「仰々しいものは欲しくないだろうと思って」エイドリアンは言った。「そうしたら、エナメル細工の腕のいい職人を知っていると思い当たった。婚姻が無効になるのを待つあいだにデザインを形にしてもらったんだ」

カミラはじっとしたまま、指輪を受け取ろうとしなかった。「エイドリアン」彼女の声は震えていた。「これはエナメル細工の虎なの?」

「そうだよ」エイドリアンは答えた。「小さな宝石が少ししかついていないのは許してほしい。でも、ぼくたちの虎がきらめく王冠をいただいているところは譲れなかった」

「気に入ったわ」カミラがエイドリアンを見上げた。「わざわざわたしのために?」

「もう一度手を貸してくれ。そうじゃなくて、手袋なしで」

カミラが微笑んで手袋を外した。エイドリアンは彼女の指に、まばゆい光を放っている金色の指輪をはめた。彼女が目を輝かせた。

「カミラ、愛している。世界中の誰よりも愛している。何十年先もその先も、ぼくのそばにいてほしい。ぼくはほかの誰でもなく、きみを選ぶ。プロポーズを受け入れて、ぼくを世界でいちばん幸せな男にしてくれるかい?」

カミラの瞳がきらめいた。「すてきだわ。これまででいちばんのプロポーズよ」

「おや、そんなにプロポーズをされたことがあるのかい？」

「ええ」カミラが答えた。「この前、あなたがわたしとの結婚を強いられたとき、あなたは〝誓いません〟と言ったわ。あのときより一〇〇〇倍もましよ」

エイドリアンがかぶりを振った。「答えをくれるかい？」

「そうね、あなたはゆっくりと時間をかけて恋に落ちたいと言っていたわね。なのに、ちょっとせっかちすぎるんじゃないかしら？」

エイドリアンはこらえきれずに噴きだした。一歩踏みだして、カミラを両腕に包みこむ。

「イエスよ」カミラが答えた。「イエス、イエス、イエス。愛している。愛しているわ。あなたが必要なの。あなただけが。この先もずっと」

エイドリアンは彼女にキスして、笑いながら抱きしめた。陽光がふたりに降り注いでいた。


「こんなに時間がかかってすみません」

テレサは事務弁護士の事務所でジュディスの隣に並んでいた。ふたりは脇にある一室に案内され、そこで待つように言われていた。通された部屋には本がびっしり並んでいた。それでも奇妙なことに、登録局で感じたようなにおいはしなかった。あれはカビとインクの混ざったひどいにおいだった。ここはもう少し快い、古い書類と紅茶のにおいがした。

「手紙を見せるのに何週間も待たせるつもりはなかったのよ――結局そうなってしまったけれど。カミラの審問会やらいろいろあって……」

「わかってる」テレサは言った。「ジュディスはずっと忙しかったもの。それにわたしもカミラと列車で田舎を旅するのは楽しかった。本当にいろんなところに行ったわ。旅のあいだはレディのふりをしているの」

「テレサ、あなたは実際にレディなのよ」ジュディスが笑みを浮かべて頭を振った。「信じてくれるといいんだけど」

〝あなたのことは相手の好きなように呼ばせておきなさい〟侯爵未亡人はテレサにそう言った。〝本当のことを心にとどめてさえおけば、相手を正す必要はない〟

「そうなんでしょうね」テレサは半信半疑で答えた。

どういうわけか、それを聞いたジュディスがさらにきっぱり言った。「なんでもするわよ、ティー。あなたが最後にはそれを信じるまで、わたしは必要なことはなんでもする」

そのうちテレサはジュディスと大喧嘩を――いつもの、日常的な口喧嘩の域を越えた大喧嘩を――することになるだろう。この〝レディとは〟という問題について。でもそれは今日ではない。

ふたりの背後でドアが開き、雑用係の少年が書類ばさみを手に入ってきた。「どうぞ、ご婦人方《マイ・レディーズ》」

またしてもマイ・レディーズだわ。

とはいえ、雑用係の少年がなんと呼ぼうがテレサには関係なかった。欲しいものさえくれれば。手渡された書類ばさみは極端に薄かった。

テレサは不信感もあらわにそれを見た。「アンソニーがいなくなって一〇年近く経つのに、やりとりはこれだけ？」

ジュディスが目を回してみせた。「お兄様がまめに手紙を書くからといって、非難する人はいないでしょうね。わたしは手紙があると言っただけ――これがその手紙よ。じゃあ、わたしは席を外すわ」

〝あると言っただけ〟とは、兄のそっけない文章をよく表していた。最初の手紙を要約すると、〝みんな元気にしているか。ぼくはまだ死んでいない〟となり、四つの文章中にいくつかのつなぎ言葉を加えて綴られていた。

二番目の手紙は少しましだった。家族に対する義務を果たさないことにくだらない言い訳をし、愛について信じられないことを書いている。おやおや。もし自分で主張するほど家族を愛しているなら、もっとひんぱんに便りを出すだろう。それでもテレサが怒るのではないかとジュディスが恐れた箇所はすぐにわかった。

〝テレサが理解できる年齢になったら、ティースプーンに心から愛していると伝えてくれ。それから、プリは元気だと〟

テレサは読むのをいったんやめた。不意に胸がうずいた。プリ――プリヤとは、テレサの想像上の姉の名前だ。

幼い頃、父が初めて反逆罪で有罪判決を受けたときに、テレサは自分でも怖いほど手のつけられないかんしゃくを起こし、姉に会いたいと騒いだ――ジュディスでもなく、カミラでもなく、プリに。

テレサはこれまで、あのときのかんしゃくに絶えず怯えてきた。自分にはプリヤという姉が実際にいると完全に信じきっていたのを覚えている。

そんな人物は存在しないと自分を納得させるのに何年もかかった。記憶とはあてにならない、ばかげたもので、退屈な旅の暇つぶしに姉を創り上げ、頑固にも姉は存在すると思いこんだのだと自分を納得させた。

ジュディスはテレサに一家の結婚の証明や誕生日などあらゆることを書きこんだ家庭用聖書を見せなければならなかった。八歳のときにようやくテレサはすべてが自分の想像だったと受け入れた。

手紙でその文字を見るのは――アンソニーがこんなふうにプリの名前を書いているのを見るのは――衝撃だった。アンソニーはかなりの点で間違いなく愚かだが、一五歳の妹が想像上の姉を思いだすゲームをしたいとは思わないだろう。兄はばかげた手紙に意味のあることは何も書いていない。儀礼的な言葉も、なんの情報も。並べているのは言い訳だけ。にもかかわらず、プリの名前を書いた。

これに説明がつくとしたら、ひとつだけだ。アンソニーは想像上の姉の話をしているのではない。

一五歳のテレサは、八歳のときにはわからなかったことを理解していた。結婚の証明や誕生日を書きこんだ家庭用聖書は、父がほかに子どもを作っていないことの証明にはならない。

子どもを作ることは結婚とは無関係だ。

テレサはその一文を読み返した。

〝……心から愛していると伝えてくれ。それから、プリは元気だと〟

ジュディスはアンソニーがテレサの大昔の想像の産物を茶化していると思ったに違いない。ああ、ジュディスはわたしよりも年上だけれど、多くの面で信じられないほど純真だ。

一〇年目にして初めてテレサは真実に気づいた。ずっと嘘をつかれていた。わざとではない。ジュディスにでもない――ジュディスも嘘をつかれてきたのだ。一〇年近く、テレサは自分の記憶が間違っていると言われてきた。精神的に危ういと言われ続けてきた。寓話《ぐうわ》を創り上げてそれを信じこんでいると言われ、自分の思いに惑わされないようにどれもこれも慎重に考えるよう言われてきた。

父はインドに行っていた。テレサはジュディスが見落とした部分を説明できる。父には愛人がいた――もちろんそうだろう――そしてその愛人には娘がいた。そういうことだ。その娘は、何かの理由で、当時三歳だったテレサが乗っていた船で一緒に旅をしていた。テレサが彼女に会うことを許されたのは、幼すぎて真実がわからないとみなされたからだ。そして旅から戻り、いなくなったプリのことで泣くと、真実を知る人はそろってテレサに嘘をついた。父も。アンソニーも。

みんな嘘つきだ。

テレサはふたたびその一文に目を通した。〝……それから、プリは元気だと〟ああ、心が痛い。プリがわたしに元気だと伝えていると聞くのはつらい。プリはテレサを覚えていた。プリはテレサを想像の産物だとは信じてこなかった。

父と兄が自国を裏切ったと知ることと、兄が自分を裏切ったと知ることは別問題だった。アンソニーのせいで、テレサは自分の心は敵だとずっと信じこんできた。

最初に感じたのは怒りだった――アンソニーに、それからジュディスに、そして自分自身に。自分はどこかおかしいと信じてきたこれまでの年月に対しても。怒りは波のように彼女を襲った。あまりに圧倒されて、テレサは声のかぎりに叫びそうになった。

そのあとに嫌悪感が続いた。父親にはうんざりだった。アンソニーにもうんざりだ。英国そのものにもうんざりしていた。彼女がレディであることを求める国に、レディであるということはまわりで起きている出来事に目をつぶるという意味であることに。

最後に浮かんだのは、心から完全には締めだすことのできなかった記憶だった。誰かに愛されているという感覚。誰かに理解されているという感覚。テレサには自分のことをわかってくれて、愛してくれるプリがいる。大人になってもレディになれないのがどういうことか知っているプリがいる。カミラよりも劇的でつらい捨てられ方をしたプリがいる。

彼女の存在を気にかけてあげられるのはテレサだけだ。

ジュディスは正しい。テレサは大人になった。かんしゃくを爆発させるのは卒業した。子どもの頃にもてあましていた激しい怒りから得られるものは何もなかった。

テレサには見つけてもらうことを願っている姉がいる。そしてテレサは姉妹を見つけるのが得意だった。

あとは計画さえ立てればいい。

一〇分後、ジュディスが部屋に戻ってきた。「どう思った?」

テレサはにっこりした。彼女はレディではないけれど、レディの役の演じ方は身につけている。さまざまな可能性が心の中から吹きこぼれそうに煮立っているいま、素知らぬふりをする必要があった。

「アンソニーって本当に最悪の文通相手だわ」テレサはそっけなく言った。

ふたりは一緒に笑った。ジュディスは気づいていなかった。

必要なだけ待つことならテレサにもできる。英国に見切りをつけた事実を隠しておくだけでいい。もうきっぱり見切りをつけていた。

ちょうど夕暮れ前に、エイドリアンはカミラとともに彼女の姉の屋敷に戻った。カミラは彼を応接室へ案内し、それから家族全員を呼びに行かせるためにしばし席を離れた。

エイドリアンは緊張を感じずにはいられなかった。これまでとんでもない状況に置かれてきたが、その中でもいちばん緊張している。そうこうするうちにカミラが戻ってきてそばに立ち、入ってくる家族のひとりひとりに紹介してくれた。

最後に入ってきたのはレディ・アシュフォードだった。彼女はエイドリアンの姿に戸惑った顔をして、彼の隣でにこにこしているカミラに目を向けた。

「どういうことなの？」レディ・アシュフォードが尋ねた。

「うれしい知らせよ」カミラが満面の笑みを浮かべて言った。「ミスター・エイドリアン・ハンターから結婚を申しこまれて――イエスと答えたの」

レディ・アシュフォードが目をしばたたいた。ふたたびふたりに視線を向ける。エイドリアンはカミラの手を握った。

「まあ、冗談でしょう《フォー・ザ・ラブ・オブ・ゴスリングス》」レディ・アシュフォードが言った。「婚姻を無効にするために何週間も費やしたのに。どうして？」

「自分の意志でこの人を選びたかったの」カミラが答えた。「わたしが選んだことを彼にも知ってほしかった」

「ふつう、結婚しようと思っている人との婚姻を無効にしたりしないものよ。わけがわからないわ」

「ああ、ジュディス」カミラがため息をついた。「テレサを知っているでしょう？　ベネディクトは？　アンソニーは？　それに自分のことだってわかっているはずよ。いったいいつ、きょうだいがふつうの行動を取ったというの？」

「やったわ！」レディ・アシュフォードの後ろでレディ・テレサ・ワースが叫んだ。「これでもう、最悪の妹役は卒業ね！」


結婚特別許可証による結婚はしなかった。それは禁止されたからだ。何週間もかけて計画を立て、ジュディスとクリスチャンがグレイソンも交えてぶつぶつ言いながら詳細を詰めた夫婦の財産契約に署名をし、それから結婚することになった。

結婚までの数週間、カミラは姉の家でエイドリアンに会い、壁を背にして互いに唇を盗んだ。そのあいだに磁器の展示会も開かれた。カミラは脇に立ち、婚約者の最新の磁器コレクションに対する反応を喜びとともに見つめていた。ぐるりとバラの花が描かれた花瓶や、縁に金メッキの施された広口の鉢も並んでいる。

いちばん目立つ場所には、エイドリアンと仲間たちが手がけた皿が飾られていた。そこに描かれた虎はいつまで見ていても見飽きることはないだろう。

どうやら英国も同じ意見のようだった。展示会の終了までに最初に製造したものは完売し、増産を求める強い声にカミラは元気をもらった。

数週間に及ぶ待機期間が過ぎ、カミラは心から愛してくれる人たちに囲まれて教会に立った。

カミラは一二歳の頃から結婚にあこがれを抱き、そのあと最初の一家のもとに追いやられてしぶしぶ引き取られた。

何年ものあいだ、あこがれるのは結婚でなくてもいいと自分に言い聞かせてきた。けれどもここでカミラが祝うのは結婚だけではない。もうそれだけではなかった。

結婚式の当日、カミラはバージン・ロードに足を踏みだして周囲を見渡した。

ここにはきょうだいがいる。カミラの招待を受けて、ラリッサがお相手と列車でロンドンまで駆けつけてくれた。この数週間の手紙のやりとりで、ラリッサとは友情を取り戻していた。ラリッサの隣にはキティ母娘が座り、娘は目にハートを浮かべてにこにこしながらカミラを見つめている。

エイドリアンの親族も来ていた。先週会ったばかりのご両親と、これからじょじょに知りあっていくいとこや友人たちが山ほどいる。〈ハービル〉社の人たちはほぼ全員がこの日のために盛装をして集まり、うれしそうに顔を輝かせている。

カミラはひとりだけを求めてきた。たったひとり、彼女を見捨てたりしないと約束してくれる人を。愛は必要ないと自分に言い聞かせてきた。寛大にも自分を受け入れ、居場所を約束してくれるなら、それでよしとしていただろう。それでもひとつだけあきらめなかったのは、希望を持つことだった——いつの日か望むものを手に入れるという希望を。

カミラはぶっきらぼうな保護者役を引き受けてくれた義理の兄と腕を組んでバージン・ロードを進んだ。

エイドリアンがカミラを待っている。お互いに口元がほころぶのを止められなかった。ふたりとも今回は午前中の結婚式を望んだ。会衆席には陽光がきらめき、喜びに輝くエイドリアンの顔を明るく照らしている。その笑顔を自分が引きだしたなんてカミラには信じられなかった。

式のあいだ、カミラは涙を浮かべて牧師の言葉を聞いていた。

「エイドリアン・ハンター」牧師が問いかけた。「あなたはカミラ・ワースを妻とし、彼女を愛し、慰め、守り、命のあるかぎり真心を尽くすことを誓いますか？」

カミラはたったひとりの人さえいてくれれば、ほかには何もいらないと思っていた。けれどもここには大勢の友人たちがいる。姉が注文するよう迫ったレースや真珠のついたドレスは必要なかった。ハネムーンに先立って送られた嫁入り衣装も必要ない。必要なのはただひとつ。

「はい」エイドリアンがカミラの目を見つめて答えた。「誓います」

この人はわたしを選んだ。そしてわたしも彼を選んだ。カミラはエイドリアンの瞳に微笑み、二度と放さないと言わんばかりに彼の両手を握りしめた。

「はい、誓います」自分の番が来て、カミラは答えた。

結婚式は終わった――二度目の結婚式が。そして世界が見つめる中、エイドリアンがカミラにキスをした。

（二度目の）結婚式のその後

テレサはあえてことを急がなかった。気持ちのままに急いで行動すれば、怪しまれるだろう。怪しまれて、引き止められてしまう。

ひそかに航路を調べるのに何週間もかかった。自分のために設けられた信託財産から姉に気づかれることなくお金を引きだしたり、こっそり店に行って、作ってもらったきらびやかなドレスを何着か売ったりする方法を考えるのにも時間がかかった。ドレスを売るのは簡単だった――しょっちゅうだめにしているので、なくなっても気づかれないだろう。

テレサはもう子どもではない。最後に家出をしようと思ったときは、ほんの少しの食べ物を持っただけで、計画らしいものは何もなかった。

けれども今回は……今回は戻ってくるかもわからなかった。

テレサ・ワースがロンドンを――そして英国を――永遠に離れる夜、彼女は闇の中で荷造りをした。持っていく服はあらかじめ選んであった。しっかりとして実用的な、裕福さが強調されない服だ。必要なもののリストは頭に入れた。あえて紙に書きださなかったのは、見つかるといけないからだ。

ペチコートとスカートの下にはくズボン《ブルーマー》。厚手のケープとミトンは海上で寒くなったときに備えて。帽子はふたつ。それ以上はだめ。それから換金するための宝石。全部合わせると結構な荷物になった。数日前に〈エーデルワイス〉に届けるために準備した医療品と食糧を詰めた、ありきたりなトランクの仲間に加えてもいい。

テレサは衣装戸棚にひとつだけ残しておいた、見るに堪えない刺繍の施されたクッションを取りだした。アシュフォード家のワタリガラス——またの名を農場の災い——が彼女を見上げた。

ここに残って不格好な鳥として生きようとすることもできる。もしくは出ていくことも。

昨日書きあげて、一日じゅうポケットに入れて持ち歩き、ベッドのクッションの隣に置いてあった手紙を手に取った。あまりたくさんの手がかりは残したくなかった。もしかすると家族に見つかるかもしれない。もし見つかれば、戻ってくるよう説得されるだろう。

手紙にしたためた言葉は暗記していた。

〝親愛なるジュディス、カミラ、ベネディクト、クリスチャン、エイドリアン

わたしのみんなに対する愛は、腐敗菌に侵された畑のようなものです。どんどん広がって、あとからどれほど焼き払いたくなっても、絶対に焼き尽くすことはできません。

でもわたしは家族を——家族の全員を愛しています。だからここにはもういられません。

あなたのいとしい妹　テレサより〟

テレサはこれを書きながらすすり泣いた。机の上に置くと息が詰まった。その隣にもうひ

とつの手紙を並べた。強い悲しみで視界がぼやけた。

〝親愛なるアシュフォード侯爵未亡人
わたしは祖母を、どちらの祖母も、覚えていません。母も覚えていません。
わたしはあなたを、あなたの教えを、あなたの愛を、ずっと忘れないでしょう。
こんなふうに去っていくわたしを許してくれることを願っています。
愛をこめて　テレサ〟

ぐずぐずしていてもしかたがない。船は待ってくれないのだから。

荷物を詰めたかばんを持ち上げ、一年半過ごした暗い部屋を見回した。ここでの生活は快適だった。部屋は暖かく、石炭も食べ物もいつでもたっぷりあった。これから向かうのはこうしたものが当たり前にある場所ではない。

けれども快適さは自由を奪う。テレサはそれを受け入れるわけにはいかない。これ以上は。こんなふうには。

テレサは顎をつんと上げた。船に乗ってからでもしみじみとする時間はある。心を決め、部屋からそっと抜けだした。

廊下では時計が時を刻む音が響いている。ゆっくりと下に向かう足元で、階段がかすかにきしんだ。けれども厨房は暗くて人けはなく、使用人の出入口へとそのまま進んで――。

「テレサ？」

テレサは足を止めて小声で悪態をつき、その場で振り向いた。「ベネディクト伍長」できるだけ偉そうに弟を見つめた。「ベッドに戻りなさい」

とはいえ、実際に軍隊を持っているわけではないし、ベネディクトも従う必要はない。弟はどんどん近づいてきて隣に立った。「こんな夜中にどこへ行くつもり？」

「どこだと思う？」テレサは背筋を伸ばして弟の目を見据えた。「これからあなたが望んでいたものをあげるわ」

「ぼくが望んでいたもの？　なんだったかな？　どうしてかばんなんか持っているの？」

「お願いだから小声でしゃべってくれる？　でないと家の人が起きちゃうでしょう。あなたが望んでいたものをあげるわ、ベネディクト。あなたは弁護士にはなりたくない。ハンター船長の話は聞いたわね。船長は自分の仕事を教わりたい人を有料で迎えている。クリスチャンなら喜んで払ってくれるわ。もう息が詰まるような事務所に座って、あなたにとってはばかげた書類を見ていなくてもいいの」

ベネディクトが首を横に振った。「事務所ではそんなことはさせてくれないよ。それに、そのかばんとなんの関係があるの？」彼の目が細くなる。「どうして夜中にこそこそ歩き回っているの？　ハンター船長の名前を持ちだしてぼくの気をそらそうとしているのはなぜ？」

テレサは手を伸ばして弟の頬に触れた。「わからない？　あなたは姉妹を探すのがうまいと証明してみせた。それから、手がかりを読み解く力があることも。聞き上手でもある。わたしはあなたに口実を与えてあげるの。あなたはまた、もうひとり探すことになるのよ。おまけに今回はそのために英国に残る必要はない」

ベネディクトの顎が震えた。なんの話かわかったに違いない。弟が次に口を開いたときは――先ほど言われたとおり声をひそめて――ほとんどうめくように言った。「でもぼくの姉さんたちは全員ここにいる」

テレサは胸が締めつけられた。「いいえ」声が険しくなる。「いいえ、それは違う。いまもそうじゃない。それに全員がここにそろうことはない。わたしは行くわ。行かなければいけないの」

ベネディクトがゆっくりと息を吐いた。質問はしなかった。本気になったときのテレサがどんなふうか知っているし、いま彼女は本気だった。

ジュディスは決して理解しなかったけれど、ベネディクトとテレサはまったく違っていながらも、いつもよく似ていた。ふたりともこの快適な場所に馴染んでいない。本人たちにはそれがわかっている。

「わたしを止めるつもり？」テレサはきいた。

「テレサが何かするのを止められたことはないよ」いまでは声まで震えていたが、ベネディクトは言いきった。

テレサはベネディクトの腕を握った。「わたしたちがどんな関係だったかわかっているでしょう」

「ふたりでひとつの軍隊だ」

テレサはうなずいた。涙は禁物だ。将軍は泣かない。「そのとおり。ふたりでひとつの軍隊よ。たとえ離れていても」

ベネディクトはテレサがどこへ行くのか、何を計画しているのかきかなかった。知ればジュディスに話してしまうとわかっているからだ。

「今度はいつ会える？」

「わからない」

「それならワース将軍」ベネディクトが震える声で言った。「よい旅を」

テレサは一歩そばに寄った。「こうする理由は将軍とはなんの関係もないけれど。あなたはこれから自分で自分に指示を出すのよ」

ベネディクトがうなずいた。「次に会うときは誇りに思ってもらえるように」

ふたりは抱きしめあった。ベネディクトに驚くほどの強さで締めつけられて、テレサは弟が彼女の体から涙を奪い取ったのだろうと思った。涙が自然には流れてこない。おかしなものだ。

「ベッドに戻って。わたしが去ったあとにドアの鍵は閉めちゃだめよ。あなたが疑われるから」そう言いながら、テレサは闇の中へと踏みだした。

通りは完全に静まり返っていた。ちょっとした冷たい秋風が吹き抜けていく。テレサは手袋をして、かばんを振りながら歩きだした。

かばんは重かった。それに気づいたのは通りを一本、二本と進んでからだ。服がれんがになり、指が氷になったようだった。かばんを持つ手を替え、しまいには両手で持った。肩が次第にひりひりとしてくる。

波止場までの三キロは長くつらい道のりになりそうだ。

背後から音が聞こえてはっとした――車輪が丸石の上を走るがたがたという音だ。テレサは階段の陰に隠れて家の石壁に身を寄せ、近づいてくる馬車を見つめた。

じっとして小さくなっていれば、向こうからは見えないだろう。

けれども馬車はテレサの前で停まった。従者が――ああ、どういうことか、ア、シュ、フォ、ー、ド家の従者が――馬車の後ろから飛びおりて、ドアを開けた。

テレサはこういう事態に備えての計画も立てていた。馬車に乗る。進んで乗ったふりをする。よじのぼらなければ乗れそうにない。それからかばんは捨てる。当然だ。まったくこのかばんの重いことといったら。喜んでその場に残していこう。

ところが、馬車からおりてきたのはジュディスではなかった。侯爵未亡人だった。未亡人はテレサが怯えた動物かのようにゆっくりと近づいてきた。

「テレサじゃないの」まるで黄色い応接室で顔を合わせたみたいな口ぶりだ。「どうして波止場を目指して歩いているの？」

テレサはため息をついた。「ベネディクトときたら、相変わらずおしゃべりなんだから」

未亡人がそっと息をもらした。「弟をそんなふうに言うものではないわ。あの子は何も言っていませんよ。たんにわたしが愚かではないだけ。何カ月も前に、あなたの性格はわかっていると話したでしょう。わたしの目の前で起きていることに気づかないとでも思う？」

テレサは顎がこわばるのを感じた。「わたしは戻らないわ」

「そうでしょうね。あなたの性格はわかっていると言ったでしょう。あなたが自分らしくいるために行くのなら、うまくやらないと。ひとりで逃げるの？　使用人が見つけるだろう手紙をいくつか残して？　家族はこの悲しみを絶対に忘れることはできないわ。浅はかな選択だったわね」

テレサに反論している時間はなかった。彼女は歯を食いしばった。「わかってるわ。それでもわたしは戻らない」

未亡人がかぶりを振った。「そうだとしても、あなたには申し分なく満足できる別の案もあるのよ」彼女が手を差しだした。「高齢のおばあ様と一緒に世界旅行をするの」

テレサは目をぱちくりさせた。「そんなことができるの？」

「あなたには手が出せない資金でも、わたしなら引きだせる」未亡人は言った。「信頼できる付き人に、あなたの手紙を集めて、朝になったらわたしの手紙と一緒に息子に届けるよう言っておいたわ。あなたには本当に無事でいてほしいの。資金のない若い女性がひとり旅をすると、そうでないことがかなり多いから」

テレサは目をしばたたいた。「でも一〇〇ポンド以上持っているわ」

「賢い子ね。でも、それではほとんど意味がないわ」未亡人がうなずいた。「いつか新聞で東洋に向かう航路を調べているのを見かけたけれど、お兄様のアンソニーを探しに行くのかしら？　あの子は本当にいい子だった」

「いずれはね」テレサはその言葉を口にしたことはなかった。いずれはアンソニーを見つけだして、本当に思ったことを言うのだ。それまでには自分の中で絡みあった愛と怒りにも整理がついているだろう。「でも真っ先にじゃない。まずはもうひとりの姉妹を探すのよ」挑むように未亡人を見上げた。「みんなはわたしが創り上げた幻想だと言ったけど、そうじゃないとわかったの。実在する。隠し子なのよ。インド人の血が半分流れているの」

「そういうことなら」未亡人がうなずいた。「するべきことは決まっているわ。いらっしゃい。わたしの馬車で波止場に向かうほうがいいと思わない？」

テレサは馬車を見て、痛む肩を思った。

とてつもなくゆっくりとテレサはうなずいた。

「よかったわ。それで、目的地はどこかしら？」

テレサはこれまで行き先を口にしないようにしてきた。

「まずはブレストに行く」テレサは幼い頃に船に乗ったことはあるけれど、そのときの記憶は水彩画のようにぼんやりとしていてつかみどころがなかった。それでも顔に海風を受けた感覚は残っている。頬に吹きつける塩、うねり、果てしなく広がる空と海、陸地が見えてきたときの光景——緑の頂が海面からせりあがり……。

「それから、喜望峰を回ってカルカッタへ。そこからは香港へ向かうルートを見つける。そのあと？　手がかりに導かれるままに」

「それはそれは」未亡人が言った。「楽しい旅になりそうだわ」

訳者あとがき

『ニューヨーク・タイムズ』や『USAトゥデイ』のベストセラー作家、コートニー・ミランのヒストリカル・ロマンス〝ワース家物語シリーズ〟の第二作をお届けします。

本書のヒロインはワース家の二女、カミラ。長女のジュディスが結婚してアシュフォード侯爵夫人となる顚末が描かれた第一作『忘れ得ぬ恋の誓いに』のエンディングで、突然ジュディスの前に現れて〝結婚したの〟と衝撃の報告をしたかと思えば、その婚姻を〝無効にしたい〟から力を貸してほしいと訴えてきた、あのカミラです。どういうこと？とジュディスならずとも呆気にとられ、カミラの詳しい説明を早く聞きたいと待ち望んでいた読者も多いことでしょう。その一部始終がこの第二作で明らかになります。

ワース家は九年前、父のリニー伯爵が反逆罪で有罪判決を受けて自死し、兄のアンソニーも罪に問われて流刑に処せられたことから没落。カミラはそれまでと同じような華やかな暮らしを約束してくれたおじに引き取られていったのですが、不自由のない生活どころか、その後はあちこちの家をたらいまわしにされることに。今度こそは長く居続けたいという彼女の望みはいつも叶わず、すぐに追いだされてはまた次の家に移るという繰り返しで、この一年半というものはロンドン近郊のサリー州にあるマイルズ教区牧師の家でメイドとして働いていました。とある事情があって、彼女はカミラ・ウィンターズと名を変え、半額の給料でも雇ってくれるだけありがたいと思わざるを得ない身の上になっていたのです。

ある日、牧師の家にラシター主教がやってきます。従者のエイドリアン・ハンターは、実はラシター主教の悪事の証拠をつかむべく、ライバルのデンモア主教から送りこまれて従者のふりをしていました。公爵の娘だったエイドリアンの母は、奴隷解放運動の弁士である黒人と結婚したために勘当されており、エイドリアンは何年も前から母方のおじであるデンモア主教に自分を公式に家族と認めてくれるよう訴えていたのですが、それを認める条件として課せられた任務が、ラシター主教を蹴落とすための証拠探しだったのです。

しかしエイドリアンは証拠を見つけられないどころか、策謀に嵌《は》まり、銃口を突きつけられてカミラとの結婚を迫られます。安住の地を求め続けてきたカミラにとっては、結婚こそがその望みを最高の形で叶えてくれるはずでしたが、彼女の望みはまたも儚《はかな》く消え、第一作の最後に書かれていたとおり〝婚姻無効〟を求めて奔走することになります。立証が難しいとされる〝婚姻無効〟の申し立ては認められるのか、そもそもなぜエイドリアンとカミラは無理やり結婚させられたのか、そして、ふたりを待つ運命とは……？

カミラと姉ジュディス、妹テレサ、弟ベネディクトとの再会も物語の重要な鍵になっていますが、エイドリアンの兄グレイソンの存在も見逃せません。エイドリアンには四人の兄がいましたが、アメリカの南北戦争に従軍して三人が戦死、イギリスに残っていたエイドリアンのもとに戻ってきたのはグレイソンだけでした。南北戦争は一八六一年から一八六五年にかけてアメリカ各地で行われ、両軍合わせて五〇万人もの死者を出したとされる熾烈《しれつ》な戦争ですが、奴隷解放運動に身を投じていた両親を持つハンター兄弟にとっては、奴隷解放を謳《うた》う北軍に参加して戦うというのはごく自然な選択だったのでしょう。戦争によってグレイソンは心に深い傷を負うのですが、いまは大西洋を横断する規模でケーブルを張りめぐらせて世界中を網羅する電信網を築き上げようと奮闘中。彼のさらなる活躍は本シリーズの第三作『The Devil Comes Courting』で語られることになります。どうぞお楽しみに！

二〇二一年五月

ライムブックス

ひと目《め》惚《ぼ》れで恋《こい》に落《お》ちるには

著　者　　コートニー・ミラン
訳　者　　倉松《くらまつ》 奈央《なお》

2021年6月20日　初版第一刷発行

発行人　　成瀬雅人
発行所　　株式会社原書房
〒160-0022東京都新宿区新宿1-25-13
電話・代表03-3354-0685　http://www.harashobo.co.jp
振替・00150-6-151594
カバーデザイン　松山はるみ
印刷所　　中央精版印刷株式会社

落丁・乱丁本はお取替えいたします。
定価は、カバーに表示してあります。
 ISBN978-4-562-06542-4 Printed in Japan